Virginia Andrews®

GEBROKEN VLEUGELS

Van Virginia Andrews® zijn de volgende boeken verschenen:

De Dollanganger-serie
Bloemen op zolder
Bloemen in de wind
Als er doornen zijn
Het zaad van gisteren
Schaduwen in de tuin

De 'losse' titel
M'n lieve Audrina

De Casteel-serie
Hemel zonder engelen
De duistere engel
De gevallen engel
Een engel voor het paradijs
De droom van een engel

De Dawn-serie
Het geheim
Mysteries van de morgen
Het kind van de schemering
Gefluister in de nacht
Zwart is de nacht

De Ruby-serie
Ruby
Parel in de mist
Alles wat schittert
Verborgen juweel
Het gouden web

De Melody-serie
Melody
Lied van verlangen
Onvoltooide symfonie
Middernachtmuziek
Verstilde stemmen

De Weeskinderen-serie
Butterfly
Crystal
Brooke
Raven
Vlucht uit het weeshuis

De Wilde bloemen-serie
Misty
Star
Jade
Cat
Het geheim van de wilde
    bloemen

De Hudson-serie
Als een regenbui
Een bliksemflits
Het oog van de storm
Voorbij de regenboog

De Stralende sterren-serie
Cinnamon
Ice
Rose
Honey
Vallende sterren

De Willow-serie
De inleiding: Duister zaad
Willow
Verdorven woud
Verwrongen wortels
Diep in het woud
Verborgen blad

Virginia ANDREWS®

GEBROKEN VLEUGELS

 DE KERN

Sinds de dood van Virginia Andrews werkt haar familie met een zorgvuldig uitge-
kozen auteur aan de voltooiing van haar nagelaten verhalen en ideeën en aan het
schrijven van nieuwe romans, waartoe ook deze behoort, die zijn geïnspireerd op
haar vertelkunst.

Alle namen, personen, plaatsen en gebeurtenissen in dit boek zijn bedacht door de
auteur. Elke gelijkenis met feitelijke gebeurtenissen of bestaande personen, nog in
leven of overleden, berust op puur toeval.

Oorspronkelijke titel: *Broken Wings*
Original English language edition © Copyright 2003 by The Vanda General
Partnership
All rights reserved including the right of reproduction in whole or in part in any
form
This edition published by arrangement with the original publisher, Pocket Books,
a Division of Simon & Schuster, Inc., New York
V.C. ANDREWS and VIRGINIA ANDREWS are registered trademarks of The Vanda
General Partnership
Copyright © 2005 voor deze uitgave:
Uitgeverij De Kern, De Fontein bv, Postbus 1, 3740 AA Baarn
Vertaling: Parma van Loon
Omslagontwerp en -illustratie: Mesika Design, Hilversum
Zetwerk: Scriptura, Westbroek
ISBN 90 325 0949 7
NUR 335

www.uitgeverijdefontein.nl

Inhoud

Proloog

Toen we een keer allemaal van een rustig moment genoten, niemand iets van ons verlangde en we klaar waren met onze slopende taken, zaten we naar de lucht te kijken die van diepblauw veranderde in lila en turkoois.

Een musje landde op de omheining rond de paardenkraal en trippelde even heen en weer voor het ging zitten en ons drietal aanstaarde. Teal was de eerste die het zag.

'Weet je,' zei ze, 'zouden vogels in een kooi zich ooit afvragen waarom ze in een kooi leven?'

Robin keek haar aan of ze op het punt stond een sarcastische opmerking te maken, maar toen keek ze naar de vogel en haar gezicht verzachtte.

'Ik denk dat we ons dat zelf ook wel eens afvragen,' zei Robin. 'Niet, Phoebe?'

'Hoe bedoel je?' vroeg ik. 'Ik hoef me niets af te vragen. Ik weet wel zeker dat ik hier niet hoor.'

'Phoebe, we kunnen zo goed tegen iedereen liegen, dat we ook onszelf kunnen voorliegen,' antwoordde Robin.

Teal glimlachte.

'Ze heeft gelijk, weet je.'

'Nee, dat weet ik niet.'

'Dan zal ik het je vertellen, Phoebe. Ze hoeven ons niet uit te leggen waarom we als vogels in een kooi leven. We weten allemaal heel goed waarom we hier zijn.'

'Ik weet waarom *ik* hier ben,' zei Robin. 'Luister maar.'

En ze begon...

Deel een

Robin

1. Meegesleept in de nacht

'Wakker worden, Robin,' hoorde ik mijn moeder zeggen. Ik voelde me hard heen en weer geschud.

Eerst dacht ik dat ik droomde, een droom waarin ik zo diep verzonken was dat ik als een duiker van de bodem van de oceaan omhoog moest zwemmen om tot bewustzijn te komen. Telkens als mijn moeder me aan mijn schouder heen en weer schudde kwam ik kreunend iets dichter bij het oppervlak.

'Stil!' beval ze. 'Je maakt grootpapa en oma wakker en dan is alles voor niks geweest. Verdraaid, Robin, ik heb je gezegd hoe laat we hier weg zouden gaan. Je hebt nog niet eens gepakt,' zei ze.

Mijn koffer stond open op de grond, een paar kleren lagen er nog naast. Moederlief had erop gestaan dat ik pas zou beginnen met pakken nadat ik gisteravond zogenaamd naar bed was gegaan. Mijn moeder zei dat ik maar één koffer kon meenemen, en het was moeilijk te beslissen wat ik wél en niet moest inpakken. Zij had alles nodig voor haar eigen spullen omdat ze een beroemde countryzangeres zou worden. Al haar kostuums gingen mee, én al haar laarzen en hoeden, plus een halve koffer vol zelf opgenomen bandjes, die de bewondering moesten wekken van een belangrijke platenproducer in Nashville.

Ik ging rechtop zitten en klopte met mijn handpalmen tegen mijn wangen en klopte erop, zoals grootpapa altijd deed als hij zijn aftershave had opgedaan. De huid van mijn gezicht leek nog te slapen en was gevoelloos. Moederlief deed een stap achteruit en keek me aan; ze rimpelde haar wipneusje, zoals altijd als ze zich ergerde, en trok haar mondhoeken op. Ze had een heel kleine mond voor iemand die zo hard kon zingen, maar de meeste vrouwen waren jaloers op haar lippen. Ik weet dat een paar van haar vriendinnen collageeninjecties namen om net zulke volle lippen te krijgen als mijn moeder.

Iedereen zei dat we zusters leken omdat ik dezelfde fijne gelaatstrekken had als zij, hetzelfde roestbruine haar, dezelfde zachtblauwe ogen. Ze vond het heerlijk om dat te horen. Het laatste wat ze wilde was te worden aangezien voor mijn moeder, of wiens moeder dan ook. Deze week werd ze tweeëndertig, en ze was ervan overtuigd dat het absoluut haar laatste kans was om een beroemde zangeres te worden. Ze zei dat ze mij moest voorstellen als haar jongste zusje, omdat ze anders niet serieus zou worden genomen. Ik was vorige maand zestien geworden, en ze wilde dat iedereen, vooral mensen in de showbusiness, geloofde dat zij in de twintig was.

Hoewel ik wat borsten betrof meer leek op een van haar idolen, Dolly Parton, hadden we ongeveer hetzelfde figuur en we waren allebei ongeveer een meter vijfenzestig. Zij leek altijd wat langer dan ik omdat ze zelden iets anders droeg dan laarzen. Meestal had ze een strakke heupbroek aan, en als ze in een of andere kroeg zong – een honky-tonk, zoals zij het noemde – knoopte ze de onderkant van haar blouse gewoonlijk zo stevig vast dat er een bloot stukje middel te zien kwam. Grootpapa werd vuurrood en kreeg een opgezet gezicht van woede, of blies alleen zijn lippen op en barstte uit in een stroom van bijbelteksten.

'We hebben je de weg van de rechtschapenheid geleerd, je opgevoed als een vrome kerkgangster, en je kleedt je als een straatmeid. Zelfs na... na... je Verderf,' zei hij, en keek daarbij naar mij.

Dat was precies wat ik volgens hem was: het Verderf, het resultaat van 'de zonde van de ontucht'. Mijn lieve moeder was op haar vijftiende seksueel actief geweest en kreeg mij toen ze zestien was. Ondanks het feit dat mijn grootvader vol afschuw was over de situatie, wilde hij geen woord horen over abortus.

'Je moet de gevolgen dragen van je daden en boeten voor je zonden. Het is de enige weg naar verlossing,' preekte hij toen en preekte hij nu nog.

Ik herinner me de eerste keer dat ik werd gearresteerd voor winkeldiefstal. De politieagente kende mijn grootouders en vroeg hoe ik me zo kon misdragen, terwijl ik uit zo'n solide, religieus en liefhebbend gezin kwam. Was ik zo egocentrisch en ondankbaar?

Ik keek haar strak aan en zei: 'Mijn moeder wilde me niet. Mijn grootouders hebben me haar opgedrongen en dat blijft ze hun voor de voeten werpen. Hoe zou u het vinden om in zo'n solide, religieus en liefhebbend gezin te leven?'

Ze knipperde met haar ogen alsof er een vuiltje in zat, en bromde toen wat over de tienerjeugd. Ik was nog maar net een tiener. Het was twee dagen na mijn dertiende verjaardag en de eerste keer dat ik gearresteerd werd. Ik had al een paar keer in een winkel iets gestolen, maar ik was nooit betrapt. Het verbaasde me hoe gemakkelijk het eigenlijk was. De helft van de tijd weigeren de alarmapparaten de dienst, en vooral in warenhuizen schijnt het personeel onvoldoende belangstelling te hebben om erop te letten. Ik zwaaide praktisch voor hun ogen met wat ik had weggepakt. Vaak gooide ik het meteen daarna weg. Het was een te groot risico om het mee naar huis te nemen.

Grootpapa gaf mijn moeder van alles de schuld, zei dat ze mij een bijzonder slecht voorbeeld gaf door zich zo te kleden en te zingen in gelegenheden 'waar de duivel zelf niet zou binnenkomen'. Hij ging tegen haar tekeer, prikte met zijn dikke rechterwijsvinger in de lucht als een evangelist tijdens een van die gebedsbijeenkomsten in grote tenten. Hij dwong me met hem mee te gaan toen ik jonger was, omdat hij, zoals hij zei, meer zijn best moest doen met mij omdat ik uit zonde geboren was. In ieder geval bulderde hij zo luid tegen mijn moeder dat de muren van de oude boerderij trilden.

Oma probeerde hem tot bedaren te brengen, maar hij sputterde en stotterde als een van zijn oude tractors, en eindigde zijn tirade tegen oma gewoonlijk met: 'Goddank dat ze de meisjesnaam van jouw moeder heeft aangenomen, Kay Jackson. Als ze in die kroegen gaat zingen, kan ik tenminste net doen of ik niet weet wie ze is.'

'Je hoeft niet te doen alsof. Je wéét niet wie ik ben, papa,' snauwde mijn moeder terug. 'Dat heb je nooit gedaan en dat zúl je ook nooit doen. Ik zal er een liedje over schrijven.'

'Goed behoede ons,' zei grootpapa dan en trok zich terug. Hij was bijna vijfenzestig, maar zag eruit als vijftig, met zijn dikke bos lichtbruin haar dat hier en daar een plukje grijs toonde, en zijn brede, krachtige schouders en armen. Hij kon met gemak een Dorset Horn-schaap optillen en anderhalve kilometer ver dragen. Ik heb nooit gezien dat hij zijn hand ophief tegen mijn moeder of mij. Ik denk dat hij bang was voor zijn eigen kracht.

Mijn grootouders hadden een schapenfarm ongeveer vijftien kilometer ten oosten van Columbus, net buiten het dorp Granville. Er werd niet meer actief gewerkt op de farm, al hield grootpapa nog een stuk of twaalf Olde English Babydoll-schapen, die hij grootbracht en verkocht.

Voor ze ergens naartoe ging baadde moederlief zich praktisch in eau de toilette, omdat het huis, beweerde ze, doortrokken was van de stank van schapen en varkens. 'Die dringt door tot in je ziel,' klaagde ze. Ook dat was weer iets dat grootpapa razend maakte, want de farm was zijn manier van leven en zijn broodwinning. Mijn moeder kon hem als een staaf dynamiet doen exploderen. Soms dacht ik dat ze het met opzet deed, alleen om te zien hoe ver hij zou gaan. Het enige wat ik hem heb zien doen was met zijn vuist zo hard op de keukentafel slaan, dat een van de borden er afviel en brak.

'Dat,' zei hij, naar de scherven en naar haar wijzend, 'wordt opgeteld bij je huur.'

Sinds moederlief van high school kwam, in de supermarkt ging werken en toen 's avonds begon te zingen met het ene stel muzikanten na het andere, stond grootpapa erop dat ze huur betaalde voor haar en voor mij. Het was niet veel, maar het kostte haar het grootste deel van het loon dat ze in de supermarkt verdiende, wat ze weer als reden gebruikte om te zingen, al had ze geen reden nodig. Ze was ervan overtuigd dat ze een grote ster kon worden.

Ik wist dat ze spaarde om iets groots te gaan doen. Plotseling was ze bereid over te werken in de supermarkt en pakte ze elk optreden aan dat zij en haar partners konden krijgen, van privé-party's tot een uur of zo zingen in de winkelcentra in Columbus.

Toen kwam ze op een avond stilletjes mijn kamer binnen en deed de deur zachtjes achter zich dicht. Ze bleef met haar rug tegen de deur staan en keek me aan alsof ze de loterij had gewonnen. Haar gezicht straalde en haar ogen leken vol sterretjes.

'Morgennacht ontvluchten we dit kot,' fluisterde ze.

'Hè? Waarheen?'

'Ik heb een baan in Nashville bij een driemansband onder leiding van mijn oude vriendje van high school, Cory Lewis. Hij is de drummer, en ze zitten zonder zangeres. Die is weggelopen met een autoverkoper om in Beverly Hills te gaan wonen, volgens mij een soort oude autoband die lek is voor ze er zijn. Niet dat het mij wat kan schelen. Het betekent een mooie kans voor mij. We gaan spelen op plaatsen waar echte platenproducers komen luisteren naar nieuw talent.'

'Nashville?'

'Je komt nergens in de countrymuziek als je niet iets bereikt hebt in Nashville, Robin. Oké, pak heel stilletjes één koffer. Meer plaats heb ik niet in de Kever.'

Moederlief had een oude gele Volkswagen Kever, die eruitzag of iemand er in een vlaag van razernij urenlang tegen had staan beuken en trappen. De auto was op sommige plaatsen zo verroest, dat je hier en daar de weg onder je kon zien, en aan de kant van de passagier was de ruit gebarsten.

'Maar is Nashville niet erg ver weg?'

'Als je wat vaker naar school ging, zou je weten dat het maar iets meer dan zeshonderd kilometer hiervandaan is, Robin. Zeshonderd in reële afstand, maar een miljoen in dromen.'

'Met die grasmaaier van je haal je dat nooit.'

'Hou je grote mond en ga pakken,' beval ze ongeduldig. 'We vertrekken vannacht om twee uur. Heel stilletjes. Ik wil niet dat ze achter me aan komen,' zei ze, met een knikje naar de kamer van mijn grootouders.

'Hoe lang blijven we daar?' vroeg ik. Ze schudde haar hoofd.

'Kind, snap je het nou nog niet? We gaan hier voorgoed weg. Ik kan je niet achterlaten bij grootpapa en oma, Robin. Geloof me, ik wou dat ik het kon, maar ze zijn te oud om op je te passen, je iedere week uit de problemen te helpen. En voor mij is het nu of nooit. Ik kom nergens met dat zingen in die goedkope kroegen hier. Het doet er geen bal toe dat je van school gaat, dus doe maar niet alsof,' waarschuwde ze. 'Je bent zeker al zes keer geschorst voor het een of ander. Ze zullen je niet missen als het nieuwe schooljaar begint en jij er niet bent,' hielp ze me herinneren.

'En vertel me niet dat je je vrienden en vriendinnen zo zult missen, Robin. Die waardeloze kinderen met wie je omgaat helpen je alleen maar nog dieper in de narigheid. Waarschijnlijk red ik niet alleen mijn eigen leven, maar ook dat van jou. En denk eraan dat je je koest houdt!'

Ondanks haar bravoure, was ze toch nog bang voor grootpapa.

'Met een beetje geluk merkt hij pas dat we weg zijn als hij zijn huur komt innen. Hij zag dat als een manier om me te straffen voor jouw geboorte. Ga pakken!' Ze deed de deur behoedzaam weer open en glipte zo snel naar buiten als een schaduw die verrast wordt door het licht.

Ik moest bekennen dat ik verrast werd door haar moed. Zo lang ik me kon herinneren had ze het erover dat ze weg wilde uit Granville. Maar erover praten was iets anders dan het doen. Ondanks de maandelijkse huurbetaling aan grootpapa en zijn getier en geraas over het redden van onze zielen, hadden we een thuis. Oma kookte voor ons, en ook al hoorden mijn moeder en ik een deel van het huishoudelijke werk op ons te nemen, meestal deed oma het voor ons. Moederlief liet oma voor me babysitten toen ik nog klein was, zodat zij zich aan haar muzikale carrière kon wijden, ook al vond grootpapa het 'heulen met de duivel' om 'halfnaakt' op te treden in 'holen des verderfs'. Hij praatte zo vaak over de duivel en de hel, dat ik vroeger geloofde dat hij er geweest was en weer was teruggekeerd. Vandaag of morgen, dacht ik, haalt hij een paar foto's tevoorschijn om me de gekwelde zielen te tonen.

Toen de farm nog volop in bedrijf was, probeerde hij mijn moeder aan het werk te zetten, de schapen die hij fokte te voeren en te verzorgen, evenals de mini-Herefordkoeien. Opzettelijk of niet, ze was hem meer tot last dan dat ze hem hielp, en verspilde hopen wol bij het scheren van de schapen. Eindelijk gaf hij het tot haar grote genoegen op. Toen ik oud genoeg was om van enig nut te zijn, hield hij op met het veebedrijf en viel er niet veel meer te doen. Hij ontsloeg al zijn personeel.

Maar goed, toen ze me wakker had gemaakt, bette ik mijn gezicht met koud water en ging verder met pakken. Natuurlijk had ze beloofd een heel nieuwe garderobe voor me te kopen als we in Nashville waren en ze grof geld had verdiend in de muziekbusiness. Ik kon niet ontkennen dat ze een goede stem had en er leuk uitzag op een podium, maar ik kon me moeilijk voorstellen dat ze echt platen zou opnemen en voor de televisie zou optreden of voor duizenden mensen zingen. Dat zei ik niet tegen haar. Niets kon haar zo kwaad maken als een insinuatie dat ze niet genoeg in huis had om het te maken. Eigenlijk benijdde ik haar omdat zij tenminste een droom had. Het enige waar ik naar uitkeek toen we vertrokken, was een kop sterke koffie.

Vijftien minuten later stond ze bij de deur.

'Klaar?' vroeg ze. Ik had de koffer gepakt en dichtgedaan en zat met gesloten ogen op bed. Ik was bezig weer in slaap te vallen, in de hoop dat ik het allemaal maar gedroomd had.

'Al mijn spullen liggen al in de auto,' fluisterde ze. 'Kom, wakker worden, Robin.'

Ongeduldig pakte ze mijn koffer op. Hij was duidelijk zwaarder dan ze verwacht had.

'Wat heb je allemaal meegenomen?'

'Alleen wat ik nodig heb,' antwoordde ik.

Ze trok een lelijk gezicht en ging me voor. De gang was altijd heel zwak verlicht omdat grootpapa elektriciteit wilde sparen. De donkere gang en de duistere schaduwen die ons volgden op de muur, gaven me het gevoel dat ik nog steeds droomde. Het was half juli, maar ik had het koud. Ik huiverde, sloeg mijn armen om me heen en volgde mijn moeder over het stenen voetpad. In de gedeeltelijk bewolkte lucht verspreidden de sterren een minimum aan licht. De hele wereld leek te slapen. Ik had het gevoel dat ik een schilderij binnensloop.

De portieren van de auto protesteerden toen we ze openden, het metaal knarste. Moederlief startte de motor zonder de lampen aan te doen en reed langzaam over de lange oprit. Ik voelde me nog steeds suf en ongelovig, duizelig, mijn ogen waren halfgesloten.

'Blij dat ik hiervandaan ga,' mompelde ze. 'Weg! Eindelijk weg!'

Ik draaide me om en maakte het me zo gemakkelijk mogelijk, met mijn hoofd tegen het raam en de bovenkant van de stoel. Ik kon niet achterin kruipen omdat ze haar gitaar daar had neergelegd op een kussen, dat ik niet mocht gebruiken. Maar ondanks het gehots en gehobbel viel ik in slaap.

Ik werd wakker door het krijsende, schrille geluid van een vrachtwagencombinatie die ons passeerde op de snelweg. We reden al op de I-71 South naar Louisville. De bestuurder van de vrachtwagen drukte weer op zijn claxon.

'Idioot,' schold mijn moeder. Ik kreunde, ging rechtop zitten en strekte mijn armen.

Plotseling kwam alles weer boven.

'Ik dacht dat ik droomde,' zei ik.

Ze lachte.

'Niet langer, Robin. De dromen worden nu werkelijkheid.'

Ik keek naar de borden langs de weg.

'Ik snap niet waarom we ergens heen moeten waar mensen elkaar Bubba en Sissy noemen,' klaagde ik. Mijn moeder wist dat ik een hekel had aan countrymuziek. Ik zei dat het sentimenteel en huilerig was.

'Ik heb het je gezegd – daar moet je naartoe als je iets wilt bereiken in de countrymuziek.'

'Countrymuziek. Je moet op stro kauwen en op blote voeten lopen om ervan te kunnen houden.'

Ze rukte aan het stuur en raakte bijna van de weg, draaide zich naar me om en begon tegen me te schreeuwen.

'Je kunt die stomme mening maar beter vóór je houden als we daar zijn, Robin. De mensen in Nashville staan erom bekend dat ze rock-'n-rollers als jij voor minder aan hun oren hebben opgehangen.'

'Ja, ja, het is al goed,' zei ik.

'Ik begrijp trouwens niet hoe jij je kunt permitteren met iemand de spot te drijven. Je bent zestien en je hebt nu al een strafblad. Je hoort blij te zijn dat ik je meeneem naar een plaats waar niemand je kent. Je krijgt de kans om opnieuw te beginnen, nieuwe vrienden te maken.'

'Vrienden... Je hebt nooit een van mijn vriendinnen of vrienden aardig gevonden en dat zul je waarschijnlijk ook nooit doen, waar we ook wonen. Je hebt nooit waardering gehad voor iets wat ik gedaan heb.'

'Waar heb je het in godsnaam over?'

'Toen ik in groep zeven zat en meedeed aan dat toneelstuk van school, waren de vader of de moeder van alle kinderen aanwezig, maar míjn moeder niet. Mijn moederlief tokkelde op een gitaar in een of andere saloon met zaagsel op de vloer.'

'Vervloekt, dat laat je me nooit vergeten, hè. Ik doe mijn best, Robin. Het valt niet mee om een alleenstaande moeder te zijn, en mijn ouders hebben ons nooit veel geholpen. Je weet dat grootpapa mijn geld heeft aangepakt, ook al veroordeelde hij me om de manier waarop ik het verdiende. Je weet wat hij zegt: "Er bestaat geen slecht geld, er bestaan alleen slechte mensen." Hij heeft me gestraft sinds ik zwanger was van jou,' bracht ze me in herinnering. 'Je had weg moeten lopen en je laten aborteren. Ik wou dat ik nooit geboren was.'

'Ja, dat kun je nu makkelijk zeggen. Een meisje dat alleen op de wereld staat heeft het moeilijk, met of zonder baby, en het was voor mij dubbel moeilijk omdat ik bij mijn ouders moest wonen en grootpapa voortdurend over jou klaagde en mij de schuld gaf van elke stommiteit die jij uithaalde.'

'Maak je niet bezorgd, moederlief. Ik beklaag me niet dat je me niet bij hen hebt achtergelaten. Ik zou waarschijnlijk toch zijn weggelopen.'

'Daar twijfel ik niet aan. Ik weet dat ik je leven red door je mee te nemen, Robin. Je zou tenminste een beetje dankbaar kunnen zijn en meewerken. En nog iets, ik wil niet dat je me voortaan nog moederlief noemt. Ik weet dat je alleen maar sarcastisch bent, en me noemt naar dat boek *Mommie Dearest*. Bovendien,' ging ze verder, 'heb ik je gezegd dat ik me jonger moet voordoen. Vanaf de dag dat we in Nashville arriveren, tot ik iets anders zeg, ben je mijn jongste zusje. Noem me altijd Kay.'

'Dat zal niet moeilijk zijn,' zei ik. 'Er is meer voor nodig dan moeder genoemd te worden om een moeder te zijn.'

'O, wat zijn we weer slim.' Ze dacht even na. 'Eigenlijk is het wel goed, een voortreffelijke eerste regel voor een nieuw lied. Er is meer voor nodig dan moeder genoemd te worden om een moeder te zijn,' zong ze. Toen keek ze me aan. 'Dank je.'

Ik schudde mijn hoofd en staarde naar de vloer. Ze zette een van haar countrymuziekstations aan en begon mee te zingen. Hoe vrolijker zij was, hoe kwader en gedeprimeerder ik werd. Dit was niet *mijn* gedroomde leven, maar dat van haar. Ik was als een stuk papier aan de zool van haar laars. Ze kon me niet afschudden en ik kon me niet losrukken.

De weg strekte zich voor ons uit. Zij zag alleen mooie beloftes en roem. Ik zag slechts een stuk snelweg dat naar niets leidde – precies waar ik vandaan kwam.

Waarom heeft ze me eigenlijk Robin genoemd? dacht ik. Ze had me Canary moeten noemen.

Ik ben net een kanarie: gevangen in een kooi.

Ik hoefde dat maar tegen haar te zeggen en ze zou er weer een liedje van maken.

2. Op weg naar de roem

Ik viel weer in slaap ondanks het gezang van moederlief. Toen ik deze keer wakker werd moest ik naar de wc. Ze kreunde hardop.

'We zijn bijna op de I-65. Kun je er geen kurk in stoppen?'

'Ik moet *nu!*' gilde ik.

Met tegenzin reed ze de volgende parkeerplaats op, klagend over de verloren tijd. Ik begreep niet waarom ze zo gauw in Nashville wilde zijn.

'Waar moeten we trouwens wonen als we daar zijn?' wilde ik weten.

'Bij Cory. Hij heeft een appartement met twee slaapkamers, en het is niet ver van de school waar je naartoe gaat,' antwoordde ze.

Twee slaapkamers? dacht ik. Zij en ik zouden geen kamer delen. Dat stond als een paal boven water.

'Hoe kun je gewoon weer iets beginnen met iemand die je in jaren niet gezien hebt?' vroeg ik.

Ze staarde voor zich uit, zoekend naar een plaats om te parkeren. Ik dacht dat ze me geen antwoord zou geven.

Maar toen we stopten, draaide ze zich naar me om en zei met een staalharde glans in haar ogen: 'Je doet wat je moet doen om vooruit te komen in deze business, Robin. Cory kent nu mensen, en bovendien, waar maak jij je bezorgd over? *Ik* ben degene die met hem naar bed gaat, niet jij.'

'Met wie ga je niet naar bed?' mompelde ik. 'Daarom heb je me nooit kunnen vertellen wie mijn vader is.'

Het was de enige verklaring die ik had kunnen vinden. Naar wat ik er wijs uit had kunnen worden, had ze op een of andere wilde party met drie verschillende jongens gevrijd. Ze was zo dronken of gedrogeerd geweest, dat ze niet wist wie de eerste en wie de laatste was. Een verdwaald spermazaadje had een van haar eitjes te pakken gekregen en mij op deze wereld gebracht. Zoals grootpapa zou zeggen: 'De zonden van de moeder rusten op het hoofd van de dochter.'

'Ik heb gehoord wat je zei, Robin. Doe niet zo pedant,' zei ze, terwijl ze de motor afzette.

Ik stapte uit, sloeg het portier achter me dicht en liep het restaurant in naar het toilet. Ik hoorde dat ze me volgde. Ik vergiste me nooit in het geklik van haar laarzen op tegels.

'Ik dacht dat je kon wachten tot die verdomde afslag,' zei ik tegen de gesloten deur van het hokje toen ik weer naar buiten liep. Ze gaf geen antwoord.

Ik ging naar de winkel. Ik herinner me dat ik, terwijl ik stond te kijken naar kranten, tijdschriften, snoep en andere dingen, het gevoel had dat ik in de ruimte zweefde. Ik geloofde niet dat ik mijn grootouders zou missen, maar ik had in ieder geval een thuis bij hen gehad. Waar gingen we eigenlijk naartoe? Dacht moederlief werkelijk dat ik beter af zou zijn in Nashville, of was ik niet meer dan een stel oude kleren die je in een tas stopte en met je meezeulde? Ze had me heel duidelijk gemaakt dat ze niet wilde dat ik haar moeder zou noemen. Ze zou het een stuk gemakkelijker hebben gevonden als ze me gewoon ergens af kon zetten op weg naar een nieuw leven.

Toen we terug waren in de auto en wegreden, haalde ik het tijdschrift tussen de pagina's van de krant uit. Ze zag het me doen, reed naar de kant en trapte op de rem, zodat de wagen met een schok tot stilstand kwam.

'Heb je dat gestolen? Nou? Heb je dat tijdschrift stiekem in die krant gestopt en toen alleen voor de krant betaald? Ik ken die trucs van je.'

'Nee,' zei ik, maar ze keek me strak aan, met ogen als twee scherpe spotlights, en rimpelde haar neus.

'Je liegt, Robin. Ik weet het altijd als je liegt. Zul je ooit ophouden met stelen? Weet je niet dat je mij ook in moeilijkheden had kunnen brengen? En dat terwijl ik op weg ben naar Nashville. Hoe denk je dat ik dat zou kunnen uitleggen? Sorry, ik kon niet op tijd komen voor de auditie, omdat mijn dochter een tijdschrift had gestolen en we onderweg gearresteerd werden?'

Ze reed weer door.

'Waarom doe je die dingen toch?' vroeg ze, maar voornamelijk aan zichzelf. 'Misschien heeft mijn vader gelijk. Misschien erven mensen het kwaad.'

'Van wie heb jij het dan geërfd?' snauwde ik.

Ze keek me even kwaad aan.

'Ik vind niet dat het zo slecht was wat ik gedaan heb, in ieder niet zo slecht als mijn vader vindt. Ik was jong en deed stomme dingen als drugs en alcohol en ik was erg gefrustreerd omdat ik in dat huis moest wonen en me steeds weer werd voorgehouden dat alles wat ik leuk vond en alles wat ik wilde doen me werd ingegeven door Satan.'

Ze draaide zich naar me om en keek weer naar het tijdschrift.

'Ik waarschuw je, Robin. Als je je in Nashville in de problemen werkt, zoals je thuis hebt gedaan, hoef je niet op mijn hulp te rekenen. Ik wil niet dat iemand, vooral niet iemand die in de business zit, weet dat ik van een kleine dievegge bevallen ben. Begrijp je wat ik zeg?'

'Je hebt me al verteld dat je net wilt doen of je mijn oudere zus bent, niet? Niemand zal je veroordelen omdat je van iets bevallen bent.'

'Doe niet zo eigenwijs. O, verdorie,' zei ze met een vertrokken gezicht. 'Ik hoopte dat we een gezellige reis zouden hebben en jij net zo enthousiast zou zijn als ik. We beginnen een nieuw leven!'

'Jij begint een nieuw leven,' verbeterde ik haar.

Ze zuchtte en schudde weer haar hoofd.

Na een ogenblik haalde ik een pakje sigaretten tevoorschijn en stak er een op. Ze draaide zich nog sneller om dan de eerste keer.

'Waar heb je die vandaan?'

Ik haalde mijn schouders op.

'Ook gestolen waarschijnlijk. Mijn god, wat een problemen zijn we ontlopen. Heb ik je niet gezegd dat ik niet wil dat je in mijn aanwezigheid rookt? Heb ik je niet gezegd dat het zo slecht is voor mijn keel, mijn stem? Ik kan niet het risico lopen dat ik mijn stem moet forceren, zeker nu niet. Laat me toch altijd niet zo schreeuwen.'

'Dat doe ik niet.'

'Gooi die sigaret het raam uit!'

Ik nam nog een uitdagende trek, draaide het raam omlaag en gooide de sigaret naar buiten.

'Gooi het hele pakje eruit,' beval ze.

'Het hele pakje? Maar – '

'Gooi het eruit, Robin. Nu,' zei ze, en ik gehoorzaamde.

Toen leunde ik met over elkaar geslagen armen achterover en bleef zitten mokken, tot we de sirene van een politieauto hoorden en ze in de achteruitspiegel keek en riep: 'O, nee!'

Terwijl ze langzamer ging rijden om te stoppen, begon mijn hart te bonzen. Hadden ze me gezien in die winkel?

'Nu heb je het voor elkaar,' jammerde ze. 'Ik ben al kapot nog voordat ik begonnen ben.'

De agent stapte uit zijn wagen en slenterde naar mijn kant. Hij bewoog zijn hand in een cirkel om aan te geven dat ik het raampje omlaag moest draaien.

'Uw rijbewijs en autopapieren,' beval hij. Hij leek mij wel drie meter lang en zwaarder gebouwd dan grootpapa.

Mijn moeder haastte zich om alles uit het handschoenenkastje en haar tas te halen. Het duurde even, en al die tijd stond hij woedend naar me te kijken. Ik ben weer betrapt, dacht ik verslagen.

Hij pakte het rijbewijs en de papieren.

'Waar gaat u naartoe?' vroeg hij al lezend.

'Naar Nashville, agent. Ik ben zangeres en ik heb een kans om vooruit te komen in mijn carrière. Mijn dochter en ik gaan een nieuw leven beginnen,' ging ze verder. Ik vind het zielig, zoals ze probeerde lief en onschuldig over te komen.

Hij glimlachte niet.

'Beseft u wel,' begon hij, meer naar mij kijkend, 'dat u een ernstige brand kunt veroorzaken door brandende sigaretten uit het raam op het droge gras te gooien?'

'O,' zei moederlief, blijkbaar opgelucht dat ik niet gearresteerd werd voor winkeldiefstal. 'Ja. Ik bedoel, nee. Ik realiseerde me niet dat ze een brandende sigaret uit het raam had gegooid. Ik dacht dat ze hem had uitgemaakt. Ik heb je toch gezegd dat je dat eerst moest doen, Robin?' vroeg ze met een verhit gezicht.

Ik keek haar aan zonder te antwoorden. Hij moest wel heel stom zijn om daarin te trappen, dacht ik.

'We hebben hier onlangs een paar ernstige branden gehad, en met die droogte...'

'O, ja, agent. U hebt absoluut gelijk. We hebben niet goed nagedacht. U weet hoe twee jonge vrouwen soms kunnen doen. We luisterden naar muziek en praatten met elkaar omdat we zo opgewonden zijn over het nieuwe leven dat we gaan beginnen.'

'Hm,' zei hij, 'ik hoor u hiervoor te dagvaarden.'

'We hebben niet veel geld,' jammerde ze. 'Net genoeg om in leven te blijven. Ik zweer u dat we nooit meer zoiets zullen doen. Nee toch, Robin?'

'Nee,' zei ik droogjes. 'Nooit meer.'

Hij knikte.

'In orde. Kijk goed uit en let op uw snelheid. Ik zie dat uw rechterachterband te veel is afgesleten. Ik zou die maar gauw laten verwisselen.'

'O. Net iets voor mij om mijn auto te verwaarlozen. Maar,' zei ze, knipperend met haar oogleden, 'mijn mannen verwaarloos ik nooit.'

Eindelijk lachte hij.

'Dat geloof ik graag. Goeie reis.'

'Dank u wel, agent,' zei ze.

Ik moest bijna overgeven, maar ik slikte een paar keer, sloot mijn ogen en kneep mijn lippen op elkaar.

'Oké. Veel succes met uw carrière. Hoe is uw naam? Voor het geval ik later over u hoor?'

'Kay Jackson,' zei ze. 'En u zúlt over me horen.'

Hij lachte, tikte aan zijn pet en liep terug naar zijn auto.

Moederlief liet haar ingehouden adem ontsnappen.

'Zo,' zei ze zelfvoldaan. 'Laat dat een les voor je zijn. Als je aardig bent tegen mensen, zijn ze ook aardig tegen jou. Vooral mannen,' voegde ze eraan toe en reed weg.

'Als je zo aardig tegen ze bent hoe komt het dan dat niemand je ooit gevraagd heeft met hem te trouwen?' vroeg ik.

Diep in mijn hart dacht ik dat *ik* in feite de reden was. De meeste mannen willen niet trouwen met een vrouw die een kind moest opvoeden, en toen ik opgroeide, werd dat steeds meer een probleem. Ik kreeg nachtmerries waarin moederlief besloot met iemand te trouwen, maar alleen als ik bij grootpapa en oma bleef. In die sombere droom kwam ze naar me toe en zei: 'Je kunt niet van een man verwachten dat hij de verantwoordelijkheid op zich neemt om het kind van een ander op te voeden, nee toch, Robin? Ik weet

25

zeker dat je het begrijpt.' Ik werd wakker als ze het huis verliet en dan vroeg ik me een ogenblik af of het echt gebeurd was. Zo levendig was de droom meestal.

'Waarom denk je dat niemand me ooit gevraagd heeft?'

'Je hebt er nooit iets over gezegd,' antwoordde ik.

'Er waren er meer dan genoeg, maar ik kan niet werken aan een zangcarrière en tegelijk voor het huishouden zorgen. En als hij eens meer kinderen wilde? Wat moest ik dan, met een baby in mijn armen mijn songs opnemen? Ik heb geen behoefte aan een huwelijk, maar aan een doorbraak in de muziek.'

Ze keek naar mij.

'Ik wil niet beweren dat een huwelijk verkeerd is of zo, Robin. Voor bijna alle andere vrouwen is het goed. Ik hoop dat je op een dag de juiste man zult vinden. Het gaat alleen niet op voor mij. Herinner je je dat lied dat ik heb geschreven: "I'm not the marryin' kind, so don't bendin' your knee for me"? Ik behoor niet tot de trouwlustige soort, dus val niet op je knieën voor mij.'

'Ik herinner het me. Ik probeer het alleen te vergeten,' mompelde ik.

'Je zult er veel spijt van krijgen dat je al die gemene dingen tegen me gezegd hebt, Robin. Op een dag zul je naar me opkijken als ik op het podium sta van de Grand Ole Opry en dan zul je spijt hebben dat je de spot hebt gedreven met mij en de countrymuziek. Die is in ieder geval eerlijk, die komt uit het hart, niet zoals die rap of dat gedreun en geschreeuw dat jij muziek vindt.'

Ik sloot mijn ogen en probeerde weer te slapen. Ze zweeg, maar toen we dichter bij Nashville kwamen, raakte ze opgewonden. Ze vond een paar nieuwe radiostations en zong mee waar ze kon.

Ik deed mijn ogen weer open en keek om me heen naar de prachtige dag, een van die dagen waarop slechts enkele verspreide donzige wolkjes in een helderblauwe lucht drijven.

'O, ik voel het,' riep mijn moeder uit. 'Ik voel de veranderingen die op komst zijn, Robin. Jij niet?'

'Nee,' zei ik, maar het kwam er triest uit. Ik wilde echt dat ik hetzelfde kon voelen als zij. Ze straalde van hoopvolle verwachtingen. Zou ik ooit zo stralend gelukkig kunnen zijn?

Ze negeerde me omdat ze zich concentreerde op de routebeschrijving die Cory Lewis had gegeven, naar een wijk die Madison heette. Of hij had iets weggelaten, óf ze was in de war, en aan mij had ze ook niet veel. Ten slotte stopte ze bij een pompstation en kreeg betere aanwijzingen. Ongeveer een halfuur later reden we een brede straat in naar de Garden Apartments.

'We zijn er!' verklaarde ze en reed de parkeerplaats op. Auto's stonden geparkeerd onder carports. Ze vond het nummer van Cory Lewis' appartement en stopte achter wat ik dacht dat zijn rode pick-up was. Even bleef ze glimlachend zitten. 'We hebben het gehaald,' zei ze toen. Ze haalde diep adem en voegde eraan toe: 'De rest zal gemakkelijk zijn.'

Ik trok mijn wenkbrauwen op. Misschien was het niet zo goed om zulke hoge verwachtingen en dromen te hebben, dacht ik. Als je die niet had, bleven ook de teleurstellingen uit, en als er één ding was dat mijn leven beschreef, was het teleurstellingen met een hoofdletter T.

We stapten uit de auto. Ze wilde eerst naar Cory en dan onze spullen boven brengen.

'Hij helpt wel,' zei ze.

De appartementen in het complex maakten een vervallen indruk. Het stucwerk was gevlekt en verkleurd door jaren van regen. Op sommige balkons zag ik oude meubels, roestige fitnessapparaten en verlepte planten. Het pad door het complex was gebarsten en afgebrokkeld, en hier en daar waren diepe groeven waar stukken cement waren verdwenen. Er was een zwembad, maar het stond droog en er zat niemand. Toen we er langskwamen keek ik omlaag en zag allerlei afval op de bodem liggen, waaronder iets wat eruitzag als een driewieler voor een klein kind.

Het appartement van Cory Lewis was op de eerste verdieping, nummer 202. Moederlief, nog steeds met een stralende glimlach van opwinding en verwachting, drukte op de bel. Ik hoorde niets. Ze belde weer.

'Misschien is de bel kapot,' opperde ik.

'O.'

Ze klopte, maar er was binnen nog steeds geen geluid te horen. Ik klopte harder, bonsde praktisch op de deur.

'Robin!'

'Nou, misschien staat de radio aan. Heeft niet iedereen in Nashville de radio aan?'

Ze rimpelde haar neus en toen ging de deur eindelijk open en zagen we een lange, magere man met een smalle neus en dunne lippen. Hij had een baard van misschien twee of drie dagen, stijf en hard genoeg om er verf mee te kunnen afschuren. Zijn lange, lichtbruine haar hing sluik langs zijn hoofd op zijn schouders, waar de gespleten uiteinden omkrulden. Hij was gekleed in een zwart T-shirt met de verschoten tekst *Bulls Are Always Horny* (stieren zijn altijd geil), en een spijkerbroek, liep op blote voeten en zag eruit of hij net wakker was geworden. Zijn blauwe ogen waren glazig. Ik zag dat hij een klein litteken had vlak onder zijn rechteroog, met kleine putjes erin alsof het veroorzaakt was door een eetvork.

'Cory, wij zijn het!' was moederlief gedwongen te verklaren, want op zijn gezicht viel nog geen enkele herkenning te bespeuren.

'Waa...' Hij streek met zijn hand over zijn ogen en knipperde met zijn oogleden. Toen glimlachte hij. 'Verrek, dat is zo. Kay Jackson in eigen persoon,' riep hij uit. 'Ik had nooit gedacht dat je het zou doen, Kay. We dachten er net over een andere zangeres te zoeken.'

'Dat zou ik dan maar niet doen,' zei moederlief. 'Ik heb je gezegd dat ik zou komen en hier ben ik.'

'Ja, maar dat vertelde je me al een hele tijd.'

Hij keek naar mij. 'En dit is...'

'Robin Lyn.'

'Ik wil graag alleen Robin worden genoemd,' zei ik snel.

'Wat je wilt, kindlief. Sorry, maar het appartement is niet bepaald in prima conditie, Kay. Gisteravond waren de jongens hier en we hebben tot drie uur zitten kaarten. Ik kreeg de kans niet om op te ruimen of de andere slaapkamer in orde te brengen.'

Hij deed een stap achteruit en we staarden naar de kleine zitkamer. De lage tafel was bedekt met lege bierblikjes en een doos met twee overgebleven en uitgedroogde pizzapunten. Er stond een schaal met sigarettenpeuken en diverse kledingstukken lagen verspreid op de bank en de twee fauteuils, beide met brede armleuningen en brandgaatjes van gemorste as. Kranten lagen overal op de grond, en onder de tafel zag ik iets wat op een renbaanformulier leek.

'Mijn huis heeft een vrouwenhand nodig,' zei hij. Voordat moederlief het kon zeggen wees hij met zijn wijsvinger als een pistool naar haar en voegde eraan toe: 'Goeie titel voor een song.'

Ze lachte.

'Nog steeds dezelfde ouwe Cory. Nou ja,' zei ze filosofisch. 'We hadden niet verwacht dat het vanaf het eerste begin een makkie zou zijn, hè, Robin?'

'Beslist niet,' zei ik op droge toon.

'Ga jij vast terug naar de auto en begin met onze spullen te halen,' zei ze tegen mij. 'Ik zal Cory helpen de boel op orde te brengen en dan kan hij misschien de zware dingen naar boven dragen.'

'Goed idee,' zei hij. 'Het is al een tijd geleden dat het er hier een beetje netjes uitzag.'

Ik liep naar de deur.

'O,' zei hij, me nakijkend toen ik naar buiten liep. 'Welkom in Nashville.'

'Dank je,' zei ik, en liep door.

Ik wou dat ik gewoon kon blijven doorlopen zonder te stoppen.

3. Wennen aan het niets

Als ik me ooit verloren of niet thuis had gevoeld bij oma en groot-papa in Granville, was dat nog niets vergeleken met mijn gevoelens in Cory Lewis' appartement. In het huis van mijn grootouders kon ik tenminste ruimte vinden voor mijzelf, ontsnappen naar mijn eigen muziek, mijn eigen kleine wereld. Nu ik in dit appartement woonde, wist ik wat bijen moesten voelen in een korf, dacht ik. Niets was van mij. Niets was echt privé, en ieders gesprek klonk door in de oren van alle anderen, of hij of zij dat wilde of niet.

Behalve het feit dat mijn kamer ongeveer een derde was van de kamer die ik op de farm had, was het echte probleem dat er maar één badkamer was, en omdat die ook niet erg groot was, moest ik mijn spulletjes voornamelijk in mijn kamer bewaren. Ik merkte al-gauw dat ik alleen maar enige échte privacy zou hebben als moederlief en Cory naar de garage gingen van Del Thomas, een van de andere musici, om te repeteren en hun optreden voor te bereiden. Op die dagen had ik het appartement grotendeels voor mijzelf, al viel er niet veel te doen. Er was maar één televisietoestel en Cory weigerde te betalen voor kabel- of satellietontvangst, dus waren er alleen maar lokale omroepen te zien. Mooie vooruitgang in ons leven, dacht ik. Grootpapa had in ieder geval kabel-tv en ik had mijn eigen toestel daar.

Mijn moeder zag het in mijn ogen.

'Dit is maar een tijdelijk verblijf, Robin. Zodra ik goed geld ga verdienen, krijgen we ons eigen huis.'

'Tegen die tijd leef ik van de bijstand,' zei ik. Ze stond op het punt me een klap te geven.

'Het zou prettig zijn,' zei ze, voor me staand met haar handen op haar heupen, 'als je een klein beetje bemoedigender was. Ik doe dit voor ons beiden.'

'Natuurlijk,' zei ik.

Cory keek met een brede stomme grijns toe als we onenigheid hadden. Meestal zei hij niet veel. Hij schudde slechts zijn hoofd en zei: 'Robin Lyn.'

'Ik heet Robin,' schreeuwde ik. 'Niet Robin Lyn.'

'Verdraaid, meid, de meeste meisjes hier die ik ken hebben twee namen.'

'Ik kom hier niet vandaan.'

'O, ja. Jij komt uit een grotere, mondainere plaats,' zei hij lachend. Moederlief lachte ook. Het duurde niet lang of ik had het gevoel dat het een strijd was van mij tegen hen. Ze gaf hem gelijk in bijna alles wat hij zei of deed.

Het leek me trouwens niet dat hij zo belangrijk was in de muziekbusiness en zoveel relaties had. Als hij zoveel invloedrijke mensen kende, waarom woonde hij dan in dit appartement en waarom had hij niet een andere zangeres, iemand met meer ervaring of bekendheid dan mijn moeder? Ik kon er niet bij met mijn verstand dat mijn moeder zoveel hoop en vertrouwen in hem stelde. Voorzover ik het kon beoordelen, had hij nog minder succes dan de musici met wie moederlief in Granville placht te spelen. Het leek wel of ze blind was of het gewoon niet wílde zien. Ik had zelfs medelijden met haar, maar het zou niet lang duren voor ik meer medelijden had met mijzelf.

Feitelijk had ik de eerste de beste nacht daar al medelijden gehad met haar. Cory belde zijn twee andere bandleden en zei dat ze moesten komen, zogenaamd om te praten over hun muziek en mijn moeder te horen zingen en gitaarspelen. Ze was doodzenuwachtig. Het leek wel of ze al auditie deed voor de Grand Ole Opry.

'Welke liedjes moet ik kiezen? Welke zing ik het best?' vroeg ze, meer aan zichzelf dan aan mij, terwijl ze gejaagd door het kleine appartement liep, van de kamer die ze met Cory deelde naar de badkamer en terug, zich nauwelijks bekommerend om mijn kamer en of ik me daarin thuisvoelde.

Eén keer bleef ze staan en zei: 'O, je hebt hier uitzicht op de straat. Dat is interessanter. Wij kijken uit op het binnenplein.'

'Ja. Ik zal mijn tijd doorbrengen met naar de auto's kijken die voorbijrijden,' zei ik.

'Niets let je deze kamer op te knappen en in te richten zoals jij wilt,' reageerde ze. 'Cory vindt het prima. Hij gebruikte hem alleen om dingen op te slaan en nu en dan iemand te laten slapen die te veel gedronken had of zoiets. Ik weet niet goed wat ik aan moet trekken. Ik heb dat shirt dat flonkert als de Electric Horseman. Dat lijkt me wel goed, denk je niet?'

Ik gaf geen antwoord en bleef mijn spulletjes uit mijn koffer halen en in de laden opbergen van de wankele, oude, afgebladderde kast. Dat wil zeggen, nadat ik de gemorste tabak en kauwgum en andere rotzooi had verwijderd en de laden had schoongemaakt. De kast lag vol met Cory's kleren, dozen met bladmuziek, zes paar oude laarzen en een gitaar met kapotte snaren.

'Waar moet ik mijn kleren hangen?' vroeg ik.

'O, verrek,' zei Cory, die me hoorde. Hij kwam binnen, pakte zijn kleren bijeen, tilde ze van de stang en gooide ze in een hoek van de kamer. 'Geeft niet of die dingen hangen of niet. De kast is geheel en al van jou, Robin Lyn,' zei hij met een overdreven buiging.

'Robin,' zei ik vinnig, en hij lachte. Hij had al een flesje bier opengemaakt. Hij scheen zich niet te kunnen bewegen zonder zo'n flesje in de hand. Ik zag een tatoeage op zijn rechteronderarm. Het was een doormidden gespleten hart waaruit tranen drupten en daaronder de woorden *My Heart Cries for You* (Mijn hart huilt om jou). Hij zag dat ik ernaar staarde.

'Zo kun je het beter lezen,' zei hij en draaide zijn arm rond, om het me goed te laten zien.

'Waarom laat je zoiets op je arm tatoeëren?' vroeg ik vol afkeer.

'O, heeft je moeder je niet...'

'Zus,' verbeterde moederlief hem vanuit de badkamer waar ze bezig was met haar haar.

'Zus, bedoel ik, je niet verteld dat ik vroeger een song had op de hitlijst: "Broken Heart"?'

'Nee, dat kleine detail heeft ze achterwege gelaten,' zei ik.

'Kay Jackson. Heb je haar nooit verteld dat je met een belangrijk man werkt?'

'O, ja, dat heeft ze me verteld,' zei ik. Hij zoog aan zijn flesje bier en glimlachte toen.

'Wil je de rest van het lied zien?'

Dat wilde ik niet, maar ik kon zien dat hij het belangrijk vond.

'Ja, hoor.'

Hij deed zijn hemd open en ik zag dat er twee regels op zijn borst getatoeëerd waren met dat gebroken hart ertussen.

Each time it beats a beat,
My heart will cry for you.
(Bij elke klop van mijn hart huilt het om jou.)

Hij trok zijn hemd helemaal uit en liet me zijn rug zien, waar nog twee regels getatoeëerd waren.

Each time I see your face,
My heart will cry for you.
(Telkens als ik je gezicht zie, huilt mijn hart om jou.)

Hij draaide zich weer naar me om, maakte zijn broek los, liet hem met zijn onderbroek tot bijna zijn geslachtsdelen zakken. Op zijn buik stonden nog twee regels.

When I see your hand in someone else's hand,
My heart will cry for you.
(Als ik je hand in hand zie met een ander,
huilt mijn hart om jou.)

Toen draaide hij zich om en liet zijn broek en onderbroek tot op zijn knieën zakken. Op zijn billen stond getatoeëerd:

Until the very end of time,
My heart will cry for you.
(Tot aan het einde der dagen zal mijn hart huilen om jou.)

Hij draaide zich om, trok zijn kleren weer omhoog en zong verder.

So take me back and hold me tight and never let me go.
Please mend a heart that's torn in two,
A heart that loves you so.'
(Dus neem me terug en hou me vast en laat me nooit meer gaan.
Herstel een hart dat is gebroken,
een hart dat zoveel van je houdt.)

33

Hij lachte.

'Ik kon niet het hele eerste couplet erop krijgen. Nou, wat vind je ervan?'

Even moest ik goed tot me laten doordringen dat ik inderdaad had gezien wat ik had gezien.

'Waar ik aan dacht,' ging hij zonder op mijn antwoord te wachten verder, terwijl hij weer een slok bier nam, 'is dat ik de rest van het lied kan laten tatoeëren op de huid van mijn vrouw. Als we dan naakt naast elkaar staan, hebben we samen het hele lied. Toch?'

Hij keek naar moederlief en toen naar mij en barstte in lachen uit.

'Moet je haar gezicht zien, Kay.'

Moederlief keek en lachte toen ook.

'Laten we de jongens bellen en zeggen dat ze wat eerder moeten komen. We willen er een beetje vaart achter zetten.'

Hij keek weer naar mij en zong: 'Mijn hart huilt om jou.'

Toen sloeg hij zijn arm om mijn moeder en ging naar de zitkamer om zijn bandleden te bellen.

Als er één hart huilt, dacht ik, dan is het dat van mij.

Voordat de bandleden arriveerden, verliet ik het appartement om op verkenning uit te gaan in de buurt waar ik blijkbaar in de komende tijd zou wonen. Voor het appartement op de benedenverdieping zat een meisje van ongeveer mijn leeftijd, met gitzwart haar dat in een paardenstaart was gebonden. Ze zat op een tuinstoel en scheen mee te zingen met wat ze door haar koptelefoon hoorde. Ze droeg een T-shirt waarvan de mouwen tot aan haar schouders waren afgescheurd, en een spijkerbroek. Ik dacht dat het T-shirt bespat was met rode verf, tot ik dichterbij kwam en zag dat de rode stippen met elkaar verbonden waren en een paar lippen vormden. Daaronder stond *Don't Give Me Any Lip* (Kom me niet aan met brutale praatjes).

Toen we oogcontact kregen, zette ze haar koptelefoon af.

'*Quién está usted?*'

'Pardon?'

'Ik vroeg wie je bent in het Spaans. Ik leer Spaans met die koptelefoon.'

'O.'

'Nou?'

'Nou wat?'

'Nou, wie ben je, of is dat een geheim?'

'Ik heet Robin Taylor,' zei ik, met opzet het Lyn weglatend.

'Mijn moe... zus en ik logeren een tijdje bij een vriend.'

'*Quién?*'

'Wát?'

'Ik dacht dat je dat nu wel zou snappen. Wie? *Quién?* Snap je het nu?'

'Ik spreek geen Spaans,' zei ik vinnig. Ik wilde doorlopen, maar ze sprong op uit haar stoel.

'Ik ook niet. Daarom ben ik bezig het te leren.'

'Waarom?'

'Ik ga weglopen naar Mexico en op een strand leven en tequila drinken en me nooit om de tijd bekommeren,' zwoer ze. Waarschijnlijk keek ik nogal sceptisch. 'Ik doe het!' hield ze vol. Ze keek achterom naar de voordeur van haar appartement. 'Ik heb er genoeg van om me door mijn stiefmoeder te laten vertellen wat ik moet doen, wat ik moet dragen, wat ik moet eten. Mijn vader zegt nooit iets. Ze wikkelt hem om haar je-weet-wel.'

Nu glimlachte ik.

'*Quién está usted?*' vroeg ik, en ze begon te lachen.

Ze had een rond gezicht waarin haar donkerbruine ogen te klein leken. Met haar zware beendergestel leek ze wel twintig pond te zwaar. Het gaf haar een meer volwassen uiterlijk, vooral met haar grote borsten en brede heupen. Ik nam aan dat als haar stiefmoeder haar vertelde wat ze moest eten, ze probeerde haar te laten afvallen.

'*Mi nombre es* Kathy Ann Potter. En ik waarschuw je, noem me geen Pothead (potroker),' zei ze agressief. Toen glimlachte ze weer. 'Dus wie is je vriend?'

'Vriend?'

'Bij wie jij en je zus wonen?'

'O. Cory Lewis.'

'De vampier? Zo noemt mijn stiefmoeder hem omdat hij de hele nacht weg is en overdag slaapt.'

'Dat doen musici meestal,' zei ik, 'en zangers ook. Mijn zus zingt in zijn band, of gaat dat doen.'

'Leuk voor haar,' zei ze grijnzend. 'Waar ga je naartoe?'

'Weet ik niet. Een eindje wandelen.'

'Laat maar. Hier in de buurt is niks. Je moet de stad in. Heb je zin om vanavond mee naar Stumpin' Jumpin' te gaan, met mij en mijn vriendin Charlotte Lily?'

'Wat is dat?'

'Een dansclub. Je moet eenentwintig zijn, maar we komen er wel in. Er komen een hoop studenten.'

'Eenentwintig? Hoe wil je dat doen?'

'Het vriendje van Charlotte Lily's zus is een van de bewakers. Hopen kinderen onder de eenentwintig komen erin.' Ze keek op haar horloge.

'Zullen we hier over een uur afspreken? We gaan met de bus en ik heb met mijn beste vriendin, Charlotte Lily, afgesproken in het centrum bij de Tennessee Fox Trot.'

Ik lachte verbaasd. Over snel vrienden maken gesproken, dacht ik. Ik kon wel een seriemoordenaar zijn, wist zij veel...

'Nou?'

'Over een uur?'

'Heb je meer tijd nodig om je op te tutten?' vroeg ze. 'Je gaat toch niet uit in een spijkerbroek en een shirt en sneakers, hè?'

'O, nee. Wat trek je aan naar die, hoe noemde je het ook weer, Somethin' Jumpin'?'

'*Stumpin*' Jumpin'.' Ze lachte. 'Iets dat meer sexy is,' antwoordde ze. 'Het is er erg warm.'

'Hoe heet dat andere ding? Hoe zei je ook weer, Tennessee Fox Trot?'

'O, de carrousel in Riverfront Park.' Ze hield haar hoofd schuin en keek me achterdochtig aan. 'Voor mensen die hier komen om iets in de muziek te doen, lijk je niet veel van Nashville te weten.'

'Weet ik ook niet. Behalve dat het de bakermat is van de Grand Ole Opry, waar mijn zus van plan is te gaan zingen.'

'O, ja, zij en nog ongeveer twee miljoen anderen,' zei Kathy Ann.

'Misschien lukt het haar wel,' mompelde ik. Gek genoeg kon ik kritisch en sceptisch doen over de kansen op succes van mijn moeder, maar ik wilde niet dat iemand anders dat deed.

'Ik hoop het voor haar,' zei ze zonder veel emotie. 'Nou, ben je nog van plan te gaan of niet? Ik moet Charlotte Lily bellen om het

haar te vertellen en zeker te weten dat zij het ermee eens is.'
'Wat voor club is het?'
'Pret met een hoofdletter P,' antwoordde ze. 'Ben je bang om een beetje pret te maken?'
'Doodsbang,' zei ik onbewogen. 'Oké. Tot over een uur.'
Ik ging weer terug naar de flat. Moederlief was gekleed in een van haar outfits en tokkelde op haar gitaar. De deur van de badkamer was dicht en Cory was kennelijk daarbinnen.
'Ik ga uit met een vriendin,' zei ik.
'Wat? Heb je nu al een vriendin? Hoe kan dat? Je bent net buiten en weer binnen.'
'Ze woont hier ook. Ze zat beneden.'
'Mooi zo. Waar ga je naartoe?'
'Riverfront Park. Daar is een carrousel.'
'Dat is alles?'
'Ik moet eerst wegwijs worden in de stad en dan weet ik zelf waar ik naartoe wil,' zei ik, en ging iets zoeken in mijn schamele garderobe. Ten slotte besloot ik een van haar western blouses te lenen en te doen wat zij deed: de onderkant vastknopen en iets van mijn middel laten zien. Cory was nog in de badkamer.
'Ik wil mijn haar doen en me wat opmaken, maar ik heb geen spiegel. Wat doet hij daar toch?' vroeg ik luid genoeg om me voor hem verstaanbaar te maken. Op dat moment werd er op de deur geklopt en moederlief liet Del Thomas binnen en de derde musicus, Ernie Farwell, die meer dan een meter tachtig was, met lange armen en een lange nek. Hij had vuilblond haar, net zo slordig als dat van Cory, en dofbruine ogen met oogleden die voortdurend op het punt leken dicht te vallen. Del was de netste van de drie, met goedgeknipt donkerbruin haar en een getrimde baard. Ik vond dat hij er intelligent uitzag, en ik zou algauw merken dat hij ook de meest serieuze was van de drie op het gebied van hun muziek.
Moederlief stelde zichzelf en mij voor. Cory kwam eindelijk uit de badkamer tevoorschijn. Terwijl ze stonden te praten deed ik mijn haar en maakte me wat op.
'Waar gaat zij naartoe?' vroeg Cory aan mijn moeder. Ze vertelde het hem. 'Met wie heb je afgesproken?' vroeg hij alsof hij mijn wettelijke voogd was.
'Ze heet Kathy Ann Potter.'

'Die dikke meid? Ik wist niet dat ze nog iets anders deed dan luisteren naar haar koptelefoon en eten en waarschijnlijk hasj roken. Haar moeder ziet er goed uit,' zei hij tegen Del.

'Bedankt voor het verslag over de buren. Laten we beginnen. We hebben een hoop te doen,' zei Del nuchter.

'Natuurlijk.' Cory keek naar moederlief. 'Laat je haar in díé kleren weggaan?'

Ze keek me strak aan. Haar ogen veranderden in twee kil dreigende stalen bollen.

'Zorg dat je niet in de problemen komt, Robin. We kennen geen ziel hier, behalve Cory.'

'Wie zegt dat hij een ziel heeft?' vroeg ik spottend, en de drie mannen lachten. 'Ik heb wat geld nodig,' voegde ik eraan toe.

Ze stond op, pakte haar tas en gaf me een biljet van twintig dollar.

'We moeten zuinig zijn, weet je,' zei ze. 'Zorg dat je om elf uur thuis bent, en laat ik niet horen dat je stuff rookt.'

'Oké,' zei ik.

'Robin Lyn,' riep ze me na. Ze voegde altijd mijn tweede naam eraan toe als ze ergens de nadruk op wilde leggen.

'Robin Lyn,' riep Cory. *'Don't you sin.* Zondig niet.'

Ik deed de deur achter me dicht zodat ik het gelach niet meer hoorde en liep haastig naar Kathy Anns flat. Ze stond buiten al te wachten.

'Je ziet er moorddadig uit,' merkte ze op. Zelf droeg ze een mouwloze zijden blouse met ruches en een laag uitgesneden hals die een veelbelovende inkijk bood. Ik vond dat ze over de schreef was gegaan met haar make-up, te veel oogschaduw en te zwaar aangezette lippen. Haar rok was bijna een mini, en ze had er niet de benen voor. Die waren kort en dik, met benige knieën. Ze deed me denken aan een klein meisje dat de slaapkamer van haar moeder was binnengeslopen en daar de volwassen vrouw speelde.

'Kom mee,' zei ze. Ze pakte mijn hand en trok me mee naar de straat. 'Ik heb Charlotte Lily over je verteld, en ze wil je graag leren kennen.'

We gingen op weg naar de bushalte en begonnen te hollen toen er een bus stopte. Kathy Ann scheen niet te merken hoe de andere passagiers haar bekeken.

'Hier,' zei ze en overhandigde me een studentenlegitimatie. 'Vanavond ben je Parker Carson, eenentwintig jaar oud.'

'Waarom hebben we die nodig? Ik dacht dat je zei dat we naar binnen konden.'

'Alleen voor het geval dat,' zei ze. 'Je moet met iets kunnen zwaaien, zodat het vriendje van Charlotte Lily's zus geen moeilijkheden krijgt.'

Ik haalde mijn schouders op en stopte het legitimatiebewijs in de zak van mijn shirt.

'En vertel me nu alles over jezelf,' zei ze. Ze leunde achterover en zag eruit als een vijfjarig kind dat wacht op een verhaaltje voor het slapengaan. 'En laat de droevige dingen niet weg.'

Ik verzon een verhaal, beweerde dat mijn moeder – nu bekend als mijn oudste zus – en ik onze ouders hadden verloren bij een vliegtuigongeluk. Hoe gedetailleerder en ongeloofwaardiger ik was, hoe meer Kathy Ann het verhaal geloofde en ervan genoot. Ik vertelde verder dat we bij onze grootouders moesten wonen, die oud en zwak waren en aan geheugenverlies leden, en dat mijn grootmoeder per ongeluk brand had gesticht in de keuken. Ze waren nu allebei opgenomen in een verpleeghuis, en wij moesten een nieuw leven opbouwen in Nashville.

'Wauw,' zei ze vol ontzag, 'wat heb jij al een opwindend leven gehad. Je zult het heerlijk vinden in Nashville,' vervolgde ze, toen ik zei dat ik zo had opgezien tegen mijn verhuizing hierheen. 'Je zult het zien,' verzekerde ze me.

Met alle lichten, mensen en muziek was het centrum interessanter dan ik had verwacht. We gingen rechtstreeks naar het park en naar de carrousel, waar Charlotte Lily op ons wachtte. Ze was het tegenovergestelde van Kathy Ann: lang en stijlvol in haar cowgirlhoed, rode shirt met franje aan de mouwen, en gelamineerde zwarte jeans en zwarte laarzen. Ik vond haar knap genoeg om model te kunnen zijn. Ze had lang, lichtbruin, gladgeborsteld haar dat in het midden gescheiden was, groene ogen en gelaatstrekken die even fijn waren als die van mij en mijn moeder, maar met een kuiltje in haar rechterwang. Ze bekeek me snel van onder tot boven.

'Hoi,' zei ze, en keek toen kwaad naar Kathy Ann. 'Je bent bijna twintig minuten te laat.'

'We zijn precies zo laat weggegaan als ik had gezegd,' jammerde Kathy Ann. 'Het is niet mijn schuld dat de bus er zo lang over doet.'

'Kom,' beval Charlotte Lily, en liep voor ons uit.

We haalden haar in en ze bekeek me opnieuw.

'Waar kom je vandaan?'

'Granville, bij Columbus, Ohio.'

'Haar zus zingt in een band en zal op een goeie dag in de Grand Ole Opry optreden,' viel Kathy Ann ons in de rede.

Charlotte Lily grijnsde.

'En je ouders?'

'Haar ouders zijn omgekomen bij een vliegtuigongeluk toen ze pas vijf was.'

'Zo, Kathy Ann, ken je na tien minuten al haar hele levensgeschiedenis? Pas op,' waarschuwde ze me. 'Haar foto staat in het woordenboek naast het woord *roddelen*.'

'Dat is niet waar!'

'Waar dan, Pothead?' vroeg Charlotte Lily lachend, en stak onverhoeds de straat over.

'Ik dacht dat je zei dat ze je beste vriendin was,' zei ik tegen Kathy Ann, terwijl we haar inhaalden.

'Dat is ze ook. Ze is erg populair en ze kan ons Stumpin' Jumpin' binnenloodsen,' bracht Kathy Ann me in herinnering.

'Misschien is het dat niet waard,' antwoordde ik.

Ze keek me aan of ik gek geworden was.

'Geef me een sigaret,' beval Charlotte Lily.

'O, die heb ik thuis laten liggen,' zei Kathy Ann. Charlotte Lily bleef staan en keek haar nijdig aan.

'Wát? Ik heb je zo gezegd dat je die niet mocht vergeten.'

'Ik weet het,' zei Kathy Ann terneergeslagen.

'Rook jij?' vroeg Charlotte Lily aan mij.

'Ja, maar ik heb nu geen sigaretten bij me.'

'Geweldig.'

Ik keek naar de drogisterij iets verderop in de straat.

'Geef me vijf minuten,' zei ik en liep erheen.

'Vijf minuten?'

Ze volgden me naar binnen. Ik had de sigaretten snel ontdekt, maar pakte een doosje met tampons op die ik toch nodig had. Ik controleerde de spiegels, keek naar de verkoper achter de toonbank, pikte toen een pakje van mijn favoriete mentholsigaretten en stopte het in mijn blouse. Toen betaalde ik voor de tampons en liep naar buiten, waar de twee anderen bij de deur stonden te wachten. Charlotte Lily zag dat ik het pakje uit mijn blouse haalde.

'Hier.'

'Ik dacht dat er iets zou gaan rinkelen als je dat deed,' zei Kathy Ann.

'Blijkbaar niet,' merkte ik op.

'Waarom heb je ze gestolen? Ik zag dat je genoeg geld had om ze te kopen,' vroeg Charlotte Lily.

Ik haalde mijn schouders op.

'Ik bewaar mijn geld voor iets dat ik niet kan stelen,' antwoordde ik, en ze lachte.

'Kom,' zei ze, 'ik denk dat we een hoop lol zullen hebben vanavond.'

Kathy Anns gezicht klaarde op.

'Ze vindt je aardig,' zei ze, alsof de koningin me zojuist toestemming had verleend om in Nashville te wonen.

Als het zo gemakkelijk is om hier vrienden te maken, dacht ik, zal ik misschien een leuke avond hebben.

Charlotte Lily bood me een van de sigaretten aan uit het pakje dat ik voor haar had gestolen. Ik nam hem aan.

'Ik wil er ook een,' zei Kathy Ann.

'Jij krijgt er geen. Dat is je straf omdat je ze vergeten bent,' zei Charlotte Lily met een glimlach naar mij, en liep door. Als een geslagen hondje bleef Kathy Ann de hele weg naar Stumpin' Jumpin' een paar passen achter ons lopen.

Ik was nu in Nashville en als grootpapa me nu zag, dacht ik, zou hij me morgenochtend op een gebedsbijeenkomst ontbieden.

Te laat, zei ik tegen mijn inwendige stem.

Misschien te laat voor veel dingen.

4. Ik raak in een nieuwe sleur

Van buiten leek Stumpin' Jumpin' bijna op een van moederliefs goedkope kroegen. Een vuurrood neonbord hing boven twee grote zwarte metalen deuren, aan beide kanten waarvan een menselijke buldog stond. Beiden zagen eruit als een football-speler, met dikke nekken en schouders waarbij die van grootpapa nietig leken. Charlotte Lily wisselde een soort groet en een boodschap door middel van eigen oog- en hoofdsignalen met het vriendje van haar zus, draaide zich toen naar ons om en zei: 'Het is nog een beetje te vroeg. We moeten naar binnen als het druk is. Dan vallen we minder op,' legde ze uit. 'Kom, dan gaan we even op bezoek bij Keefer.'

'Wie is Keefer?' vroeg ik toen ik zag dat Kathy Ann erg blij leek te zijn met dat voorstel.

'Een oud vriendje van me met wie ik zo nu en dan nog wat dol. Hij werkt in een carrosseriebedrijf.'

'Zijn vader heeft hem het huis uitgegooid,' zei Kathy Ann.

'Ik geloof dat het met wederzijds goedvinden was,' merkte Charlotte Lily op.

'Zijn vader heeft hem toch in elkaar geslagen?'

'Kathy Ann, je hebt geen flauw benul van mannen, hè?'

'Waarom niet?' jammerde ze toen we een zijstraat inliepen.

'Waarom niet? Je herinnert een man niet aan de keer dat hij voor gek stond of een gevecht verloor. Soms vraag ik me wel eens of je ooit iets van me leert. Ze is nog maagd,' ging ze tegen mij verder.

'Ik ook,' zei ik.

'O, natuurlijk. En de kerstman bestaat echt. Ah, goed zo, Keefer is nog aan het werk. Er brandt licht, en hij is de enige die nu nog in de zaak zal zijn.'

We liepen door een zijdeur naar binnen. Een jongeman was bezig de bumper van een auto te repareren; de vonken vlogen van zijn lasbrander. Uit een radio schalde countryrockmuziek. De ruimte was verlicht door zes witte neonbuizen. Naast de auto waaraan de jongeman werkte stond een wagen waarvan de achterkant was ingedeukt; een van de achterlichten hing aan elektrische draden alsof het ongeluk zojuist had plaatsgehad.

'Hij vindt het vreselijk als we stiekem naar hem toesluipen,' zei Charlotte Lily met een ondeugende grijns. En dat was precies wat ze deed. Ze ging naast hem staan, wachtte even, keek achterom naar ons, en met haar handen om haar mond schreeuwde ze: 'Keefer!'

Hij sprong opzij, en de lasbrander draaide in de richting van Charlotte Lily, die een gil gaf.

'Verrek jij, Charlotte Lily,' schreeuwde Keefer nadat hij het beschermende masker van zijn gezicht had gehaald. Op zijn rechterwang zat een smeer vet. 'Ik heb je al honderd keer gezegd dat dit gevaarlijk is. Je was bijna verbrand!'

Charlotte Lily had haar zelfbeheersing weer terug.

'O, flauwekul, Keefer. Je bent een ouwe zak geworden op de gevorderde leeftijd van negentien jaar.'

'Ja,' zei hij. Hij had Kathy Ann of mij nog niet gezien. 'Wat is er?'

'Ik wil je voorstellen aan onze nieuwe vriendin. Ze is net hierheen verhuisd uit... waar kom je vandaan, Robin?'

'Granville, Ohio.'

Keefer draaide zich naar me om en een tijdje staarden we elkaar alleen maar aan. Hij had een sterke, vierkante kaak met een ferme mond, donkere ogen en haar dat de kleur had van een kraai. Hoewel zijn haar niet echt lang was, zag het er wild en ongeknipt uit, maar niet onaantrekkelijk. Het had iets heel natuurlijks.

'Bevalt het je wat je ziet?' vroeg Charlotte Lily, en liet een kort, ijl lachje horen.

'Wat voer je nu weer in je schild, Charlotte Lily?'

'Niks. We gaan naar Stumpin' Jumpin', en we wilden eerst even bij jou langsgaan om te horen hoe het met je gaat, Keefer,' zei ze met een honingzoete stem.

'O,' zei hij, en veegde zijn handen af aan een doek voor hij naar Kathy Ann en mij toeliep. 'Ben je echt haar nieuwe vriendin?' vroeg hij.

'We hebben elkaar twintig minuten geleden ontmoet,' antwoordde ik. Hij moest even lachen om mijn eerlijke en nuchtere antwoord.

'Ik ben Keefer Dawson.'

'Robin Taylor.'

Hij stak zijn hand uit, keek ernaar en trok hem toen gauw terug omdat hij onder de smeerolie zat.

'Ga je mee?' vroeg Charlotte Lily hem. 'We kunnen wel wachten tot hij zich heeft opgeknapt, hè, meiden?'

'Natuurlijk,' zei Kathy Ann snel.

'Jij zou hem zelfs vuil en wel mee laten gaan,' zei Charlotte Lily. Kathy Ann kromp ineen en deed een stapje achteruit.

'Nee, dank je. Die auto moet vanavond nog klaar. Ik heb Izzy beloofd dat hij morgenochtend met de verfspuit kan komen. Ben je hier voorgoed?' vroeg hij aan mij.

'Ik geloof het wel. Ik ben hier met mijn zus die in een band gaat zingen.'

'Hebben je ouders je weg laten gaan?'

'Ze zijn omgekomen bij een vliegtuigongeluk,' zei Kathy Ann snel.

'Dat is heel erg voor je.'

'Ja, maar het is al lang geleden. Wij zijn nu nog de enigen van de familie die zijn overgebleven.'

'Ik ken dat gevoel,' zei Keefer. 'Het is of mijn ouders zijn neergestort in een vliegtuig.'

'Keefer woont hier,' zei Charlotte Lily, zich blijkbaar amuserend met onze conversatie.

'Hier?'

'Achterin,' zei hij. 'Ik heb daar een klein appartement waar ik van Izzy mag wonen. Het bestaat uit één kamer, het stelt niet veel voor.'

'Ik ga naar de wc,' verklaarde Charlotte Lily.

'Doe geen verkeerde dingen daar,' waarschuwde Keefer. Hij keek serieus. Ik wachtte tot ze naar binnen was en vroeg hem toen wat hij daarmee bedoelde.

'Ze staat erom bekend dat ze joints rookt en coke snuift. Izzy mag niet denken dat ik zoiets in zijn huis toesta. Hè, Kathy Ann?'

'Nee,' zei ze gehoorzaam.

44

'Waar woon je?'

'Ze woont in mijn blok, boven, in het appartement van Cory Lewis,' antwoordde Kathy Ann in mijn plaats.

Hij haalde zijn schouders op.

'Ik ken hem niet. Ben jij ook zangeres?'

'Nou, nee,' zei ik.

Hij lachte.

'Je bent waarschijnlijk de enige in Nashville die dat toegeeft.'

Charlotte Lily kwam uit de wc tevoorschijn; ze was er kennelijk alleen naartoe gegaan om haar make-up bij te werken.

'Wees maar niet bang,' zei ze, toen hij haar scherp aankeek. 'Ik heb niks verkeerds gedaan.'

'Dat is iets nieuws. Kom, ik moet terug naar de auto,' zei hij meer tegen mij dan tegen Kathy Ann en Charlotte Lily.

'Triest, hoor, als een jongen meer belangstelling toont voor zijn werk aan een auto dan om met ons uit te gaan, vinden jullie ook niet?' zei Charlotte Lily plagend.

'Auto's maken geen ruzie,' zei hij. 'En ze waarderen wat ik voor ze doe.'

'Ach, arme jongen. Iemand heeft je hart gebroken. Zet je brander aan en repareer die kar,' zei ze lachend, en slenterde naar de deur. 'Laten we gaan, meiden, tenzij jullie liever hier blijven om te zien hoe Keefer met een bumper vrijt.'

Ik keek even achterom. Hij had zijn masker weer voor en zette de brander aan. De vonken vlogen weer in het rond.

Ik wist zelf niet goed waarom ik aarzelde, maar toen volgde ik Charlotte Lily en Kathy Ann naar buiten.

'Je moet niets met hem beginnen,' waarschuwde Charlotte Lily, toen we terugliepen naar de Stumpin' Jumpin'. 'Hij is een geboren verliezer. Van school gegaan, heeft geen familie meer en onderneemt nooit iets met zijn oude vrienden. Hij is een van de jongens naar wie je maar hoeft te kijken om te weten dat je nooit meer zult krijgen dan je ziet. Zo,' ging ze verder, toen we bij de dansclub kwamen, 'laten we eens zien of we een van die studenten kunnen verleiden. Die weten tenminste wat plezier is. Wat heeft het voor zin om jong te zijn als je je jeugd verspilt aan verantwoordelijkheid.'

Ze lachte en keek naar Kathy Ann, die breed grijnsde, en toen naar mij voor bijval. Ik haalde mijn schouders maar eens op. 'Ik weet niet of ik ooit verantwoordelijk zal zijn,' zei ik. 'Jong of oud.'

Dat beviel haar.

'We gaan er een dolle boel van maken vanavond. Als je naar ons luistert en ons goed in de gaten houdt, Kathy Ann, kun je misschien zelfs je maagdelijkheid verliezen.' Ze lachte weer.

Kathy Ann keek naar mij, maar ik liep door, nog steeds met het beeld voor ogen van de vonken die rond Keefer Dawson vlogen.

Er stond een lange rij voor de ingang van Stumpin' Jumpin', maar Charlotte Lily voerde ons langs de menigte. Bij de deur keek het vriendje van haar zus naar onze valse legitimatiebewijzen en deed een stap opzij. Kathy Ann was zo opgewonden dat ze bijna uit elkaar leek te spatten.

Zodra we binnen waren spoelde de muziek als een grote oceaangolf over ons heen. De club bestond uit een lange, donkere ruimte met banken en tafels en gordijnen, wat de indruk wekte dat je bij iemand thuis was, behalve dat er een grote dansvloer was en rechts een lange bar met zes barkeepers, allemaal met zwarte cowboyhoeden, zwarte bretels die een spijkerbroek ophielden, zonder hemd – zonder uitzondering goedgebouwde, knappe mannen. Het was al stampvol bij de bar, voornamelijk vrouwen, studentes naar het leek, die flirtten met de barkeepers. Kleine spotlights zwierven tussen de dansende paren, de muziek werd sneller en luider. Het was haast onmogelijk iemand te verstaan, maar dat interesseerde niemand, ook al moesten de mensen die naast elkaar aan de bar zaten letterlijk tegen elkaar schreeuwen.

Serveersters in cowgirlkostuums en met glitters versierde laarzen namen de bestellingen op van de mensen die op de banken zaten. We stonden aan de kant en lieten alles op ons inwerken, toen Charlotte Lily plotseling iemand zag die ze kende.

'Kom,' schreeuwde ze, en trok aan mijn arm. 'Daar zit Wyatt Baxter. Hij studeert aan de Tennessee State.'

Ik snapte niet hoe ze iemand kon zien door die dichte haag van swingende lijven, maar we baanden ons een weg naar drie jongemannen die zaten te drinken op een bank achter een lage tafel. Een van hen herkende Charlotte Lily toen we dichterbij kwamen en begroette haar met een brede glimlach.

'Hé, Charlotte Lily, ik hoopte al dat je vanavond zou komen,' riep hij terwijl hij opstond.

'Ik heb je hier al een tijd niet meer gezien,' zei ze.

'Druk, druk, druk met het zomerstudieprogramma,' antwoordde hij. 'Wie zijn je vriendinnen?' Hij keek voornamelijk naar mij.

'Dit is Robin. Ze is pas in Nashville. Je herinnert je Kathy Ann toch nog wel?'

'O. Ja, ja. Hoe gaat het, Kathy Ann?'

'Goed, dank je.'

'Ik heet Wyatt,' ging hij verder tegen mij, en stak zijn hand uit. Hij was iets kleiner dan een meter tachtig, had een atletisch lijf en donkerblond haar, dat keurig boven zijn voorhoofd gekamd was.

Ik nam zijn hand aan, die hij niet meer losliet. Hij trok hij me wat dichter naar zich toe omdat de muziek zo luid was en schreeuwde: 'Dit is Axel Farmer.' Hij wees naar de gezette jongen in het midden, die vaalbruine ogen had en militair geknipt haar. Hij zag er even fors uit als de bewakers bij de deur. 'Axel speelt in het footballteam. En dat is Birdy Williams,' ging hij verder, wijzend naar de derde jongen, slank en met een interessant, gevoelig gezicht. 'Hij speelt trompet in de muziekkapel en ook nog in een jazzband. Daarom noemen we hem Birdy, naar Bird, de beroemde musicus. Hé, schuif eens een beetje op, Birdy,' beval hij.

Birdy schoof naar links. Charlotte Lily ging snel op de opengevallen plaats zitten.

'Wil je dansen?' vroeg Wyatt aan mij.

De muziek veranderde in iets dat meer rock was dan western. Ik keek naar Charlotte Lily die belangstelling scheen te hebben voor Birdy Williams. Oma zou zeggen dat ze 'rondzwervende' ogen had en nooit tevreden was.

'Waarom niet,' zei ik.

'Hé, Axel, bestel een rondje, wil je?' beval Wyatt. 'Wat wil je drinken?'

Ik wist niet goed wat ik moest bestellen.

Charlotte Lily mengde zich in het gesprek: 'Bestel maar drie Saddle Soaps.'

'Je hebt het gehoord, Axel,' zei Wyatt en trok me mee naar de dansvloer. Toen ik achteromkeek, zag ik dat de serveerster de bestellingen in ontvangst nam en Axel daarna Kathy Ann ten dans vroeg.

Eerlijk gezegd, was ik nog nooit in een dansclub geweest. Wel in een paar van de kroegen waarin mijn moeder zong, en waarvan de meeste een dansvloer hadden, maar dat was niets vergeleken hiermee. De opwinding, de stimulerende lichten waren hypnotiserend. Wyatt was een goed danseur. Ik deed een paar van zijn passen na en we dansten tot het volgende nummer, dat meer country-western was. Ik pakte het ritme minder goed op en was niet zeker van mijn bewegingen, dus boog hij zich naar me toe en schreeuwde: 'Laten we wat gaan drinken.'

Ik ontdekte dat Saddle Soap een soort tapbier was. Het smaakte heel goed en dorstig als ik was na het dansen, vond ik het erg lekker. Ik dronk snel. Wyatt zag het en hield een serveerster aan om me er nog een te brengen.

'Zit je op de school van Charlotte Lily?' vroeg Wyatt.

Ik schudde mijn hoofd.

'Nee. Ik ben net verhuisd uit Ohio. We hebben elkaar pas ontmoet.'

'Je zult het hier best naar je zin hebben. We hebben allemaal plezier.' Hij brulde iets, wat Axel nabootste, en toen liepen we allemaal naar de dansvloer. Bijna een uur en twee rondjes later verkondigde Charlotte Lily dat er niemand bij haar thuis was. Haar ouders waren een paar dagen weg en haar zus was bij een vriend en kwam pas heel laat thuis.

Ik zag dat het tegen tienen liep en wist dat moederlief zich ongerust zou maken als ik om elf uur nog niet thuis was, maar ik wist niet eens zeker welke bus ik moest nemen. En voordat ik mijn ongerustheid kenbaar kon maken, bewogen de anderen zich al naar de uitgang. Toen we op straat stonden, suisden mijn oren en voelde mijn keel aan alsof ik schuurpapier had ingeslikt, door al het schreeuwen dat ik had gedaan om me verstaanbaar te maken tijdens het dansen. Het bier bevatte net voldoende alcohol om me een lichte roes te geven, en heel even wankelde ik.

'Hola,' zei Wyatt, en sloeg zijn arm om mijn middel. 'Gaat het een beetje?'

'Ja, hoor,' zei ik snel.

'Schiet op,' gilde Charlotte Lily. 'We kunnen deze bus nemen.'

Iedereen begon te hollen. Wyatt trok me mee. In de bus kon ik niet met Charlotte Lily praten, omdat we elk naast een jongen zaten. De busrit duurde niet langer dan vijf minuten, maar zodra we uitgestapt waren, nam ik Charlotte Lily terzijde.

'Dit is mijn eerste avond hier,' zei ik. 'Mijn zus wil dat ik om elf uur thuis ben.'

'Waarom? Je hoeft morgen niet naar school. Het is zomer. We zijn geen studenten die een zomercursus volgen. Wij zijn vrij.'

'Ik weet het, maar mijn zus en ik zijn net aangekomen en...'

'Ze zal blij zijn dat je zo gauw vrienden hebt gemaakt. Dan ben je haar niet tot last,' verzekerde Charlotte Lily me. 'Kom. Mijn huis is vlakbij. We moeten het doen voor Kathy Ann. Axel lijkt het serieus te menen.'

Ik keek even achterom naar de anderen. Axel had zijn arm om Kathy Ann geslagen. Samen, dacht ik, zouden ze een roeiboot doen zinken. Hij zag eruit of hij meer dan honderdtien kilo woog. Charlotte Lily giechelde en kroop weer weg onder Birdy's arm.

Wyatt pakte mijn hand en begon me te ondervragen, wilde weten waar ik had gewoond, wat me interesseerde. Ik was zenuwachtig omdat hij ouder was dan enige jongen met wie ik ooit was uitgegaan en het hem toch niet leek te interesseren hoe oud ik was. Hij vertelde me dat hij zijn graad wilde halen in bedrijfskunde maar misschien ging hij daarna rechten studeren. Toen hij me vroeg wat mijn interesses waren, wist ik niet wat ik moest antwoorden. Ik wilde niet jong en dom overkomen, dus zei ik dat ik er nog over nadacht.

'Slim van je. Je moet niet te snel een beslissing nemen. Dat is het leuke van jong zijn, weet je, dat je alles nog moet ontdekken. Als je nu geen lol maakt, wanneer dan wél, zeg ik altijd. Wat vind jij?'

Ik haalde mijn schouders op.

'Dat denk ik wel, ja,' zei ik.

'Goed gedacht.'

Het huis van Charlotte Lily was een groot huis van twee verdiepingen in koloniale stijl, met bogen en pilaren.

'We kunnen niet te veel van de voorraad van mijn vader drinken,' zei ze voordat ze de voordeur opendeed. 'Hij meet de inhoud van de flessen.'

'Giet er wat water bij, dan merkt hij het niet,' opperde Wyatt.

Charlotte Lily lachte.

'Dat heb ik al gedaan,' zei ze.

Het huis was vanbinnen even indrukwekkend als vanbuiten. Ze wilde dat we in de zitkamer gingen zitten en zette onmiddellijk muziek op die via speakers in alle kamers klonk. Toen maakten zij en Birdy drankjes klaar, namen zorgvuldig de maat van de inhoud van de flessen wodka en gin en vulden die na het inschenken van de glazen aan met water.

'Het is hier te licht,' zei Wyatt tegen Charlotte Lily. 'Kun je daar niet iets aan doen?'

'Natuurlijk,' zei ze, en dimde de lampen.

'Dansen?' vroeg Wyatt toen de muziek langzamer werd. Ik keek naar Axel en Kathy Ann. Ze zoenden elkaar al. 'Kom, laat me de Ohio-bewegingen eens zien,' zei Wyatt plagerig. Hij stond op en trok me aan mijn hand omhoog.

'Ik ken geen bewegingen,' zei ik. Hij legde zijn arm zo stevig om mijn middel dat ik praktisch aan zijn heup gekleefd zat. Toen voelde ik zijn lippen in mijn hals. Ik deinsde terug, maar hij hield me stevig vast.

'Rustig maar,' zei hij. 'We leren elkaar alleen maar kennen.'

'Ik weet al genoeg,' zei ik scherp.

'Wat jij nodig hebt is nog wat drank. Je moet je ontspannen,' raadde hij me aan, en overhandigde me mijn glas. Hij probeerde mijn hand op te tillen om het glas naar mijn mond te brengen alsof hij een kind voerde.

'Nee,' zei ik. 'Dat wil ik niet.'

Axel en Kathy stonden op en gingen naar de aangrenzende kamer. Charlotte Lily had Birdy al meegenomen naar haar slaapkamer, veronderstelde ik. Het ging allemaal zo snel in zijn werk.

'Kom,' drong Wyatt aan.

Hij sloeg zijn arm om me heen en liet me op de bank zitten, raakte mijn hals met zijn lippen aan, terwijl hij met de knoopjes van mijn blouse frutselde zodat hij zijn hand om mijn borst kon leggen terwijl hij zijn lippen op mijn mond drukte en zwaar tegen me aanleunde, me achterover dwong.

'Zo is het beter,' fluisterde hij. Zijn adem rook naar alcohol.

Zijn handen waren net spinnenpoten, ze waren overal. Met zijn rechterhand had hij mijn jeans losgemaakt, en met zijn linkerhand streek hij over mijn heup. In een paar seconden zou hij me half-naakt hebben uitgekleed, besefte ik, en ik raakte in paniek. Ik wilde niet dat mij hetzelfde overkwam als mijn moeder.

'Nee,' hield ik vol, en duwde hem zo hard weg dat hij op de grond viel.

'Hé,' schreeuwde hij.

Ik sprong op, ritste mijn broek dicht en holde naar de voordeur.

'Wacht!' riep hij. 'Waar ga je naartoe?'

Ik wist niet waar ik naartoe ging, alleen maar dat ik naar buiten wilde. Eenmaal op straat, rende ik een half blok en liep toen snel naar de plaats waar we uit de bus waren gestapt. Verward en versuft besefte ik dat ik huilde. Ik klemde het geld dat moederlief me had gegeven in mijn hand en hoopte dat er een taxi langs zou komen. Misschien had ik genoeg om terug te kunnen naar Cory's appartement.

Maar de straten bleven leeg en ik liep door tot ik het centrum herkende waar we geweest waren. En de straat die we hadden genomen om naar Keefer Dawson te gaan. Ik slenterde ernaar toe en zag dat het licht nog brandde. Misschien kon hij me vertellen hoe ik terug moest, dacht ik.

Toen ik binnenkwam, zag ik even niemand. Toen hoorde ik: 'Hallo?'

Hij leunde achterover in wat vroeger een leunstoel was geweest maar nu geen poten meer had. De vulling puilde uit de gescheurde armleuningen.

'Wat doe jij hier? Waar is Charlotte Lily?' vroeg hij.

'Ze is thuis. Ik hoopte dat jij me zou kunnen vertellen hoe ik terug moet naar mijn appartement.'

Hij ging snel rechtop zitten.

'Je komt net bij haar vandaan.'

'Dat kun je wel zeggen,' zei ik. Hij glimlachte.

'Wat is er gebeurd?'

'Een van haar studentenvriendjes dacht dat ik vanavond voor zijn lol zou zorgen.'

Hij lachte nu hardop.

'Kom,' zei hij en stond op. 'Ik breng je naar huis met Izzy's pick-up.'

'Dat hoeft niet,' zei ik.
'Ik doe het niet omdat het moet,' antwoordde hij.

5. Ik zink verder weg in de duisternis

Ik vind het vreselijk om oneerlijk te zijn tegen iemand die zo bereidwillig zijn ziel blootlegt en zijn emoties vol vertrouwen toont, maar de angsten en dromen van moederlief drukten zwaar op me, en ik was bang dat ze zou denken dat ik haar had verraden als ik de waarheid vertelde. Keefer was net begonnen openhartig over zichzelf te praten. Het was alsof hij niemand had om mee te praten voor hij mij leerde kennen.

'Mijn vader drinkt veel,' begon hij. 'En hij wordt echt gemeen als hij dronken is. Ik heb een litteken op mijn rechterbeen van die keer dat hij me raakte met een gebroken bierflesje. Hij gooide het de kamer door. Ik was toen een jaar of zeven.'

'En je moeder?'

'Die is wat ze noemen manisch-depressief. Wel eens van gehoord?'

Ik schudde mijn hoofd.

'Het gaat op en neer. Soms wordt ze zo depressief dat ze de hele dag niet uit haar slaapkamer komt, zelfs niet om te eten. Kan het haar niet kwalijk nemen, als je met zo'n man getrouwd bent.'

'Heb je nog broers of zussen?'

'Ik heb een zus, Sally Jean, maar zij is er ongeveer twee jaar geleden vandoor gegaan met haar vriend. Ze had een goede reden om bij mijn vader weg te gaan, zelfs een nog betere reden dan ik heb,' zei hij. Zijn ogen werden klein en donker. 'Ze woont in Texas en nu en dan stuurt ze me een ansichtkaart. Misschien ga ik een dezer dagen naar haar toe,' voegde hij er weemoedig aan toe. Toen draaide hij zich naar me om en zei: 'Ik weet dat het niet gemakkelijk is om op jezelf te zijn aangewezen, dus begrijp ik wat jij en je zus doormaken. Ik hoop dat het haar goed gaat hier.'

'Dank je,' zei ik met een benepen stemmetje. Mijn schuldbewustzijn gaf me een gevoel of ik door verlopen motorolie waadde. 'Maar denk eraan dat er heel veel mensen zijn in Nashville die ervan dromen een ster te worden, dat je de fantasieën in de lucht kunt ruiken,' waarschuwde hij.

We zwegen allebei tot we bij het appartementencomplex waren.

'Met de bus leek het veel verder,' zei ik.

'Ja, dat komt door al die haltes onderweg.'

'Welbedankt,' zei ik toen hij het portier voor me opendeed.

'Geen probleem. Als je weer in de stad bent, kom dan nog eens langs. Dan zal ik je laten zien hoe je een deuk uit een autoportier kunt halen.'

Ik lachte en stapte langzaam uit. Hij zwaaide, schakelde en reed achteruit. Ik keek hem na toen hij wegreed en liep toen naar de trap naar de bovenverdieping. Het was bijna half een en ik verwachtte niet anders dan dat moederlief woedend zou zijn. Maar tot mijn verbazing was er niemand thuis en ik was nog verbaasder toen ik merkte dat de deur niet op slot was. Was dat omdat er bij ons niets te stelen viel dat iemand zou willen hebben?

In ieder geval had ik de badkamer een tijdje voor mij alleen. Later ging ik naar bed en besefte dat de lakens en de deken roken alsof ze in een sigarettenfabriek waren gemaakt. Ik moest bijna kokhalzen van de stank. Ik besloot mijn kleren weer aan te trekken en niet de deken te gebruiken. Ik trok een van mijn rokken over het kussen, en eindelijk, na veel woelen en draaien, viel ik een uur lang in slaap, om te worden gewekt door een hard gelach. Het waren mijn moeder en Cory, maar ze maakten herrie voor zes. Ik hoorde Cory zeggen: 'Ik zei je toch dat het hier gemakkelijker zou zijn.'

'Ik moet even gaan kijken bij Robin. Ik wil zeker weten dat ze thuis is,' zei moederlief.

Ik deed net of ik sliep. Ze opende de deur en bleef daar zo lang staan, dat ik dacht dat ze niet geloofde dat ik sliep. Eindelijk deed ze de deur weer dicht. Ik hoorde gegiechel en even later hoorde ik hen in zijn slaapkamer. Het was niet moeilijk te raden wat ze daar deden. Moederlief bleef haar best doen hem te bewegen niet zo luidruchtig te zijn.

'Waarom? Robin Lyn weet heus wel wat er aan de hand is, en als ze het niet weet wordt het hoog tijd dat ze dat doet,' zei hij.

Ik probeerde mijn hoofd in mijn kussen te verstoppen, maar de sigarettenstank was meer dan ik kon verdragen. Pas toen zij sliepen, viel ik ook in slaap. De volgende ochtend was ik eerder op dan zij, wat me goed uitkwam omdat ik een douche kon nemen en me aankleden voordat moederlief en Cory wakker werden. Tenminste, dat had ik gehoopt.

Ik wist zeker dat ik het knopje op de deurknop had ingedrukt om hem op slot te doen, maar toen ik een paar seconden onder de douche stond hoorde ik de deur opengaan. Ik gaf een gil toen ik een naakte Cory zag, die stommelend naar de wc liep. Even dacht ik dat hij niet eens besefte dat ik in de badkamer was, ondanks het stromende water van de douche en mijn gegil. Hij begon domweg te urineren.

Ik trok het dunne douchegordijn om me heen.

'Ik sta onder de douche!' schreeuwde ik.

'Wat moet, dat moet,' mompelde hij.

Toen hij klaar was draaide hij zich om en ging weg, maar bij de deur bleef hij staan en zei: 'Vergeet niet je achter je oren te wassen.' Lachend deed hij de deur dicht.

Met een rood gezicht van gêne en kwaadheid draaide ik de douche uit en droogde me af. Zodra ik aangekleed was, holde ik de badkamer uit. Ze lagen allebei nog in bed.

'Moeder!' riep ik door de gesloten deur heen. Lange tijd bleef het stil en toen hoorde ik: 'Noem me Kay, verdomme!'

'Kay, ik moet je meteen spreken.'

Ik hoorde haar kermen. Ik bleef staan wachten tot ze eindelijk de deur opendeed en me aankeek.

'Wat is er?'

'Ik was in de badkamer. De deur was dicht en ik dacht dat ik hem op slot had gedaan, en hij kwam gewoon binnen terwijl ik onder de douche stond en... en ging naar de wc.'

'Overtuig je er de volgende keer van dat de deur op slot is.'

'Het slot werkte niet en hij zag dat de deur gesloten was, en de douche stond aan. Hij móést weten dat ik in de badkamer was.'

'Hij moest plassen,' zei ze. 'Maak er niet zo'n ophef van. We moeten slapen. We hebben al werk en we beginnen vanavond,' ging ze verder en deed de deur dicht.

Mijn gezicht voelde zo verhit dat mijn bloed leek te koken. Ik liep weer naar de deur van hun slaapkamer, maar bleef daar staan en ging toen terug naar mijn kamer om uit te razen. Na een paar minuten ging ik naar de zitkamer en zag dat Cory en zij de vorige avond wild en dronken tekeer waren gegaan. Overal lagen kleren verspreid in de ontredderde kamer. Ik dacht even na, liep toen naar zijn broek en haalde zijn portefeuille eruit. Er zaten drie briefjes van twintig, een van tien, een van vijf en vijf van één dollar in. Ik pakte de drie briefjes van twintig en stopte de portefeuille weer terug.

'Dat is je boete omdat je onhebbelijk bent geweest,' mompelde ik bij de deur, en verliet het appartement.

Ik was nog niet ver toen er een deur openging en iemand mijn naam riep. Kathy Ann stond in de deuropening van het appartement van haar ouders. Ze had een badjas aan en haar haar zag eruit of er een rattenfamilie in had rondgedarteld. Even was ik van plan haar te negeren, maar ze bleef me wenken en liep naar buiten, de deur driekwart achter zich sluitend.

'Wat is er met jou gebeurd gisteravond? Ik wist niet eens dat je weg was. Hoe ben je thuisgekomen? Ik heb een heerlijke avond gehad,' zei ze voordat ik antwoord kon geven.

'Fijn voor je,' zei ik.

'Axel spreekt een beetje Spaans. Zijn ouders hebben een Spaans dienstmeisje. Hij was onder de indruk dat ik al zoveel Spaans kende.'

'Klinkt als een band die in de hemel gesmeed is,' zei ik cynisch, maar ze was in een geluksstemming en negeerde het of merkte mijn gebrek aan belangstelling niet op.

Ze keek naar me met een suikerzoete glimlach.

'En?' vroeg ik ten slotte.

'We hebben het gedaan,' zei ze. 'Ik bedoel, hij heeft het gedaan.'

'Het is niet of je de honderd meter of zo hebt gewonnen, Kathy Ann. Je verdient er geen medaille mee.'

Haar glimlach verdween.

'Wil je het niet horen?' Ze zag eruit of ze elk moment in tranen kon uitbarsten.

'Oké,' zei ik met grote tegenzin. 'Wat is er gebeurd?'

'Hij was heel attent en zachtzinnig en liet me eerst zien dat hij veilig vrijde.'

'Dat doet me plezier,' zei ik.

'Maar ik was toch bang. Hij zei dat hij het begreep, dat het net zo was als toen hij de eerste keer moest spelen in een footballteam en met de hoofden tegen elkaar moest botsen met een jongen die net zo fors was als hij, zo niet forser. Hij zei dat het net was of je tegen een muur opliep, maar toch door moest zetten.'

'Ja, dat klinkt echt of je de liefde bedrijft,' mompelde ik.

'Hij bedoelde dat je elke keer als je iets nieuws doet, zenuwachtig bent. Ik vond het erg lief dat hij mij over zijn angst vertelde. Hij is zo groot en sterk; het was moeilijk te geloven dat iets hem angst kon aanjagen.'

'Moeilijk te geloven,' zei ik.

'Maar goed, ik deed mijn ogen dicht en hield mijn adem in en het was net zo heerlijk als Charlotte Lily me had gezegd dat het zou zijn. Na een beetje pijn, bedoel ik. Axel zei dat hij me elke keer als hij in de stad kwam zou bellen.' Ze boog zich naar me toe en fluisterde: 'Hij mag eigenlijk niet zo actief zijn. Hij is in training.'

'Aardig van hem om jou vóór zijn football te laten gaan.'

'Dat vind ik ook,' zei ze.

Ik staarde haar aan. Zouden we op een gegeven moment allemaal zo reageren? vroeg ik me af. Hebben we allemaal oogkleppen op, negeren we met opzet de waarheid om ons te kunnen vastklampen aan een van onze fantasieën? Is dat wat er met moederlief gebeurde, nog steeds gebeurt? Wat zal het eindresultaat zijn? Een diepe val, dacht ik, een grote teleurstelling, en daarna verbittering en cynisme. We zouden net zo zijn als de vos in het verhaal dat een van mijn leraren had verteld, de vos die niet bij de druiven kon en toen zei dat ze waarschijnlijk toch te zuur waren. Een oprechte blijde glimlach zou zeldzaam worden.

'Waar ga je naartoe?' vroeg Kathy Ann.

'Winkelen,' zei ik. 'Ik heb een paar nieuwe kleren nodig.'

'Kun je even wachten? Dan ga ik met je mee. Ik ben dol op winkelen, ook al doet iemand anders het.'

Ik weet toch niet naar welk warenhuis ik moet gaan, dacht ik. Zij zou het wel weten.

'Oké, als het maar niet lang duurt.'

Ze liep haastig naar binnen en ik slenterde naar de haveloze bruine bank die bij het lege zwembad stond. Ik hoorde nog een deur dichtgaan en zag een vrouw die de hand vasthield van een klein jongetje en een klein meisje. Ze leken even oud, als een tweeling. De vrouw trok de kraag van het jongetje recht en gaf hem toen een zoen op zijn wang, en hij lachte. Alsof ze de afgunst van haar dochtertje kon voelen, draaide ze zich om, streek over haar haar en gaf haar ook een zoen. Toen liepen ze gedrieën naar de parkeerplaats, omgeven door een aura van geluk en tevredenheid.

Dat is echte liefde, dacht ik, een cocon die je helpt je veilig te voelen en vooral geliefd en gekoesterd.

Even miste ik zelfs grootpapa en oma. Ondanks zijn harde, kritische ogen waren er momenten waarop we alledrie bij elkaar zaten en televisiekeken of samen aten, en ik het gevoel had dat ik bij een familie hoorde. Oma was zo lief en aardig, dat ze hem zachtzinniger maakte, en dan vertelde hij over een avontuur dat hij had beleefd toen hij zo oud was als ik. Even was er een deur geopend en kon ik naar binnen kijken en genoeg zien om te begrijpen wat het was dat me bond aan hem, aan oma, aan zijn idee van een familie.

Maar dan kwam moederlief thuis of zei iets en de deur viel weer in het slot.

Ik hoorde een deur dichtslaan en keek op. Kathy Ann holde naar me toe.

'Laten we gaan,' zei ze. 'Ik wil iets voor Axel kopen dat ik hem kan geven als hij de volgende keer komt.'

'Waar kunnen we het best naartoe?'

'Naar Dillards. Kom, dan nemen we de bus. Waarom ben je eigenlijk zo plotseling uit Charlotte Lily's huis verdwenen?'

'Ik moest om elf uur thuis zijn en het was al tegen middernacht,' zei ik.

'O. Hoe ben je thuisgekomen?'

'Met een taxi.' Instinctief besloot ik om Keefer Dawsons naam te verzwijgen.

Ze geloofde me en praatte de rest van de tijd dat we onderweg waren over Axel. Uit de manier waarop ze over hem sprak leidde ik af dat het niet alleen de eerste keer was dat ze seks had gehad, maar ook de eerste keer dat ze überhaupt met iemand alleen was geweest. Ze praatte maar door over alles wat hij haar beloofd had, over hun toekomst, over de kaartjes die ze zou krijgen voor alle thuiswedstrijden, en dat hij haar mee zou nemen naar party's en dansavonden.

'Beloftes zijn vaak net als ballons,' merkte ik op. 'Ze lijken prachtig en geven je een goed gevoel als ze zijn opgeblazen, maar ze gaan allemaal lekken en vallen ten slotte op de grond.'

'Niet mijn beloftes,' bezwoer ze me. 'En als mijn vader mijn stiefmoeder iets belooft, komt hij zijn belofte altijd na.'

'Fijn voor haar,' zei ik.

'En meestal doet hij voor mij ook wat hij mij belooft. Deed jouw vader dat niet? Voordat hij verongelukte, bedoel ik?'

Ik staarde uit het raam zonder antwoord te geven.

'Sorry,' zei ze. 'Ik weet dat het pijnlijk voor je is om daaraan te denken. Laten we het alleen maar over prettige dingen hebben. Weet je, ik zal mijn Spaans oefenen. Goed?'

'Wat je wilt,' antwoordde ik, en ze begon een reeks Spaanse woorden op te ratelen.

Na een tijdje luisterde ik niet meer. Ik voelde me gespannen, alsof mijn maag in de knoop was geraakt en alles erin en eromheen platgedrukt werd. Nee, ik had geen vader om zelfs maar een belofte aan me te verbreken. En nu, nu mocht ik zelfs geen moeder meer hebben. Ik was de ballon waarover ik gesproken had. Mijn leven was vol hete lucht, en ik lekte heel erg. Straks zou ik op de grond belanden.

Toen we in het warenhuis kwamen, ging Kathy Ann naar de mannenafdeling om een cadeau te zoeken voor Axel. Ik ging naar de damesconfectie, en na een tijdje vond ik een rok en blouse die ik mooi vond. Ik dacht aan Keefer Dawson en hoe leuk hij het zou vinden me in deze kleding te zien. Maar de rok was bijna zestig dollar en de blouse dertig. En ze waren alleen echt mooi in combinatie.

De verkoopster had het erg druk, en dat gaf me de kans de rok en blouse allebei mee te nemen naar de paskamer. Ik had dat al eerder gedaan, dus voelde ik me volkomen op mijn gemak. Ik stopte de blouse onder mijn eigen blouse en zorgde ervoor dat hij niet te zien was. Toen liep ik met de rok de paskamer uit en zei tegen de verkoopster dat ik hem wilde kopen.

Ze keek even naar me en vroeg me te wachten tot ze klaar was met de klant vóór me of naar een andere kassa te gaan. Dat was nog beter, dus liep ik naar de kassa vooraan in de zaak en legde de rok op de toonbank. De vrouw achter de kassa sloeg het bedrag aan en ik betaalde haar met Cory's geld. Nu ik de verlangde kleren had, wilde ik zo gauw mogelijk weg, maar ik zag Kathy Ann nergens. Niettemin dacht ik dat het verstandiger zou zijn om meteen weg te gaan, dus ging ik naar buiten.

Nog geen minuut nadat ik de winkel uit was, pakte een lange man in een donker pak mijn linkerelleboog en kneep er hard genoeg in om me even ineen te doen krimpen.

'Hé!' snauwde ik. 'Wat denkt u wel – '

'Waar wilde je naartoe, jongedame?'

'Ik ga naar huis. Wie bent u?' vroeg ik.

Sommige klanten die naar binnen en naar buiten liepen bleven staan kijken, en ik dacht erover te gaan gillen om meer aandacht te trekken en wie het ook was af te schrikken, maar hij verraste me door zijn portefeuille te openen en me een legitimatie te laten zien.

'Ik ben van de beveiligingsdienst, en jij, jongedame, bent gearresteerd voor winkeldiefstal. Draai je om en ga terug naar de winkel,' beval hij.

'Ik heb ervoor betaald!' riep ik en liet hem het bonnetje zien. Hij glimlachte.

'En wat je onder je blouse hebt verborgen?'

Hoe kon hij dat weten tenzij ze een soort camera of kijkgat in de kleedkamer hadden? vroeg ik me af.

'Wil je dat ik je hier je blouse laat uittrekken?' vroeg hij.

Ik dacht erover om weg te rennen, maar de kleine drom toeschouwers was aanzienlijk gegroeid en omringde ons aan alle kanten.

Ik draaide me om en liep terug naar de ingang van de winkel. Toen we vlak bij de deur waren, kwam Kathy Ann naar buiten.

'Waar was je? Waarom ben je zonder iets te zeggen weggegaan?'

'Ga opzij,' beval de man haar.

'Ga naar huis, Kathy Ann,' zei ik, 'en zeg tegen mijn zus dat ik een probleem heb.'

'Wat is er aan de hand?' vroeg ze, naar de man van de beveiligingsdienst kijkend.

'Winkeldiefstal,' zei hij.

Haar mond viel open. De beveiligingsman legde zijn hand op mijn rug en duwde me naar binnen.

Hij bracht me naar een kantoor aan de achterkant van de zaak, waar de manager stond te wachten. Hij was een kleine, kale man met wallen onder zijn ogen en dikke, vochtige lippen. Aan de manier waarop hij knikte en glimlachte kon ik zien dat hij zich verkneukelde over een zinvolle dag.

'Jullie jeugddelinquenten denken dat jullie hier maar naar binnen kunnen lopen en me bestelen, zei hij. 'Deze keer zijn we je te slim af geweest.'

Ik zei niets.

'Nou? Wat voor excuus heb je? Vooruit, laat horen. Misschien kom jij met iets nieuws.'

'Ik was het vergeten,' zei ik.

'O,' kermde hij en liet zich op zijn stoel vallen. 'Ze is niet eens origineel. Ik heb de politie al gewaarschuwd. We gaan je aanklagen, om een voorbeeld te stellen. We weten dat jullie het hele jaar door hier komen en stunts uithalen, en we hebben er schoon genoeg van. De enige manier om er een eind aan te maken is ervoor te zorgen dat je als je betrapt wordt, de prijs moet betalen, en ik bedoel niet de prijs van wat je hebt gestolen.'

Ik hoopte dat hij het alleen maar zei om me angst aan te jagen. Ik was bang, maar iets in me belette me het te tonen. Ik kon niet eens huilen. De woede en spanning die ik had gevoeld op weg hiernaartoe, waren nog niet geweken.

'Hoe heet je?' vroeg hij.

'Puddin' Tame,' zei ik.

'Aha, een wijsneus. Oké, we zullen het aan de politie en de rechter overlaten. Ga zitten,' beval hij, naar een stoel wijzend.

Ik keek naar de stoel, naar de beveiligingsman en naar de deur, en ging zitten.

'Ze had een vriendin bij zich,' zei de beveiligingsman tegen de manager.

'Ja?'

'Onschuldig, voorzover ik het kon beoordelen.'

'O, natuurlijk, ze komen altijd met z'n tweeën. De een zorgt voor afleiding terwijl de ander gapt.'

'Dat is niet waar,' zei ik. 'Ze heeft hier niets mee te maken. Ze was niet eens bij me in het warenhuis.'

'Hoe is haar naam?' vroeg hij.

'Pippi Langkous.'

Hij leunde achterover en wreef zijn handen tegen elkaar alsof hij zich verheugde op een feestmaal.

Een paar ogenblikken later ging de deur open en een politieman kwam binnen.

'Dit is onze dievegge,' zei de manager. 'Ze heeft het gestolen artikel onder haar blouse verborgen. Je hebt je bewijs. Arresteer haar.'

'Sta op,' zei de politieagent tegen mij. Hij haalde een paar handboeien tevoorschijn. Dat was me in Ohio nog nooit overkomen. Toen ik ze zag, ging er een steek van angst door me heen. Ik weet dat mijn armen trilden toen hij de boeien om mijn polsen sloot.

'We gaan,' zei hij kortaf.

Toen ik weer door de zaak liep, deze keer met een politieman vlak achter me en met handboeien om, zag ik nog meer nieuwsgierige gezichten. Sommigen schudden vol minachting hun hoofd. Toen we buiten kwamen keek ik om me heen, zoekend naar Kathy Ann, maar ze was nergens te bekennen.

'Vooruit,' zei de politieman. Hij duwde me in de richting van de patrouillewagen. Een vrouwelijke agent stond ernaast te wachten. Ze hield het achterportier open.

'Pas op je hoofd,' zei ze, en legde haar hand op mijn hoofd toen ik me vooroverboog om in te stappen en op de achterbank met het getraliede tussenschot te gaan zitten. 'Wat hebben we hier?' vroeg ze aan de agent.

'Ze verbergt een blouse onder haar blouse.'

De politievrouw glimlachte en keek me hoofdschuddend aan.

'Kindlief,' zei ze, 'je hebt je flink in de nesten gewerkt.'

Ze stapten in de auto en we reden weg. Ik keek achterom naar de mensen die ons bij de ingang stonden na te staren.

In ieder geval heb ik voor het nieuws van de dag gezorgd, dacht ik.

6. De eerste klap

Ik was al eens eerder in een politiebureau geweest, maar toen was ik twee jaar jonger, en ook al was iedereen erg serieus, ik had het gevoel dat mijn jeugdige leeftijd me zou redden. Toen ze me deze keer het bureau binnenbrachten, zag ik niemand van ongeveer mijn leeftijd. Alle andere gevangenen leken gehard en ervaren.

De politievrouw nam me mee naar een aparte kamer, waar ik de gestolen blouse tevoorschijn haalde. Ze vouwde hem op en bracht me toen terug naar de brigadier achter de balie, die mijn naam en adres noteerde. Ik had een legitimatiebewijs met foto van mijn school in Ohio. Vervolgens werden mijn vingerafdrukken genomen en werd ik in een cel gezet met twee andere vrouwen. De een zag eruit of ze nog steeds moest bijkomen van een of andere drug. De ander praatte tegen haar, maar ik dacht niet dat ze één woord ervan hoorde. Ik kreeg de indruk dat ze waren gearresteerd wegens tippelen. Ik was blij dat ze geen aandacht aan me schonken.

Ik ging op de bank zitten en wachtte bijna drie uur voordat moederlief kwam.

'Robin Taylor,' hoorde ik, en ik stond op. De politieman opende de deur van de cel. 'Kom mee,' zei hij. Ik keek even achterom naar de twee vrouwen, die nu allebei sliepen, de een leunend op de ander. In de hal stonden moederlief en Cory te praten met de politievrouw die me naar het bureau had gebracht.

Ze draaiden zich naar me om toen ik naar hen toe werd gebracht.

'Ik wil geen excuses horen, Robin,' zei moederlief. 'Cory en ik hebben borg gestaan voor je verschijning in de rechtszaal. Loop door.'

Ik keek even naar Cory, die er met een scheve glimlach bij stond.

'Ik heb je gezegd dat je niet moest zondigen, Robin,' zei hij spottend toen ze me volgden naar de uitgang.

'Geen geintjes nu, Cory. Ze weet dat ze bij mij in grote moeilijkheden zit. Heel Nashville kan er nu achter komen dat ik in werkelijkheid haar moeder ben en niet haar zuster.' Ik draaide me met een ruk naar haar om.

'Zit dat je het meest dwars?'

'Nee, wat me het meest dwarszit is dat je je belofte niet houdt om hier geen problemen te veroorzaken. Gelukkig kent Cory een van de politiemensen. Hij heeft geholpen je vrij te krijgen, maar nu zullen we een advocaat moeten nemen en dat kost geld. Hoe kón je zoiets doen?'

Ik stapte in moederliefs Kever en ging achterin zitten. Cory reed.

'Toen dat kind, Kathy Ann, hijgend en puffend de trap opkwam en me vertelde dat je gearresteerd was voor winkeldiefstal, viel ik bijna flauw van teleurstelling. Ze zeiden dat je hiervoor betaald hebt,' ging ze verder, en liet me de rok zien. 'Waar heb je dat geld vandaan, Robin, of heb je ze voor de gek weten te houden?'

'Ik had wat geld gespaard,' jokte ik.

'Ik wil niet dat je ergens naartoe gaat voordat ik je gezegd heb dat het goed is, begrepen? Je blijft hier in het gebouw. Misschien kun je op die manier verdere moeilijkheden vermijden. Je weet dat ze je hiervoor naar de gevangenis kunnen sturen? Zestienjarigen worden tot gevangenisstraf veroordeeld, Robin. Je boft dat ze niet op de hoogte zijn van je strafblad in Ohio.

Ze houden het strafblad van jongeren geheim,' ging ze verder tegen Cory.

'Hoe vaak heeft ze zoiets al gedaan?' vroeg hij.

'Genoeg om haar een kleptomaan te noemen. Ik heb haar ook al eens naar een therapeut gestuurd.'

'Dat heeft dan een hoop goed gedaan,' zei hij.

'Nu zie je hoe moeilijk het is om een carrière op te bouwen en een kind groot te brengen,' zei ze.

'Ik ben geen kind,' protesteerde ik.

'Je gedraagt je er anders wel naar,' zei Cory.

'In ieder geval storm ik niet bij mensen naar binnen als ze een douche nemen.'

'O, spaar me. Volgende keer pis ik wel in een bierfles. Nou, nee, toch maar niet. Anders drinkt Del het nog per ongeluk op,' zei hij lachend.

Moederlief lachte met hem mee.

'O, Robin,' zei ze hoofdschuddend, 'en dat terwijl ik vanavond in een echte club begin. Besef je niet hoe goed ons leven zou kunnen zijn?'

Ik sloeg mijn armen over elkaar en staarde uit het raam. Het was altijd moederlief die teleurgesteld was, altijd moederlief die beschermd moest worden.

Zodra we bij ons huis waren, kwam Kathy Ann, die kennelijk achter het raam had zitten wachten, naar buiten gehold.

'Wat is er gebeurd?' vroeg ze.

'Wat er is gebeurd? Ik zal je vertellen wat er gebeurd is,' antwoordde mijn moeder. 'Ze is gearresteerd, haar vingerafdrukken zijn genomen, en ze moet voor de rechter verschijnen, die haar naar de gevangenis kan sturen. Dát is er gebeurd. Ga naar boven, Robin. Ga maar eens goed nadenken over wat je gedaan hebt.'

Ik liep haastig naar mijn slaapkamer en sloeg de deur achter me dicht. Toen ging ik languit op bed liggen, rook de stank van het laken en de deken, en kwam snel weer overeind. Ik dacht even na en haastte me toen naar de deur. Ze zaten in de zitkamer en verdronken in zelfmedelijden. Cory zei dat hij dankbaar was dat hij nooit getrouwd was en geen kinderen had. Het zijn de kinderen die daarvoor dankbaar horen te zijn, dacht ik, de kinderen die hem nooit als vader hadden gehad.

'Mag ik naar beneden naar de wasserette om iets te wassen?' vroeg ik.

'Wat wil je wassen?' vroeg moeder.

'Dat stinkende oude laken op mijn bed en de deken en het kussensloop. Ik kan zo niet slapen. Het stinkt naar sigarettenrook,' jammerde ik.

'Het is beter dan wat je in de gevangenis krijgt,' antwoordde Cory.

'Mag het?'

'Alleen de was en dan terug, Robin, en ik meen het. Je loopt niet weg!'

'Tenzij je blijft lopen,' voegde Cory eraan toe, en ze lachten.

'Kon ik het maar,' mompelde ik, en ging terug naar mijn kamer om het bed af te halen en de deken en het laken en kussensloop op te rollen. Toen liep ik naar buiten.

'Heeft ze geen geld nodig voor de wasmachine en de droger?' vroeg moeder aan Cory.

'Ja, heb je wat kleingeld?' vroeg hij aan mij.

'Nee.'

Hij zocht in zijn zak en haalde zijn portefeuille tevoorschijn.

'Je kunt een dollar wisselen voor kleingeld. Ze hebben een wisselautomaat,' zei hij. Toen verstarde hij, zijn ogen gingen snel heen en weer terwijl hij de biljetten betastte. 'Hé!' Hij keek van mijn moeder naar mij. 'Er zat tachtig dollar in. En nu nog maar twintig.'

'Robin, heb jij Cory's geld weggenomen?'

'Nee,' zei ik.

'Ze liegt. Je kunt het aan haar gezicht zien.'

'Robin?'

'Nee,' zei ik weer. Ze schudde haar hoofd.

'Het spijt me vreselijk, Cory. Je krijgt het van me terug.'

'Ik heb het niet weggenomen. Je hoeft het hem niet te geven.'

'Nu zie je waar ik mee heb moeten leven,' zei ze tegen hem.

'Ik heb nog wat over van het geld dat je me gegeven hebt,' zei ik. 'Ik heb niks van hem nodig.'

Voor een van hen iets kon zeggen, verliet ik het appartement en ging naar beneden naar de wasserette. Kathy Ann scheen al haar tijd door te brengen achter dat raam aan de voorkant, want ze zag me en kwam naar me toe, een paar seconden nadat ik was begonnen het laken en de deken in de wasmachine te stoppen.

'Vertel eens wat er werkelijk gebeurd is,' zei ze.

'Precies wat mijn zus je heeft verteld.'

'Waarom heb je het gedaan?'

'Ik wilde het hebben en ik had niet genoeg geld. Heb jij nooit iets gestolen?'

'Niet op die manier,' antwoordde ze. 'Ik zou veel te bang zijn. Ik was al stomverbaasd toen je gisteravond die sigaretten stal. Ben je nooit betrapt?'

'Niet vaak. Ik had een paar van die sigaretten zelf moeten houden. Heb jij er een?'

'Ja.' Ze haalde er een uit de zak van haar shirt. Ze stak er zelf ook een op, en we bleven zitten staren naar de draaiende wasmachine. 'Hoe straf je zus je?' vroeg ze.

'Ik mag niet weg voordat zij zegt dat het goed is.'

'O, wat erg voor je!'

'Maar 's avonds zingt ze in de band. Ze hebben werk, ze treden op in een club.'

'Dus je gaat stiekem toch naar buiten?'

'Wat dacht je?'

'Wauw.' Ze keek me aan of ik een soort beroemdheid was. 'Waar ga je naartoe?'

'Ik moet mijn hoofd laten uitdeuken.'

'Hè?'

'Ik heb je niet de waarheid verteld toen je me vroeg hoe ik gisteravond ben thuisgekomen. Ik ben naar Keefer Dawson gegaan en hij heeft me naar huis gereden.'

'Nee toch?'

'Goed, niet dan.'

'Wauw,' zei ze weer.

Ja, dacht ik. Wauw.

Ze bleef bij me tot ik klaar was. Nu ze precies wist wat er was gebeurd, had ze een waslijst met vragen over mijn leven in Ohio. Ik vertelde haar zoveel ik kon. Ik wilde haar in de waan brengen dat ik haar in vertrouwen nam, want ik wilde haar een gunst vragen.

'Je ging vanavond nergens naartoe, hè?' vroeg ik.

'Nee. Waarom?'

'Kun je me een kleine dienst bewijzen?'

'Natuurlijk,' zei ze, opgewonden dat ik haar in vertrouwen nam.

'Kun je dan naar mijn appartement komen.'

'O, graag.'

'En als mijn zus belt om te controleren of ik thuis ben, zeg dan dat ik in de badkamer ben. Als jij de telefoon opneemt, gelooft ze dat wel.'

'Bedoel je dat jij er dan niet bent?'

'Nee, malle. Dan ben ik bezig mijn hoofd te laten uitdeuken.'

Haar mond vormde een O en ze knikte. Toen glimlachte ze.

'Wauw,' zei ze.

Misschien zou dat mijn nieuwe naam worden, dacht ik. Wauw.

Toen ik het bed had opgemaakt met het nu fris ruikende laken, hoofdkussen en de deken, ging ik naar moederlief en Cory, die een

Chinees maal aten dat Cory had laten bezorgen. Moederlief kon niet zo goed koken. Ik kon het zelfs beter dan zij, omdat ik vaak naast oma stond als ze voor ons kookte, en zij had het me geleerd. 'Je moeder had er nooit belangstelling voor,' zei ze. 'Het enige wat ze wilde was zingen en rondhangen met die lanterfanters.'

Ik lachte heimelijk, toen ik me dat herinnerde.

'Ga zitten en eet voordat het koud wordt, Robin,' zei moeder.

Ik plofte met een kwaad gezicht neer op een stoel. Cory was bezig zich vol te proppen met de bami, kip en garnalen.

'Je hebt nu echt een serieus probleem, Robin. Ik hoop dat je dat beseft en je goed gedraagt.'

Ik pakte een vork en bediende me. Cory keek naar me en boerde.

'Wat zij nodig heeft is een baan,' zei hij, 'maar met haar verleden ken ik niemand die haar zou willen aannemen, behalve een zakkenroller.'

'Hij heeft gelijk, Robin,' zei moederlief. 'Dat is iets om over na te denken. Je hebt nog weken de tijd voordat de scholen hier beginnen.'

'Ik kan geen werk zoeken als ik hier zit opgesloten.'

Ze dacht even na.

'We zullen een krant kopen om na te kijken wat voor soort werk er te krijgen is en dan zullen we zien hoe je moet solliciteren.'

'Ik word er niet heet of koud van,' zei ik.

'Verdomme, meid, als je mijn dochter was...'

'Zou ik zelfmoord plegen,' maakte ik zijn zin af. Hij bleef even met open mond zitten, schudde toen zijn hoofd en'stond op.

'Ik ga me klaarmaken om te gaan,' zei hij tegen moederlief.

'Waarom ben je zo gemeen tegen hem?' vroeg moederlief fluisterend. 'Besef je niet dat we niets zouden hebben en nergens heen konden als hij me niet hielp? Het minste wat je kunt doen is wat respect en waardering tonen, Robin.'

'Wat? Hij – '

'Hou je mond,' snauwde ze. 'Als je niet vriendelijk kunt zijn, hou dan je mond dicht, wil je?'

Ik schoof het eten opzij en bleef mokkend zitten.

'Ik heb geen tijd om je achterna te lopen, Robin. Ik moet zorgen dat mijn carrière op gang komt. Je zult moeten opgroeien of de gevolgen moeten dragen. Intussen kun jij opruimen.' Ze stond op om Cory te volgen.

Ik bleef woedend zitten tot ik ze uit hun slaapkamer hoorde komen.

'Ik bel je tijdens de eerste pauze die ik krijg, Robin,' zei moederlief. 'Je zou me op z'n minst succes kunnen wensen.'

'Succes,' snauwde ik.

Toen ze weg waren, ruimde ik de tafel af en waste het bestek en de borden af. Ik begon al bang te worden dat Kathy Ann niet zou komen, toen ze eindelijk verscheen.

'Hoe laat kom je terug?' vroeg ze.

'Vóór middernacht. Ik zal niet vergeten dat je dit voor me doet.'

'Kun je niet gearresteerd worden omdat je stiekem weggaat?'

'Nee. Je bent onschuldig tot het tegendeel bewezen is.'

'Ik ben nog nooit in een rechtszaal geweest,' zei ze, alsof ze een pleziertje was misgelopen dat alle meisjes van onze leeftijd al hadden meegemaakt.

'Bof jij even,' zei ik.

'Weet Keefer dat je hem komt opzoeken?'

'Niet echt, nee,' zei ik.

'Ik heb Charlotte Lily over je verteld. Ze was erg geïnteresseerd.'

'Of mij dat wat kan schelen.'

'Breng een chocoladereep met nootjes voor me mee. Mijn stiefmoeder heeft alle zoetigheid weggegooid vandaag.'

'Axel zal meer om je geven als je afvalt.'

'Hij zei van niet. Hij zei dat hij houdt van een vrouw waar je houvast aan hebt.'

'Oké. Eén chocoladereep met nootjes.'

Ik kwam er goedkoop af, dacht ik, en toen ik de rok had aangetrokken die ik van Cory's geld had gekocht, en een blouse had gevonden die leek op degene die ik had gestolen, ging ik naar de badkamer om mijn haar te borstelen en lippenstift op te doen. Toen wilde ik weg voordat Kathy Ann zich zou bedenken. Gelukkig was ze al verdiept in een televisieprogramma.

'Bel me,' zei ze, toen ik naar de voordeur liep, 'en vertel me alles over vanavond.'

'Zal ik doen. Vergeet niet dat ik in de badkamer ben, en als ze weer belt, zeg je maar dat ik buikloop heb. Dat gelooft ze wel.'

'Ik wed dat jij je hele leven gelogen hebt.'

Ik dacht even na.

'Nee, mijn hele leven is een leugen geweest,' antwoordde ik. Ze glimlachte verward.

'Hè?'

'Bedankt, Kathy Ann. Ik sta bij je in het krijt,' zei ik, en liep snel weg.

Ik moest lang wachten op de bus en op een gegeven moment vroeg ik me af of ik niet zou gaan liften. Maar eindelijk kwam hij. Ik liep rechtstreeks naar de werkplaats, maar bleef stokstijf staan toen ik de hoek omsloeg en naar het gebouw keek. Er brandden geen lampen zoals de vorige avond. De teleurstelling viel als een loden cape om me heen. Ik had kunnen huilen. Toen herinnerde ik me dat Keefer gezegd had dat hij een appartement had achter de werkplaats.

Ik liep om het gebouw heen en zag een klein raam waarachter licht brandde. Als er eens iemand bij hem was? Dat zou voor ons allebei pijnlijk kunnen zijn. Ik had hem eerst moeten bellen. Timide liep ik naar het raam en tuurde door het dunne gordijn. Het was precies zoals hij het beschreven had: één kamer met een slaapbank, een klein gasstel en een gootsteen aan de rechterkant, en een televisietoestel tegenover de bank. Er stonden ook een tafel en twee stoelen. De muren waren kaal. Het zag er feitelijk meer uit als een opslagruimte die was verbouwd tot woonruimte. De vloer was kaal en het enige licht kwam van twee lampen. Deprimerend, dacht ik.

'Zie je iets wat je bevalt?' hoorde ik een stem, en ik draaide me geschrokken om.

Keefer stond achter me met een zak levensmiddelen in zijn armen. Toen hij me zag, verscheen er een brede glimlach op zijn gezicht.

'Robin, wat doe jij hier?'

'Ik wilde alleen even zien of je thuis was, en of je misschien gezelschap had,' legde ik uit.

Hij knikte.

'Gezelschap? Hier? Alleen ik en ikzelf. Wat doe je hier?'

'Ik moest weg,' zei ik. 'Ik heb me vandaag in de nesten gewerkt.'

'O? Kom binnen en vertel. Ik hoor graag over problemen.'

Hij deed de deur open en ik volgde hem naar zijn eenkamerappartement. Hij had een kleine koelkast, niet veel meer dan een draagbare. Hij moest zich bukken om zijn eten erin te zetten. Hij haalde twee flessen bier uit de zak en zette een ervan in de koelkast.

'Biertje?' vroeg hij.

'Graag.'

Nu ik binnen was, voelde ik me nog gedeprimeerder. De muren leken op me af te komen, en ik hoorde een geluid dat op een lekkende pijp in de muur leek.

'Er wonen hier ook een paar ratten,' zei hij, toen hij zag dat ik luisterde. 'Vriendjes van me. Ik zet zelfs wat kaas voor ze neer.'

'Keefer!'

'Ik maak maar gekheid. Dat is de warmwatergeiser. Vertel eens over je problemen.' Hij schonk een glas bier voor me in en ging naast me zitten. Ik beschreef de gebeurtenissen van die dag. Zijn glimlach ging over in een serieuze, peinzende uitdrukking.

'Ik betwijfel of ze je naar de gevangenis zullen sturen,' zei hij, 'maar je zult wel een soort proeftijd krijgen. Je hebt geen advocaat nodig. Zeg tegen je zus dat je je gewoon moet overgeven aan de genade van de rechtbank.'

'Hoe komt het dat je er zoveel van afweet?'

Hij schonk nog een glas bier in voor zichzelf, vulde mijn glas bij, en glimlachte.

'Ik was zelf ook geen heilige.' Zijn glimlach verdween. 'Alleen, toen ik thuiskwam, zei mijn vader niet gewoon dat ik me koest moest houden. Hij pakte zijn riem en sloeg me zo hard dat de striemen een maand later nog te zien waren.'

'Wat had je gedaan?'

'Een auto gestolen,' zei hij achteloos. 'Voor een joyride.'

'Was dat die keer dat je met je vader hebt gevochten?'

'Wie heeft je dat verteld?'

'Kathy Ann.'

'Ja, ik ging echt op de vuist met mijn vader. Ik kwam er niet zo best af. Hij brak bijna mijn jukbeen, maar ik weigerde te stoppen voordat hij ophield. Hij wist dat hij me zou moeten vermoorden voor ik op zou geven, en toen zei hij dat ik kon vertrekken en niet meer terug moest komen, en dat is precies wat ik gedaan heb. Ik was trouwens toch een ongewenst kind. Ik was niet zomaar een ongeluk, ik was een ramp in de ogen van mijn vader.'

Hij dronk zijn glas leeg en schonk weer in. Ik staarde hem zo lang aan dat hij zijn ogen opensperde en vroeg: 'Wat is er?'

'Mijn leven hier is een leugen.'

'Wat bedoel je?'

'Ik ben hier niet met mijn zus. Ik ben hier met mijn moeder. Ik moet van haar zeggen dat ze mijn zus is omdat ze die muziekmensen wil laten denken dat ze jonger is dan ze in werkelijkheid is.'

'O, dus dat verhaal over dat vliegtuigongeluk...'

'Dat heb ik ter plekke verzonnen om Kathy Ann iets te kunnen vertellen.'

'En je vader?'

'Jouw vader zou mijn vader kunnen zijn voorzover ik weet,' zei ik. Hij sperde zijn ogen nog verder open. 'Nee, dat was flauwekul, maar minder dan je misschien denkt. Mijn moeder weet niet zeker wie mij verwekt heeft. Ze was high van iets op een wild feest, en ze zegt dat ze diezelfde nacht met meer dan één man naar bed is geweest.'

'Wauw,' zei Keefer.

'Dat schijnt een populair woord te zijn hier, of misschien alleen als ik in de buurt ben.'

'Hè?'

'Laat maar.' Ik dronk mijn bier op. 'Ik denk dat jij en ik meer op elkaar lijken dan ik eerst dacht, maar jij hebt geluk gehad. Jij bent ontsnapt.'

'Ontsnapt? Naar dit?' Hij keek om zich heen. 'Nee, dame, dit is geen geluk. Het is een tussenhalte op weg naar iets beters, hoop ik.'

Ik stak mijn glas naar hem uit en hij vulde het opnieuw.

'Waarom kwam je bij mij na dit alles?' vroeg hij.

Ik haalde mijn schouders op.

'Jij repareert immers dingen die in elkaar getrapt, gedeukt en gebroken zijn?'

Hij lachte en keek me strak aan. Toen boog hij zich voorover en deed wat ik gewild had dat hij zou doen vanaf het moment dat ik hem in een regen van vonken had gezien.

Hij zoende me.

En ik zoende hem terug, inniger en langer dan ik ooit iemand gezoend had.

In gedachten vlogen de vonken aan alle kanten om ons heen.

7. Huwelijksfantasieën
en de tweede klap

'Weet je zeker dat je met iemand als ik wilt omgaan?' vroeg Keefer voor hij me weer zoende.

'Ik zou jou hetzelfde kunnen vragen,' antwoordde ik. Dat beviel hem wel.

'Meisjes als Charlotte Lily geven me altijd zo'n minderwaardig gevoel, alsof ik een soort wegwerppartikel ben.'

Ik zag hoe kwaad hij zich maakte alleen al bij de gedachte, dus boog ik me naar hem toe en kuste hem zacht op zijn lippen.

'Ik ben Charlotte Lily niet,' zei ik, en hij glimlachte weer.

'Nee, dát is waar.' Hij zette zijn glas neer en zoende me op mijn wang, mijn hals, mijn lippen, en draaide me om zodat hij me gemakkelijker kon omhelzen. Ik voelde zijn handen omlaaggaan naar de ritssluiting van mijn rok.

'Ik wil niet zwanger worden,' zei ik.

'Wees maar niet bang, dat word je niet,' beloofde hij. Hij pakte zijn portefeuille en haalde er een condoom uit. Hij hield het omhoog alsof hij een diamant liet zien in het lamplicht. Mijn hart bonsde. Hij denkt dat ik dit al eerder heb gedaan, dacht ik. Ik wilde hem vertellen dat het niet zo was, maar hij zoende me weer en begon me toen langzaam uit te kleden, zoende elk stukje bloot van me, tot hij opstond en zijn broek openritste, terwijl hij me aankeek en zei: 'Je bent erg mooi, Robin.'

Mijn hart bonsde zo hevig dat ik nauwelijks kon ademhalen. Toen hij naast me lag, bekende ik het hem eindelijk. Hij aarzelde zo lang, dat ik dacht dat hij ermee zou ophouden, maar toen glimlachte hij en zei: 'Dan zul je me nooit vergeten. Vrouwen vergeten nooit de eerste man.'

Een deel van me was teleurgesteld in mijzelf. Toen ik geleerd had wat seks was, fantaseerde ik vaak over de eerste keer dat ik de liefde zou bedrijven met een man. Ik bevond me altijd op een prachtig eiland tijdens een geweldige huwelijksreis met muziek op de achtergrond en de sterren boven mijn hoofd. In plaats daarvan lag ik in een in elkaar geflanst, geïmproviseerd, armoedig eenkamerappartement op een bank die van de vuilnisbelt had kunnen komen, terwijl Keefer en ik het bier op onze lippen proefden.

Geen sterren, geen tinkelende belletjes, geen engelen met een toverstokje. Ik voelde me niet op mijn gemak met mijn opwinding, was gevoelig en nerveus, kreunde onder zijn aandringen me te ontspannen. In plaats van zo zacht en donzig als een wolk, leek ik een gitaarsnaar die zo strak gespannen was dat hij elk moment kon breken, elke zenuw in mijn lichaam knapte en knakte als kortsluiting in een elektrische kabel.

'Het wordt beter,' verzekerde Keefer me toen we klaar waren. Hij bleef liggen om op adem te komen, zijn hoofd op mijn naakte borst, luisterend naar mijn bonkende hart. 'Gaat het goed met je?'

'Ja,' bracht ik er met moeite uit.

Hij hief zijn hoofd op en zoende elk van mijn tepels voor hij wegging.

'Ik ben zo terug,' zei hij en ging naar de badkamer.

Ik ging rechtop zitten en kleedde me aan. Toen hij terugkwam hoorden we de telefoon overgaan in de werkplaats.

'Wie kan dat in godsnaam zijn?' vroeg hij zich hardop af. 'Ik ben zo terug,' Hij liep naar de deur die toegang gaf tot de werkplaats.

Ik kleedde me verder aan.

'Ik heb een boodschap voor je,' zei hij toen hij terugkwam. 'Dat was Kathy Ann. Ze zegt dat je "zus" heeft gebeld. Ze zei dat je zus over een kwartier terug zou bellen en als je dan niet zelf aan de telefoon kwam, ze de politie zou waarschuwen en je aangeven.'

'Dat zou ze nog doen ook,' kermde ik.

'Kom mee,' zei hij. 'Ik breng je in een kwartier naar huis.'

Hij trok zijn jeans en schoenen aan, en pakte zijn hemd op weg naar de deur.

'Hou je vast,' zei hij, toen hij de auto gestart had. Ik had nog maar net het portier dichtgetrokken.

De achterwielen lieten het grind opspatten, en toen maakte hij een scherpe bocht naar de straat en trapte het gaspedaal in. Hij zigzagde door het verkeer en sneed een auto. De bestuurder toeterde. Keefer lachte en ging nog harder rijden, voor hij abrupt een zijstraat inreed.

'Ik ken een kortere weg,' zei hij, en schoot vooruit.

Hij reed door een rood licht en nam nog een paar scherpe bochten, zodat ik van de ene kant naar de andere slingerde. Ik gilde en hij lachte. Ik kon me niet herinneren wanneer ik me ooit zo opgewonden en tegelijk zo bang had gevoeld. Maar toen hij een laatste bocht nam naar de straat die ons naar mijn appartement zou brengen, schampte hij een kleine auto die we passeerden.

'Verdomme,' schreeuwde hij. 'Ik stop niet. Ik mag niet in deze truck rijden. Izzy gooit me eruit en dan heb ik geen baan meer.'

De bestuurder van de auto toeterde en volgde ons zo goed mogelijk, maar Keefer was hem te snel af en reed hotsend de parkeerplaats bij het appartement op. Ik haalde diep adem; ik wist niet of ik moest lachen of huilen.

'Schiet op,' beval hij.

Ik sprong uit de truck en holde de trap op. Juist toen ik bij de deur van mijn appartement was hoorde ik de telefoon binnen rinkelen. Ik gooide de deur open en stormde naar binnen. Kathy Ann had net de telefoon opgenomen.

'Hier is ze,' zei ze met een geschrokken en verbaasd gezicht.

Ik slikte een brok in mijn keel door waar een paard in gestikt zou zijn en zei zo kalm mogelijk: 'Hallo.'

'Wat is er nu weer met je aan de hand?' vroeg mijn moeder.

'Ik denk dat het Chinese eten slecht gevallen is.'

'Cory en ik hebben er geen last van gehad.'

'Misschien waren het zenuwen.'

'Nou, ik ben blij dat je tenminste één keer in je leven naar me luistert. We doen het prima hier. De eigenaar kent mensen die hij wil uitnodigen om naar ons te luisteren nu hij ons vaker gehoord heeft, vooral mij. Ik geloof echt dat ik het zal gaan maken, Robin.'

'Fijn voor je, moederlief.'

Ze zweeg.

'Ik had gehoopt dat je je toon en gedrag zou veranderen.'

'Dat zal ik doen,' zei ik. 'Ik beloof het.'

'Oké, Robin. Tot straks.'

'Dan slaap ik vast al,' zei ik, en hing op.

Keefer stond in de deuropening. Ik knikte en lachte, en toen lachte hij ook.

'Hoe ben je hier zo snel gekomen?' vroeg Kathy Ann.

'Met de bus,' zei hij.

'Met de bus?' Ze keek van mij naar hem. 'Leugenaars.' We lachten weer, en toen hoorde Keefer iets. Hij draaide zich om en keek omlaag naar de parkeerplaats.

'O, nee!' riep hij uit.

Ik liep naar voren en keek met hem mee. Er stond een politieauto met een brandend zwaailicht, vlak achter de truck van Keefers baas. De twee agenten stapten uit en een van hen richtte een grote lantaarn op de rechtervoorkant van de truck. De ander draaide zich om en keek omhoog, dus gingen we snel achteruit en deden de deur dicht.

'Wat is er?' vroeg Kathy Ann.

'Stil,' zei Keefer. 'Doe het licht uit. Gauw.'

'Waarom?'

'Doe het nou maar,' zei hij, en samen deden we alle lampen uit. We bleven wachten. Niemand zei iets, maar de hijgende ademhaling van mij en van Keefer was luid genoeg dat we die allemaal konden horen.

Een paar ogenblikken later hoorden we voetstappen op de eerste verdieping. We hielden onze adem in.

'Wie is dat?' vroeg Kathy Ann.

'Stil!' snauwde Keefer.

We wachtten.

Er werd hard op de deur geklopt, ongetwijfeld met een politieknuppel, dacht ik.

'Doe open. Politie,' hoorden we.

'O jee,' jammerde Kathy Ann.

'Verrek,' zei Keefer.

'We laten die truck wegslepen en in beslag nemen als u niet opendoet,' dreigde de agent.

'Verdomme,' zei Keefer. 'Oké, doe het licht aan,' zei hij tegen Kathy Ann. Ze was te bang om zich te verroeren, dus deed ik het maar. Toen deed hij open.

'Is dat uw truck beneden?' vroeg de agent onmiddellijk.

'Nee, van mijn baas,' antwoordde Keefer.

'Ga mee naar buiten alstublieft,' zei hij. Hij keek naar ons. 'U ook, dames,' voegde hij eraan toe.

'Waarom?' kermde Kathy Ann.

De agent deed slechts een stap opzij om ons door te laten, en we liepen naar buiten. Gedrieën stonden we op de gang met de beide agenten.

'U reed een paar minuten geleden in die truck?'

'Ja,' zei Keefer.

'Wie van u zat nog meer in die truck? Vooruit, de man die de aanklacht indient zei dat hij twee mensen zag.'

Kathy Ann stond te beven.

'Ik,' bekende ik.

'U weet dat het een ernstige overtreding is om door te rijden na een ongeluk?' vroeg hij aan Keefer.

'Wat voor ongeluk?'

Hij glimlachte.

'U wilt ons toch nog niet vertellen dat u zich niet kunt herinneren dat u een andere auto hebt geraakt, wel? De verf van de andere wagen zit op uw truck.'

Keefer keek naar mij.

'Ik zei je dat ik dacht dat ik iets geraakt kon hebben,' zei hij.

'Ik dacht van niet,' antwoordde ik.

De twee agenten staarden ons even aan.

'Mag ik uw rijbewijs?' vroeg de eerste agent aan Keefer. Hij haalde het uit zijn portefeuille.

'Is dit uw appartement?' vroeg hij aan Keefer.

'Nee.'

'Van wie dan?'

'Van de muziekpartner van mijn zus,' zei ik. 'We wonen hier tijdelijk.'

'Waar zijn uw ouders?'

'Die zijn dood,' zei ik, met een blik op Keefer, die snel zijn blik afwendde.

'En waar is uw zus nu?'

'Ze zingt in een club.'

'Wat is de naam van de bewoner?' vroeg de tweede agent.

'Cory Lewis.' Ik voelde de tranen in mijn ogen springen.

'En uw naam?'

'Robin Taylor.'

'Oké. Voorlopig nemen we meneer Dawson en u, miss Taylor, mee naar het politiebureau.'

'Kan ik de truck terugbrengen?' vroeg Keefer.

'Niet voordat de kwestie geregeld is.'

'Waarom moet u haar ook meenemen? Ik ben degene die heeft gereden.'

'Procedure,' antwoordde de agent. 'Ze is een getuige. Misschien zult u een volgende keer eens nadenken over de gevolgen als u de wet overtreedt. Laten we gaan.' Maar toen bleef hij staan. 'Hoe oud bent u, miss?'

'Zestien,' zei ik.

De tweede agent pakte zijn mobiel uit zijn riem.

'Waar treedt uw zus op?'

Ik wilde antwoord geven, maar besefte toen dat ik het niet wist. Ik wist het echt niet. Ze hadden het me nooit verteld.

'Ik weet het niet,' zei ik. 'Ze is vergeten het me te vertellen.'

'Ik zou zo denken,' zei de eerste agent, 'dat u langzamerhand wel moet beseffen hoe serieus dit is.'

'Ik vertel u de waarheid.' Ik wendde me tot Kathy Ann. 'Heeft ze jou verteld waar ze werkte toen ze je belde?'

Ze schudde haar hoofd. Ze leek geen woord te kunnen uitbrengen.

'Goed, ga maar mee,' zei de agent.

Kathy Ann bleef in de deuropening staan.

'Wat moet ik doen?' riep ze ons na.

'Ga naar huis,' zei de agent.

Ze knikte en deed snel de deur achter zich dicht. Ze bleef ver achter ons toen we naar de parkeerplaats liepen.

'Ik ga heus nergens naar toe,' zei Keefer tegen de eerste agent. 'Laat me tenminste de truck terugbrengen.'

'Dat kunt u later doen als u niet in hechtenis wordt genomen.'

Ze lieten ons in de patrouillewagen stappen. Het was de tweede keer binnen vierentwintig uur dat ik in Nashville in een politieauto zat. Het feit ontging me niet, evenmin als het moederlief zou ontgaan als ze het ontdekte.

In het politiebureau werd Keefer geconfronteerd met de eigenaar van de auto die hij had geraakt, een kleine, dikke man, die kok was in een van de lokale restaurants. Keefer verontschuldigde zich en vertelde hem dat hij in een carrosseriebedrijf werkte en alle schade die hij had aangericht zou herstellen.

'Ik zal er onmiddellijk mee beginnen,' beloofde hij. Hij legde uit dat we enorme haast hadden gehad, en verontschuldigde zich opnieuw.

Uiteindelijk besloot de man geen aanklacht tegen Keefer in te dienen. We zaten er bijna tweeënhalf uur. Ik zag de politieman die met moederlief en Cory had staan praten. Hij keek me lange tijd aan, liep toen naar de dienstdoende brigadier om te vragen wat er aan de hand was, schudde zijn hoofd en liep weg.

We werden door de politie teruggebracht naar het appartementencomplex, zodat Keefer de truck van zijn baas kon halen. Het was bijna halfdrie in de ochtend.

'Haal je verder geen problemen op de hals,' zei de agent toen we uitstapten.

We zagen de patrouillewagen wegrijden.

'Het spijt me,' zei Keefer. 'Moeilijkheden schijnen dol te zijn op mijn gezelschap.'

'Het was mijn schuld. Als je mij niet halsoverkop naar huis had moeten brengen, zou je die auto niet geraakt hebben.'

Hij haalde zijn schouders op.

'Ik denk dat er bij ons allebei een steekje los is,' zei hij. 'Je had gelijk. We vormen een mooi stel.'

We keken elkaar aan en lachten. Het was meer een lach van opluchting dan iets anders, maar het was een goed gevoel. Toen omhelsden we elkaar en ik ging naar boven. Ik keek even naar Kathy Anns appartement en zag dat de lichten uit waren. Deze keer zat ze tenminste niet achter het raam.

Zo snel ik kon kleedde ik me uit en stapte in bed. Ondanks alle opwinding was ik zo uitgeput, dat ik in slaap viel zodra mijn hoofd op het kussen lag. Ik lag bijna in een coma. Zorgen maak ik me morgen, hield ik me voor. Ik zal als Scarlett O'Hara zijn in *Gejaagd door de Wind*.

Maar zoveel geluk was me niet gegund. Mijn leven had een totaal ander scenario.

Even na vier uur in de ochtend opende moederlief de deur van mijn slaapkamer en schreeuwde zo hard mijn naam dat ze beslist iedereen in het gebouw wakker maakte.

Ik kreunde en dwong me mijn ogen te openen. Ze stond aan het voeteneinde van het bed.

'Zeg dat het een leugen is. Zeg dat het niet waar is. Zeg dat het een vergissing is en dat ze je voor iemand anders aanzagen.'

'Het is een leugen. Het is niet waar. Het is een vergissing,' zei ik, en liet mijn hoofd weer op het kussen vallen.

'Het zal je niet lukken, Kay,' zei Cory achter haar. 'Je kunt je niet concentreren op je muziek, op het schrijven van nieuwe songs, op het steeds beter worden, als je dat dode gewicht om je hals hebt hangen.'

'Ik weet het,' zei ze triest. Ik hoorde haar een paar tranen weg-snuffen, maar hield mijn ogen gesloten en deed net of ik weer in slaap was gevallen. 'Laat me erover nadenken,' zei ze. 'Je bent on-mogelijk, Robin Lyn,' ging ze verder tegen mij. Toen ging ze weg en deed de deur achter zich dicht.

Ik sliep de volgende ochtend bijna net zo lang als zij. Ik had net koffie gezet en zat die in de keuken te drinken toen moederlief naar binnen schuifelde, met verwarde haren en bloeddoorlopen ogen.

'Ik heb slecht geslapen vannacht, Robin.' Ze schonk een kop koffie in en keek me aan. Ik staarde in mijn kopje. 'Vertel op,' zei ze. 'Cory's vriend bij de politie vertelde ons dat je naar het bureau bent gebracht, dat je betrokken was bij een ongeluk en jullie zijn doorgereden. Hoe kon dat? Ik heb toch met je gebeld toen je hier was? Nou?'

'Daarvóór reed ik in een auto en we raakten een auto, maar be-seften niet dat het serieus was.'

'Wie is we? Wie reed?'

'Een vriend van me,' zei ik.

'Hoe kun je zo snel zoveel vrienden maken?' vroeg ze.

Ik keek op.

'Ik denk dat ik van nature een sociabel mens ben. Hoor eens, er is niets gebeurd. Mijn vriend zorgt voor alles. Niemand is gear-resteerd. Alles is geregeld.'

'Had ik je niet gezegd dat je thuis moest blijven?'

'Ik kan hier niet opgesloten zitten. Het is te klein. Op de tv kan je bijna niets ontvangen. Ik haat het hier!'

'Ik weet echt niet wat ik met je aan moet,' zei ze.

'Ruil me in voor een nieuwe gitaar,' kaatste ik terug.

'Soms wilde ik dat ik dat kon.'

'Dat wil ik altijd.'

Ik stond op en liep terug naar de slaapkamer. Ik hoorde dat ze een kop koffie naar Cory bracht.

'Ze is gewoon een verwend nest,' hoorde ik hem tegen haar zeggen.

Ja, ik ben een verwend nest, dacht ik. Ik ben verwend omdat ik geen echte ouders heb of een echt thuis of een echte familie. Ik ben verwend omdat mijn moeder me ziet als een molensteen om haar hals en dat altijd gedaan heeft. Ik ben verwend omdat mijn grootvader dacht dat ik behept was met erfzonde. Ik ben zo verwend dat de engelen hun ogen dichtdoen als ze vlak naast me vliegen.

Later op de middag belde Keefer.

'Hoe gaat het?' vroeg hij.

'Status-quo. Ik ben ongewenst als altijd, misschien nu nog een beetje meer.'

'Je zult het niet geloven, maar die man wiens auto ik heb aangereden is een vriend van me geworden. Ik had hem gezegd dat ik alle deuken en krassen eruit zal halen en zijn auto er weer als nieuw zal uitzien. Izzy was er niet blij mee, maar dat regel ik ook wel, en omdat het hem niets kost, is hij alleen een beetje over zijn toeren. Hij weet dat ik twee dagen werk in anderhalve dag en soms in één dag doe en met het salaris dat hij me betaalt zal hij me heus niet ontslaan. Als ik wegga is het uit eigen beweging,' verzekerde Keefer me.

'Neem me mee,' zei ik half schertsend. Hij zweeg.

'Misschien doe ik dat wel. Ik heb een plan, en een dezer dagen zal ik dat met jou bespreken. Als je me hierna tenminste nog wilt zien.'

'Meer dan ooit,' zei ik, en hij lachte.

'Oké. Weet je wat, vanavond kom ik naar jou toe. Ik moet deze extra klus afmaken, maar reken erop dat ik er om een uur of tien ben. Hoe laat komen je moeder en Cory thuis?'

'Rond twee uur, denk ik. Ik neem aan dat ze zich wat willen ontspannen met een paar drankjes en wat blijven rondhangen of ergens anders naartoe gaan.'

'Ik zal er zijn.'

'In Izzy's truck?'

'Nee, die laat ik even met rust. Ik heb nóg een auto ter beschikking van een andere klant.'

'Weet hij dat?'

Keefer lachte slechts.

'Wat niet weet...'

'Dat niet deert. Ik weet het, ik weet het.'

De wetenschap dat hij zou komen verjoeg de sombere spinnenwebben uit mijn hoofd. Moederlief bekeek me vol achterdocht toen ik het appartement ging opruimen en een en ander schoonmaakte.

'Wat voer je in je schild, Robin?' vroeg ze ten slotte.

'Niks. Ik verveel me, dat is alles.'

'Dan moet je een baantje zoeken. Als ze je tenminste niet naar de gevangenis sturen. Cory en ik zullen vanavond met een paar mensen praten. Hij kent de manager van een supermarkt. Misschien kan je een baan krijgen als inpakster.'

O, ja. Dat zal beslist helpen tegen de verveling.'

Ze keek me even kwaad aan en schudde toen haar hoofd en ging haar haar borstelen en zich kleden voor haar optreden. Zij en Cory gingen die avond in een restaurant eten. Ik zei dat ze zich over mij geen zorgen hoefde te maken. Ik had wat pasta gevonden die minder dan een jaar oud was.

'Je bent altijd zo slim, Robin. Je staat altijd klaar met je sarcastische opmerkingen. Waarom maak je daar niet eens een goed gebruik van en doe eens iets constructiefs met jezelf.'

'Dat doe ik al. Ik schrijf een lied voor je,' zei ik.

'Heus? Waarover?'

'Over een meisje als ik dat ontdekt dat haar zus haar moeder is.'

'Leuk, hoor.'

'Wacht,' zei ik toen ze weg wilde lopen. 'Het wordt nog beter. Ze ontdekt dat haar broer haar vader is.'

Ze smeet de deur van haar slaapkamer dicht. Cory, die een tijdschrift over motorfietsen zat te lezen, keek op.

'Robin Lyn, wat wordt je zonde voor vandaag?'

'Bij jou wonen,' snauwde ik. Zijn glimlach verdween toen ik naar de keuken beende om de koelkast schoon te maken. Oma zei

altijd: 'Je kunt niet schoon vanbinnen zijn als je niet schoon vanbuiten bent.'

Ik vroeg me af wat ze daarmee écht bedoelde.

8. Ik glijd dieper de afgrond in

De rest van de week kwam Keefer me elke avond opzoeken. Ik had feitelijk geen omgang met iemand anders. Kathy Anns ouders hadden gehoord over het ongeluk, uit haar eigen mond of via roddels van mensen in het gebouw die er getuige van waren geweest, en verboden haar bij mij in de buurt te komen, anders zou ze huisarrest krijgen tot de school weer begon. Ze kwam het me in de wasruimte vertellen.

'Natuurlijk kunnen we wel eens in de stad afspreken,' zei ze, 'maar ik kan niet boven komen.'

'Maak je geen zorgen. O, hoe gaat het met Axel?'

Ze sloeg haar ogen neer.

'Er is hem toch niets ergs overkomen?'

'Hij heeft me niet meer gebeld sinds die avond, en ik had nog wel iets voor hem gekocht,' klaagde ze.

'Nou ja, zo zijn footballspelers,' zei ik, alsof ik uit ervaring sprak. 'Misschien heeft hij een klap op zijn hoofd gehad na die avond,' opperde ik. 'Hoe gaat het met Charlotte Lily?'

'Goed, denk ik.' Haar gezicht klaarde op. 'Ik heb haar verteld over jou en Keefer en zo, en ze klonk jaloers.'

'Waarom? Ze zei toch dat ze hem niet de moeite waard vond?'

Kathy Ann haalde haar schouders op, keek nerveus uit het raam en zei toen dat ze zou proberen me later weer te zien. Ze liep haastig weg.

Ik word hier nu als een melaatse beschouwd, dacht ik. Moederlief, als je succes zult krijgen, doe het dan een beetje gauw, zodat we in een betere omgeving kunnen gaan wonen.

Waar moederlief en Cory wél in slaagden was een sollicitatiegesprek voor me regelen voor die baan in de supermarkt. Ze was er zo enthousiast over dat ze zelfs 's morgens vroeg opstond om me naar de supermarkt te rijden, waar ik de manager zou spreken, een man die Al Ritter heette. Hij was mager en donker, met een heel zwarte snor en de diepste gleuf in zijn kin die ik ooit gezien had. Zijn kantoor hing vol met aanplakbiljetten en zijn bureau was begraven onder formulieren en poststukken.

Ik moest beginnen met een sollicitatieformulier in te vullen. Eén vraag luidde of ik, de sollicitante, ooit was gearresteerd. Daar de datum voor mijn verschijnen in de rechtbank naderde en ik, als ik de baan kreeg, vrij zou moeten vragen om erheen te gaan, besloot ik de waarheid te vertellen en vulde in: ja. Eerst dacht ik dat het er echt niet toe deed. Hij keek het formulier zo snel door, dat ik dacht dat hij Cory of mijn moeder al had beloofd me te zullen aannemen.

Hij begon met me te vertellen dat hij gewoonlijk alleen jonge studentes aannam, omdat zij het geld hard nodig hadden en betrouwbaar waren. Toen pakte hij het sollicitatieformulier weer op, keek het nog eens door, en bleef toen stil zitten. Langzaam sloeg hij zijn ogen op.

'Waarvoor ben je gearresteerd?'

'Winkeldiefstal,' bekende ik.

'Waar?'

'Hier in Nashville. Ik moet volgende week voor de rechter verschijnen,' zei ik zo achteloos mogelijk.

'Aha,' zei hij. 'Goed, we zullen wachten tot we weten wat er met je gaat gebeuren.'

'Zoals u wilt,' zei ik, haalde mijn schouders op en liep het kantoor uit. Mijn moeder zat in haar auto te wachten, haar hoofd achterover, haar ogen gesloten, luisterend naar een van haar bandopnamen.

Zodra ik het portier opende, ging ze rechtop zitten en zei: 'En?'

'Hij wil wachten tot volgende week, om te zien wat er gebeurt.'

'Volgende week? Waarom volgende week? Wat moet er volgende week gebeuren?'

'Dan moet ik voor de rechter verschijnen, weet je nog wel?'

'Hè? Maar hoe wist hij... heb je hem verteld dat je gearresteerd bent?'

'Dat was een van de vragen op het sollicitatieformulier. Onder aan het formulier staat dat als je met opzet valse informatie ver-

schaft, je terstond kunt worden weggestuurd, wat, geloof ik, betekent dat je op staande voet wordt ontslagen.'

Ze staarde me met samengeknepen, donkere ogen aan.

'Dat heb je met opzet gedaan, Robin. Je hebt ervoor gezorgd dat
hij je niet zou aannemen, en dat terwijl Cory hem had gevraagd ons
een dienst te bewijzen.'

'Had je gewild je dat ik zou liegen, moederlief? Dat is geen me-
thode om een carrière te beginnen in de supermarkt.'

'O, jij... jij...' Ze mompelde iets en startte de motor. 'Ik begin
bijna te hopen dat ze je volgende week inderdaad naar de gevangenis sturen.'

Ik zei niets. Ze leek een traan weg te pinken voor we terugreden
naar huis. Cory sliep nog.

'Ik weet niet wat er van je terecht moet komen, Robin, behalve
dat je je steeds dieper in de problemen werkt,' zei ze, toen we binnen waren.

'Ik zal het huishouden hier doen,' bood ik aan. 'Als je wilt zal ik
koken op de avonden dat jullie thuis kunnen eten.'

Ze keek me onderzoekend aan om te zien of ik het serieus meende, en knikte toen.

'We zullen zien,' zei ze. Toen liep ze naar de slaapkamer en deed
de deur zachtjes achter zich dicht.

'Bedankt dat je me voor gek hebt gezet,' zei Cory, toen hij het
verhaal had gehoord en was opgestaan. Hij maakte de koelkast
open, haalde het sinaasappelsap eruit en dronk uit de fles, wat het
heel wat minder aantrekkelijk maakte om eruit te drinken.

'Dat kun je zelf ook wel,' zei ik.

Hij keek me zo woedend aan, dat ik dacht dat ik over de schreef
was gegaan en hij me aan zou vliegen. Ik zette me al schrap, maar
hij kalmeerde toen ik zei: 'Ik vond niet dat ik hoorde te liegen tegen een vriend van je. Dat zou het nog erger hebben gemaakt.'

Hij fronste zijn wenkbrauwen.

'Als ik was aangenomen en vrij had moeten vragen om naar de
rechtbank te gaan, geloof je dan niet dat hij een beetje achterdochtig zou zijn geworden en zich hebben geërgerd dat je hem dat
niet verteld had?'

'Je had je ziek kunnen melden.'

'Mensen roddelen.'

'Genoeg,' zei hij en hief zijn handen op met de palmen naar mij gekeerd. 'Ik hou ermee op. Je bent niet mijn verantwoordelijkheid.'

'Wie zegt van wél?' vroeg ik, niet zozeer om brutaal te zijn, maar om te weten te komen of moederlief hem had weten te overtuigen dat hij voor ons allebei zou moeten zorgen en niet alleen voor haar.

'Niemand, en daarvoor dank ik mijn gelukkige gesternte.'

Ik stond op en liet hem achter in de keuken. Een gelukkig gesternte, hoe zag dat eruit? vroeg ik me af.

De volgende week bood Keefer aan met me mee te gaan naar de rechtbank, maar ik dacht niet dat moederlief dat prettig zou vinden, en om eerlijk te zijn, geneerde ik me een beetje en wist ik niet wat voor figuur ik daar zou slaan. Ik zei dat ik liever had dat hij niet meeging.

'Goed,' zei hij. 'Als je me ergens voor nodig hebt, bel je me maar.'

Ik bedankte hem. Al deed ik me nog zo dapper voor, vanbinnen beefde ik zodra ik wakker werd op de ochtend van mijn verschijning voor de rechter. Moederlief jammerde vanaf het eerste moment dat ze zo vroeg op moest na een vermoeiende avond zingen.

'Het valt niet mee om er fris en jong uit te zien als je geen slaap krijgt,' kermde ze.

'Ga dan niet. Ik ga wel alleen.'

'O, natuurlijk. We boffen dat we een pro Deo-advocaat voor je konden krijgen. Kleed je netjes en conservatief aan, Robin Lyn, en als je weet wat goed voor je is, hou je je mond dicht.'

Ik was niet de eerste beklaagde in de rechtbank. We moesten zelfs bijna een uur wachten voor we naar binnen mochten. De rechter, rechter Babcock, was een vrouw met kort peper-en-zoutkleurig haar. Ze zag eruit of ze voor het laatst had gelachen op haar eerste verjaardag. Haar smalle lippen waren zo stevig op elkaar geklemd terwijl ze het rapport over mij las, dat het leek of ze een ritssluiting had op de plaats waar haar mond had moeten zijn. Toen ze eindelijk haar ogen opsloeg en me aankeek, had ik het gevoel dat ze twee gaten in mijn gezicht brandde.

'Uw cliënte pleit schuldig?' vroeg ze aan onze advocaat, een doodgewoon uitziende man met blond haar, Carson Meriweather genaamd, wiens pak om zijn lichaam zat alsof het op een hangertje hing in een klerenrek. Hij leek op een hoofd met een skelet eronder.

'Ja, edelachtbare.'

'Begrijpt u wat dit betekent, miss Taylor?'

'Ik geloof het wel, ja,' zei ik.

'U gelooft het? U begrijpt dat u schuldig pleit aan winkeldiefstal of u begrijpt het niet. Dit is geen spelletje. Nou, wat zal het zijn?'

'Schuldig,' zei ik, voordat mijn keel samenkneep en dichtzat.

'Helaas hebben te veel jonge mensen van uw leeftijd een verwrongen gevoel van goed en verkeerd. Er is een tijd geweest waarin de moraal thuis werd onderwezen, maar,' zei ze zuchtend, 'het begint steeds meer de verantwoordelijkheid te worden van de rechtbank.'

Ze richtte zich tot mijn moeder.

'Mevrouw Taylor, hoe bent u thuis met deze situatie omgegaan?'

'Ik... we zijn pas onlangs hierheen verhuisd, edelachtbare.'

'Ja? En?' vroeg ze, toen moederlief scheen te denken dat dit een soort antwoord was.

'Ik zei dat ze het terrein van het appartementencomplex niet af mocht. Ze had huisarrest.'

'Ik begrijp het. Hebt u de tijd genomen om haar uit te leggen dat mensen werken om hun brood te verdienen, dat de werknemers van dit warenhuis ervan afhankelijk zijn dat het warenhuis winst maakt, dat roven en stelen in ieders nadeel is, dat als we daar geen eind aan maken, iemand haar ook zou kunnen beroven en we dan een anarchie zouden krijgen? Wel?'

'Ja, edelachtbare. Ik heb haar gevraagd zich goed te gedragen.'

'O?'

'Ik heb haar zelfs naar een therapeut gestuurd toen we nog in Ohio woonden.'

'Aha. En hoe lang bent u van plan in Nashville te blijven, mevrouw Taylor?'

'O, ik blijf hier voorgoed, edelachtbare. Ik ben zangeres en...'

'Dan kunt u er maar beter voor zorgen dat uw dochter weet wat onze wetten zijn en wat we verlangen van onze burgers,' snauwde ze.

'Ja, edelachtbare.'

Rechter Babcock ging rechtop zitten en tikte met haar pen op de voor haar liggende documenten. Er viel een lange, zenuwslopende pauze. Ze leek met zichzelf te overleggen of ze mij al dan niet naar de galg zou sturen.

'Mijn instinct zegt me dat ik dit niet moet doen. Ik zou u zo streng moeten behandelen als de wet me toestaat, maar ik geef u een proeftijd van twee jaar en stel u weer onder voogdij van uw moeder, in de hoop dat deze ervaring een onuitwisbare indruk op u heeft gemaakt. Begrijp me goed: als u voor enig ander vergrijp weer gedagvaard zou worden, zal ik niet aarzelen u rechtstreeks naar een jeugdgevangenis te sturen, tenzij,' ging ze verder, zich over haar lessenaar buigend, 'uw nieuwe misdaad zo ernstig is dat u als een volwassene wordt gevonnist. In dat geval gaat u niet naar een jeugdgevangenis. Een jeugdgevangenis lijkt een kleuterschool vergeleken met de gevangenis waartoe u zou worden veroordeeld. Ben ik duidelijk genoeg geweest, miss Taylor? U lijkt niet goed te luisteren.'

'Ik luister,' zei ik, iets te kribbig. Ik wist het zodra de woorden eruit waren, en hield mijn adem in.

Ze keek me even strak aan voor ze zich tot moeder wendde.

'U hebt hier als moeder een serieuze verantwoordelijkheid, mevrouw Taylor. Ik hoop dat u zich daar goed van bewust bent en dat u meer tijd en energie zult besteden aan de opvoeding en het gedrag van uw dochter.'

Moederlief knikte. Ze keek alsof ze elk moment in tranen kon uitbarsten. Ik wilde haar een por met mijn elleboog geven, om te zorgen dat ze ons niet allebei te schande zou maken. Ze beet op haar onderlip en knikte weer.

'Heel goed. De zaak is voorlopig afgedaan,' zei rechter Babcock.

De advocaat, die niet veel meer had gedaan dan me te vertellen dat ik schuldig moest pleiten en beleefd zijn tegen de rechter, gebaarde naar ons en wenkte dat we konden vertrekken.

Ik hoorde een andere naam afroepen en zag een jongen die niet veel ouder dan tien leek, en binnengeleid werd door een man die zijn hand stevig om de achterkant van de hals van de jongen geklemd hield. Ik dacht, als dat zijn vader is, zouden ze hém beter naar een jeugdgevangenis kunnen sturen.

'Ik hoop dat je waardeert hoeveel geluk je hebt gehad, jongedame,' zei de advocaat.

'Dat doet ze niet, maar ik zal ervoor zorgen dat ze dat gaat doen.'

'Hier kun je beter niet meer terugkomen,' zei hij. 'Dit is een heel strenge rechter.'

Moederlief bedankte hem en liep haastig met me naar buiten.

'Ik begrijp niet waar je die opstandigheid vandaan hebt,' zei ze toen we terugreden naar Cory's flat.

'Misschien van mijn mysterieuze vader,' opperde ik. 'Hé,' ging ik verder, op en neer wippend op mijn stoel, 'zo kun je erachter komen wie mijn vader was. Wie van dat tiental mannen met wie je die nacht naar bed ging leek het meest op mij?'

Ze keek me aan alsof ze zich afvroeg of ik het serieus meende of niet. Toen schudde ze meesmuilend haar hoofd.

'Hou vol, Robin. Blijf me straffen voor je eigen mislukkingen en gebreken. Zie maar waar het eind zal zijn.'

'Bedoel je dat dit nog niet het eind is?' antwoordde ik.

Haar gezicht verstrakte en de rest van de rit legde ze zwijgend af. Vanbinnen voelde ik me als broos porselein dat een harde tik had gekregen en vol barsten zat. Je hoefde er maar even tegen te stoten en het zou in duizend stukken breken.

Cory toonde slechts een vage belangstelling voor het gebeurde in de rechtszaal. Hij zei: 'Kinderen van haar leeftijd kunnen tegenwoordig ongestraft een moord plegen.' De beslissing van de rechter versterkte slechts zijn opvatting. In ieder geval wilde hij zijn tijd niet verdoen met over mij te praten. Hij had een belangrijke aankondiging voor mijn moeder.

'Bill Renner, een talentenjager voor Reliable Records, was gisteravond in onze club. Ik kreeg net een telefoontje van hem. Hij hield van je song "Ridin' on a dream". Hij wil dat we naar de studio komen om een opname te maken. Ik heb het Del en Ernie al verteld. Ga je mooiste outfit aantrekken,' ging hij verder. 'Zorg dat je er goed uitziet, Kay. Ik wil dat hij de mogelijkheden ziet voor foto's, covers, advertenties.'

Moederlief krijste van verrukking en wierp zich in zijn armen. Hij wervelde haar rond. Ze wekten de indruk van twee gelukkige kinderen. Onwillekeurig verscheen er een glimlachje om mijn lippen, maar toen dacht ik aan de plaats waar ik net geweest was en voelde me nog meer het dode gewicht aan haar enkels, waar Cory me van beschuldigd had. Dit was hún succes, niet het mijne, hún dromen kwamen uit. Daarin was geen plaats voor mij.

Ik benijdde hen beiden om hun vreugde en uitgelatenheid. Moederliefs ogen straalden als die van een klein meisje. Ze bloeide voor mijn ogen op, en Cory leek heel zelfvoldaan.

'Weet ik waarover ik het heb of niet?' vroeg hij haar.

'Je weet het, Cory, o, jongen, óf je dat weet.'

Ze zweeg even en keek naar mij.

'Wees blij voor ons allemaal, Robin. Dit is zo'n grote kans, en het is een van mijn liedjes, het is *mijn* liedje!'

'Ik bén blij,' zei ik. 'Ik ben zo blij dat ik in een zeepbel zou kunnen veranderen en uiteenspatten.'

Haar glimlach bevroor. Cory's lippen krulden.

'Veel succes,' zei ik en ging naar mijn slaapkamer.

'Vergeet haar maar,' zei hij. 'We moeten ons concentreren op deze kans en al onze energie eraan geven.'

Ik kon hun vrolijke stemmen horen toen ze zich aankleedden en voorbereidden in de kamer naast me. Ik ging op bed liggen en staarde naar het witte plafond en probeerde een droom te bedenken voor mijzelf. Wat zou ik op een dag bereiken? Wat zou me ooit zo gelukkig maken? Misschien hebben mensen die in een luchtledig zweven nooit dromen. We zweven gewoon van het ene saaie moment naar het andere.

Ik moet een tijdje zijn ingedommeld, want toen ik mijn ogen opende, leek het al te schemeren. De deur van mijn slaapkamer stond open, maar ik hoorde niemand. Ik luisterde ingespannen, keek toen op mijn horloge en zag dat het al vijf uur geweest was. Ze moesten al weg zijn. Moederlief was waarschijnlijk naar me toe gekomen om me te laten zien hoe ze eruitzag en had me slapend aangetroffen. Ik wist zeker dat ze die korte rok met strookjes had aangetrokken en die blouse met lovertjes en de bijpassende hoed en laarzen. Het was haar lievelingsdracht, en ik moest bekennen dat ze eruitzag als een ster in die kleren.

Er lag een briefje op de koelkast.

Er ligt wat geld op de keukentafel. Bestel een pizza of zoiets. Ik bel je later.
Kay

Ze kon het zelfs niet ondertekenen met 'moeder'. Was ze werkelijk zo bang dat iemand het zou zien en het zou weten? Ik verfrommelde het en gooide het in de vuilnisbak. Toen pakte ik het geld en liep naar buiten. Toen ik voor het gebouw stond, keek ik naar rechts en zag Kathy Ann tussen de gordijnen door naar buiten staren. Met opzet zwaaide ik enthousiast naar haar en de gordijnen werden onmiddellijk dichtgetrokken.

Lachend liep ik de straat af en nam de bus naar het centrum. Ik kon alleen maar aan Keefer denken. Voorlopig was híj mijn droom; ik voelde me pas gelukkig als ik bij hem was. Het licht in de werkplaats was als het licht van een vuurtoren dat straalde in de duisternis van mijn wereld. De enige veilige haven die ik had was in zijn armen.

Ik liep de werkplaats in. Gereedschap lag op de grond. De radio stond zoals gewoonlijk keihard aan, maar ik zag hem niet.

'Keefer?'

Ik keek naar het kleine kantoortje, maar dat was donker. Ik liep tussen de auto's door die er stonden om gerepareerd te worden naar zijn appartement. Waar kon hij anders zijn? dacht ik, maar toen realiseerde ik me dat hij misschien weg was om bier te kopen of zo.

Toen ik de deur opendeed hoorde ik een gekreun. Mijn eerste gedachte was dat er iets verschrikkelijks met hem was gebeurd. Of hij had zich verwond in de werkplaats of zijn dronken vader was naar hem op zoek gegaan en had hem weer in elkaar geslagen.

Toen hoorde ik haar lachen en rechtop gaan zitten op de bank. Ze was halfnaakt, haar borsten glommen in het licht van de kleine lamp. Ze zag me en gaf een gil. Een seconde later verscheen Keefer, en ze staarden beiden naar mij. Ik was zo verbaasd en geschokt dat ik als aan de grond genageld bleef staan, al had ik me het liefst omgedraaid en was weggerend.

'Kijk eens wie er is, Keefer. Robin. Kom je om iets te laten fiksen, schat?' zei Charlotte Lily plagend, terwijl ze haar blouse pakte en die over haar hoofd trok.

Keefer duwde haar weg, maakte zijn broek vast en stond op.

'Nee, het lijkt me dat jij degene bent die vanavond iets heeft laten fiksen, Charlotte Lily,' zei ik. De tranen brandden onder mijn oogleden omdat ik weigerde ze tevoorschijn te laten komen.

Ze lachte.

'Ik dacht dat je hem niet de moeite waard vond,' zei ik. Mijn geschoktheid maakte plaats voor woede. 'Breng je een bezoekje aan de achterbuurt?'

Ze lachte weer, maar iets minder zelfverzekerd. Keefer keek even naar haar, haalde toen diep adem en liep naar mij toe.

'Het spijt me,' zei hij.

'Er is niets om spijt over te hebben, Keefer, tenzij ze een grote teleurstelling was. En dat is heel waarschijnlijk.' Ik keek haar met een koele glimlach aan, draaide me toen om en liep de kamer uit, de deur achter me dichtsmijtend.

Ik hoorde haar lachen, en toen Keefers stem dat ze zich koest moest houden.

Toen ik buiten de werkplaats was en op straat stond, liet ik mijn tranen ontsnappen. Ik veegde ze van mijn wangen en liep haastig weg.

Ik bleef lopen, aanvankelijk niet in een bepaalde richting, maar toen in de richting van huis. Het was een lange wandeling. Auto's zoefden langs me heen, soms werd er getoeterd omdat ik me te ver op de rijweg waagde. Nu en dan had ik me het liefst voor een van de auto's laten vallen, maar het vooruitzicht van een hoop pijn zonder dat ik meteen dood was, weerhield me.

Ergens in de stad, met al zijn lichten en opwinding, de muziek die op straat te horen was, de lachende en grapjes makende mensen, die genoten van hun vakantie of hun avondje uit met vrienden, ergens daar stond moederlief te zingen, reikend naar haar droom.

Ik was zo ver van haar, van haar gedachten verwijderd als maar mogelijk was, zo ver feitelijk dat het leek of ik nooit geboren was.

Misschien was ik dat ook niet, dacht ik. Misschien was dit alles maar een nachtmerrie, en sliep ik nog in dat niets waar zielen bestaan tot ze gekozen worden om te worden geboren. Ik was als een weeskind dat telkens weer werd overgeslagen. Deze niet, die is er nog niet klaar voor om in de wereld te leven, hoorde ik de engelen zeggen.

'Blijf dromen, lieverd. Blijf maar dromen. Wij vertellen je wel wanneer het tijd is om wakker te worden.'

Zelfs beloftes in de hemel worden gebroken, dacht ik.

9. Altijd wij tegen hen

Na bijna een halfuur langs de snelweg te hebben gelopen, voelde ik dat er een paar koplampen op me gericht bleven.

Daar gaan we weer, dacht ik. De politie. Iemand heeft waarschijnlijk geklaagd dat er een jong meisje langs de snelweg loopt. Ik hoorde toeteren en deed een stap opzij. Afwachtend draaide ik me om.

Het was Keefer in Izzy's truck.

Stap in, Robin,' zei hij.

'Nee.'

'Stap nou maar in. Ik moet met je praten. Het is nog een heel eind en je loopt vlak langs het verkeer. Doe niet zo stom.'

'Waarom moet ik plotseling anders doen?' antwoordde ik. 'Ik schijn alleen maar stomme dingen te doen.'

'Hou op. Stap in. Ik moet met je praten.'

Een auto kwam achter hem rijden en de bestuurder toeterde lang en hard.

Ik zag dat Keefer niet van plan was om door te rijden en op deze manier zouden we nog meer moeilijkheden kunnen krijgen, dus stapte ik in de truck en hij reed door.

'Het spijt me wat daar gebeurd is, maar ik heb nooit gezegd dat ik een heilige was, Robin. Nee toch?'

'Nee.'

'En ik heb ook nooit gedacht dat jij er een was,' zei hij.

Ik moest even lachen.

'Ik ken een paar mensen die het met je eens zouden zijn.'

'Ik moet bekennen dat ik dronken was. Zij kwam binnen en plaagde me als altijd. Ik schaam me ervoor, want ik weet dat ze het deed omdat ze jaloers was en jou wilde kwetsen, maar ik liet me door haar uitdagen.'

'Je hebt niet eens gebeld om te vragen hoe het vandaag is afgelopen,' zei ik kwaad.

'Ik weet het. Ik heb er wel aan gedacht, maar ik werd dronken.'

'Waarom werd je overdag zo dronken?' vroeg ik. Voorzover ik
kon beoordelen was Keefer altijd erg betrouwbaar als hij aan het
werk was. Hij was goed in wat hij deed en hij was trots op zijn
werk.

'Izzy had vandaag slecht nieuws voor me. Hij verkoopt de zaak.
De nieuwe eigenaar neemt de werkplaats over ongeveer een maand
in gebruik, en ik lig eruit. Hij zei dat zijn vrouw er genoeg van had
om hier te wonen en dat hij naar zijn broer in Florida gaat.'

'Nou en? Je was toch in ieder geval van plan om weg te gaan?'

'Ja, maar pas als ik wat geld gespaard had. Je gaat niet zomaar
weg, zonder voldoende geld. Zo gauw krijg ik misschien geen
nieuwe baan, en je moet een aanbetaling doen als je een flat of een
hotelkamer wilt huren.'

'En je zus?'

'Ik kan haar niks vragen. Ze kan nu net rondkomen. Dat weet
ik. Bovendien wil ik niet op kosten van een ander leven. Ik wil zelf-
standig zijn.'

'Ik heb geen geld, anders zou ik het je geven,' zei ik, en ik meende het.

'Dank je. Ik geloof het.'

We zwegen allebei even en staarden voor ons uit naar het verkeer.

'Het spijt me echt heel erg van Charlotte Lily. We hebben vroeger een tijdje een relatie met elkaar gehad. Ik wist dat ze met me
speelde. Ze kan met niemand serieus zijn. Haar familie is rijk en
ze woont in een mooi huis en zo, maar ze is nooit gelukkig, en is
er altijd op uit om iemand die wél gelukkig is ongelukkig te maken.

Over stom gesproken, dat ben ík wel. Ik laat me door haar ma-
nipuleren. Ze lijkt wel een duivelin of zo, om juist binnen te komen als ik aan zelfmedelijden lijd. En dan moet jij precies op dat
moment je opwachting maken. Verdomme.'

'Je bent mijn bezit niet, Keefer. We hebben elkaar niets beloofd,
en dat ik jou samen met haar vond – nou ja, ik vind niet dat zij iemand is om over een ander te oordelen. Maar,' voegde ik er na een

korte stilte aan toe, 'ik moet bekennen dat het pijn doet.'

'Ik weet het. Het spijt me. Echt waar. Ik wil nooit meer iets met haar te maken hebben. Ze mag dan mooie kleren en sieraden hebben en zo, maar ze is een sletje vergeleken met jou.'

'Zo ver zou ik niet willen gaan,' zei ik, en schudde toen mijn hoofd. 'Maar jij mag het wél.'

Hij lachte.

'En vertel nu eens wat er vandaag gebeurd is. Je loopt buiten, dus ik denk niet dat je gevangenisstraf hebt gekregen.'

'Ik heb twee jaar proeftijd.'

'O, dat heeft niks te betekenen. De halve stad is voorwaardelijk veroordeeld. Heb je honger?'

'Ik rammel.'

'Dan neem ik je mee naar een geweldige tent,' zei hij, en reed een zijstraat in. Een paar minuten later hobbelden we over het grind van een oprit naar een restaurant met een varken dat verlicht was met roze lichtjes. Het heette Porky's Hideaway. 'De beste spareribs in de stad,' zei hij.

Het restaurant bestond uit één grote zaal, waar een band wat ik noemde hillbillymuziek speelde, maar volgens Keefer meer cajunstijl was. Het eten stond uitgestald op een buffet, en voor tien dollar kon je net zoveel eten als je wilde. Behalve de ribs waren er buffelfilets, kippenpoten, vissticks, aardappels, groenten, allerlei soorten brood en diverse desserts. Mijn maag begon te knorren.

We stapelden onze borden hoog op en zochten een tafel. Het restaurant was bijna vol, en het goede voedsel, de muziek en de feestelijke sfeer verjoegen mijn neerslachtigheid.

'Voordat mijn moeder ziek werd en aan een zware depressie leed, vertelde ze me altijd dat je droefheid het best kon genezen met een heerlijke maaltijd. Daarom serveren mensen zoveel eten na een begrafenis,' zei Keefer. De muziek was zo luid dat we moesten schreeuwen om elkaar te horen, ook al zaten we aan dezelfde tafel.

Daar moest iets van waarheid in zitten, dacht ik, want ik at veel meer dan gewoonlijk. Later leunde ik achterover en keek naar de mensen die dansten.

'Gek,' zei Keefer. 'Nashville is vol muziek en amusement, maar ik maak het niet vaak mee. Ik denk dat je je eerst zelf gelukkig moet

98

voelen voordat je uit kunt gaan en echt plezier kunt hebben.'

Ik had medelijden met hem en wilde dat ik iets kon doen. In ieder geval had ik mijn moeder nog. Hij had niemand behalve zichzelf, en dat moest toch wel angstaanjagend zijn.

Toen we weggingen en in de truck zaten, op weg naar Cory's appartement, vroeg Keefer me of ik het echt meende toen ik zei dat ik best samen met hem weg wilde lopen.

'Ja,' zei ik.

'En nu? Ik bedoel, na alles wat je gezien hebt en zo, denk je er nu nog steeds zo over?'

Ik dacht even na. Ik wist dat hij me vroeg hem volledig te vergeven wat er gebeurd was met Charlotte Lily. We zijn geen van beiden zo braaf, was mijn conclusie. Als wij elkaar niet kunnen vergeven, zal niemand ons iets vergeven.

'Ja,' antwoordde ik, en hij glimlachte.

'Fijn. Ik heb een plan. Mijn vader heeft me het huis uitgegooid voordat ik al mijn spulletjes kon pakken. Hij wist het niet, maar ik had al het geld gespaard dat ik op verjaardagen kreeg van familie en vrienden. Eerlijk gezegd was ik een kleine vrek. Ik stopte alles in het kleine spaarvarken dat mijn moeder me heeft gegeven toen ik een jaar of drie was, geloof ik. Het was een cadeautje van een of andere varkensboerderij waar ze ooit geweest was. In ieder geval zit er meer dan vierhonderd dollar in, en die wil ik hebben. Dat geld is van mij. Alleen denk ik niet dat ik doodgemoedereerd naar de voordeur kan wandelen en aanbellen.'

'Waarom niet? Je moeder is toch niet kwaad op je?'

'Ze doet niets wat hij niet wil. Heeft ze nooit gedaan. Heeft nooit mijn kant gekozen of die van mijn zus.' Hij zweeg even. 'Mijn zusje werd... ik geloof dat ze dat tegenwoordig misbruikt noemen. Om het wat zachter uit te drukken, vermoed ik, maar het verzachtte niets voor haar. Ik weet dat ze het mama vertelde, maar mama dacht dat ze het verzon om wraak te nemen op hem. Ze weigerde gewoon het te geloven.'

'Misschien deed ze dat wél en is ze daarom zo geworden, Keefer.'

'Misschien. Het is een reden temeer voor me om hem te haten. Ik wil hem gewoon niet zien.'

Hij keek op zijn horloge.

'Er is een goeie kans dat hij niet thuis is. Ik weet hoe ik het huis binnen moet komen zonder de voordeur te gebruiken. Ik wil alleen mijn spaarvarken en dan verdwijn ik. Wil je me helpen?'

'Wat kan ik doen?'

'Blijf jij in de truck op de uitkijk zitten. Als er een auto over de oprit komt rijden, druk je op de claxon. Doe het minstens vijf, zes keer, dan weet ik dat ik als de bliksem weg moet. Het is niet te zeggen wat er anders zou kunnen gebeuren. Hij zou mij vermoorden of ik zou hem op de een of andere manier vermoorden. Oké?'

'Oké,' zei ik, maar mijn hart bonsde als een ouderwetse stoomtrein die over de rails bonkt.

'Mooi,' zei hij. 'Het duurt niet lang. Maak je niet bezorgd.'

Hij keerde de truck en reed terug naar het centrum, maar voor hij daar was, keerde hij opnieuw en reed door allerlei woonstraten tot we bij een huis kwamen dat verborgen lag achter grote oude eiken met wijdgespreide takken en ongesnoeide struiken. In het licht van de maan die tussen de wolken door scheen, kon ik droge en kale plekken zien op het grasveld. Het was overal donker in huis.

'Meestal brandt er wel ergens licht,' zei hij toen we aan de rand van het trottoir stopten. Hij bleef met een bezorgd gezicht zitten.

'Kun je er niet op een andere manier achter komen of er iemand thuis is?'

'Hij is niet thuis. Hij parkeert zijn truck niet in de garage. Die ligt vol gereedschap, en zijn werkbank staat er en een cirkelzaag. Oké. Het raam in mijn kamer heeft een gebroken slot. Daar ga ik naar binnen. Ga achter het stuur zitten en toeter als er een truck aankomt.'

'Wees voorzichtig, Keefer.'

Merkwaardig, dacht ik, om in je eigen huis te moeten inbreken.

Hij stapte langzaam uit, aarzelend alsof hij verwachtte dat zijn vader elk moment achter een boom vandaan kon springen of zoiets, en toen holde hij het grasveld over en verdween om de rechterhoek van het huis. Een paar minuten later ging er een licht aan.

Toen ik een paar koplampen zag opdoemen, hield ik mijn adem in en legde mijn hand op de claxon. Het bleek een personenauto te zijn, die snel voorbijreed, waarna het weer donker was in de straat. Ik keek naar het huis. Waar bleef hij zo lang? Hij wist toch zeker wel waar zijn spaarvarken stond? Weer zag ik een paar koplampen en weer was het slechts een passerende auto. Toen keek ik naar het huis en zag dat het licht uit was.

Ik ontdekte Keefer. Deze keer haastte hij zich niet. Hij liep heel langzaam, met opgeheven hoofd en klemde iets in zijn hand. Ik wou dat hij opschoot. Hij liep om de truck heen en ik opende het portier. Hij bleef op straat naar me staan kijken.

'Wat is er?' vroeg ik.

Hij stak zijn handen uit. Er lagen scherven in van wat ik vermoedde dat zijn spaarvarken was. Ik schudde mijn hoofd.

'Ik begrijp het niet.'

'Hij heeft mijn geld gestolen. Mijn spaargeld, mijn verjaardagsgeld.'

'O, nee!' zei ik.

Keeler draaide zich met een ruk om en smeet de scherven naar de oprit.

'Dat is niet alles,' ging hij verder, terwijl hij aanstalten maakte om in te stappen. Ik schoof opzij.

'Wat nog meer?'

'Mijn moeder was er niet. Ik ging haar zoeken, om te zien of ze in bed lag, sliep.'

'Misschien is ze uit met hem.'

'Dat betwijfel ik.' Hij startte de motor. 'De lamp naast haar bed stond op de grond. Ik zette hem rechtop en toen draaide ik me om en op de vloer van de badkamer zag ik...'

'Wat?' vroeg ik ademloos.

'Bloed. Massa's bloed.'

'Bloed?'

Hij reed weg. Ik had het gevoel dat ik was opgehouden met ademhalen en dat ik uit mijn lichaam trad. Zo verlamd voelde ik me.

Toen we thuis waren ging Keefer met me mee naar boven.

'Als er iets verschrikkelijks gebeurd is, zou iemand het je dan niet verteld hebben?'

'Ik kreeg de indruk dat het niet zo lang geleden gebeurd is.'

Ik staarde hem aan. Wat kon er gebeurd zijn? In zijn ogen las ik alle afgrijselijke mogelijkheden, en mijn geest begon te dwalen door het Horror Hotel. Kon zijn vader zijn moeder iets verschrikkelijks hebben aangedaan en toen haar lichaam hebben weggehaald?

'Moeten we de politie niet bellen?'

Hij dacht even na. Toen knikte hij en liep naar de telefoon als iemand die wanhopig verlangt hem niet te hoeven gebruiken. Ik keek toe terwijl hij 911 indrukte en de telefoniste zijn adres gaf en vertelde wat hij had gevonden.

'Ik ben haar zoon,' zei hij.

'Ze verbindt me door met iemand die misschien iets weet.'

Ik knikte en wachtte, met mijn armen om me heen geslagen. Voor ik iets kon zeggen, stak hij zijn hand op.

'Ja,' zei hij. 'Ja, ik ben haar zoon. Ik was net bij het huis en...' Hij luisterde en zijn gezicht verbleekte. 'Oké,' zei hij. 'Dank u.'

Hij hing op en staarde even naar de telefoon. Toen hield hij zijn adem in en draaide zich naar mij om.

'Ze heeft geprobeerd zelfmoord te plegen. Ze ligt in het ziekenhuis.'

'O, Keefer, ik vind het zo erg voor je.'

'Ik moet weg.'

'Zal ik meegaan?'

Hij dacht even na en knikte toen.

'Graag. Dat zou ik fijn vinden.'

Moederlief wilde natuurlijk dat ik thuis bleef. Ze had misschien al gecontroleerd om te zien of ik wel gehoorzaam was geweest, maar dat kon me nu niet schelen. Niets van dat alles kon me iets schelen, had het waarschijnlijk nooit gedaan.

Bovendien, dacht ik, toen we de trap afholden naar de truck, wist ik zeker dat Kathy Ann op de uitkijk zou zitten en mijn moeder alles zou vertellen.

Toen we geparkeerd hadden bij het ziekenhuis gingen we naar de informatiebalie om te horen waar Keefers moeder lag. Ze bleek op de intensive care te liggen, en alleen de naaste familie mocht bij haar. Ik wachtte buiten. Ik was heel nerveus omdat we niet wisten of zijn vader er al was, en wat voor scène hij zou maken als hij Keefer zag.

Gelukkig was hij er niet. Keefer kwam na tien minuten weer terug.

'Ze leeft nog,' zei hij, 'maar ze heeft zoveel bloed verloren dat ze in een coma ligt. Het enige wat de verpleegster wilde zeggen was: "We moeten afwachten."'

Hij ging zitten en ik hield zijn hand vast.

'Ze leek zo klein. Alsof ze gekrompen was door al dat bloedverlies. Ik probeerde tegen haar te praten, maar haar oogleden trilden zelfs niet. Het was of je tegen een lijk praatte.'

'O, zeg dat niet, Keefer. Ze kan beter worden.'

Hij knikte en keek om zich heen.

'Ik vraag me af waar hij kan zijn. Het verbaast me niks dat hij er niet is.'

'Wat wil je doen?'

'Over een uur mag ik weer naar binnen. Vind je het erg om te wachten?'

'Nee, natuurlijk niet,' zei ik.

Hij leunde achterover tegen de bank.

'Wil je iets drinken?' vroeg hij.

'Nee, dank je,' zei ik. Hij knikte en sloot zijn ogen.

Onwillekeurig vroeg ik me af hoe ik me zou voelen als het moederlief in plaats van Keefers moeder was die daarbinnen lag. Zou ik me ongerust maken over haar of over mijzelf? Zij was nu alles wat ik had, de enige familie op de hele wereld. Meestal deed ze haar best om net te doen of ik er niet was. Soms dacht ik dat haar dát het meest dwarszat als grootpapa over me klaagde: Hij herinnerde haar eraan dat ik haar dochter was en haar verantwoordelijkheid.

Waarschijnlijk had ik het haar nooit gemakkelijk gemaakt. Niet alleen vond ik dat ik dat niet hoefde te doen, maar ik ergerde me ook eraan dat ze zichzelf belangrijker vond dan wie of wat ook. Alles draaide om haar carrière. Als dat betekende dat ik mijn privileges, mijn tijd, mijn kansen, moest opofferen, dan moest dat maar. Het excuus was altijd dat ze het voor ons allebei deed. Ik kon alleen maar denken dat als ze het ooit zou maken in de muziek, ik nog onbelangrijker zou worden, tot ik deed wat ze wilde: verdwijnen.

En toch, als ik eraan dacht dat ze net als Keefers moeder daarbinnen zou liggen, met de Dood aan het voeteneinde van haar bed die met begerige blik naar haar zwakke greep op het leven keek, had ik medelijden met haar en voelde ik me triest. De goede momenten die we samen hadden gehad keerden terug in mijn geheugen. Ik herinnerde me één keer toen ze met succes op een kermis had gezongen en ze mij in westernkledij had gestoken. Ze liet me naast haar op het podium staan en ik zong een refrein. Iedereen was vertederd en ze omhelsde me. Later gingen we in de draaimolens en we aten suikerspinnen en hotdogs, en ze won een knuffelhondje bij het Rad van Fortuin.

Dat had ik op de boerderij achtergelaten.

Het hoorde nu thuis in een droom, was iets irreëels.

'Je hebt wel lef om hier te komen,' hoorde ik. Ik opende mijn ogen en zag een zwaargebouwde man van bijna een meter negentig voor me staan, met de schouders en armen van een houthakker. Zijn zwarte haar zag eruit of het in opstand was, de slordige pieken staken alle kanten op, een paar plakten op zijn bezwete voorhoofd als strepen inkt. Hij had een grof gezicht, maar ik kon Keefers kaak en ogen erin zien.

Hij droeg een vettige, vale spijkerbroek, zwarte hoge schoenen en een verschoten geruit hemd, waarvan de mouwen tot aan zijn ellebogen opgerold waren, zodat zijn gespierde onderarmen bloot waren.

'Jij bent de reden dat ze hier ligt,' zei hij, met zijn dikke wijsvinger naar Keefer wijzend. De rest van zijn hand was tot een vuist gebald; het leek op een pistool.

Ik keek naar Keefer. Hij bewoog zich niet, maar hij deinsde ook niet achteruit of keek bang.

'*Ik*?' zei hij. 'Je draait het om. *Jij* bent de reden dat ze hier ligt. Wat is er gebeurd? Wat heb je met haar gedaan om het zover te laten komen?'

Het gezicht van zijn vader werd in een oogwenk vuurrood.

'Ondankbare kleine schoft,' zei hij, en stak zijn hand uit naar Keefer om hem beet te pakken, maar Keefer duwde zijn hand weg en schoof opzij.

Ik kon het niet helpen. Ik gilde. Het scheen zijn vader uit zijn wilde drift wakker te schudden. Hij draaide zich om en keek naar mij.

'Wie is die kleine slet?' vroeg hij.

'Hou je mond,' zei Keefer. Hij schoof nog verder naar rechts en stond op.

Ze stonden nu recht tegenover elkaar, en het werd duidelijk hoe ongelijk de ophanden zijnde strijd zou zijn: David tegen Goliath.

'Keefer, nee!' riep ik. 'Ga hier niet vechten!'

'Ik zou maar naar haar luisteren en verdwijnen. Kruip terug in het hol waar je leeft.'

'Ik ben niet degene die hoort te kruipen,' zei Keefer. 'Je hebt mijn geld gestolen. Je hebt mijn spaarvarken gebroken en mijn geld gepikt.'

Zijn vader glimlachte koel.

'Niks in dat huis is van jou, jongen. Je hebt onder mijn dak gewoond en je was me geld schuldig voor alles wat er gebroken is toen ik je de deur uitgooide.'

'Je bent een ordinaire dief en een perverse smeerlap.'

Zijn gezicht werd weer vuurrood van woede, maar voor hij iets kon doen kwam een verpleegster uit de intensive care en vroeg naar meneer Dawson.

Ze draaiden zich allebei naar haar om.

'Ja, dat ben ik,' zei Keefers vader.

'Ik vind het heel erg,' zei ze. 'Het hart van uw vrouw heeft het zojuist opgegeven. De dokter heeft gedaan wat hij kon.'

De woorden bleven een ogenblik in de lucht hangen en toen slaakte Keefer een ijselijke kreet en viel zijn vader als een footballspeler aan, stootte met zijn schouder in de rechterzij van zijn vader en dreef hem achteruit, tot hij op zijn achterwerk viel. De verpleegster hijgde en ik gilde. Keefer keek naar mij en holde toen de gang door.

'Kleine klootzak,' zei zijn vader, terwijl hij opstond.

'U kunt nu binnenkomen,' zei de verpleegster tegen hem. Haar ogen waren wijd opengesperd en ze zag doodsbleek.

Hij keek in Keefers richting, knikte en volgde haar in de intensive care.

Haastig liep ik achter Keefer aan. Eerst zag ik hem niet. Hij stond niet bij de truck. Toen ontdekte ik hem aan het eind van de parkeerplaats, waar hij razend en tierend in kleine kringetjes rondliep, met omhooggeheven armen. Langzaam kwam ik dichterbij.

'Ik vind het vreselijk voor je, Keefer.' Hij bleef rondlopen, en bleef toen staan en keek me aan.

'Hij heeft haar vermoord, weet je. Hij hoort gearresteerd te worden en terecht te staan voor moord. Het is of hij het met eigen hand gedaan heeft.'

'Ik weet het,' zei ik.

'Op een goeie dag...' Zijn dreigement vervloog in de nacht.

Ik liep naar hem toe en omhelsde hem. Ik kon zijn woede voelen bedaren, en ten slotte omarmde hij me en begon te snikken. Hij besefte het en trok zich terug.

'Ik moet hier weg,' zei hij, naar de truck lopend.

Ik holde achter hem aan.

'Wat ga je doen?'

'Ik ga terug naar mijn hol en misschien zuip ik mezelf in slaap. Kom, ik breng jou eerst naar huis.'

Ik dacht even na.

'Nee,' zei ik.

'Hè?'

'Ik wil bij je blijven.'

Hij staarde me even aan.

'Weet je het zeker?'

'Heel zeker,' zei ik, en stapte vóór hem in de truck.

10. Van de regen in de drup

Het grootste deel van de nacht deed ik niets anders dan luisteren. Keefer dronk sterkedrank in plaats van bier. Izzy had een fles bourbon in zijn kantoor en Keefer nam hem mee naar zijn kamer. Ik zat op de slaapbank, en hij zat op de grond en praatte over zijn vroegere leven, de gelukkige tijd toen hij te jong was om te beseffen hoe slecht de huiselijke omstandigheden waren voor zijn moeder en zijn oudste zus.

'Pas toen ik een jaar of negen was,' ging hij verder, op de grond liggend en omhoogstarend naar het gebarsten en afgebladderde plafond, 'drong het tot me door wat Sally Jean te verduren had. Ik kwam op een avond in haar slaapkamer omdat ik haar hoorde snikken. Mijn moeder dronk toen vaak mee met mijn vader en ze waren allebei stomdronken. Alleen was hij voordat hij half bewusteloos was, naar Sally Jeans slaapkamer gegaan om haar een van zijn bedverhaaltjes te vertellen. Zo noemde hij het.'

Keefer lachte wrang.

'Het begon met "Three Little Pigs". Je weet wel, dan streek hij met zijn vingers over haar zij om haar te kietelen.'

'O, Keefer,' zei ik. Het maakte me niet alleen bang om zo'n ziekelijk verhaal te horen, het maakte me misselijk.

'Hij vertelde hetzelfde verhaaltje, maar de drie kleine varkentjes...'

'Keefer, hou op!' smeekte ik.

Hij keek me aan.

'Ja, je kunt het maar beter niet horen. Niemand wil het horen. Ik wed dat mijn moeder meestal haar vingers in haar oren stopte. Nou, dat hoeft ze nu niet meer te doen. Ze is nu beter af.'

'Niemand is beter af als hij of zij dood is, Keefer.'

'Je hebt gelijk,' zei hij, en nam nog een slok bourbon.

'Ga even liggen,' stelde ik voor. 'Probeer wat te slapen.'

'Slapen,' zei hij, alsof dat iets onmogelijks was.

'Kom,' zei ik, 'dan houd ik je vast.'

Hij staarde me even aan en stond toen langzaam op, zette de fles aan zijn kant van het bankbed, trok zijn hemd en zijn broek uit en kroop onder de dekens. Ik streek over zijn haar, zoende hem op zijn wang en kleedde me uit om naast hem te gaan liggen.

We zoenden elkaar. Ik kon zijn tranen voelen, de tranen die hij niet kon bedwingen, en kuste ze van zijn wangen. We hielden elkaar stevig vast en onze passie ontwaakte. Hij vrijde met een wanhoop die ik verwelkomde. Nooit had ik méér voor hem opengestaan, méér van mezelf gegeven, ook al voelde ik dat woede zich vermengd had met liefde en zelfs de overhand had gekregen. Hij was ruw met me, en soms klemde ik mijn armen steviger om hem heen, zowel om hem te kalmeren als om mijzelf te beletten te schreeuwen. Hij besefte het en werd liefdevoller, fluisterde dat het hem speet en dat hij zoveel van me hield, terwijl hij me zoende en streelde terwijl hij nog in me was.

We vrijden langer dan ooit tevoren, en toen hij klaarkwam schreeuwde hij het uit alsof hij in een afgrond viel. Ik drukte mijn lippen op zijn mond en we zoenden elkaar zo hartstochtelijk dat we bijna geen adem meer kregen. Toen het voorbij was, lieten we ons op onze rug rollen en wachtten tot we uitgehijgd waren voor we iets zeiden.

'Gaat het goed met je?' vroeg hij.

'Ja.'

'Bedankt dat je bent gebleven,' zei hij en sloot zijn ogen. Ik probeerde wakker te blijven, maar de gebeurtenissen van die dag eisten hun tol en even later sliep ik even vast als hij.

Ik werd wakker van een hevig gebonk op de deur. Keefer kreunde, maar sliep door. Ik moest hem wakker schudden.

'Er is iemand aan de deur,' fluisterde ik.

Hij deed zijn ogen open, maar was volledig in de war.

'Wat...'

'Keefer, wakker worden,' drong ik aan, terwijl ik mijn broek en blouse zocht.

'Doe open!' hoorden we. 'Politie!'

'O, nee!' riep ik uit. De deur rammelde hevig, en ik had net mijn jeans aangetrokken toen het slot bezweek en de deur openvloog. Omdat er geen licht brandde en de lucht bewolkt was, knipte de agent een grote zaklantaarn aan en scheen rond in de kamer. Het licht viel op Keefer, die rechtop ging zitten en met zijn handen over zijn gezicht wreef, en toen op mij, die blootsvoets naast het bed stond en mijn blouse dichtknoopte.

'Doe het licht aan,' beval de agent.

'Wat wilt u?' vroeg Keefer.

'Doe het licht aan!' herhaalde de agent, luid en bevelend.

Keefer tastte naar het knopje van de lamp en maakte licht.

Twee agenten stonden in de deuropening naar ons te kijken.

'Jij,' zei hij, terwijl hij zijn lantaarn op mij richtte, ook al was er nu voldoende licht om alles te kunnen zien. 'Ben jij Robin Taylor?'

'Ja.'

'Je moeder heeft 911 gebeld met de mededeling dat je vermist werd.'

Hij richtte zijn lantaarn weer op Keefer. 'Weet je hoe oud dit meisje is?'

'Het is niet zijn schuld!' riep ik uit. 'Zijn moeder is vannacht gestorven. Ik ben bij hem gebleven om hem te troosten.'

'Te troosten?' zei de tweede agent glimlachend. 'Dat is een mooie manier om het uit te drukken. Pak je spullen en ga mee,' voegde hij eraan toe.

'Ik ga zelf wel naar huis,' zei ik.

'Hé,' zei de eerste agent, die dichterbij kwam. 'Denk je dat we niets beters te doen hebben dan op een jeugdige delinquent passen? Ik zou deze jongeman mee naar het bureau moeten nemen en hem arresteren wegens gemeenschap met een minderjarige.'

'Je kunt beter met ze meegaan,' drong Keefer aan.

'Dit was onnodig, dit had ze niet hoeven doen.'

'Nee. Als jij je behoorlijk had gedragen, had ze ons niet hoeven bellen,' zei de tweede agent.

Ik trok mijn schoenen aan.

'Ik bel je,' beloofde ik Keefer.

'Als ik jou was, cowboy, zou ik tegen haar zeggen dat ze bij je uit de buurt moet blijven. De moeder van het meisje kan een aanklacht tegen je indienen,' zei de eerste agent tegen Keefer. 'Als ze dat doet, komen we terug. Daar kun je donder op zeggen.'

109

Keefer keek naar mij en spoorde me aan om weg te gaan.

Ze zetten me achter in de patrouillewagen, en ik voelde me weer hopeloos in de val. Toen we eenmaal onderweg waren, leken beide agenten te vergeten dat ik in de auto zat. Ze begonnen een discussie over honkbal en over de capaciteiten van een bepaalde speler. Ik hoefde me niet af te vragen hoe moederlief ontdekt had waar ik was. Ik wist zeker dat ze naar Kathy Ann was gegaan, en dat die haar alles verteld had wat ze wist.

Dat werd bevestigd toen we de parkeerplaats opreden en ik haar ondanks het late uur tussen de gordijnen door zag turen. Ik wist dat ze mijn gezicht niet kon zien, maar keek toch vol minachting in haar richting. Ik zou niets liever willen dan het haar betaald zetten.

Moederlief stond in haar badjas te wachten toen de politie me naar boven bracht naar de flat. Cory lag in bed.

'Ze was waar u vermoedde dat ze was,' zei de eerste agent. 'Wilt u er verder nog iets aan doen?'

Ik keek haar doodsbang aan.

'Nee,' zei ze. 'Welbedankt.'

'Dat is in orde. Ik zou me maar gedragen, jongedame. Je neemt te veel risico's.'

'Je lijkt vastbesloten om me te laten mislukken, hè, Robin? Je bent kennelijk niet gelukkig voor we allebei zo wanhopig zijn dat we mijn vader om hulp moeten vragen, hè?'

'Nee,' zei ik. 'Je begrijpt niet wat er gebeurd is.'

'Nee, dat begrijp ik inderdaad niet. Ik denk dat ik het nooit zal begrijpen. Ga naar binnen en ga slapen. Ik ben uitgeput, en Cory ook. We hebben een contract in een veel betere club gekregen. Dat heeft een hoop moeite gekost, we hebben erg ons best ervoor moeten doen, maar dat doen fatsoenlijke en verantwoordelijke mensen nu eenmaal. Ze doen wat ze kunnen. Ik waarschuw je voor de laatste keer, Robin Lyn. Ik laat mijn kansen niet door jou bederven. Ga nu naar bed.'

'Wil je er helemaal niets over horen?'

'Nee,' snauwde ze. 'Maar ik zal je één ding vertellen: als je een volgende keer weer ongehoorzaam bent, bel ik de politie, en dan ga ik niet met je mee naar de rechtbank.'

Ze liep naar haar slaapkamer en deed de deur dicht.

Ik was te moe om te huilen of het me aan te trekken. Ik ging naar bed en sliep langer dan zij. Toen ik mijn ogen opendeed hoorde ik dat ze aan het ontbijt zaten. De radio stond aan. Ik bleef liggen, in de hoop dat ze weg zouden gaan voordat ik op was. Eindelijk deed ze mijn deur open en liep mijn kamer in. Ze was al aangekleed.

'Zo,' begon ze, 'je bent zeker erg trots op jezelf.'

'Wil je nou even naar me luisteren?' vroeg ik.

'Je kunt me niets vertellen wat je gedrag sinds onze komst hier ook maar enigszins kan rechtvaardigen, Robin. Toen we weggingen heb ik je gezegd dat je je moest gedragen als een verantwoordelijke jonge vrouw, want dat ik het te druk zou hebben om op je te passen en je te behandelen alsof je een klein kind was. Ik dacht dat ik je een dienst bewees door je mee te nemen. Ik dacht dat je een deel van mijn leven zou willen zijn, geen blok aan mijn been.'

'Ik probeer geen blok aan je been te zijn, maar ik heb een vriend, Keefer Dawson, en...'

'Ik weet alles van hem,' zei ze.

'Je weet helemaal niets van hem, mama.'

'O, ben ik nu plotseling mama en geen moederlief?'

'Luister nou. Hij is een heel aardige jongen. Niet wat jij denkt of wat die jaloerse Kathy Ann je heeft verteld.'

Ze zuchtte en keek naar het plafond.

'Luister jij liever naar mij,' zei ze. 'Cory is teruggegaan naar die vriend van hem in de supermarkt en heeft een heel goed gesprek met hem gehad over jou. Zijn vriend is bereid je een kans te geven, ondanks alles wat je gedaan hebt. Het zal je goed doen, Robin. De rechtbank zal tevreden over je zijn omdat je iets nuttigs en fatsoenlijks doet. En je hebt wat zakgeld en hoeft niet doelloos rond te hangen en jezelf in de problemen brengen.

Je gaat er vandaag naartoe en vraagt naar meneer Ritter. We hebben gezegd dat je er vóór twee uur zou zijn en dat je vandaag kon beginnen. Verpest dit niet, Robin. Dit is absoluut de laatste keer dat iemand iets voor je doet om je te helpen. We gaan naar Dels garage om te repeteren voor vanavond. Ik wil dat je rechtstreeks uit je werk thuiskomt. Als ik hoor dat je terug bent gegaan naar die jongen, zal ik doen wat die agent zei. Ik zal hem laten arresteren. Begrepen? Nou? Lig niet zo vals naar me te kijken, Robin. Heb je me begrepen?'

'Ja,' zei ik op ijskoude toon. 'Ik begrijp je heel goed, moederlief.'

Haar ogen spoten vuur. Toen draaide ze zich met een ruk om, liep de kamer uit en sloeg de deur achter zich dicht. Ik bleef in bed liggen tot ik hoorde dat ze de flat verlieten. Ik was beslist niet in de stemming om Cory te zien en zijn sarcastische opmerkingen aan te horen.

Zodra ik kon belde ik Keefer.

'Ik durfde jou niet te bellen,' zei hij. 'Wat is er gebeurd?'

Ik vertelde hem alles.

'We moeten voorzichtig zijn.'

'Heb je je zus gebeld en het haar verteld van je moeder?' vroeg ik.

'Ja, maar ze wil niet terugkomen voor de begrafenis. Ze wil vader onder geen beding zien, en voor moeder kan ze toch niets meer doen. Ik kan het haar niet kwalijk nemen. Ik heb gezegd dat we elkaar op een dag wel terugzien, en dat zullen we ook.'

'Je gaat toch niet zomaar weg zonder het mij te vertellen, hè, Keefer?'

Hij zweeg.

'Keefer?'

'Nee. Ik moet alles nog op een rijtje zetten.'

'Ik kom toch naar je toe, ondanks de dreigementen van mijn moeder. Ze zal trouwens toch niets doen, want dat zou de aandacht op haarzelf richten, en ze is veel te bang om haar kansen te bederven op een carrière als countryzangeres.'

'Pas op je tellen.'

Ik vertelde hem wat ze hadden afgesproken met de supermarkt.

'Waar is die supermarkt?' vroeg hij. Ik vertelde het hem en hij zweeg even en zei toen: 'Dat zou goed uit kunnen komen.'

'Hoezo?'

'Dat vertel ik je later wel als ik je weer zie.'

'Wanneer is de begrafenis van je moeder?'

'Morgen, geloof ik. Hij probeert alles zo snel mogelijk achter de rug te hebben zodat hij zijn miserabele leven voort kan zetten. Ik zou niets geweten hebben als ik mijn neef Charlie niet had gebeld. Hij is de enige van vaderskant die nog iets met hem te maken heeft, en dat alleen omdat hij bijna net zo'n zuiplap is.'

'Ik zou graag met je meegaan,' zei ik.

'Dat weet ik, maar ik denk dat het beter is als je een paar dagen wegblijft. Ik vind wel een manier om met je in contact te komen. Het spijt me dat ik je weer nieuwe problemen heb bezorgd.'

'Dat heb jij niet gedaan, Keefer. Problemen maak ik zelf. Het is mijn tweede naam. Mijn grootvader zei altijd dat hij precies wist wie mijn vader was. "Old Scratch".'

'Wie is dat?

'De duivel,' zei ik lachend. 'Misschien had hij wel gelijk.'

'Nou, als al zijn dochters zo mooi en aardig zijn als jij, kan hij zo slecht nog niet zijn.' We moesten allebei lachen. 'Tot gauw,' zei hij, met zo'n benepen, hoopvol stemmetje, dat het in mijn oren bleef hangen toen we hadden opgehangen.

Ik had niet veel honger, maar ik zette verse koffie en maakte wat toast met jam klaar. Ik wilde eigenlijk niet in de supermarkt gaan werken, maar ik moest moederlief gelijk geven dat ik wat zakgeld moest verdienen, al was ik niet van plan het aan kleinigheden of amusement uit te geven. Ik wilde er een tijdje werken en voldoende sparen om er op een dag met Keefer vandoor te kunnen gaan en zijn droom waar te maken. Het idee werd steeds opwindender en begon steeds meer mogelijk te lijken. Ik kon bijna niet wachten tot we weer bij elkaar zouden zijn en we reële plannen konden maken. Ik zou hem overhalen intussen hier wat ander werk te zoeken. Als we allebei geld verdienden, zouden we misschien genoeg hebben om te reizen en ergens anders een nieuw en gelukkiger leven op te bouwen. Waarom niet? Moederlief zou waarschijnlijk dankbaar zijn en niet de politie waarschuwen dat ik weg was. Het zou haar beslist ook niets kunnen schelen, zolang ik haar reputatie maar niet zou schaden en haar kansen bederven.

Met nieuwe motivatie en energie kleedde ik me aan en ging op weg om een zo goed mogelijke indruk te maken op die meneer Ritter. Voor ik het gebouw verliet stopte ik bij Kathy Anns flat. Bij uitzondering zat ze eens niet achter het raam op de uitkijk, naar mij of wie dan ook, om haar saaie leven wat op te vrolijken met nieuwe roddels. Maar ik was nog steeds woedend.

Ze deed open, verbaasd en toen bang bij het zien van mijn gezicht.

'Ik mag niet met je omgaan, weet je nog wel?' zei ze, en wilde de deur dichtdoen. Ik zette mijn voet ertussen.

'Ik weet dat je verteld hebt waar ik gisteravond was. Ik weet dat we het aan jou te danken hebben dat de politie kwam.'

'Ik kon er niks aan doen,' jammerde ze. 'Je zus kwam hier en smeekte mijn moeder om mij te mogen spreken. Het was al heel laat en mijn moeder was erg van streek. Mijn vader sliep gelukkig nog, anders was het nog erger geweest.'

'Waarom heb je het gedaan?'

'Mijn moeder riep me en zei dat als ik iets wist dat die agente kon helpen, ik het direct moest opbiechten, want dat ik er anders de rest van de zomer voor zou boeten.'

'Je was gewoon jaloers,' zei ik beschuldigend. Ik keek haar zo strak aan, dat ze haar ogen moest afwenden. 'Charlotte Lily zei dat je verliefd was op Keefer, en dat wilde je me betaald zetten. Ja toch?'

'Nee.'

'Weet je wat ik zal doen? Ik zal Charlotte Lily vertellen wat je gedaan hebt, zodat ze iedereen die jou kent kan vertellen dat je een gemene verraadster bent. Dan zal niemand je ooit nog vertrouwen.'

Haar ogen vulden zich met tranen en ze schudde haar hoofd.

'Ik kon het niet helpen.'

'Ik ook niet. Ik kan het ook niet helpen,' zei ik. 'Ga nog wat eten. Misschien kom je nog eens in het circus terecht,' snauwde ik, en liep weg.

Ze deed de deur achter me dicht. Ik wist zeker dat ze de hele dag zou rillen en beven van angst en iedereen die ze kende zou gaan bellen om uit te leggen wat er gebeurd was. Daardoor, dacht ik, zou ze nog meer problemen krijgen, aangezien ik niet van plan was de moeite te nemen het tegen Charlotte Lily te zeggen. Het interesseerde me niet of ze al dan niet vriendinnen had, maar als ze er zelf over begon, zouden ze zich afvragen waarom ze zo in de verdediging was, en dat zou even effectief zijn.

Ik ging op weg naar de supermarkt en was er ongeveer twintig minuten later. Meneer Ritter liet me bijna net zo lang wachten en riep me toen in zijn kantoor.

'Hm,' zei hij, 'in principe neem ik niemand aan met een strafblad en laat hem of haar zeker niet in de buurt van geld in mijn winkel, maar ik zal voor jou een uitzondering maken. Je hebt een goede vriend in Cory Lewis,' ging hij verder. 'Ik hoop dat je dat weet te waarderen.'

Het kostte me de grootste moeite om te glimlachen en de woorden in te slikken die me op de tong lagen, maar ik knikte braaf.

'Je moet goed begrijpen dat je hier op proef bent, het is een soort test. Ik wil je nooit, maar dan ook nooit te laat op je werk zien, begrepen? De manager, Tammy Carol Allen, zal je rondleiden, je precies vertellen wat je taken zijn, wanneer je even kunt pauzeren en wat er van je verwacht wordt. Kom niet als een clown opgemaakt hier binnen en draag geen onfatsoenlijke kleren. Je mag niet roken in de zaak en ik wil je niet zien kauwen op kauwgum of wat dan ook, hoor je?'

'Ja, meneer,' zei ik.

'Je moet er altijd schoon en netjes uitzien. Dat verwachten de mensen van het personeel; we gaan hier met voedsel om. Wees nooit brutaal tegen een klant, maar altijd beleefd en behulpzaam. We gaan prat op onze service. Vraag altijd of de klant hulp wenst met het dragen van zijn of haar boodschappen. Begrepen?'

'Ja, meneer.'

'Oké, ik heb je gegevens op het sollicitatieformulier dat je hebt ingevuld. Ga nu naar Tammy Carol, dan zal zij je vertellen wat je moet doen. 'Denk eraan,' ging hij verder toen ik opstond en weg wilde gaan, 'als je een van mijn regels breekt, krijg je geen tweede kans. Dan lig je eruit. Hoor je?'

Ik wilde zeggen dat ik niets aan mijn oren mankeerde, maar ik keek hem met een plastic glimlach aan en knikte.

Hij bleef streng kijken, en ik liep zijn kantoor uit.

Tammy Carol was een vrouw van achter in de twintig, die er tien tot vijftien jaar ouder uitzag. Ze was het soort vrouw dat genoot van de minste geringste macht. Ze maakte me duidelijk dat ze God, Jezus en de Heilige Geest was in de winkel. Ze liet me bijna een halfuur staan om de andere inpakkers te observeren voordat ze me een schort gaf van het winkelcentrum en me een caissière toewees.

'Denk eraan dat je vraagt of ze papier of plastic zakken willen voor je begint,' benadrukte ze. 'En je blijft glimlachen tot je gezicht pijn doet.'

Ik kwam in de verleiding om te zeggen: 'Dat zal jou vast nooit gebeuren,' maar ik knikte weer en bond het schort voor.

Al die tijd klampte ik me vast aan één gedachte: Je doet dit om je vrijheid te veroveren. Zodra je kunt ben je verdwenen en zal dit zelfs geen herinnering meer zijn.

Ik wilde dat ik de rest van mijn verleden net zo zou kunnen vergeten en toch een toekomst hebben. Wie voor zichzelf geen morgen voor ogen had, besefte ik, zou voor eeuwig vastzitten in gisteren.

Dat zou mij niet gebeuren.

11. De best bedachte plannen

Telkens als het even wat stil was in de supermarkt stond Tammy Carol vlak achter me en droeg me een ander karwei op, bijvoorbeeld het schoonmaken van de diepvrieskasten, het dweilen van de vloeren en het opstapelen van blikjes. Alles wat ik moest doen werd me opgedragen op een toon alsof het zo belangrijk was als een hersenoperatie. De blikjes moesten precies met het merk naar voren neergezet worden. De dweil moest van rechts naar links worden bewogen in een volmaakt vierkant. Als ik de glazen vitrines zeemde, moest ik dat met een cirkelvormige beweging doen en de cirkels niet te groot of te klein maken. Ik kon haar adem over mijn schouder voelen om erop toe te zien dat ik het precies zo deed als ze had gezegd, en van tijd tot tijd verscheen meneer Ritter om mijn werk te controleren.

Het lag me voortdurend op het puntje van mijn tong om ze te vertellen wat ze konden doen met hun snertbaantje, maar ik slikte het in en hield een glimlach op mijn gezicht geplakt tot het precies begon te doen wat Tammy Carol had voorspeld: pijn.

Eindelijk was het tijd om weg te gaan. Meneer Ritter stond bij de voordeur.

'Het kon ermee door de eerste dag,' zei hij. 'Als je je zo blijft gedragen, zullen we het goed met elkaar kunnen vinden en kun je hier de rest van de zomer blijven werken. Als je echt goed werkt, zou ik kunnen overwegen je, als je weer naar school gaat, ook in het weekend te laten komen,' voegde hij er als een extra stimulans aan toe. Hij sprak zo neerbuigend alsof hij op een hoge troon zat en ik aan zijn voeten geknield lag.

'Dank u,' zei ik.

Ik besefte pas hoe moe ik was toen ik buiten stond. Toen ik naar de bushalte liep, leek het of mijn lichaam wraak wilde nemen voor alles wat het die dag had doorgemaakt. Ik kreeg buikkramp en bedacht toen dat ik vergeten was welke datum het was. Ik had niets bij me, had er zelfs niet aan gedacht toen ik langs het maandverband en de tampons in de winkel was gelopen. Ik raakte enigszins in paniek toen de bus bij de ene halte na de andere stopte. Toen ik eindelijk op mijn bestemming was voelde ik dat ik al begon te bloeden. Ik stapte haastig uit en holde naar huis.

Tot mijn verbazing waren moeder en Cory thuis. Ik wist niet dat hun optreden in die nieuwe club pas laat op de avond begon. Ze waren nu het hoofdnummer, en dat betekende dat ze pas om tien uur zouden beginnen. Toen ik binnengestormd kwam, keken ze allebei verbaasd op.

'Nou, in ieder geval weet ze nu wat het betekent om rechtstreeks naar huis te gaan na het werk,' zei Cory hatelijk.

'Hoe ging het?' vroeg moederlief.

'Ik moet naar de badkamer,' zei ik, en liep haastig door. Toen ik daar kwam, zag ik dat mijn tampons verdwenen waren; ze lagen niet onder de wasbak waar ik ze had neergelegd. Ik deed de deur open en gilde: 'Moederlief, waar zijn mijn tampons?'

'Die dingen bewaar je niet in de badkamer,' antwoordde Cory in haar plaats. 'Ik wil die niet zien.'

'Ze lagen onder de wasbak.'

'Naast mijn spullen,' schreeuwde hij terug.

'Waar zijn ze?'

'In jouw kamer,' zei moederlief. 'Bedaar een beetje, Robin.'

Ze bracht ze me. Ik nam ze aan en smeet de deur dicht. Ik kon Cory horen lachen.

'Die vent deugt niet,' riep ik.

'Ja, ja. *Ik* steel niet en *ik* ga niet met jan en alleman naar bed. Jij moet nodig zeggen dat een ander niet deugt. Bovendien,' ging hij verder toen ik uit de badkamer kwam, 'wilden we zeker weten dat je niet zwanger was, nietwaar, Kay?' Hij grijnsde naar me.

Ik keek naar moederlief.

'Dat zou er nog aan ontbreken,' zei ze.

Hij bleef naar me grijnzen.

'Misschien deug je wel, maar snap je er gewoon niets van.'

Voor hij antwoord kon geven liep ik naar mijn kamer en deed de deur dicht. Ik haat het hier, dacht ik. Ik haat het!

'Mooie manier om je te gedragen nadat ik Al gesmeekt heb je die baan te geven. En je eet en slaapt in *mijn* huis!' schreeuwde hij.

'Niet lang,' fluisterde ik. 'Niet lang.'

Toen ze weg waren belde ik Keefer, maar niemand nam op in de werkplaats. Ik kreeg het antwoordapparaat en noemde mijn naam en vertelde hem dat ik thuis zou zijn. Ik dacht niet dat hij zou bellen. Het was bijna middernacht en hij had niet gebeld. Ik viel in slaap op de bank terwijl ik naar de televisie keek op Cory's kleine toestel. Om de haverklap werd de ontvangst gestoord; het leek of iemand door een walkietalkie sprak. Eindelijk ging de telefoon en ik sprong overeind.

'Kun je vrijuit praten?' vroeg hij.

'Ja. Ze zijn naar hun werk.'

'Ik was bij mijn neef Charlie. Hij belde me om te zeggen dat mijn vader stomdronken was geworden en hij hem bij zijn huis had afgezet. Ik zei dat ik wenste dat hij hem in de rivier had gedumpt, en toen besloot hij naar het centrum te komen, en we spraken af in de Giddup Saloon. We hebben uren over mijn moeder zitten praten. Hij is tien jaar ouder dan ik en herinnert zich haar nog als jonge vrouw. Hij zei dat ze zo'n goede danseres was. Stel je voor,' zei Keefer, 'ik geloof niet dat ik haar ooit heb zien dansen.'

'Gaat het goed met je?'

'Met mij? Ja hoor. Hoe was je eerste dag in de supermarkt?'

'Moeizaam,' zei ik. 'Ze hebben me alles laten doen behalve het trottoir buiten vegen, maar ik denk dat dat nog wel komt.'

'Werk je niet met een caissière?' vroeg hij snel.

'O, ja, meestal wel. Maar als het niet druk is en ze hebben genoeg inpakkers, dan moet ik blikjes stapelen of schoonmaken.'

'Als de dienst van de caissières afgelopen is, moeten ze hun kassa's controleren, hè?'

'Ja. Waarom?'

'Ik heb een idee. Ik vertel het je wel als we elkaar weer zien, als dat ooit nog gebeurt.'

'Doe niet zo stom. Ik spaar bijna alles wat ik verdien, om geld te hebben als we samen weggaan.'

'Heus? Dat is geweldig. Tot hoe laat werk je morgen?'

'Morgen werk ik van twaalf tot acht.'

'Oké. Ik kom om acht uur langs.'

'Laten we buiten afspreken,' zei ik. 'De manager is Cory's vriend, en hij zou hem kunnen vertellen dat hij je gezien heeft.'

'Ik zit in een blauwe Chevy waarvan de rechtervoorkant is ingedeukt.'

'Keefer, hoe weet je dat die auto's veilig genoeg zijn om in te rijden?' vroeg ik lachend.

'Ze zijn veilig. Maak je geen zorgen. Morgenochtend is de begrafenis,' ging hij verder. 'Daarom is hij vanavond straalbezopen geworden.'

'O. Ik zou op de begrafenis kunnen komen.'

'Nee. Het zal niet lang duren.'

'Ga niet op de vuist met hem, Keefer.'

'Dat zal ik niet doen. Charlie houdt me bij hem vandaan. Het gaat heus goed.'

'Ik verlang ernaar je weer te zien,' zei ik.

'Ik ook. Ik ga nu slapen. Dat moet jij ook doen. Wees voorzichtig, Robin.'

Ik wilde nog meer zeggen, maar hij had al opgehangen. Ik was zo moe en had zo'n buikpijn dat ik niets liever wilde dan slapen. Het duurde niet lang voordat ik in slaap viel. Ik sliep zo vast dat ik moederlief en Cory niet hoorde thuiskomen. Ik was verbaasd dat ik wakker werd toen de zon in mijn gezicht scheen. Eerst dacht ik dat ze nog niet terug waren. Ik had me voorgesteld dat ze hun aanhoudende succes zouden vieren, maar toen ik uit de kamer kwam zag ik moeders kleding op de bank en haar laarzen op de grond liggen. Ik had zelf tot ongeveer halftien geslapen en hoorde slechts een doodse stilte in hun slaapkamer.

Zo stilletjes mogelijk zette ik koffie en at een kleine kom havervlokken. Daarna nam ik snel een douche, droogde me af en pakte een nieuwe tampon. Ik was zo verdiept in mijn gedachten aan Keefer en de begrafenis van zijn moeder, dat ik eerst niet besefte dat de deur van de badkamer was opengegaan. Ik keek op en zag Cory met open mond naar me staan kijken. Ik schreeuwde, deze keer zo schril en luid, dat hij even ineenkromp en een sprong achteruit maakte, waarna hij de deur snel dichtdeed.

Ik kleedde me zo snel mogelijk aan, verhit en over mijn toeren van woede. Cory had zich teruggetrokken in hun slaapkamer, maar dat kon me nu niet meer schelen. Zodra ik me had aangekleed, deed ik hun deur open en schreeuwde: 'Dat was walgelijk. Je wist dat ik in de badkamer was.'

Moederlief lag met gesloten ogen in bed. Ze draaide zich om en haar oogleden trilden. Cory stond in zijn ondergoed bij de klerenkast en pakte een spijkerbroek.

'Wat is er?' vroeg moederlief slaperig.

'Hij deed het wéér. Hij kwam gewoon binnengestormd en toen hij zag dat ik in de badkamer was, deed hij niet de deur dicht. Hij bleef me staan aangapen,' zei ik beschuldigend.

Cory meesmuilde.

'Wat een onzin. Je gaf me de kans niet om de deur dicht te doen. Je werd gewoon hysterisch.'

'Heb je genoten van het uitzicht? Heb je zo'n belangstelling voor de vrouwelijke hygiëne?'

Cory keek naar moederlief.

'Kun jij iets aan haar doen?'

'Robin,' begon ze. Ze ging rechtop zitten en liet de deken omlaagvallen tot haar middel. Haar naaktheid stoorde me nooit, maar wél als er een man in de kamer was. Ik draaide me van haar af. 'Ik weet zeker dat het per ongeluk was,' zei ze.

'Per ongeluk, ja,' zei ik. 'Dat is precies wat hij is. Een stuk ongeluk. Ik wed dat zijn moeder een uitkering van de ongevallenverzekering heeft gekregen toen hij werd geboren.'

'Leuk, hoor.'

'Robin.'

'Laat maar,' zei ik. 'Ik ga naar mijn werk.'

Ik smeet de deur van hun kamer achter me dicht en stormde het appartement uit. Mijn voetstappen dreunden op de trap en klikten over het voetpad. Het duurde lang voor er een bus kwam. Ik werd ongeduldig en liep naar de volgende halte. Mijn zenuwen waren zo gespannen en ik had zo'n buikpijn, dat ik niet met de anderen kon blijven wachten. Dat was stom, want vijf minuten later kwam de bus en reed langs toen ik op weg was naar de volgende halte. Ik holde, maar haalde de bus niet. Moe en pissig plofte ik neer op de bank en wachtte weer. Deze bus leek vaker te stoppen dan normaal, en toen ik bij de supermarkt kwam, was ik net een minuut te laat. Ritter sprong op me af zodra ik binnenkwam. Hij zei niets, maar wees op zijn horloge.

'Ik heb de bus gemist,' zei ik. 'En de volgende ging veel langzamer en...'

'Met dergelijke dingen moet je rekening houden, jongedame. Je moet vroeger van huis gaan, begrepen?'

'Ja, meneer.'

'Mijn politiek is dat als je een minuut te laat bent, er een uur van je salaris wordt ingehouden. Ik adviseer je morgenochtend heel vroeg hier te zijn, om zeker te weten dat je niet te laat bent. Als je een minuut of zo later was gekomen, had ik je ontslagen, dus wees maar blij.'

Ik mimede een bedankje en ging mijn schort aantrekken. Alles die ochtend maakte mijn buikpijn erger. De mensen dachten dat ik glimlachte, terwijl ik in werkelijkheid grimassen maakte van de pijn. De pech hield niet op. Het bleek een van de drukste dagen van de week te zijn. Tot mijn lunchpauze had ik geen moment rust.

In plaats van mijn collega's gezelschap te houden ging ik op een bank zitten om een van de sandwiches te eten die de zaak verkocht. Die werd natuurlijk van mijn salaris afgetrokken. Het slot van het liedje was dat ik het meeste ervan aan de vogels voerde.

Toen het 's middags wat rustiger werd, zette Tammy Carol me aan het werk bij de diepvrieskasten. Ze wilde dat alles eruit werd gehaald en keurig gerangschikt weer teruggezet. Het was een moeilijk karwei, want het was zo koud dat ik dooie vingers kreeg. Als ik er even te lang over deed, was zij of Ritter er als de kippen bij om me te vertellen dat ik de artikelen niet te lang buiten de vriezer kon laten en moest opschieten.

Mijn laatste dienst als inpakster was het moeilijkst. Ik voelde me zo moe en ziek dat ik een fles cranberrysap uit mijn handen liet glijden. Hij viel aan mijn voeten kapot.

'Dat wordt afgehouden van je salaris,' waarschuwde Ritter me onmiddellijk. 'Ruim het onmiddellijk op, maar ga eerst een nieuwe fles halen voor de klant, zodat ze niet onnodig hoeft te wachten. Vooruit, schiet op!' Ik haastte me, klemde de fles tegen me aan of mijn leven ervan afhing en ging terug. Toen begon ik de rommel op te ruimen. Ik sneed mijn vinger aan een stuk glas, wat hem nog kwader maakte.

'Nu komt er ook nog overal bloed. Ga naar achteren en gebruik de eerstehulpdoos. Ik lijk wel gek. Cory is me heel wat verschuldigd,' zei hij nijdig.

Eindelijk was het acht uur en ik klokte uit.

'Denk eraan,' zei Ritter toen ik wegging, 'dat je morgenochtend vroeg komt.'

Ik knikte en vertrok. Ik was zo suf, dat ik even vergat dat Keefer er zou zijn. Hij moest zelfs toeteren. Ik draaide me om en zag hem zwaaien uit de gehavende auto. Ik was nog nooit zo blij geweest hem te zien en holde naar hem toe. Hij stapte uit om me te omhelzen.

'Hé,' zei hij. 'Je ziet er nog slechter uit dan ik.'

'Ik heb een vreselijke dag achter de rug,' zei ik, en begon elk moment ervan op te ratelen. Toen herinnerde ik me hoe zijn dag geweest moest zijn en vroeg hem hoe het gegaan was.

'Moeilijk. Mijn vader verkeerde in een lethargische toestand. Hij leek bijna niet te weten wie ik was. Charlie was geweldig. Ik ben nog gebleven toen iedereen al weg was, en heb een laatste gesprek met haar gehad.' Zijn ogen werden glazig en hij haalde diep adem.

Ik gaf hem een zoen op zijn wang en kneep zachtjes in zijn arm. Hij schudde zijn hoofd.

'Ik kan hier niet blijven,' zei hij. 'Ik dacht dat ik het wel zou kunnen redden, een tijdje een andere baan zoeken, maar ik wil gewoon weg.'

'Ik ook,' zei ik. 'Ik voel me ellendig in dat appartement, en ze willen me daar ook liever niet hebben.' Ik vertelde hem dat Cory een levensgrote engerd was en ik wanhopig werd omdat mijn moeder altijd zijn partij koos.

'Ze is nu afhankelijk van hem.' Hij keek achterom naar de supermarkt. 'Heb je enig idee hoeveel geld er in de kassa zit als de caissières van dienst wisselen?'

'Dat weet ik niet. Ik denk zo'n vijfentwintighonderd dollar. Waarom?'

'Ik zou het graag willen lenen.'

'Wat bedoel je?'

'Het is een gemakkelijke roof. Ik dacht er al over nog voordat jij in een supermarkt ging werken.'

'Meen je dat?'

Hij haalde zijn schouders op en toen zocht hij onder de bank en haalde een pistool tevoorschijn. Ik dacht dat alle lucht uit mijn lichaam verdween. Winkeldiefstal was tot daaraan toe – sommige vriendinnen van me in Ohio vonden het zelfs een spelletje – maar een pistool!

'Waar heb je dat vandaan?'

'Het is van Izzy, maar de helft van de tijd vergeet hij dat hij het heeft. Wees maar niet bang. Er zitten geen kogels in, maar dat weet niemand natuurlijk. Wat ik wil doen is naar binnen lopen op het moment dat de caissière haar ontvangsten controleert, en als het gebeurd is meteen weer naar buiten lopen en met jou wegrijden.'

'Maar over een maand of zo heb ik genoeg geld verdiend.'

'Ik wil niet langer wachten,' zei hij scherp.

'Maar je zei dat Izzy de zaak pas over een maand verkoopt en – '

'Je hoeft er niet aan mee te doen als je niet wilt, Robin. Dat kan ik best begrijpen. Doe alleen maar of je niet weet wie ik ben.'

Ik staarde hem even aan, keek toen naar het pistool en leunde achterover. Hij wachtte terwijl ik nadacht.

Kon ik het doen? Moest ik het doen? Hoe zou het leven hier zijn als Keefer vertrokken was? Hoe lang zou ik het trouwens uithouden? Wat liet ik achter? Moederlief had een nieuwe familie: de bandleden en iedereen die betrokken zou zijn bij haar carrière. Ik zou altijd een buitenstaander blijven of in een donker hoekje zitten wachten tot ze zich mijn bestaan herinnerde, en dan zou het geen blijde herinnering zijn, maar de herinnering aan een verplichting. Ik deed haar alleen maar denken aan een van de grote fouten in haar leven.

Ik knikte langzaam en draaide me toen naar hem om.

'Oké, Keefer. Laten we het doen. Laten we zo ver mogelijk hier vandaan gaan, van alles wat hier is.'

Hij glimlachte.

'Oké. Luister goed. Je moet geen achterdocht wekken door een koffer of tas te pakken. Zoek uit wat zo belangrijk voor je is dat je het niet achter kunt laten; dan halen we het vanavond op. Op die manier kun je gewoon naar je werk, net zoals je vanochtend hebt gedaan. We zullen geld genoeg hebben om alles wat je nodig hebt te kopen als we onderweg zijn.'

'Ik wil niets,' zei ik. 'Niets dat ik vanavond zou willen halen.'

'Ik ook niet.' Hij knikte begrijpend.

Toen werd hij weer enthousiast. We hebben de SUV die twee dagen geleden bij een kettingbotsing betrokken was. De achterkant is ingedeukt, zodat het portier niet open kan, maar de achterlichten doen het nog en er mankeert niets aan de motor. De eigenaar is naar Florida voor een vergadering en een paar dagen vakantie. We zullen de SUV onderweg ergens dumpen. Ik weet precies hoe we het moeten doen, dus maak je geen zorgen,' verzekerde hij me.

'Maar je hebt toch nog nooit iemand beroofd, Keefer! Hoe weet je wat je moet doen?'

'Zo moeilijk is het niet, het kost me hoogstens een paar minuten. Erin en eruit, en weg zijn we. Voorgoed. Geloof me maar, het is gemakkelijk genoeg.'

'Ik geloof je, maar ik denk niet dat ik vannacht zal kunnen slapen. Het zal voortdurend door mijn hoofd malen.'

'Ja, ik weet wat je bedoelt. Ik wou dat we bij elkaar konden blijven, maar dat zou allerlei alarmsignalen doen afgaan en zou het morgen niet mogelijk zijn. Ik zal je zelfs niet helemaal thuisbrengen nu. Ik zet je een blok of zo vóór het appartementengebouw af. Doe precies wat ze willen, zodat je geen achterdocht wekt, oké?'

Ik knikte.

Hij kuste me en toen keken we allebei even naar de supermarkt. Plotseling was de plaats die ik uit de grond van mijn hart haatte, de bron van nieuwe hoop.

'Ik denk dat het wel een vreemd gevoel voor je is om hun geld in te pikken, hè?' zei Keefer.

Ik lachte.

'Ben je mal? Ik zou niemand zo graag beroven als die manager. Ik wil dolgraag de uitdrukking op zijn gezicht zien.'

Keefer glimlachte, startte de motor en reed weg. We keken allebei peinzend voor ons uit tot hij het blok bereikte, waar ik uit moest stappen en de rest van de afstand lopen.

'We kunnen niet het risico lopen dat Kathy Ann ons ziet en gaat kletsen,' zei hij.

'Ze zal meer dan genoeg te kletsen hebben als het achter de rug is.'

We keken elkaar zwijgend aan.

'Als je je om de een of andere reden bedenkt...' begon hij.

'O, nee, dat doe ik niet. Maak je maar niet ongerust.' Ik boog me naar hem toe om hem een zoen te geven en stapte uit. Hij bleef me nakijken toen ik wegliep.

Mijn hart bonsde niet meer zo hard, maar het gedroeg zich vreemd – het tikte als een tijdbom. Mijn hele lichaam voelde trouwens vreemd. Het leek of ik al mijn gevoel kwijt was en straks van het trottoir omhoog zou rijzen en wegdrijven op de wind als een ballon die was losgelaten. Ik zou in de verte verdwijnen, kleiner en kleiner worden, tot ik niet meer dan een vage herinnering was, die gemakkelijk vergeten werd.

Ik wist zeker dat grootpapa me vergeten was. Dat kind van de zonde zijn we tenminste kwijt, zou hij waarschijnlijk denken, en met een gevoel van opluchting aan het werk gaan. Hij hoefde zich niet langer ongerust te maken over de duivel die zijn huis in- en uitging en zijn nobele, pure ziel bedreigde.

En moederlief... zij zou mijn weglopen ongetwijfeld verwerken in een lied.

Off she went into the night, thinking there was
nowhere she belonged,
My accidental daughter who came and went like
a dream to be remembered only when dark
clouds warned us of another storm.
My accidental daughter.

(Ze ging heen in de nacht, denkend dat ze
nergens thuishoorde,
Mijn onvoorziene dochter die kwam en ging als een droom,
een herinnering die slechts gewekt werd als donkere wolken ons
waarschuwden voor weer een naderend onweer.
Mijn onvoorziene dochter.)

Dat is helemaal niet zo slecht, dacht ik, terwijl ik langzaam terugslenterde naar het appartement.

Misschien zal ik het opschrijven en voor haar achterlaten, zodat ze iets van me heeft dat ze kan gebruiken.

Het was al veel meer waard dan iets wat ik van haar zou meenemen.

12. De derde klap

Zoals ik al voorspeld had, kon ik niet slapen. Eerst probeerde ik mezelf nog meer uit te putten door tot bijna één uur in de ochtend tv te kijken. Mijn ogen gingen open en dicht, open en dicht. Ik dacht dat mijn onrustige brein voldoende suf geworden was en stond eindelijk op, zette de tv uit en ging naar bed. Ik sliep zelfs een paar minuten, maar werd dan weer met zo'n schok wakker dat ik bijna uit bed rolde. Mijn ogen gingen open, en alle gedachten, plannen en discussies met Keefer kwamen weer bij me terug, en mijn hart begon te bonzen.

Uren later hoorde ik moederlief en Cory terugkomen. Ze waren kennelijk allebei dronken. Het scheen hun niet te kunnen schelen hoe hard ze praatten. Ik hoorde hun opgewonden en enthousiaste stemmen. Moederliefs liedjes en de band hadden het uitzonderlijk goed gedaan, begreep ik. Ik hoorde haar steeds weer zeggen: 'Tien weken! Een contract voor tien weken!'

'Volgende halte, de Grand Ole Opry,' riep Cory, en ze klonken met flesjes bier. Toen begonnen ze een van moederliefs liedjes te zingen:

My heart is a prison and you've got the key,
But darlin' there's no prisoner I'd rather be.'
(Mijn hart is een kerker en jij hebt de sleutel,
    maar lieveling, ik zou niet anders dan je gevangene willen zijn.)

Ik benijdde moederlief haar blijheid en geluk. Alles wat ik haar hoorde zeggen ging over haar en Cory en de band. Mijn naam werd niet genoemd. Het was echt alsof ik er niet was; of ik nooit had bestaan. Ik verborg mijn gezicht in het kussen en probeerde hun vrolijke stemmen niet te horen. Ze bleven nog minstens een uur lang feesten, tot ze eindelijk neerploften in bed. Hun gelach bleef hangen in de stilte. Ik deed nog meer mijn best om in slaap te vallen, en vlak voordat het eerste ochtendlicht zich kenbaar maakte, lukte het me.

Ik werd wakker en kreunde, draaide me om en viel weer in slaap. Deze keer werd ik pas om elf uur wakker. Ik verstarde in panische angst. Zo snel ik kon sprong ik uit bed. Het was mijn bedoeling al mijn spulletjes na te gaan, ondanks wat ik tegen Keefer gezegd had, zodat ik kon beslissen of iets me dierbaar genoeg was om mee te nemen. Nu kon ik alleen maar wat koud water op mijn gezicht spatten, een borstel door mijn haar halen en naar buiten hollen naar de bushalte. Als ik vandaag te laat kwam, zou Ritter ongetwijfeld doen waarmee hij gedreigd had en me op staande voet ontslaan. Dat zou Keefers plan volledig in de war schoppen.

Een ogenblik aarzelde ik bij de deur van moederliefs slaapkamer. Ik ging weg zonder afscheid te nemen, zonder een laatste woord. Misschien zouden we elkaar een tijdlang niet meer spreken, dacht ik. Hoe zou ze écht reageren? Zou ze een zucht van opluchting slaken en opgewekt doorgaan met haar ontluikende muzikale carrière? Zou ze zich een paar uur lang ongerust maken over me of spijt hebben van de manier waarop ze me behandeld had? Ik veronderstelde dat Cory zou zeggen dat ze geen tijd moest verspillen met een gedachte aan mij. Dat was ik niet waard na alles wat ze voor me hadden gedaan. Alsof dat iets voorstelde.

Zij noch ik had mijn grootmoeder en grootvader gebeld om te zeggen dat het ons goed ging. Ik wist dat ze geloofde dat ze blij waren ons kwijt te zijn, áls ze al aan ons dachten, maar dat kon ik toch niet helemaal met haar eens zijn. Oma zou zich zeker zorgen maken, en ondanks zijn barse, kille manieren zou grootpapa beslist wel eens aan ons denken. Mensen, familie, zetten elkaar toch niet zomaar als lege melkpakken aan de kant?

Maar misschien doen ze dat wel, dacht ik. Ik was volkomen in de war. Het enige wat ik op het ogenblik concreet vond en waar ik zeker van was, was Keefers toewijding, Keefers dromen en plannen, omdat ik bij alles betrokken was. Ik maakte een groot deel van zijn plannen uit. Ik was eindelijk belangrijk voor iemand, iemand die mij even hard nodig had als ik hem. Dat is een geschenk, dacht ik. Dat is een gelukkig toeval dat op mijn weg komt, en dat kan ik niet zomaar vergooien. Waarvoor zou ik het trouwens opgeven? Hiervoor?

Ik keek om me heen in het slonzige appartement met de overal verspreid liggende kleren, de lege bierflessen op de tafel en de grond, moederliefs laarzen die me aanstaarden. Dat is het, dacht ik. Die neem ik mee. Dan zou ik in ieder geval iets van haar hebben. Ik pakte ze op en verliet het appartement, deed de deur zachtjes achter me dicht.

Blijf maar slapen, moederlief. Dat is beter voor je, dacht ik, en holde de trap af.

Ik had geluk met de bus en was tien minuten te vroeg in de supermarkt. Nu kwam het moeilijkste deel – werken tot de eerste caissière van dienst wisselde. Ik moest blijven glimlachen, er kalm en onschuldig uitzien. Maar ondanks alles kon ik niet voorkomen dat ik voortdurend naar buiten keek, in afwachting van Keefers komst. Toen ik hem eindelijk bij het trottoir voor de supermarkt zag stoppen, leek mijn hart stil te staan en toen weer op gang te komen. Het bloed trok weg uit mijn gezicht, en ik was klunzig met de boodschappen.

'Gaat het wel goed met je?' vroeg de caissière, Betty Blue Nickols. Ik had al eerder met haar gewerkt en vond haar erg aardig. Ze was een oudere vrouw, liep tegen de vijftig, dacht ik. De vaste klanten kenden haar bij naam en waren duidelijk op haar gesteld. Veel vrouwen wisselden een paar woorden met haar terwijl ze aan het werk was, praatten over hun kinderen of familieleden, alsof ze die kende. Het bracht een beetje warmte in een verder heel koude en onpersoonlijke wereld, vond ik.

'O, ja, prima,' zei ik snel.

Ik keek op de grote klok aan de linkermuur. Over tien minuten zou Betty Blue haar kassa sluiten. Keefer zat in de gehavende SUV, keek naar me door het raam, wachtte op mijn teken. Elke minuut die voorbij tikte deed meer bloed naar mijn wangen stijgen. Mijn gezicht leek in brand te staan. Had ik koorts? Ook mijn keel werd kurkdroog. Mijn handen trilden bij het inpakken van de artikelen. Op een gegeven moment kwam Ritter naar de kassa en keek me strak aan. Zijn wenkbrauwen kromden zich als twee geïrriteerde rupsen. Ik hield mijn adem in, en toen liep hij weg om een klant te helpen.

Betty Blue deed haar kassa dicht en zette het bordje neer dat haar kassa ging sluiten. Toen opende ze de kassa opnieuw en begon het contante geld te tellen. Ik draaide me langzaam om en keek naar Keefer. Dit was het beslissende moment. Als er een beschermengel op een van mijn schouders zat, dan sliep hij. Ik knikte nadrukkelijk en hij stapte uit de SUV en liep met grote passen naar de ingang van de supermarkt.

Ik werd geacht door te lopen naar de volgende caissière, maar aarzelde lang genoeg om Keefer de gelegenheid te geven binnen te komen en naar Betty Blue te lopen, die verbaasd opkeek.

'Ik ben gesloten,' zei ze, maar keek vreemd op toen het tot haar doordrong dat hij geen boodschappen en geen winkelwagen bij zich had. Keefer keek even naar mij en haalde toen het pistool uit zijn jasje.

Betty Blue slaakte een kreet.

'Stop het geld in een papieren zak.'

Betty Blue verstarde. In Keefers ogen was een uitdrukking van paniek te zien. Ik was bang voor wat er zou gebeuren als ze niet heel snel handelde, maar ze was in een shock.

'Robin, doe het,' zei hij, en ik duwde haar achteruit en begon het geld uit de kassa te halen en in de zak te stoppen.

'Het zit erin,' zei ik.

'Laten we gaan,' zei hij kortaf.

Ik knielde en pakte moeders laarzen, die ik onder de toonbank verstopt had.

'Schiet op, Robin,' beval hij.

Een naderende klant zag het pistool in Keefers hand en gilde. Ritter kwam aangelopen over een van de winkelpaden. Zijn mond viel open en zijn ogen puilden uit.

Keefer en ik holden naar de uitgang en naar buiten. Met mijn ene hand hield ik de zak met geld vast en met de andere moeders laarzen. We stapten in de auto en hij reed weg. Ik keek niet achterom; ik geloofde ook niet dat ik mijn hoofd zou kunnen bewegen, zo verstijfd was ik.

'Tel het geld!' schreeuwde Keefer. 'Laat eens zien hoeveel we hebben.'

Ik knikte en begon te tellen. We hadden iets meer dan tweeduizend dollar. Hij was tevreden.

'Goed zo. Dat zal genoeg zijn om mee te beginnen.' Toen glim-lachte hij. 'Dat ging gemakkelijk, gemakkelijker dan ik dacht, hè?'

'Ja,' zei ik.

'Hé, wat moet je met die laarzen?' vroeg hij. Ik hield ze weer te-gen me aangedrukt. Ik had niet eens beseft dat ik dat deed.

'Die zijn van mijn moeder.'

'Hebben jullie dezelfde maat?'

'Nee.'

Hij schudde zijn hoofd en vertrok verward zijn lippen.

'Waarom heb je ze dan meegenomen?'

'Dat weet ik niet.' Ik keek ernaar. 'Ik weet het niet.'

'Vergeet het. Straks krijg je mooie laarzen die je passen.'

'Ik geef niet om laarzen.'

Hij lachte en schudde zijn hoofd. We reden snel, glipten door verkeerslichten vlak voordat ze op rood sprongen en slingerden door het langzamer rijdende verkeer.

'Weet je waar je naartoe gaat?' vroeg ik.

'Zeker. Ik heb onze ontsnapping heel zorgvuldig gepland.'

Hij liet een juichkreet horen.

'We zijn hier weg!' riep hij uit.

Ik deed mijn best om te glimlachen. Was het waar? Hij keek voor zich uit en ontspande zich een beetje. Misschien zou het werkelijk goed gaan. Misschien zelfs geweldig, dacht ik, en sloot mijn ogen met een intense wens.

Toen hoorde ik Keefers hese kreet, en toen ik mijn ogen open-deed zag ik een patrouillewagen van de politie voor ons. Eerst dacht ik dat hij gewoon daar stond te wachten op te snel rijdende auto's, maar plotseling reed hij de weg op, pal vóór ons, met een flitsend blauw zwaailicht. Keefer trapte op de rem en wilde ach-teruitrijden, maar achter ons reed een andere politiewagen. Een derde patrouillewagen reed in volle vaart de andere helft van de weg op.

Hij draaide zich naar me om.

'Pech gehad,' zei hij schouderophalend. 'Ze waren kennelijk dicht genoeg bij om ons na ontvangst van het telefonische alarm de weg af te snijden. En we waren bijna op de snelweg. Verdom-me.'

Het bloed trok weg uit mijn gezicht bij het zien van twee politieagenten, die hun revolvers op ons richtten. Ze hurkten achter de portieren van hun auto. Een andere agent schreeuwde door een megafoon en beval ons met de handen omhoog uit te stappen.

'Het spijt me,' zei Keefer.

Ik begon te huilen. Met moeders laarzen nog in de hand stapte ik achter Keefer aan uit de truck. Hij liep met omhooggeheven handen en ik ook.

Toen de politieagenten dichterbij kwamen, moest ik er even aan denken dat moederlief waarschijnlijk nog lag te slapen.

Op het politiebureau werden we vrijwel onmiddellijk gescheiden. Ik dacht dat ik in een gevangeniscel terecht zou komen, maar ik werd naar een kamer gebracht met een lange tafel en twee stoelen. In één wand was een lange spiegel aangebracht. Ik ging zitten en staarde naar mijn spiegelbeeld, me afvragend wat er nu zou gebeuren. Eindelijk kwam een vrouw met heel kort donker haar in een grijs mantelpak binnen. Ze leek een jaar of dertig, vijfendertig. Ze glimlachte niet, maar haar zachtbruine ogen straalden iets warms uit. Ze maakte een aktetas open en haalde er een langwerpige blocnote en een dossier uit.

'Ik ben Lou Ann Simmons van het kantoor van de officier van justitie. Er komt straks een pro Deo-advocaat. Waarschijnlijk ken je hem wel, Mr. Carson Meriweather. Het is nog niet zo lang geleden dat jullie beiden in de rechtszaal stonden,' voegde ze er nadrukkelijk aan toe. Toen glimlachte ze en ging verder. 'Als je wilt, kun je wachten tot hij komt, of je kunt mij jouw kant van het verhaal vertellen.'

'Mijn kant?'

'Wat was precies jouw rol in de overval?'

Ik wist niet goed wat ze bedoelde met 'precies'. Ik haalde mijn schouders op.

'Ik heb het geld in de papieren zak gestopt. Bedoelt u dat?'

'Je hebt ook meegedaan aan de planning, hè?' vroeg ze weer, blijkbaar verheugd dat ik reageerde.

'Ja.'

'Jij moest een signaal geven of zoiets, en dat heb je gedaan?'

'Ja.'

De deur ging open en Mr. Meriweather kwam haastig binnen.

Hij keek naar Lou Ann Simmons.

'Hebt u mijn cliënte ondervraagd?'

'Ik heb haar gevraagd of ze op u wilde wachten,' antwoordde Lou Ann Simmons. De warmte was uit haar ogen verdwenen. Ik had het gevoel dat ze die warmte naar believen kon aan- en uitschakelen.

'Ze begrijpt niet wat hier gebeurt. Ze is minderjarig.'

'Ze was betrokken bij een gewapende roofoverval. Die status kan haar worden ontnomen.'

'Reden temeer om niet te beginnen zonder mij,' kaatste hij terug.

Ik had het gevoel of ik getuige was van een twistgesprek tussen twee mensen waarbij ik niet betrokken was.

'Ze heeft haar actieve deelname bekend. Ik kan haar dezelfde vragen stellen in uw aanwezigheid.'

'Ik wens mijn cliënte onder vier ogen te spreken,' zei hij scherp.

'Ik hoop dat u haar kunt overtuigen dat ze met mij moet samenwerken. Keefer Dawson zal niet als minderjarige worden berecht, en hij is ervoor verantwoordelijk dat zij bij de overval betrokken is. Ik hoop dat u dit niet ingewikkeld gaat maken,' voegde ze eraan toe, stopte haar blocnote en het dossier weer in haar tas en ging de kamer uit.

'Ik had gedacht dat je slim genoeg zou zijn om met niemand te spreken voordat je advocaat erbij is.'

'Ik wist niet wat ik moest doen.'

'Met jouw verleden zou ik aannemen dat je dat wel zou weten,' zei hij sarcastisch. 'Besef je niet hoe serieus deze situatie is? Je had een proeftijd.'

Ik probeerde te slikken, maar ik kon het niet. Ik kon alleen maar knikken.

'Ze bluft niet. Ze zouden je kunnen berechten als een volwassene. Dan ga je naar een zwaarbewaakte federale gevangenis. Voor jaren!' benadrukte hij.

'Is mijn moeder al gebeld?'

'Je moeder kan je nu niet meer redden,' mompelde hij. 'Die man, die Keefer Dawson, heeft je overgehaald om mee te doen aan de overval, hè?'

'Hij heeft me niet overgehaald.'

'Hij heeft je overgehaald,' hield Mr. Meriweather vol. 'En je had geen idee dat hij in het bezit was van een pistool?' zei hij, schijnbaar als een vraag, maar meer als een antwoord dat hij me door de strot wilde duwen.

'Dat wist ik. Ik had het al eerder gezien, maar hij zei dat er geen kogels in zaten.'

'Dat zou geen verschil maken. Hoe kon iemand die overvallen werd weten dat er geen kogels in zaten, en hoe weet je zo zeker dat er geen kogels in zaten?'

'Hij vertelde het me.'

'Dus wist je het niet zeker,' was zijn conclusie. 'Zie je nu hoe gecompliceerd dit kan worden en in hoeveel moeilijkheden je kunt komen?'

Ik knikte.

'Goed. Blijf hier zitten en praat hierover nooit – nooit – tegen iemand zonder dat ik aanwezig ben.'

Hij stond op en verliet de kamer. Het leek me of er bijna een uur voorbij was gegaan voordat de deur weer openging. Deze keer was het moederlief. Ze bleef even naar me staan kijken. Ik dacht dat ze weg zou lopen en de deur achter zich dichtdoen, maar eindelijk kwam ze binnen. Ze had rode ogen van het huilen. Ze hield haar adem in en ging zitten.

'Ik heb vaak gedacht,' begon ze, 'dat mijn vader gelijk had. Ik wist niet waarom, maar het kwaad sijpelde als een soort vervuiling bij mij naar binnen en toen bij jou. Dat was een belangrijke reden waarom ik uit dat huis ben weggegaan. Ik wilde weg van die ogen van hem, van de manier waarop hij naar ons keek, waarop hij me voortdurend herinnerde aan mijn fouten.'

'Vooral aan mij.'

Ze staarde me aan.

'Ja, ik denk dat ik altijd zo aan je gedacht heb, Robin. Ik ontken het niet. Het is geen geheim dat het nooit mijn bedoeling was om zwanger te worden, maar ik geloofde echt dat ik op de een of andere manier, door of via mijn muziek, alles goed kon maken. Ik geloof dat ik je daar nooit van heb kunnen doordringen, al heb ik nog zo vaak geprobeerd het je te doen inzien.'

'Het is jouw carrière, niet de mijne,' snauwde ik. 'Jij bent de ster, moederlief.'

Ze schudde haar hoofd.

'Ik denk niet dat ik het je kwalijk kan nemen dat je me haat.' Ze glimlachte. 'Herinner je je dat liedje dat ik jaren geleden geschreven heb? "I want to love you but I can't help hatin' myself for wantin' that." (Ik wil van je houden maar ik kan het niet helpen dat ik mezelf haat omdat ik dat wil.)'

'Ik ben niet de aanleiding tot een liedje, moederlief. Ik ben een mens,' zei ik.

Ze knikte.

'Ja, maar wat voor mens ben je geworden? Ik zal natuurlijk zoveel mogelijk van de schuld op me nemen, maar daar schieten we nu niet veel mee op.'

Ze draaide zich om en keek me aan.

'Mr. Meriweather zegt dat Keefer Dawson tegen de officier van justitie zegt dat hij je hiertoe heeft overgehaald, dat je niet wist dat hij een echt pistool zou hebben.'

'Dat is niet waar!'

'Het zal jou helpen, Robin. Mr. Meriweather heeft me hiernaartoe gestuurd om je ervan te overtuigen dat je Keefer niet moet tegenspreken. Bovendien hoort Keefer dit te doen. Hij had jou er nooit bij mogen betrekken.'

'Hij heeft me nergens toe overgehaald. Ik wilde het,' schreeuwde ik bijna terug.

'Wil je naar een echte verschrikkelijke gevangenis gaan, waar afgrijselijke dingen gebeuren met een meisje van jouw leeftijd, en wil je daar jarenlang opgesloten zitten? Is dat wat je wilt?'

'Nee, maar – '

'Maar dat is precies wat er gaat gebeuren als je je mond niet houdt, Robin. Je knikt als je gezegd wordt te knikken en je schudt je hoofd als je gezegd wordt het te schudden, begrepen? Anders is het onmogelijk te zeggen wat die rechter zal doen met je. Mr. Meriweather probeert een deal te sluiten met de assistent-officier van justitie. Als je een verklaring tekent dat je het eens bent met wat Keefer Dawson hun vertelt, zal ze overwegen de rechter een gunstige aanbeveling voor je te geven.'

'Ik wil niet dat Keefer alle schuld op zich neemt,' zei ik.

'Hij zou iets dergelijks toch ook hebben gedaan zonder jou, niet?' vroeg ze.

Ik dacht even na.

'Waarschijnlijk wel, ja. Zijn moeder is net gestorven – ze heeft zelfmoord gepleegd – en zijn vader haat hem en hij is zijn baan kwijt.'

'Dat zijn dingen die zijn advocaat moet vertellen, Robin. Het heeft geen zin je te belasten met andermans problemen.'

'Wel als je om iemand geeft,' antwoordde ik. 'Dat is iets wat jij niet zult begrijpen, moederlief. Je hebt altijd meer om jezelf gegeven dan om iemand anders.'

'Dat is niet eerlijk, Robin. Ik gaf wél om je. Ik gééf om je.'

'Waarom heb je ons – mij – dan hiernaartoe gebracht om bij die afschuwelijke Cory Lewis te gaan wonen?' riep ik uit.

Ze staarde me aan.

'Ik ben niet met je naar Cory Lewis gegaan alleen omdat hij in de muziekbusiness zit, Robin. Er was een kans – er *is* een kans,' verbeterde ze zichzelf, 'dat hij je echte vader is.'

Ik had het gevoel dat de bliksem boven mijn hoofd insloeg.

'Nee!' riep ik. Ik schudde zo krachtig met mijn hoofd dat het leek of ik de woorden door mijn oren eruit wilde gooien.

'Zoals ik je verteld heb, was er meer dan één, maar hij was er die avond bij en we... we hebben die avond seks gehad.'

'Nee!' hield ik vol.

'Het doet er niet toe. Cory wilde iets voor ons doen omdat hij dacht dat het misschien waar was.'

'Als dat zo is, dan wilde ik dat ik nooit geboren was,' zei ik. 'Bijna net zo intens als jij dat wenst.'

'Dat wens ik niet meer, Robin, maar ik verwacht niet dat jij dat gelooft. Ik hoopte echt dat je blij zou zijn met mijn succes en hier gelukkig zou zijn.'

'Goeie titel voor een nieuw lied. Ga het maar gauw schrijven,' snauwde ik. Ze werd kwaad.

'Ik vertel de advocaat dat je zult doen wat hij zegt, Robin. Als je dat niet doet, zul je er heel veel spijt van hebben.'

Ze stond op.

'Je helpt Keefer niet door jezelf te benadelen,' voegde ze eraan toe.

Ik keek haar aan. Het was het eerste wat ze zei dat zinnig was.

Ik wilde dat ze daarvan een liedje zou maken.

13. Gevangen vogels zingen
droevige liedjes

'Dit is je verhaal,' zei Mr. Meriweather; mijn moeder zat naast hem. 'We kunnen je buiten de gevangenis houden, voorkomen dat je berecht wordt als een volwassene, je zelfs buiten een jeugdgevangenis houden.'

Ik hield mijn adem in, en keek van hem naar moeder en weer terug naar hem.

'Hoe?'

'Er is een bijzondere school voor jonge meisjes die, laten we zeggen, alle traditionele methodes om hun gedrag, of liever gezegd wangedrag, te verbeteren, hebben uitgeput. Hun ouders weten niet meer wat ze moeten doen, net als je moeder.'

Ik keek haar aan en ze wendde schuldbewust haar ogen af.

'Wat voor bijzondere school?'

'Het is een school die geleid wordt door een specialist in gedragsverandering, en voor velen is het een laatste kans. Eer ik verderga moet ik je heel duidelijk aan het verstand brengen dat je, als je daarnaartoe gaat, niet het recht hebt te beslissen dat je daar niet wenst te blijven. Je blijft daar tot er besloten wordt dat je terug kunt keren en je op redelijke wijze kunt gedragen, en dan krijg je toch nog een proeftijd. Als je zou proberen te ontsnappen of weg te lopen uit die school, zou je onmiddellijk weer voor de rechter komen en veroordeeld worden tot een echte gevangenis – in jouw geval, gevonnist worden als een volwassene. Dat is een deel van de deal.'

'Maar hoe lang moet ik op die school blijven?'

'Maanden of misschien jaren. Dat ligt helemaal aan jou. Dat is het mooie ervan, als we het woord mooi in de mond kunnen nemen. Je kunt zelf je toekomst bepalen. In een echte gevangenis bof je als je je eigen stoelgang kunt bepalen,' zei hij met strakke lippen en ijskoude ogen.

'Dus het is gewoon een school?'

'Nee, ik zeg niet dat het gewoon een school is. Het is een bijzondere school. Met andere regels, andere activiteiten. Het doel is je gedrag, je verderfelijke manieren te veranderen en een productief lid van de maatschappij van je te maken. Je tekent een contract, waarmee je je overgeeft aan de school. Je moeder tekent ook,' voegde hij eraan toe, met een blik op haar.

Iets in haar gezicht zei me dat ze hier niet blij mee was, al had Mr. Meriweather het doen voorkomen alsof ik hierdoor een afgrijselijke gevangeniservaring kon vermijden. Mijn hart begon sneller te kloppen.

'Ik weet het niet,' zei ik.

'Je krijgt even tijd om overleg te plegen met je moeder. Dan moet ik de assistent-officier van justitie op de hoogte stellen, en daarna gaan we praten met de rechter. Dit is het laatste mededogen wat je van deze rechtbank kunt verwachten,' voegde hij eraan toe, en stond op.

'Nog één ding. Normaal is het heel erg duur om naar deze bijzondere school te gaan. Het is een particuliere instelling, maar een anonieme weldoener heeft gezorgd voor wat we het best kunnen omschrijven als een beurs voor meisjes wier ouders het niet kunnen betalen, maar die er toch dringend behoefte aan hebben. Dat is voor jou weer een geluk op het moment dat je dat het hardst nodig hebt.'

Hij keek naar moeder.

'Ik kom zo terug,' zei hij, en liet ons alleen.

'Wat betekent dat allemaal?' vroeg ik.

'Wat hij zei. Ik wist niet eens dat die school bestond. Hoewel we zeiden dat je de verklaring zou tekenen, was de rechter niet te bewegen je als een minderjarige te berechten. Het pistool maakte alle verschil. Je was op weg naar een tijd vol ontberingen in een instelling met vrouwen die verschrikkelijke dingen hebben gedaan en je zullen zien als een rijpe vrucht die hun in de schoot valt. Een maagdelijke vrucht,' voegde ze er bijna fluisterend aan toe.

'Weet je iets over die school?'

'Niet meer dan wat je hebt gehoord.'

'Waar is die school?'

'Dat weet ik niet.

'Je weet het niet? Hoe bedoel je, je weet het niet?'

'Ze willen niet dat de ouders weten waar die school is. Ze willen niet dat de ouders van gedachten veranderen en hun kinderen gaan halen.'

'Maar als ik je bel en je vertel waar ik ben?'

'Je kunt niemand bellen, Robin.'

'Maar... dat is erger dan de gevangenis. Gevangenen hebben toch het recht om iemand te bellen?'

'Niet meteen. Ik denk dat je na een tijdje kunt bellen. Ik weet ook niet alles.'

Ik staarde haar aan. 'Je weet helemaal niks, hè? En het kan je ook niks schelen. Het is een manier om van me af te komen. Dat is het enige waar je aan denkt.'

'Dat is niet waar. Ik wil niet dat je naar een gewone gevangenis gaat en...'

'En wat?'

'Ik ben geen goede moeder geweest, en dat zal ik waarschijnlijk ook nooit zijn,' bekende ze. 'Het is waar wat hij zei. Ik ben niet in staat om te doen wat gedaan moet worden. Ik heb hulp nodig. Moet je dit zien,' zei ze, een vel papier openvouwend. 'Ze hebben me gevraagd aan te kruisen wat op jou van toepassing is.'

Heeft uw tiener moeite met fundamentele regels in het gezin?

Is uw tiener ooit van school gestuurd? Heeft hij of zij vaak gespijbeld?

Gebruikt uw tiener scheldwoorden of onfatsoenlijke taal?

Gaat uw tiener om met verkeerde leeftijdgenoten?

Heeft hij of zij problemen met de wet? Ontbreekt het hem/haar aan motivatie?

Heeft hij of zij gebrek aan eigenwaarde? Heeft hij of zij problemen met gezag? Is uw tiener seksueel promiscue geweest? Manipulerend en/of oneerlijk? Heeft hij of zij geld gestolen of andere waardevolle dingen uit uw huis?

Verzet uw tiener zich tegen de regels die worden vastgesteld en negeert hij of zij de gevolgen?

Voelt u zich vaak machteloos ten opzichte van uw tiener?

Ik legde het papier neer.

'Zie je, ik heb alles moeten aankruisen.'

'Mocht wat,' zei ik.

'Ja, mocht wat. Ik teken de verklaring.'

'Kan me niet schelen,' zei ik. 'Teken maar.'

'Op een dag zul je me bedanken.

'Ik kan gewoon niet wachten.'

'Ze nemen je meteen hiervandaan mee, Robin. We krijgen niet de kans om afscheid te nemen.'

'We hebben al lang geleden afscheid genomen, moederlief.' Ik zei het met vaste stem, maar ik had een waas van tranen voor mijn ogen.

Ze knikte.

'Het spijt me, lieverd. Het spijt me dat ik je verdriet heb gedaan. Wat je ook denkt, ik zal altijd van je houden. Ik hoop dat je terug-komt.'

'Terugkomt waarnaar?'

'Naar mij,' zei ze, en deed de deur open. Ze aarzelde even en deed hem toen dicht.

Het was geen hard geluid, maar mij klonk het in de oren als een pistoolschot.

Een paar minuten later kwam een politievrouw binnen.

'Ik zou nog maar even naar het toilet gaan,' zei ze. 'Je hebt een lange rit voor de boeg.'

Ik deed wat ze voorstelde. Toen ik weer buiten kwam, stond ze op me te wachten.

Ze ging me voor naar buiten, waar een politieauto geparkeerd stond. Een agent deed het achterportier open en ik stapte in. Ik re-aliseerde me dat ik niets anders bezat dan de kleren die ik aanhad. Ik wilde er iets over zeggen, maar niemand toonde enige belang-stelling, dus hield ik mijn mond.

Ik keek achterom toen de auto wegreed. Ik weet niet waarom. Iets dwong me ertoe.

Ik zag moederlief op het voetpad staan, de laarzen die ik had meegenomen in haar armen geklemd.

Ze klemde ze net zo stevig tegen haar borst als ik had gedaan.

Het was het enige wat we op het ogenblik met elkaar gemeen hadden.

Maar het was voldoende om de tranen te bevrijden die in mijn hart zaten opgesloten.

Deel twee

Teal

1. Geschorst

Zodra onze Engelse leraar, meneer Croft, zijn sportjasje uittrok en over de bureaustoel drapeerde die voor de klas stond, wist ik dat ik zou gaan lachen. De lach kwam in golven omhoog in mijn borst en dwarrelde vrijelijk de lucht in. Croft draaide zich om en schreef de eerste grammaticazin op het bord, en ik zag dat zijn hemd gedeeltelijk uit zijn broek hing. Dat was niets bijzonders. Hij was niet zo netjes op zijn kleren. Maar vanmorgen had ik alles van de humoristische kant gezien, van de beveiligingsman bij de ingang die met mopperige, achterdochtige ogen naar me keek, tot de snobs in het toilet die bijna ontploften van schrik toen ik mijn zilveren flacon uit mijn tas haalde en een slok nam.

'Wat is dat?' vroeg Evette Heckman.

'Sinaasappelsap en wodka,' antwoordde ik glimlachend en nam nog een slok. Toen ik hun de flacon aanbood, vluchtten ze weg alsof het vergif was. In de klas kwam mijn lach eruit met een geluid of iemand een drankje uitspuwde, en toen begon ik te giechelen. Croft draaide zich verward om, keek rond in het lokaal en liet zijn ogen toen op mij rusten. Zijn verwarring maakte plaats voor een geërgerde grijns, en toen moest ik nog harder lachen.

Ik wist dat de wodka die ik uit de bar van mijn ouders had gepakt om te mengen met sinaasappelsap grotendeels de schuld ervan was dat ik me niet in bedwang kon houden. Het was niet de eerste keer, en iets zei me dat het ook niet de laatste keer zou zijn wat er vanochtend ook zou gebeuren.

'Wat is er voor grappigs, Sommers?' vroeg Croft. 'Toch niet de bepaalde en onbepaalde voornaamwoorden, al zou het resultaat van de repetitie gisteren doen veronderstellen dat je dit niet erg serieus opvat.'

Alle ogen waren op mij gericht. Een paar van de snobs keken

nog kwader dan Croft, misschien om een wit voetje bij hem te halen, of misschien omdat ze werkelijk vonden dat ik hun kostbare particuliere schoolopleiding verstoorde. De grondgedachte was dat hoe meer je ervoor betaalde, hoe serieuzer je het nam. Tenminste, dat was de theorie waar mijn ouders in geloofden, of misschien moet ik zeggen hoopten dat het waar was, vooral wat mij betrof. Ik was het jaar hiervoor bijna blijven zitten in de laatste groep van de openbare school. Ik was daar drie keer geschorst en had zo vaak moeten nablijven dat de standaardgrap was dat ik daar een diploma in zou halen. Toen ik erop betrapt was dat ik de meisjeskleedkamer vernielde, wat mijn vader bijna duizend dollar kostte, dachten mijn ouders dat een overplaatsing naar een particuliere school de oplossing zou zijn. Dan zou ik minder beïnvloed worden door slechte vriendinnen. In feite was *ik* de slechte invloed.

Croft zette zijn handen in zijn breed uitgedijde middel en keek me woedend aan. Als hij zich opwond waren zijn neusgaten zo wijd als die van een koe. Hij draaide zijn lippen naar binnen, zodat zijn mond omlijnd werd door twee witte strepen van kwaadheid, en klemde zijn tanden op elkaar.

'Nou?' vroeg hij, sprekend door de muur van nicotinebevlekt tandglazuur.

Ik lachte nog harder. Ik kon er niets aan doen, al had ik buikpijn en snakte ik naar adem.

Hij zuchtte.

'Het lijkt me beter dat je naar het kantoor van de directeur gaat, Sommers,' zei hij gesmoord.

Ik bleef lachen.

'Teal Sommers!' schreeuwde hij, en deed een stap naar me toe. 'Sta onmiddellijk op en ga de klas uit.'

Hij wees zo heftig en fel naar de deur, dat zijn manchetknoop losraakte en zijn mouw erbij hing als een gescheurd gordijn. Iemand slaakte een kreet, maar dat maakte alleen maar dat mijn idiote grijns nog breder werd. Hij zag wat er gebeurde, liet zijn arm zakken en wees wat eleganter met zijn andere arm en hand naar de deur.

'Verdwijn. Ik zal meneer Bloomberg laten weten dat je onderweg bent.'

Ik hield mijn adem in en liet mijn hoofd even achterovervallen.

146

Ik keek omhoog naar het plafond, zag de lijnen van de tegels wiebelen. Croft liep het hele middenpad af naar mijn lessenaar. Zijn woede kwam omhoog als melk die gaat overkoken. Elk moment kon hij me bij mijn arm pakken en me van mijn stoel trekken, dacht ik.

'Wat mankeert jou, jongedame?'

'Ruik haar adem maar,' riep een van de snobs. Ik wist het niet zeker, maar het zou Ainsley Winslow wel zijn. Ze was zo vol van zichzelf en zo zelfingenomen, dat ze me had gehaat vanaf het moment dat ik haar zei dat haar neuscorrectie slecht gedaan was, dat hij te puntig was en ze op een kip leek.

Croft keek haar richting uit en staarde me toen aandachtig aan.

'Is dat waar, Teal? Heb je iets ongeoorloofds gedronken?'

'Nee, meneer,' zei ik, en legde snel allebei mijn handen voor mijn mond, omdat ik een nieuwe lachbui voelde opkomen. Ik moest twee keer flink slikken om die te bedwingen. Mijn ogen puilden uit van inspanning.

'Ga weg!' beval hij met zowel paniek als woede in zijn stem.

Ik stond te snel en onhandig op en viel tegen hem aan. Hij sprong achteruit alsof ik in brand stond. Zo gauw ik kon pakte ik mijn boeken op en rende naar de deur. Achter me hoorde ik de rest van de klas lachen. Ik rammelde aan de knop en liep het lokaal uit, de deur achter me dichttrekkend. Het gerommel in mijn maag verstomde even, maar de gang leek te kantelen en toen weer recht te komen. Ik hikte zo luid dat het tot het eind van de gang tegen de muren weerkaatste. Met één hand tegen de muur om me in evenwicht te houden, liep ik over de glimmende tegelvloer.

De bibliothecaresse, mevrouw Beachim, kwam uit de faculteitskamer en bleef staan om naar me te kijken. Ze liet haar bril omlaag glijden tot hij op het puntje van haar neus stond en tuurde naar me.

'Voel je je wel goed?' vroeg ze.

'Nee,' zei ik. 'Ik voel me alsof ik binnenstebuiten gekeerd ben.'

'Pardon?'

'Als een sok die je uittrekt,' zei ik. Toen lachte ik, en ze bleef me met open mond aanstaren, met haar handen tegen haar keel.

Ik trok mijn schouders recht en probeerde in een rechte lijn te lopen, maar ik denk dat ik meer sinaasappelsap met wodka had gedronken dan normaal, vooral 's ochtends vroeg. De wereld wilde niet stoppen met schommelen. Ik werd steeds zeezieker.

Eindelijk was ik bij het kantoor van de directeur. Ik ging naar binnen en bleef even staan, tenminste dat dacht ik. Mijn voeten stonden op de grond, maar het leek net of ik nog bewoog.

De secretaresse van de directeur, mevrouw Tagler, keek op van haar bureau. Zodra ze me zag, gingen haar wenkbrauwen omhoog en vertrokken haar lippen in een scheve glimlach. Haar kapsel en gezicht deden me denken aan een bidsprinkhaan, vooral met die lange dunne armen, die ze bij de ellebogen gebogen hield, en met die handen waarvan de vingers naar binnen krulden.

'Wat is er nu weer?' vroeg ze.

'Ik dacht dat hij zou bellen en een klacht indienen,' zei ik.

'Wie?'

'Crofts hemd hangt uit zijn broek,' zei ik.

'Wát zeg je?'

'Hij is een sloddervos.'

Ik giechelde, en haar mond viel ver genoeg open om de gouden kroon achterin te kunnen zien.

'Ben je naar meneer Bloomberg gestuurd?'

'Nee. Ze hebben me gevraagd hem een vriendschappelijk bezoekje te brengen,' antwoordde ik. 'Om te vragen hoe het ermee gaat en of ik iets kan doen om de school te verbeteren,' en voor ik het kon beletten hikte ik.

Ze knikte begrijpend.

'Ga zitten,' beval ze en richtte zich in haar volle lengte van een meter tachtig op. Ik had gehoord dat haar man maar een meter vijfenzestig was en moest oppassen dat hij niet in zijn oog geprikt werd door een van haar borsten. Ze droeg altijd die stijve puntige beha's die eruitzagen of ze uit Madonna's kostuumkast geleend waren.

Mevrouw Tagler ging naar het kantoor van de directeur en deed de deur achter zich dicht. Slechts een paar seconden later werd de deur weer opengegooid, en meneer Bloomberg stond op de drempel en keek me nijdig aan. Iets in mijn gezicht vertelde hem het hele verhaal. Zijn borstelige wenkbrauwen gingen omlaag toen ik weer hikte.

'Ik wens niet met je te praten als je in zo'n toestand verkeert,' zei hij. 'Ga onmiddellijk naar de eerstehulp. Ik bel je moeder.' Hij richtte zich tot mevrouw Tagler. 'Zorg ervoor dat ze naar Lila's kantoor gaat.' Ze knikte.

'Kom, Teal,' zei ze, op zachtere toon.

Ik stond op, dacht aan mijn boeken, bukte me om ze op te rapen en smeet ze alle kanten op.

'Laat maar,' zei mevrouw Tagler. De telefoon ging. Croft had zich eindelijk voldoende beheerst om te bellen, dacht ik. Ze nam op en luisterde.

'Ja, hij weet het,' zei ze. 'Dank u.'

Ze bekeek me aandachtig, terwijl ik op mijn benen stond te zwaaien. Ik zag haar beurtelings scherp en onscherp, en daar moest ik om glimlachen. Toen hikte ik weer, en nog eens.

'Schiet op, Teal,' beval ze. 'Ik heb wel wat beters te doen dan op een zestienjarig meisje te passen dat haar verstand hoort te gebruiken.'

Ik verliet het kantoor en liep met haar naar de kamer van de eerstehulp, die gelukkig maar twee deuren verder was.

Mevrouw Miller keek op van haar bureau. Ze was bezig een of ander rapport op te stellen. Dat leek het enige te zijn wat ze hier ooit deed, dacht ik, rapporten schrijven of een van de snobs vertroetelen die een slechte maandelijkse periode had, zoals zij het omschreef.

'Wat is er?' vroeg ze. Ze staarde me achterdochtig aan.

'Onze juffrouw Sommers heeft kennelijk iets alcoholisch gedronken. Ze moet haar roes uitslapen tot haar moeder komt. Ze was naar meneer Bloombergs kantoor gestuurd, maar hij wil zo niet met haar praten.'

Mevrouw Miller stond op en liep om haar bureau heen. Ze keek me onderzoekend aan en verwees me toen naar een van de kleine kamertjes waarin een stretcher stond.

'Hoe voel je je nu?'

Het hikken was eindelijk opgehouden, maar veel hielp het niet.

'Misselijk,' zei ik.

'Ga liggen. Als je moet overgeven, doe het dan hierin,' zei ze, en zette een kom naast het bed. Er klonk slechts nuchtere vastberadenheid in haar stem, geen sympathie. 'Waarom doe je dit?'

In plaats van te antwoorden sloot ik mijn ogen. De vraag leek door mijn hoofd te galmen: waarom doe je dit? Waarom doe je die gekke dingen, Teal? Wie denk je daarmee te kwetsen? Waar is je waardering voor al die geweldige dingen die je hebt en al die geweldige dingen die ze voor je doen? Bla, bla, bla, dacht ik. Het leek een kapotte cd of opgesloten zitten in een echoput.

Ik voelde mijn maag tot rust komen en even later sliep ik.

'Wat heb je gedaan?' hoorde ik iemand schreeuwen door de wanden van mijn aangename cocon. Ik kreunde, opende met tegenzin mijn ogen en keek naar mijn moeder.

Ik besefte nooit goed hoe lang ze eigenlijk was, dacht ik, of hoe benig haar schouders waren, zelfs onder haar stijlvolle designer pakje. Mijn vader beschuldigde haar van anorexie, maar ergens, ongetwijfeld in een van haar kuuroorden, moest iemand haar verteld hebben dat ze, als ze mager bleef, nooit oud zou lijken. Ik vond dat juist het tegenovergestelde het geval was. Ze was achter in de veertig, maar zag er tien jaar ouder uit. Haar huid leek te strakgetrokken over die hoge jukbeenderen waar ze zo trots op was, en het effect was een te grote nadruk op haar kaakbeen. In de schemerige verlichting, met slechts een gloed op haar gezicht, zag ze eruit als een skelet. Dat had ik een keer tegen haar gezegd, en ze had met een harde klap bijna mijn hoofd eraf geslagen. Ondanks de kilometer crèmes die op haar toilettafel stonden, had ik haar handen nooit als zacht ervaren. Ik kon me niet herinneren dat ze ooit zacht waren geweest, en natuurlijk had ze altijd perfecte nagels.

Ze had eens een belangrijk gynaecologisch onderzoek gemist omdat ze een afspraak had met haar manicure.

'Nou?' vroeg ze. Ze zwaaide met haar tas naar me in een poging om me met een klap tot aandacht te dwingen. Hij bleef even boven mijn gezicht hangen en toen trok ze hem terug.

Ik wreef met mijn handen over mijn wangen en helaas liet ik toen een boer.

Ze deed een stap achteruit alsof ik elk moment kon ontploffen.

'Je bent walgelijk,' zei ze, en trok haar mondhoeken omlaag.

Ik ging rechtop zitten.

'Is het al ochtend?' vroeg ik plagend.

De ogen van mijn moeder waren het mooist aan haar, ze waren van normale grootte en prachtig groenbruin, met natuurlijke lange wimpers. Ze kon ze opensperren tot ze bijna twee keer zo groot waren als ze woede of verbazing wilde tonen. Een secondelang leek ze een en al oog, als een soort buitenaards wezen.

'Je bent niet grappig, Teal. Weet je wel hoeveel je vader betaalt om je hier op school te laten gaan?' vroeg ze.

Ik vond het altijd vreemd dat ze over alle uitgaven van het gezin sprak of ze uitsluitend door mijn vader werden gedaan. Ze behoorde kennelijk niet tot de vrouwen die geloven dat de helft van alles wat hun man bezit aan hen toekomt.

Soms gaf ze me het gevoel dat ze niet meer was dan een bewoonster in het huis van mijn vader, net als mijn oudste broer, Carson, was geweest en ik nog steeds was.

'Dat ben ik vergeten, moeder,' zei ik.

'Vijftigduizend dollar,' zei ze en tikte na elke lettergreep met haar voet op de grond om er de nadruk op te leggen. Het leek of ze het ritme aangaf van muziek. 'Als we dat optellen bij al het geld dat hij heeft uitgegeven aan psychotherapie, privé-leraren, de reparatie van dingen die je hebt gebroken, het afkopen van mensen die een klacht tegen je hebben ingediend, en wat ik verder nog kan bedenken, heeft hij net zoveel uitgegeven als sommige derdewereldlanden in een jaar!'

'Misschien moet hij de VN dan om hulp vragen,' zei ik.

'Sta op,' snauwde ze. 'Je brengt me altijd weer in verlegenheid. Denk je dan nooit aan ons gezin en onze reputatie? O, wat heb ik toch gedaan om dit te verdienen?' vroeg ze aan het plafond.

'Zestien jaar geleden vergeten de pil in te nemen?' opperde ik.

Haar gezicht werd een tint donkerder dan bloedrood en ze keek naar het bureau van mevrouw Miller. Tegenover andere mensen was mijn moeder altijd stijlvol, elegant, en in staat haar woede te beheersen. Zelden of nooit zat er één lok van haar haar niet op zijn plaats, en toen ik klein was geloofde ik dat de kreuken te bang waren om in haar kleren te komen. Ze zou ze dood hebben gestreken.

'Ik veronderstel dat dit eigenlijk allemaal mijn schuld is,' zei ze, al klonk ze volstrekt niet schuldbewust, 'omdat ik je zo laat in mijn leven heb gekregen.'

Met die diagnose was ik het eens. Mijn ouders hadden me verwekt op een hete zomeravond toen ze allebei te veel gedronken hadden. Mijn vader liet zich dat kleine detail een keer ontvallen toen ze ruzie hadden over iets stompzinnigs, zoals hoeveel geld mijn moeder uitgaf aan verse bloemen, vooral in de winter. Toevallig had ik het gehoord.

'Misschien snakte ik ernaar om geboren te worden en kon je er niets aan doen,' zei ik sarcastisch.

Ze richtte zich op, zo trots als een pauw. Toen liep ze, kalm en koel als een hersenchirurg, het rustkamertje uit en sprak met mevrouw Miller.

'Denkt u dat haar conditie goed genoeg is voor een gesprek met de directeur?' vroeg ze. Ze hoopte natuurlijk nee als antwoord te krijgen.

Mevrouw Miller stond op en liep naar me toe.

Ze pakte me bij mijn schouders en draaide me naar haar toe terwijl ik opstond, en toen schudde ze haar hoofd.

'Wat bezielt die kinderen tegenwoordig toch?' vroeg ze.

'Buitenaardse wezens?' antwoordde ik. 'Via onze navels waarschijnlijk.'

Mevrouw Miller moest bijna glimlachen.

'Niets aan de hand, mevrouw Sommers. Ze zal waarschijnlijk de hele dag een flinke hoofdpijn hebben. Geef haar thuis maar een aspirientje.'

'Het lijkt me beter als ze er de hele dag last van heeft, dan beseft ze misschien wat ze zichzelf aandoet,' zei mijn schat van een moeder.

Mevrouw Miller trok een gezicht of ze het ermee eens was.

'Kom, Teal,' zei moeder, en ik liep naar buiten.

'Je boeken,' bracht mevrouw Miller me in herinnering. 'Mevrouw Tagler heeft ze voor je gebracht.'

'O, sorry,' zei ik. Ik bedoelde dat het me speet dat zij ze had gebracht, maar mevrouw Miller glimlachte en gaf ze aan mij.

Ik volgde moeder de gang door. Het getik van de hoge hakken van haar schoenen op de tegels klonk als tromgeroffel, terwijl ze me onwillig terugbracht naar het kantoor van de directeur, om in rode inkt geëxecuteerd te worden. Ik bleef ruim een meter achter haar en verbeeldde me dat er een onzichtbaar touw om mijn hals was geknoopt, dat diende om me door het leven heen te sleuren.

'Hoe gaat het met haar?' vroeg mevrouw Tagler toen we binnenkwamen.

'Niet zo goed, zou ik zeggen, denkt u ook niet?' antwoordde

moeder. Haar lippen vormden een smalle rode streep in haar gezicht. Ik vond altijd dat moederlief voor een expert in cosmetica haar lippenstift er te dik op smeerde.

Mevrouw Tagler stond zonder iets te zeggen op en liep het kantoor van de directeur in. Moeder draaide zich hoofdschuddend naar me om.

'Ik was op weg om te gaan lunchen met Carson,' zei ze. Mijn broer, die bijna vijftien jaar ouder was dan ik, leidde de zakelijke afdeling van de onroerendgoedfirma van mijn vader. Hij had zijn eigen huis in de stad en was zo goed als verloofd met de dochter van een rijke bankier.

Carson was alles wat ze wilden dat ik zou zijn, dacht ik. Hij is Mr. Attachékoffer, een pak en das met een perfect ontworpen etalagepop erin, kortom Mr. Perfect. Ik noemde hem de tweede schaduw van mijn vader, vooral op zakelijk gebied.

Onze vader specialiseerde zich in winkel- en amusementscentra, en het had hem – ons – heel rijk gemaakt, vele malen miljonair. Aan het eind van het fiscale jaar rekende Carson graag uit hoeveel dollar per minuut werd verdiend. Ik denk dat het in mijn geval neerkwam op hoeveel dollar per minuut werd verspild.

We woonden op een landgoed met vierduizend vierkante meter grond, een zwembad van olympische afmetingen, en een gravel tennisbaan, die alleen nu en dan door Carson werd gebruikt. Het landgoed was ommuurd en had een afgesloten poort.

'Het spijt me dat ik je dag bedorven heb,' zei ik tegen moeder. Toen Croft een keer had gevraagd om voorbeelden van een understatement, stak ik mijn hand op en zei: 'Mijn moeder trekt mijn broer voor.' *Aanbidt* hem, zou beter op zijn plaats zijn geweest.

'Mijn dag?' Ze lachte. 'Het is meer dan één dag die je hebt bedorven, Teal.'

Ik keek naar haar op en voelde de tranen in mijn ogen prikken. Alleen mijn eigen altijd aanwezige woede voorkwam dat ze eruit kwamen.

De deur van Bloombergs kantoor ging open voor ik iets kon zeggen, en we konden naar binnen. Hij stond niet op toen we binnenkwamen, en ik kon zien dat het mijn moeder dwarszat. Maar hij wilde iets duidelijk maken, namelijk dat dit geen beleefdheidsbezoek was.

'Gaat u zitten alstublieft,' zei hij met een knikje naar de stoelen die mevrouw Tagler blijkbaar zojuist recht voor zijn smetteloze bureau met het marmeren blad had geplaatst. Alles was zo keurig georganiseerd, dat ik de neiging kreeg met mijn handen door de stapels papieren en dossiers te graaien voor ik ging zitten en ze overal in het rond te verspreiden. Natuurlijk deed ik dat niet.

'U realiseert zich waarschijnlijk wel, mevrouw Sommers, dat dit de vierde keer in drie maanden is dat Teal naar mij is gestuurd wegens wangedrag.'

'Ja, natuurlijk. Het maakt me heel erg van streek, meneer Bloomberg.'

'We zijn er trots op dat onze school zo goed functioneert en onze leerkrachten zo capabel zijn. Dat alles tenietdoen door iets als dit is meer dan het overtreden van de regels van onze school; het is zonder meer een zonde.'

'O, ik ben het helemaal met u eens,' zei moeder. Hij had kunnen zeggen: 'Laten we haar bij het ochtendgloren ophangen,' en ze zou instemmend hebben geknikt. Tenzij het niet uitkwam met haar afspraak bij de kapper natuurlijk.

'Alcohol, alle soorten drugs, alle wapens, het is allemaal een reden om een leerling van school te sturen na slechts één incident, mevrouw Sommers, laat staan drie of vier. Hij pakte een document dat op zijn bureau lag en ging verder. 'Ik heb mevrouw Tagler gevraagd uw contract met ons voor me op te zoeken. U en Teal hebben beiden het contract getekend toen ze hier op school kwam, zoals u zich zult herinneren. Ik heb de clausule onderstreept dat ingeval Teal wordt verzocht de school te verlaten als gevolg van herhaald wangedrag, het schoolgeld verbeurd wordt verklaard.'

Hij overhandigde het contract aan moeder, die net deed of ze het vol belangstelling las en het toen weer met een knikje aan hem teruggaf.

Hij zuchtte diep en keek naar mij.

'Bestaat er een mogelijkheid dat je je gedrag wijzigt, Teal?' vroeg hij.

Moeder draaide zich om en doorboorde me met haar blik.

Ik haalde mijn schouders op. Hij fronste zijn dikke, donkere wenkbrauwen en boog zich naar voren.

'Dat is niet bepaald het antwoord dat ik verlangde,' zei hij.

Mijn mond was droog. Dat was het enige waar ik aan kon denken, en ik stond op het punt om een glas water te vragen. Hij richtte zich tot moeder.

'Als ze nog één keer naar mij wordt gestuurd om wat voor reden ook, al is het nog zo'n geringe overtreding, zullen we haar moeten verzoeken de school te verlaten. Voorlopig wordt ze drie dagen geschorst. Ik hoop dat u en uw man haar duidelijk kunnen maken hoe serieus dit is, mevrouw Sommers. We zijn geen openbare school. We hebben noch de tijd, noch de bereidheid oneerbiedige jonge mensen manieren bij te brengen. Iedereen die deze school bezoekt hoort doordrongen te zijn van de waarde van het onderwijs dat hij of zij ontvangt.'

Ik wilde mijn vingers in mijn oren stoppen, maar ik durfde het niet. Feitelijk wilde ik meestal mijn vingers in mijn oren stoppen. Ik denk dat het drinken van alcohol gewoon een manier was om dat te doen, vooral op deze school met pinguïns en kanaries, dacht ik.

'Ik begrijp het,' zei moeder. Ze keek me woedend aan. 'We zullen eens goed met elkaar praten.'

Hij knikte, klemde zijn lippen op elkaar en keek me sceptisch aan. Onze blikken kruisten elkaar en hij wist dat de klok de minuten aftikte tot ik van school gestuurd zou worden. Hij kon ook zien hoe weinig belang ik eraan hechtte.

'Goed,' zei Bloomberg op een toon die duidelijk aangaf dat het onderhoud geëindigd was.

Moeder stond op en ik volgde haar de kamer uit. Mevrouw Tagler keek op toen we door de ontvangstkamer liepen. Zij en moeder wisselden een blik van medeleven uit alsof ik meer een ziekte was dan een kind.

'Je vader zal razend worden als hij dit hoort, Teal,' zei ze toen we het gebouw verlieten en naar moeders grote Mercedes liepen.

Ik wist wat er zou komen. Moeder had een vaste tekst. Ik geloofde echt dat ze het allemaal had opgeschreven en uit haar hoofd geleerd. Het begon er altijd mee hoeveel mijn vader voor me had gedaan. De preek begon zodra we in de auto zaten en ze van het parkeerterrein reed. Ze had hem moeten laten opnemen op een cd, dan hoefde ze die alleen maar af te draaien, dacht ik.

'Bedenk eens wat je allemaal hebt, Teal. Een prachtig huis. Je

eigen suite, je eigen telefoon en computer, kleren die de vergelij-
king met de garderobe van een prinses kunnen doorstaan, kleren
die je nooit draagt, mag ik er wel bij zeggen. Al het speelgoed dat
je vroeger wilde, heb je gekregen. Je hebt personeel dat je bedient,
een auto met chauffeur die je brengt waar je naartoe wilt, en als je
je behoorlijk gedroeg, zou je je eigen auto hebben. Waarom, waarom doe je zo? Wat wíl je?' Er klonk iets meer hysterie in haar stem
dan gewoonlijk. Ik keek uit het raam. Wat ik wilde?

Moest ik het haar vertellen? Zou ik het haar ooit kunnen vertellen? Hoe vertel je je eigen moeder dat wat je het allerliefste wilt
iemand is die van je houdt?

2. Huisarrest

Het verbaasde me niets dat ik vaak het idee had dat ik opgesloten zat in een echoput. Mijn grote huis was gevuld met woorden die om me heen dansten, herhalingen van dreigementen, standjes, en altijd en eeuwig veranderende regels. Ik vermoedde dat in andere huizen de gesprekken van moeders en dochters, vaders en dochters, broers en zusters, liefdevol door de muren werden opgenomen, maar niet door die van ons. De warmte in ons huis kwam van de centrale verwarming, niet van gelach en gezoen, omhelzingen en liefkozingen.

Een paar jaar geleden keek ik de stapel familiealbums door die in de zitkamer lagen. Ik was meer geboeid door mijn broer toen hij jonger was en zijn relatie met mijn vader en moeder dan door wie ook. Een van mijn therapeuten beschuldigde me er eens van dat ik een beetje paranoïde was in dat opzicht. Hij zinspeelde op de manier waarop ik beschreef hoe mijn moeder naar Carson glimlachte of Carsons hand vasthield, of hoe mijn vader hem omhelsde toen hij nog een kleine jongen was, en hoe ze mij vasthielden of naar me keken toen ik net zo oud was als hij.

Om te beginnen waren er drie keer zoveel foto's van Carson als van mij. Moeders verklaring was dat mijn vader meer succes kreeg toen ik nog klein was, en het veel drukker had dan toen Carson opgroeide. Daarom had hij niet zoveel tijd om zich te ontspannen. Toen hij succesvoller werd in de zakenwereld, klommen ze omhoog op de sociale ladder, en moeder kreeg de extra last erbij om hem en zichzelf voor te stellen aan de welgestelde wereld, zoals zij het uitdrukte. Ze werd een societyvrouw die pronkte met haar veren en hof hield tijdens diners en bals, en ervoor zorgde dat haar gezicht op de societypagina's kwam van de kranten en in de plaatselijke luxe tijdschriften. Als ik ook maar één woord durfde te zeggen dat door sommigen als een klacht kon worden opgevat, bijvoorbeeld dat we zo weinig samen deden, kreeg ik te horen dat alle opofferingen erg belangrijk waren en goed voor de familie, waar ik natuurlijk bij hoorde, en ik me dus niet verwaarloosd mocht voelen.

In de eerste drie jaar van mijn leven had ik drie nanny's, van wie er volgens mijn vader twee verzekerd wilden worden tegen oorlogsneurose. Het ergste wat ik deed als kind van nog geen negen jaar, was denk ik het omgooien van de geparfumeerde kaars in moeders slaapkamer toen zij en mijn vader gingen dineren bij de burgemeester. Het was mijn pech, of mijn bedoeling, afhankelijk van wie het verhaal vertelt, dat de kaars bleef branden. Het kleine vlammetje zette het doorzichtige nachthemd van mijn moeder in brand, dat op een hangertje aan de kastdeur hing. Dat veroorzaakte een grotere brand die zich uitbreidde tot de inloopkast.

We hadden een sprinklerinstallatie in huis. Natuurlijk hadden we die, want papa was een projectontwikkelaar en op de hoogte van alles wat nodig en noodzakelijk was. De vlammen zetten de sprinkler in werking, zodat mama's kleren kletsnat werden en er voor honderdvijftigduizend dollar aan kleren bedorven werd. Mijn vader ontsloeg de nanny die ik toen had. Ik wist dat hij, als hij het gekund had, mij ook zou hebben ontslagen.

'Je hebt je tijd hier gehad als mijn dochter,' zou hij gezegd hebben. 'Verdwijn! Ga naar een kostschool!'

Ik droomde daar zelfs van en werd huilend wakker. Carson, die toen vijfentwintig was en nog thuis woonde, was de enige die naar mijn slaapkamer ging om te zien wat er aan de hand was. Ik vertelde hem dat ik een nachtmerrie had gehad.

'Mijn advies is om die terug te stoppen in het kussen. Dat zei moeder altijd tegen me als ik een nachtmerrie had, en het helpt.'

Het was iets dat ze hem verteld moest hebben toen hij een jaar of vier, vijf was, dat wist ik zeker; maar ze ging in ieder geval naar zijn kamer als hij huilde. Mijn tranen maakten haar zenuwachtig omdat ze ouder was en daardoor sneller nerveus. Het was streng verboden om haar zenuwachtig te maken, want 'nervositeit leidt tot een gerimpeld voorhoofd en een bonzend hart'.

'Het was niet mijn opzet om brand te stichten,' zei ik. Vaag vroeg ik me af of dat misschien wel het geval was geweest. Het was in de tijd dat ik een therapeut bezocht, die me vertelde dat we soms zelf niet beseffen wat we heimelijk willen doen. Nu weet ik dat hij onderbewust bedoelde, maar ik was te jong om dat te begrijpen, dus noemde hij het mijn heimelijke ik. Hij had me er zo van weten te overtuigen dat ik een heimelijk ik had, dat ik vaak even voor een spiegel bleef staan om te zien of er nog iemand anders te zien was, die onverhoeds betrapt werd.

Mijn broer Carson bromde wat toen ik beweerde dat ik onschuldig was. Hij had de neus en de mond van mijn moeder, de ogen van mijn moeder, maar het brede bovenlichaam en het donkerbruine haar van mijn vader. Van achteren gezien, vooral van een afstand of als er niet veel licht is, zijn papa en Carson moeilijk van elkaar te onderscheiden.

'Je weet wat papa zegt over excuses,' merkte hij op. 'Ze zijn altijd te gering, te laat, en kunnen net zo goed achterwege blijven. Gewoonlijk dienen ze alleen maar om het slachtoffer eraan te herinneren dat hij of zij gekwetst is.' Hij bleef stokstijf staan, midden in de nacht, en hield een preek tegen me, precies zoals mijn vader zou doen. Ik kon me niet herinneren dat iemand ooit tegen me sprak als een volwassene tegen een kind. Bij mij thuis waren we allemaal volwassen. Of ik het leuk vond of niet, ik werd nooit beschouwd als een klein kind of een puber, of zelfs als een jeugdige volwassene.

'In mijn huis nemen we allemaal de verantwoordelijkheid voor onze daden,' preekte mijn vader. 'Er wordt je gezegd wat goed en wat slecht is, en dienovereenkomstig bepaal je je eigen gedrag. Niemand kan beter voor je zorgen dan jij dat zelf kunt; je kunt dat niet van een ander verwachten of ervan afhankelijk zijn.'

Carson was degene die met het idee kwam om voor mij een verlies- en winstrekening bij te houden. Alles wat ik brak, per ongeluk of niet, elk beetje schade dat berekend kon worden, werd onder verlies genoteerd. Als ik op een dag geld zou verdienen, zou hij de winst vaststellen en de winst- en verliesrekening bijwerken. Papa vond het immens slim van hem en wilde zijn idee zelfs voorleggen aan een paar commerciële tijdschriften.

Ik zei tegen Carson dat het me goed deed hun wat amusement te verschaffen. Hij snapte het niet of begreep mijn sarcasme met opzet verkeerd. Ik veronderstel dat ik me altijd gevoeld heb als een outsider, en ze hadden mij altijd als zodanig behandeld. Mijn moeder had niet zo verbaasd moeten zijn dat ik in niets op haar leek.

Vooral nu, in de tijd die ze beschouwde als mijn debutantenjaren, vroeg ze zich vertwijfeld af waarom ik zo'n mysterie voor haar was. Waarom wilde ik niet dezelfde dingen die zij altijd gewild had? Waarom stond ik erop gescheurde spijkerbroeken te dragen in plaats van de dure designer jeans die ze voor me had gekocht? Waarom droeg ik nu en dan een ringetje in mijn neus en in mijn navel? Waarom luisterde ik naar die afgrijselijke muziek, en vooral, waarom wilde ik nog steeds rondhangen met vriendinnen die, om met haar te spreken, 'beneden onze stand' waren?

Ik twijfelde er nooit aan dat ik, als ik niet haar dochter was, ook beneden haar stand zou zijn. Ze kijkt me nooit echt aan, ziet me nooit zoals ik ben, dacht ik. Misschien is ze bang voor wat ze heeft geholpen te creëren. Misschien heeft mijn vader dezelfde angst. Ik ben een herinnering aan hun grootste fout.

Mijn vader was er zelfs niet toen ik geboren werd. Hij was op zakenreis. Mijn moeder beschuldigde hem dat hij die reis met opzet in die tijd gepland had. Ten slotte bekende hij dat hij vond dat mijn geboorte voornamelijk haar verantwoordelijkheid was.

'Hoezo?' vroeg ze.

'De vrouw,' zei hij, 'is als eerste verantwoordelijk voor het voorkomen van een zwangerschap, niet de man.'

Zoals hij het beschreef, was de man een onschuldige omstander.

En dus werd mijn moeder belast met mijn opvoeding. Toen ik al die problemen had op de openbare school, hoorde ik ze erover redetwisten.

'Ik weet wat we afgesproken hebben,' zei ze, 'maar ik ben te oud hiervoor, Henderson. Ze maakt dat ik vóór mijn tijd oud word. De stress is te zien. Jij hebt niet zoveel te verduren. Jij gaat weg om je aan je projecten te wijden.'

Hij wees haar er onmiddellijk op dat die 'projecten' betaalden voor het grote huis, de dure auto's, dure vakanties, kilometers kleren in haar inloopkast, en wat dies meer zij.

Dat was het moment waarop ze hem wist te overtuigen dat hij me met dat geld naar die fantastische particuliere school moest sturen.

'We moeten haar weghalen uit die kring van jeugddelinquenten,' beweerde ze.

'Ik denk,' antwoordde hij, 'dat hun ouders die kinderen wel bij háár willen weghalen. Misschien kunnen we ze vragen bij te dragen aan het schoolgeld. Ze zouden het waarschijnlijk graag doen om haar uit de buurt te krijgen,' mompelde hij.

Maar hij liet zich vermurwen en schreef de cheque om mij naar die particuliere school te laten gaan. En nu werd ik ook van díé school gestuurd.

'Ga direct naar je kamer en blijf daar tot je vader komt,' beval mijn moeder toen we thuis waren. 'En ik wil niet die muziek horen tetteren. Blijf rustig zitten en denk na over wat je hebt gedaan en wat er van je is geworden.'

Ik liep de trap op. Ik voelde me nog steeds moe en verveeld en verheugde me er zelfs op weer in bed te kunnen kruipen. Ik viel snel in slaap en werd pas wakker toen de honger me deed dromen over eten.

Moeder was weer weg, dus alleen de twee dienstmeisjes en ik waren thuis. We hadden er al één nodig om uitsluitend voor moeders spulletjes te zorgen, haar suite schoon te maken en haar boodschappen te doen. Ik kon de stofzuigers horen, die elk stofdeeltje in huis inslikten. Ik slenterde naar de keuken en maakte een sandwich klaar met kaas en tomaat. Ik had een immense honger, waarschijnlijk het gevolg van de alcohol die ik had gedronken. Ik at twee sandwiches en een yoghurtijsje met chocola.

Gewoonlijk benijden jonge meisjes hun moeder om de een of andere reden. Mijn vriendinnen op de openbare school vonden over het algemeen dat ze niet zo mooi waren als hun moeder. Op de particuliere school was dat anders. Daar hadden de snobs met wie ik nu en dan wilde praten, geen probleem met hun ego. Ik heb niet zo'n opgeblazen zelfbeeld, maar ik kan ook niet zeggen dat ik graag op mijn moeder zou willen lijken. Sommige dingen aan haar bevallen me, maar we zijn zo verschillend dat ik kan begrijpen dat iemand mijn geboortebewijs zou willen controleren om zeker te weten dat ze echt mijn moeder is.

Bij ons was de afgunst omgekeerd als het om ons figuur ging. Moederlief begreep maar niet dat ik kon eten wat ik wilde zonder moddervet te worden. Ze was altijd op een of ander dieet en had een persoonlijke trainer. Een grammetje gewicht erbij, een rimpel, iets uitgezakts, wat dan ook, en ze raakte in paniek. Toen ik heel klein was en naast haar liep, viel het me op dat ze vaak stilstond om zichzelf in een etalageruit te bekijken. Ze kon geen spiegel voorbijlopen. Eerst dacht ik dat ze controleerde of iemand ons volgde. Ik draaide me en keek achter me. Het duurde niet lang of ik zag dat ik gelijk had. Moeder werd achtervolgd door de gedachte aan ouder worden.

Ik betrapte haar er nu vaak op dat ze naar me keek. Als afgunst vertaald kon worden in tranen, zou ze haar ogen uithuilen. De enige voldoening die ze had was me te vertellen dat als ik niet beter voor mezelf zorgde, ik het op een dag zou berouwen.

'Op een dag zul je wakker worden en vet zien waar het eerst niet was, of dat stevige kontje van je zal plotseling veranderen in een zacht kadetje. Je moet iets doen om dat te voorkomen. Je neemt niet voldoende lichaamsbeweging. Je eet alles wat ik je zeg dat je niet moet eten. Ik kan het weten,' ging ze verder. 'Ik was net zo slank als jij en ik heb ontdekt hoe moeilijk het is om zo te blijven.'

Soms was ik rancuneus en voegde opzettelijk nog een schep ijs toe aan mijn dessert of at een zak Kit Kat-repen waar ze bij was. Ik wist dat ze ernaar snakte er ook een te eten.

'Wie heeft die in huis gehaald?' riep ze dan uit. 'Ik heb strikte opdracht gegeven die niet te kopen.'

'Dat heb ík gedaan,' zei ik. 'Ik ben er dol op.'

Ze vluchtte bijna voor mij of mijn desserts.

Toe maar. Hol maar weg. Ik zal nooit zo worden als jij, bezwoer ik mezelf.

Na mijn late lunch pakte ik mijn draagbare cd-speler en ging wandelen. Er stond een telefoon in het kleedhuis bij het zwembad, dus ging ik erheen en belde een van mijn vriendinnen van de openbare school, Shirley Number. Ik verwachtte dat ze nu wel thuis zou zijn, en dat was ze ook. Ik vertelde haar wat ik gedaan had en wat er met me gebeurd was. Ze vond het natuurlijk grappig en vertelde toen over een paar dingen die zij en de andere meisjes die ik kende deden. Ik betreurde het dat ik er niet meer bij kon zijn.

'Zie je Del Grant nog?' vroeg ik. Hij was een jongen uit een hogere klas op wie ik al verliefd was sinds de onderbouw.

'Nee,' zei ze. 'Herinner je je dat niet meer? O, ik denk dat ik je dat niet verteld heb.'

'Wat niet?'

'Hij is van school gegaan toen zijn vader hen in de steek liet. Je weet hoe zijn moeder is, met haar drugs en zo.'

'Van school gegaan?'

'Ja. Hij werkt fulltime in Diablo's Pizza in het winkelcentrum. Hij zegt dat hij moet helpen om zijn broertje van zeven en zijn zusje van vijf te onderhouden.'

'O, wat erg voor hem!'

'Hij lijkt me niet echt ongelukkig, maar je kent Del. Als hij het wél was, zou je het toch niet merken.'

'Heeft hij een meisje?' vroeg ik, terwijl ik mijn adem inhield.

'Niet dat ik weet. Selma Wisner is straalverliefd op hem en stalkt hem praktisch, maar hij schijnt niet veel belangstelling voor haar te hebben.'

'Ik zie je dit weekend in het winkelcentrum,' zei ik. 'Zaterdag, oké?'

'Heus? Ik dacht dat je niet meer met ons om mocht gaan.'

'Dat mag ik ook niet.'

'Oké,' zei ze lachend, 'we spreken af voor de lunch. Mag je weg in het weekend?'

'Nee, maar dat heeft me nog nooit tegengehouden,' zei ik.

Ze lachte weer.

'Ik mis je!' riep ze uit. 'Iedereen is zo... zo gewoon.' Nu was het mijn beurt om te lachen.

'Tot gauw,' zei ze en hing op.

Ik liep door, voornamelijk aan Del Grant denkend. Het leukst aan hem vond ik, geloof ik, dat hij een eenling was. Waarschijnlijk door zijn situatie thuis, vermeed hij het met veel mensen vriendschap te sluiten. Hij had nooit tijd voor buitenschoolse activiteiten en was zo vaak afwezig, dat hij de lessen maar nauwelijks kon bijhouden. Hij was eenzelvig en praatte niet veel op school, en als ik hem ergens in de stad zag, glimlachte hij of knikte, maar leek altijd bang om meer te doen dan dat.

Toch vond ik hem niet verlegen. Hij leek meer te weten en ouder te zijn dan de andere jongens van zijn leeftijd. Ik had het gevoel dat hij de dingen die voor hen belangrijk waren kinderachtig of zinloos vond. Hij was schoon en netjes, ook al was hij arm en had hij niet veel kleren. Soms droeg hij dagenlang hetzelfde. Maar hij leek goed te zorgen voor het weinige dat hij had. Neal Sertner vertelde me dat Dels moeder zijn haar knipte, als ze niet stoned was. Als het geknipt was, zag hij er stijlvol uit. Zijn moeder werkte nu en dan in een schoonheidssalon, maar ze had al zoveel baantjes gehad, was zo vaak ontslagen, dat de mensen zeiden dat ze niet alleen de bruggen achter zich verbrandde, maar zelfs de wegen naar de bruggen.

Ik hield van Dels donkere ogen, de manier waarop hij zijn hoofd enigszins schuin hield als hij naar iemand keek, vooral naar mij. Ik zag een kracht in hem die ik bewonderde. Hij was echter niet forsgebouwd. Hij was ongeveer een meter vijfenzeventig en had het normale gewicht voor zijn leeftijd. Hij had geen krachtige spieren of brede schouders, maar had een stevig gebouwd lijf, niet gehard door lichaamsoefening maar door het leven zelf, en in mijn ogen gaf hem dat een zekere rijpheid waarvoor ik respect had.

Zijn neus was perfect, en zijn lippen waren niet te vol en niet te dun. Zijn kaak was misschien een beetje scherp, maar hij had de jukbeenderen van een mannelijk model. Hij liep niet zozeer zelfverzekerd als wel onverschillig door de gangen van de school. Hij keek altijd strak voor zich uit, en als hij in de kantine zat of als ik hem in een klaslokaal zag zitten, staarde hij omlaag en keek alleen op als hij moest, maar hij leek nooit voor íéts bang te zijn.

De andere jongens op school bleven uit zijn buurt. Als hij door een drom leerlingen liep, was het of Mozes de zee scheidde. De andere leerlingen gingen achteruit. Ze leken bang hem aan te raken. Ze keken even naar hem en hervatten dan snel hun eigen gesprekken alsof hij er niet bij was. Ik vond het prachtig dat het Del totaal niet leek te interesseren. Hun onverschilligheid versterkte de zijne.

We lijken op elkaar, dacht ik. Op een dag zal hij dat inzien; hij zal langer naar me kijken, meer met me praten, en hij zal me begrijpen en glimlachen en me beter willen kennen. Dat was mijn schoolmeisjesfantasie voordat ik abrupt van de openbare school werd gehaald en naar de school voor snobs werd gestuurd. Mijn grootste angst was dat hij zou denken dat ik dat zelf wilde, dat ik gewoon een verwend rijk meisje was.

'Teal!' hoorde ik moeder gillen. 'Wat doe je daar buiten? Heb ik je niet gezegd dat je in je kamer moest blijven? Je vader is op weg naar huis. Ga naar binnen en naar boven,' commandeerde ze.

Ze had haar Mercedes net geparkeerd, was uitgestapt en had mij langs de heg van onze tuin zien lopen. Ik zag dat ze een tas had met de naam van een van haar favoriete boetieks.

'Ik had behoefte aan wat frisse lucht,' zei ik.

'Je zult meer nodig hebben dan wat frisse lucht. Ga naar binnen.'

Ik deed wat ze zei en ging naar mijn kamer, waar ik me op bed liet vallen, met mijn koptelefoon nog op. Ik sloeg mijn armen mokkend over elkaar en staarde naar de deur. Straks zou mijn vader die openmaken, en ik moest me voorbereiden op een scène.

Papa kon enorm dramatisch doen. Ik denk dat het kwam door de zakelijke onderhandelingen die hij moest voeren. Hij kon zich uitstekend een houding geven en ik kende niemand die je zo strak kon aankijken en met zijn ogen een gat in je branden. Dat, samen met zijn scherpe verstand, was waarschijnlijk de reden van zijn succes. Carson had zijn wiskundige talent geërfd. Ik leek volkomen te zijn overgeslagen toen de genen van zijn geestelijke capaciteiten werden verdeeld. Misschien konden we daarom niet met elkaar opschieten. Als ik in andere opzichten niet op hem had geleken, zou hij mijn moeder waarschijnlijk van ontrouw hebben beticht. Zelfs nu nog keek hij me soms aan alsof hij dacht dat ik verwekt was met een gemengd sperma, van hem en van een of andere minnaar die mijn moeder gehad moest hebben. Wat voor andere verklaring kon hij voor mij bedenken?

De deur ging langzaam open, en hij stond op de drempel naar me te kijken.

Mijn vader sloeg me nooit, hief nooit zijn hand tegen me op. Ik weet dat veel mensen zouden zeggen dat ik daarom zo geworden ben. Ironisch genoeg vertelde Carson me dat hij wél door hem was geslagen en zulke harde klappen kreeg dat het hem duizelde.

Lange tijd hield ik mijn koptelefoon op. Ik wist dat het olie op het vuur was, maar probeerde het onvermijdelijke uit te stellen. Maar eindelijk zette ik hem toch af.

'Dronken? Op school?'

Ik gaf geen antwoord.

'Ik wil zelfs geen excuus horen. Je bent zo slim met je excuses, Teal. Je zou er eens over moeten denken om advocaat te worden. Maar dat zou betekenen dat je je schoolwerk serieus moest nemen en zou moeten proberen ook werkelijk iets te bereiken, iets anders met je leven te doen dan het leven van alle anderen te ruïneren en verwoesten en in de war te sturen.

Ik wil niet dat je dit huis verlaat voordat ik het zeg, begrepen?'

'Het huis niet verlaten? Ik hoef niet naar school?' vroeg ik.

'Je weet wat ik bedoel, Teal. Natuurlijk moet je naar school, al denk ik niet dat je daar nog veel langer zult blijven. Als ze je er uitgooien, kom je in een veel slechtere situatie te verkeren, geloof me, dus als ik je een advies kan geven: zorg dat je je niet nog meer moeilijkheden op de hals haalt, Teal. Mijn geduld is uitgeput.'

Ik maakte aanstalten om de koptelefoon weer op te zetten.

'Een ogenblik, jongedame. Voordat je je zoals gewoonlijk terugtrekt in je eigen wereld...' zei hij, en liep de kamer door naar mijn telefoon. Hij haalde de stekker eruit. 'Geen eigen toestel meer. En je mag niet bellen op de lijnen van je moeder of van mij, begrepen?'

'Zijn rooksignalen nog toegestaan?'

Hij staarde me aan en voor het eerst zag ik iets meer dan alleen ongeduld en teleurstelling in zijn ogen. Ze waren niet heet van woede. Ze waren koud, dodelijk, op me gefixeerd als een slang op zijn prooi. Er liep een rilling over mijn rug. Ik moest snel mijn ogen afwenden.

'Je zult dit gezin niet langer kapotmaken, Teal. Je moeder heeft het opgegeven, en ik heb de tijd noch de bereidheid je als een klein kind te behandelen en te proberen je ervan te overtuigen dat je je leven verspilt. Ga niet te ver,' waarschuwde hij.

'Ik haat die school,' jammerde ik. 'Het zijn allemaal snobs, die zich gedragen of ze een geschenk uit de hemel zijn. Ik heb niet één echte vriendin!'

'Daarvoor ga je niet naar school. Je bent er voor een opleiding, niet voor een sociaal leven. Het is een kans die andere meisjes van jouw leeftijd niet hebben, en je hoort er zoveel mogelijk van te profiteren.'

'Ik haat die school,' hield ik vol.

'Je bent op die school omdat je niet naar een openbare school kon zonder in moeilijkheden te raken.'

'Ik ben hier ook in moeilijkheden geraakt,' zei ik, en hij richtte zich in zijn volle lengte op.

'Zorg ervoor dat dat niet nog eens gebeurt, Teal.' Zijn ogen versomberden als de lucht bij dreigend hevig onweer.

'Ik wil,' ging hij op zachtere toon verder, 'dat je je tijd doorbrengt met nadenken over je toekomst, denken aan wat je hebt gedaan met al je privileges. Jij en ik zullen nog bespreken wat je met jezelf wilt gaan doen.'

'Wanneer?' vroeg ik, snel opkijkend. Dat had hij nog nooit voorgesteld.

'Zodra je bewijst dat ik mijn tijd niet zal verspillen.'

'O.'

'Niet "O". Ik zal het doen als je toont dat je het waard bent, Teal. Ik wil een verbetering zien in je werk op school en in je gedrag. Ik wil niet zien dat je je moeder nog meer ergernis geeft. Als je toont dat je je kunt gedragen als een volwassene, zal ik je behandelen als een volwassene en met je praten als met een volwassene.'

Wanneer zul je me behandelen als je dochter? wilde ik antwoorden, maar ik beet op mijn lip en slikte de woorden in.

Hij liep naar de deur, met mijn telefoon in de hand, en draaide zich toen nog een keer om.

'Je hebt nu huisarrest. Je gaat nergens heen behalve op en neer naar school, Teal. Begrepen?'

In plaats van te antwoorden zette ik mijn koptelefoon weer op en ging met mijn hoofd op het kussen liggen om naar het plafond te staren. Ik wist niet hoe lang hij nog naar me stond te kijken. Ik wist slechts dat hij, toen ik een tijdje later mijn hoofd ophief, weg was en de deur gesloten was.

Ik was weer even alleen als altijd.

3. Op drift

Mijn driedaagse schorsing ging niet snel voorbij. Als je zoveel tijd voor jezelf hebt, zonder enige verantwoordelijkheid, schijnt de klok reumatisch te worden en kruipen de wijzers onwillig voort. Een van onze dienstmeisjes, die ook onze diners klaarmaakte, had eens gezegd dat als je naar de pan kijkt, de melk nooit gaat koken. Dat herhaalde ze elke keer als ik vroeg of het eten al klaar was. Ik veronderstel dat het enige waarheid bevat. Ik merkte dat hoe vaker ik naar de klok keek, hoe langzamer de wijzers zich voortbewogen.

Omdat ik over geen enkel vervoer beschikte, kon ik het huis ook niet uit. Ik had misschien een taxi kunnen bellen of stiekem de Lexus SUV nemen als moeder niet thuis was, maar ik wist overdag toch niet waar ik naartoe moest. Al mijn echte vriendinnen gingen naar de openbare school. De eerste dag van mijn schorsing kwam er 's middags laat een taxi, maar dat was omdat de chauffeur opdracht had gekregen mijn huiswerk te brengen. In gedachten zag ik hoe mijn broer Carson deze post bijschreef op mijn winst- en verliesrekening. Ik ontdekte dat moeder aan Bloomberg had gevraagd of ik het huiswerk kon krijgen zodat ik niet te veel achter zou raken. Ik wist niet hoe ik haar moest vertellen dat ik al heel erg achter wás. Mijn rapport zou ongetwijfeld kerstkleuren hebben, en de onvoldoendes zouden schitteren als kaarslichtjes.

Meer uit verveling dan iets anders, rommelde ik wat met mijn huiswerk, en vatte een vage belangstelling op voor het hoofdstuk in mijn geschiedenisboek over de Amerikaanse Burgeroorlog. Croft stuurde mij meer grammaticaoefeningen dan hij de rest van de klas opgaf, dat wist ik zeker. Ik wist dat hij huiswerk gebruikte als straf of als middel om wraak te nemen.

Vrijdag mocht ik weer naar school. Ook al keken de snobs nog zo zelfvoldaan over mijn straf, toch leverde ik het huiswerk in en ging als een engelachtig meisje in de klas zitten. Ik kwam hevig in de verleiding hun veren eraf te knauwen en die vrolijke lachjes van hun gezicht te vegen, maar ik hoopte dat mijn vader me respijt zou geven als ik zorgde niet meteen in moeilijkheden te raken.

's Avonds aan tafel ondervroeg hij me over mijn dag, en ik probeerde hem de antwoorden te geven waarvan ik wist dat hij ze op prijs zou stellen. Ik had voor natuurkunde 78 punten gekregen en voor geschiedenis 82, en hem de cijfers laten zien. Hij bekeek ze aandachtig, bestudeerde de cijfers om zeker te weten dat ik ze niet vervalst had. Ik had dat al eerder gedaan, een drie in een acht veranderd en een één in een negen.

'Hm,' zei hij, op de papieren tikkend, 'het is niet geweldig, maar het kan ermee door; het is in ieder geval een vooruitgang,' gaf hij toe.

Ik keek met een trieste blik naar moeder.

'Ik doe mijn best,' klaagde ik. 'De andere kinderen gaan al jaren naar deze school. Zij zijn aan alles gewend. Het is niet eerlijk om mij op dezelfde manier te beoordelen. Je moet gewend raken aan nieuwe leraren, aan het schoolgebouw, aan alles.'

Zijn gezicht leek te verzachten, dus ging ik door.

'Het is altijd moeilijker als je naar een nieuwe school gaat of iets doet wat je nooit eerder gedaan hebt. Het was toch zeker ook moeilijk voor jou toen je voor het eerst naar de universiteit ging?'

'Nee,' bulderde hij bijna. 'Ik had goede studiegewoontes en een vast doel voor ogen. Een uitdaging was pas een echte uitdaging als het moeilijk was. Je kunt niet trots zijn op jezelf omdat je tegen een zachte bal slaat, Teal. Als je in deze wereld wilt overleven, moet je harder worden.'

'Ik probeer het,' kermde ik.

'Zorg dat je dat blijft doen,' zei hij met een blik naar moeder, wier halsspieren zich spanden. Dat deed ze altijd als ze gestrest was, vooral aan tafel.

Ik boog mijn hoofd en liep terug naar mijn stoel. Toen keek ik op alsof ik me zojuist iets had herinnerd.

'Mag ik morgen naar het winkelcentrum? Ik wil wat winkelen. Ik heb een paar dingen nodig.'

Hij at door zonder antwoord te geven.

169

'Ik kom meteen terug.'

Hij bleef zwijgen.

'Ik kan hier niet opgesloten zitten als een gevangene!'

'O, laat haar toch gaan,' zei mijn moeder, die moeite leek te hebben met haar ademhaling.

Mijn vader keek me woedend aan.

'Ik hoor je niet vrij te laten. Je hebt nog niet voldoende gedaan om alle problemen die je je moeder en mij hebt veroorzaakt goed te maken.' Hij zweeg en schudde zijn hoofd. 'Ik weet zeker dat het verkeerd is en dat ik er spijt van zal hebben. Oké, maar ik wil dat je vóór vijf uur thuis bent, begrepen?'

'Ja,' zei ik snel, voordat hij van gedachten kon veranderen.

'Ik meen het, Teal. Als je niet stipt om vijf uur terug bent, sluit ik je op in je kamer.'

'Ik zal er zijn!' riep ik, al was ik dat beslist niet van plan. Ik zou wel een aannemelijk excuus verzinnen. Zoals hij al gezegd had, daar was ik goed in. 'Mag ik de SUV lenen?'

Het was de auto die moeder geacht werd te nemen als ze ging winkelen, maar ze reed liever in de Mercedes.

Hij legde zijn vork hard neer.

'Ik ben blij dat je dat vraagt. Ik was vergeten dat ik net een ernstige waarschuwing heb gekregen van het politiebureau over zeven parkeerbonnen waarvan ik niet wist dat je die had gekregen toen je met de SUV weg was.'

Ik schudde mijn hoofd.

'Ik herinner me geen parkeerbonnen,' zei ik. Dat deed ik wel natuurlijk. Ik had ze gewoon verscheurd en weggegooid. Mijn vriendinnen van de openbare school hadden dat grappig gevonden. 'Weet je,' ging ik verder voor hij iets kon zeggen, 'ik heb gehoord dat sommige kinderen bij wijze van grap parkeerbonnen van auto's halen voordat de eigenaar ze kan vinden. Ik weet zeker dat wij niet de enigen zijn die een waarschuwing hebben gekregen. Bel je vrienden op het kantoor van de burgemeester maar, als je me niet gelooft. Je zult zien dat ik gelijk heb.'

'Dat heb jij toch ook niet gedaan, hè – parkeerbonnen van auto's halen?' vroeg hij met achterdochtig toegeknepen ogen.

'Nee, papa. Dat is echt kinderachtig.'

'Ik ben blij dat je tenminste íéts beneden je waardigheid acht,' mompelde hij. 'Maar boetes wegens te hard rijden niet, hè?'

'Ik heb er niet één gehad sinds...'

'En je kunt er maar beter niet nog één krijgen, jongedame, anders mag je nooit meer in een van mijn auto's rijden, begrepen?'

'Ja,' zei ik.

Hij pakte zijn vork weer op.

'Je kunt heen en terug een taxi nemen. Je hoeft niet met de auto.'

'Maar – '

'Ik wil dat je om vijf uur terug bent,' zei hij streng, wat dus betekende dat het gesprek ten einde was.

'Oké,' zei ik met een benepen stemmetje. Het was altijd verkeerd om te veel met hem te argumenteren.

'We willen je zo graag van alles geven, lieverd,' zei mama, en legde haar hand op de mijne. 'We willen dat je gelukkig bent en succes hebt in je leven, maar je moet je gedrag veranderen.'

'Ik weet het,' zei ik bijna jammerend. Ze gaf me een klopje op mijn hand en glimlachte.

Ik kon zo lief en aardig zijn als ik dat wilde. Binnen in me moest mijn heimelijke ik, waarover mijn therapeut altijd sprak, zo hard lachen dat ik dacht dat ze los zou breken en op de tafel gaan dansen.

'We hebben je zoveel te geven,' ging moeder verder, 'als je om te beginnen maar eens aardig wilde zijn voor jezelf.'

Ik knikte.

'Mag ik opstaan?' vroeg ik. 'Ik wil een bubbelbad nemen.'

Moeder glimlachte. Het doen van vrouwelijke dingen versterkte haar levensstijl, legaliseerde die. Als ik maar wat meer op haar kon lijken en zorgen voor mijn haar, mijn huid, mijn vinger- en teennagels, dan konden we samen naar een schoonheidssalon, moeder en dochter die samen antioxidanten en nagellak uitzochten. Na afloop was er altijd een lunch in de club met de vrouwenvereniging of een soortgelijke liefdadigheidsorganisatie. Wat kon ik nog meer verlangen van het leven?

'Ga maar,' zei papa, 'maar bewaar hierin alles wat ik gezegd heb,' voegde hij eraan toe, wijzend op zijn slaap.

O, ja, papa, dacht ik, ik zal het in jóúw hoofd bewaren, niet in dat van míj.

Ik ging weg, glimlachend bij mezelf en denkend aan Del Grant.

171

Toen mijn ouders naar bed waren, sloop ik mijn kamer uit en ging naar beneden naar papa's kantoor, waar ik Shirley belde om tijd en plaats af te spreken waar we elkaar in het winkelcentrum zouden ontmoeten.

'Laten we afspreken in Dels pizzarestaurant,' stelde ze giechelend voor.

'Goed idee. Doen we,' zei ik en hing op. Ik zweefde praktisch de gang door en de trap op naar mijn kamer en deed de deur zo zacht dicht dat het leek of er een ademtocht doorheen blies. Alle echo's, standjes en dreigementen werden buitengesloten.

Toen rolde ik me op in bed en droomde de dromen van mijn keuze.

Ik sliep tot laat in de ochtend en toen ik eindelijk opstond bracht ik de rest van de ochtend door met beslissen wat ik zou aantrekken en hoe ik mijn haar zou doen. Moeder die langskwam, was blij dat ik de designerjeans droeg die ze vorige maand voor me had gekocht. Het was een heupbroek met een sjerp. Hij kostte vierhonderdvijftig dollar. Als moeder hem niet in een advertentie in *Vogue* had gezien, zou ze hem nooit voor me hebben gekocht. Normaal kon het me niet schelen, maar ik wilde er opmerkelijk goed en wat ouder uitzien, zodat het Del onmiddellijk zou opvallen. Met mijn bijpassende nauwsluitende zijden blouse met korte mouwen, zag ik er heel sexy uit, vond ik. Ik droeg een beha omdat mijn vader kwaad werd als ik dat niet deed, maar zodra ik het huis uit was, zou ik hem uittrekken.

Ik borstelde mijn haar naar achteren en deed zelfs een paar oorbellen in.

Een andere moeder zou zich misschien hebben afgevraagd waarom haar dochter zich zo optutte om naar een winkelcentrum te gaan, maar niet mijn moeder. Zij zou als vanzelfsprekend hetzelfde hebben gedaan. Ze zou de voordeur niet achter zich dichttrekken, al was het maar om naar het postkantoor te gaan, als ze er niet goed genoeg uitzag voor een foto in *Cosmopolitan* of een ander soortgelijk tijdschrift. Wat haar betrof was er maar één plaats waar een vrouw zich niet zo perfect mogelijk hoefde voor te doen, en dat was in haar eigen slaapkamer. Verder hoorde ze niet naar buiten te gaan zonder goed genoeg gekleed te zijn voor een ontmoeting met de president van de Verenigde Staten.

Mijn enige belangstelling ging uit naar een ontmoeting met Del Grant.

Moeder ging eerder het huis uit dan ik, en papa was natuurlijk allang naar zijn kantoor. Hij werkte zes, en soms zeven dagen per week.

Ik wilde een taxi bellen, maar legde toen de telefoon weer neer en ging kijken of de sleutels van de Lexus op hun gebruikelijke plaats in papa's werkkamer lagen. Ik kan terug zijn voordat een van hen thuiskomt, dacht ik, en pakte de sleutels op. Het zou meer indruk maken op Del als hij me hierin zag rijden.

Shirley was op tijd in het winkelcentrum, met Darcy Cohen en Selma Wisner.

'En hoe is het leven in de wolken?' vroeg Darcy onmiddellijk. Ze was een lang, mager, roodharig meisje met sproeten op haar wangen, en lippen die zo oranje waren dat ze nooit lippenstift hoefde te gebruiken.

'Ik zou liever in Philadelphia zijn,' zei ik.

'Hè?' zei Selma met een grimas alsof ze kiespijn had.

'Dat zegt mijn vader altijd als hij zich ongelukkig voelt. Een zekere W.C. Fields had het op zijn grafsteen laten graveren.'

'Met andere woorden,' zei Shirley tegen haar, 'Teal vindt het vreselijk.'

'O. Waarom zei je niet gewoon dat je het vreselijk vindt?' vroeg Selma.

'Dat zei ik.'

Ik keek door het raam en zag dat Del bezig was met een pizza. Hij zag me en stopte even. Ik glimlachte en hij knikte. Darcy zag het.

'Weet je, misschien halen ze zijn broertje en zusje bij zijn moeder vandaan.'

'Echt waar? Waarom?'

'Ze zit meestal zo onder de drugs, dat zij ze zelfs niet te eten geeft,' zei Darcy. 'Het is zo'n troep in zijn huis dat zelfs de ratten het ontvluchten.'

'Ik heb zo'n medelijden met Del,' jammerde Selma, terwijl ze naar hem keek. 'Het maakt zijn leven kapot.'

'Ik geloof graag dat je medelijden met hem hebt,' zei Shirley. 'Je zou willen dat hij jóúw leven kapotmaakte.'

173

'Ik heb echt medelijden met hem, en niet om die reden!' riep ze uit, maar keek weer stiekem naar Del.

'Vergeet het,' zei ik. Ik deed net of het me niet interesseerde. 'Wat doen jullie tegenwoordig voor je plezier, behalve je teennagels lakken en zo vaak dromen over minnaars dat je er nog zwanger van zou worden?'

Selma verbleekte en Darcy lachte.

'Het is erg stil geweest sinds jij weg bent,' zei Darcy. 'Alles gaat zo zijn oude gangetje.'

'Waarom vraag je dat? Wat heb jij voor geweldige dingen gedaan op die dure particuliere school van je waar iedereen zo keurig netjes is?' vroeg Selma.

'Teal is net geschorst omdat ze dronken op school kwam,' verkondigde Shirley. De twee anderen keken me aan.

'Heus?' vroeg Darcy. 'Nu al geschorst?'

'Mocht wat,' zei ik. 'Het is zo rustig op die school,' ging ik verder, om me heen kijkend. Ik bleef stiekem naar Del kijken, die al even stiekem naar mij leek te kijken. 'Weet je wat? Laten we winkeldiefstal spelen.'

'O, kom nou,' zei Selma.

'Bang?'

'Nee, alleen hebben we dat niet meer gedaan sinds we twaalf waren, hè, Darcy?'

Ze haalde haar schouders op.

Ik keek op mijn horloge. 'Oké, laten we afspreken dat we over een halfuur hier terugkomen om te vergelijken. Zoals gewoonlijk mag degene die het duurste artikel heeft, alles bevelen wat ze wil en zijn de anderen de rest van de dag haar slavinnen.'

'Ik haat dat spelletje,' zei Selma. Ze keek naar Shirley en Darcy, die het niet met haar eens waren, en zei toen: 'O, goed dan.'

'We gaan,' zei ik, en ze verspreidden zich. Ik keek hen even na en liep toen de pizzatent binnen.

'Hoi,' zei Del. 'Ik dacht dat je verhuisd was of zoiets.'

'Zoiets,' zei ik, blij dat hij een gesprek begonnen was. 'Mijn ouders hebben me gedwongen naar die particuliere school te gaan waar iedereen zich boven alle anderen verheven voelt.'

'Je hoeft niet naar een particuliere school te gaan om zulke mensen te ontmoeten,' zei hij en ging verder met zijn pizza.

'Ik heb gehoord dat je van school af bent,' zei ik toen hij weer dichterbij kwam.

Ik dacht niet dat hij antwoord zou geven, maar bleef afwachtend staan. Hij bediende een volgende klant en draaide zich toen naar me om.

'Al jaren geleden, zei hij. 'Alleen was ik de enige die het wist.'

Ik lachte.

'Waar zijn je vriendinnen?' vroeg hij.

'O, die doen wat ik zeg, zoals gewoonlijk.' Hij lachte weer.

'En wat is dat precies?'

Ik vertelde hem over ons spelletje, en hij schudde zijn hoofd en liep weg om een paar andere klanten te helpen.

Hij denkt dat ik gekheid maak, dacht ik. Ik besloot het hem te laten zien en liep haastig naar buiten. Ik ging regelrecht naar juwelier Mazel omdat ik een goed plan had. Moeder had daar een paar sieraden gekocht, waaronder de armband die ik nu om had. En meneer Mazel kende mijn vader goed.

Mevrouw Mazel was bezig met een klant, en meneer Mazel zat achterin een horloge te repareren.

'Hallo, Teal,' zei mevrouw Mazel. 'Hoe gaat het?'

'Goed,' zei ik glimlachend. 'Ik vroeg me alleen af welk verjaardagscadeau ik dit jaar voor mijn moeder zal kopen.'

'Dat is aardig,' zei ze, en riep haar man, die met een geforceerde glimlach naar me toe kwam.

'Wat kan ik voor je doen?' vroeg hij.

'Ik zoek een leuk verjaardagscadeau,' herhaalde ik.

Hij knikte en zijn lippen verstrakten terwijl hij zijn juwelenvitrine bekeek.

'Armbanden zijn altijd een goed geschenk, vooral met bijpassende oorbellen,' zei hij.

Ik keek in de vitrine.

'Ja. Kan ik er een paar zien?' vroeg ik.

'Welke?'

'Die en die en die,' zei ik, willekeurig drie armbanden uitkiezend.

Ze leken wel een ton te wegen toen hij ze op de toonbank legde.

'Deze zijn erg duur,' waarschuwde hij.

'O, en die oorbellen en die,' zei ik, hem negerend en wijzend.

Hij keek naar zijn vrouw en haalde ze tevoorschijn.

Er kwam nog een klant binnen. Ik deed net of ik de armbanden aandachtig bekeek, pakte ze stuk voor stuk op en paste ze om mijn eigen pols om te zien hoe ze stonden, hield ze omhoog en bestudeerde ze. Daarvoor moest ik de goedkopere armband afdoen die mijn moeder voor me had gekocht. Toen ik de kans kreeg, legde ik die in de doos van de armband die er het meest op leek en hield het dure exemplaar om mijn pols.

Mevrouw Mazel had de verkoop afgerond en ging de doos inpakken. Meneer Mazel was nu druk bezig met de nieuwe klant.

'Dank u,' riep ik naar hem. 'Ik heb een goed idee. Ik zal het met mijn vader bespreken en dan kom ik terug.'

'Oké,' zei hij. Hij keek nu alsof hij geloofde dat ik iets zou kopen.

'Dank u,' herhaalde ik bij de deur en ging weg. Haastig ging ik terug naar het pizzarestaurant.

Darcy stond al te wachten.

'Hoe ging het?' vroeg ze.

'Dat zul je wel zien,' zei ik. 'Ga mee naar binnen. Del wil zien wat we gedaan hebben. Waar zijn de anderen?'

'Daar is Shirley,' zei ze, en knikte naar links. Shirley kwam haastig en grijnzend aangelopen.

'Ik ga winnen,' verklaarde ze.

'We zullen zien. Kom mee naar binnen.' Del zag ons en kwam naar ons toe.

'Jij mag beoordelen wie het duurste artikel heeft,' zei ik. Hij kneep nog steeds sceptisch zijn lippen op elkaar.

We keken allemaal naar Selma die met een gefronst voorhoofd binnenkwam.

'Ik was bijna betrapt,' kermde ze. 'Ik moest net doen of ik het was vergeten en toen moest ik hiervoor betalen.' Ze haalde een zijden sjaal uit een tas. 'Mijn hele zakgeld is eraan opgegaan! Vijftig dollar!'

'Beter dan ik,' zei Darcy die een vulpen liet zien. 'Deze was maar negenendertig.'

Shirley lachte stralend. Ik keek nerveus naar Del, die zijn hoofd schudde.

176

'Voilà!' Shirley haalde een Palm Pilot uit haar jaszak. 'Vierhonderdnegentig dollar. In de uitverkoop. Hij is veel meer waard. Het is het nieuwste model.'

'Sorry,' zei ik en hief langzaam mijn pols op. Hun monden vielen open.

'Hoeveel is die waard?' vroeg Selma ademloos.

'Tienduizend dollar,' zei ik zo achteloos mogelijk terwijl ik naar Del keek.

'Hoe heb je dat gedaan?' vroeg hij.

'Ik heb gewoon mijn goedkopere armband in de doos van deze gelegd. Ze lijken zoveel op elkaar, dat de ouwe Mazel het pas zal merken als een ander de armband bekijkt. Misschien kopen ze hem toch en verliest hij geen cent,' voegde ik eraan toe.

Ze waren allemaal sprakeloos.

'Dat is een serieuze winkeldiefstal,' zei Del geïmponeerd.

'Niet belangrijk,' zei ik.

'Hij is prachtig,' kermde Shirley, die bijna een flauwte kreeg.

'Mocht wat. Het is maar een armband,' zei ik, en maakte hem los. 'Hier. Beschouw het maar als je verjaardagscadeau,' zei ik en wilde hem aan haar geven.

Ze maakte geen aanstalten om hem aan te pakken. Ze keek van mij naar de andere meisjes, naar Del en toen naar de armband.

'Echt waar?'

'Ik ben niet onder de indruk van dure dingen,' zei ik met een zijdelingse blik naar Del.

'Ik wel!' verklaarde ze en rukte hem praktisch uit mijn handen.

'Dat geeft niet,' zei ik. 'Jullie hebben toch verloren. Kan ik een pen van je lenen, Del?'

'Een pen, natuurlijk,' zei hij, en gaf me er een.

Ik pakte een servetje en schreef een lijst van dingen op die ik nodig had van de drogisterij en het warenhuis, en een cd die ik wilde voor in de auto.

'Hier,' zei ik. 'Neem de lijst en het geld,' ik gaf Shirley vijf biljetten van twintig, 'en koop dat voor me. Breng alles hierheen, dan eet ik intussen een pizzapunt. En haast je,' beval ik.

Ze gingen weg, Shirley praktisch gehypnotiseerd door de armband.

Del lachte. Hij gaf me een pizzapunt en ik ging aan de toonbank zitten en at een paar muizenhapjes. Ik had eigenlijk geen honger.

'Ik neem aan dat je ze om je vinger wikkelt,' zei hij. Hij sloeg zijn armen over elkaar en deed een stap achteruit.

'Ik verveel me, dat is alles,' zei ik. Ik kon zien dat hij me scherper aankeek en met heel wat meer belangstelling. 'Jij niet?'

'Voortdurend. Daarom werk ik graag. Het belet me te veel na te denken.'

'Soms denk ik wel eens dat ik jaren ouder ben dan mijn vriendinnen. Er is maar zo weinig voor nodig om indruk op ze te maken.'

Hij schudde zijn hoofd.

'Die armband was niet zo weinig.'

Ik haalde mijn schouders op.

'Voor mij wel.'

'Ik had er een tweedehands auto mee kunnen kopen.'

'Hoe ga je naar je werk en naar huis?' vroeg ik.

'Met de bus en een stuk lopen.'

'Ik kan je vandaag thuisbrengen. Hoe laat ben je klaar?'

'O, ik moet hier nog zeker vier uur werken.'

'Geen probleem,' zei ik. 'Ik heb alle tijd in de wereld. Ik probeer te vermijden om naar huis te gaan.'

Hij glimlachte.

'Dat zijn er dan twee,' zei hij. Hij ging weer aan het werk, en ik dacht dat hij mijn aanbod was vergeten. Later, toen de anderen terug waren, kwam hij weer naar ons toe en zei: 'halfvijf.'

'Ik zal er zijn,' zei ik en verliet het restaurant, gevolgd door mijn vriendinnen.

'Wat bedoelden jullie daarmee?' vroeg Selma.

'Niets,' zei ik. 'Ik geef hem later een lift naar huis. Dat is alles.'

'Dat is allesbehalve niets!' riep ze uit.

Ik bleef staan en keek haar aan.

'Je moet een jongen nooit de indruk geven dat je iets geweldig of belangrijk vindt. Je moet ze altijd het gevoel geven dat ze tekortschieten. Als je dan wat waardering of enthousiasme toont, zullen ze enorm dankbaar zijn. Het probleem met jou, Selma,' ging ik verder, 'is dat je alles te gemakkelijk en te snel laat merken.'

'Ik! Je hebt net een armband van tienduizend dollar weggegeven alsof het een pakje kauwgum was.'

'Meer is het ook niet, Selma. Jij zult er alleen langer over doen om erachter te komen dan ik.'

Ze hield op met grimassen maken en keek naar de anderen, die naar mij stonden te kijken.

Was ik dan toch zo anders?

Waarom, vroeg ik me af, heb ik het gevoel dat ik me van iedereen distantieer, zelfs van de vriendinnen die ik meende zo aardig te vinden?

Waar leek ik naartoe te drijven? Waarheen?

4. Vechten tegen de bierkaai

Ik liet mijn vriendinnen even over vieren alleen en wachtte voor de pizzatent op Del. Hij keek verbaasd dat ik er nog was toen hij klaar was om te gaan.

'Wil je me echt thuisbrengen?' vroeg hij.

'Waarom niet?'

'Ik woon niet in een erg chique buurt. Ik heb jullie huis van buiten gezien.'

'Het is maar een huis,' zei ik.

'Een heel groot huis.'

'Vergeet dat huis van me. Laten we gaan,' zei ik vinnig. Hij bewoog zijn hoofd naar achteren alsof ik hem een klap had gegeven, maar toen hij samen met mij het winkelcentrum uitliep, speelde er een vaag glimlachje om zijn mond.

Bij de ingang bleef ik staan en draaide me naar hem om.

'Sorry dat ik tegen je schreeuwde. De mensen denken dat het moeilijk is om arm te zijn. Nou, het kan ook moeilijk zijn om rijk te zijn. Iedereen heeft zoveel verwachtingen. Je hoort je zus en zo te gedragen en dit te doen en dat te zijn.'

'Dus jij bent dat arme rijke meisje, hè?' zei hij, niet erg geneigd om medeleven te tonen.

'Oké, oké, laat maar,' zei ik en ging hem voor naar de SUV.

'Mooie auto. Ziet er splinternieuw uit,' merkte hij op toen hij instapte.

'Hij ís nieuw. Mijn vader heeft hem voor mijn moeder gekocht voor haar dagelijkse inkopen, maar ze wil geen afstand doen van haar Mercedes. Ze denkt dat ze meer indruk maakt in haar Mercedes, zelfs al gaat ze alleen maar winkelen in een warenhuis.'

Hij glimlachte en keek uit het raam.

'Ik vond altijd dat jij iets had dat je onderscheidde van de andere meisjes op school,' zei hij, nog steeds uit het raam kijkend. Mijn hart begon sneller te kloppen.

'Hoe bedoel je?'

Hij draaide zich naar me om.

'Je leek... ouder, alsof je meer ervaring had, en ik bedoel niet alleen de dingen die rijke mensen kunnen doen. Ik ben bang dat ik de dingen niet zo goed kan uitleggen,' eindigde hij toen ik hem bleef aankijken, met één oog op de weg gericht. 'Vergeet het maar,' liet hij er bijna kwaad op volgen.

'Nee, dat hoor ik graag. Ik weet ook wat je bedoelt.'

'O, ja? Wat bedoel ik dan?'

'Je weet hoe vreselijk ik het vind om te worden beschouwd als dat arme rijke meisje waarvan je me net beschuldigde.'

Hij lachte.

'Misschien. Maar geef me de kans om het te haten rijk te zijn,' zei hij.

Hij ging verder met meer specifieke richtingaanwijzingen naar zijn huis. We reden de stad in, naar vervallen, haveloze wijken. Veel gebouwen zagen eruit of ze op de nominatie stonden om te worden afgebroken. Ze waren duidelijk onbewoond, met kapotte of dichtgespijkerde ramen. Ten slotte, middenin de met afval bezaaide lege plekken, stond een klein huis, met een voortuin waarin alleen wat wild gras en onkruid groeide. De oprit was vol barsten en kuilen. Het huis was vaalbruin, met rooststrepen die van de gebroken dakgoot langs de muren liepen.

'Home sweet home,' zei hij.

Ik stopte op de oprit. Hij zat naar de ramen aan de voorkant van het huis te staren.

'Ik geloof niet dat mijn moeder thuis is,' merkte hij op, en toen: 'Ze kan doodvallen.'

Hij stapte kwaad uit en scheen mij volkomen vergeten te zijn. Ik zette de motor af en volgde hem.

'Ga nu maar,' zei hij bij de deur, zwaaiend alsof hij me weg wilde jagen. 'Bedankt.'

'Het is in orde,' zei ik.

Hij aarzelde en deed toen de voordeur open. Onwillekeurig trok ik een vies gezicht bij de stank. Het was een combinatie van verwaarlozing, bedorven voedsel, iets dat verbrand was in de oven, en sigarettenrook die zo verankerd zat in oude, rafelige gordijnen en de dunne versleten kleden en meubels, dat alleen een orkaan die zou kunnen zuiveren. Overal in het kleine halletje en de gang lag speelgoed.

'Shawn,' schreeuwde Del. 'Waar ben je?'

Een mager, donkerharig zevenjarig jongetje met trieste en angstige bruine ogen verscheen in de deuropening van de zitkamer. De resten van een pas gegeten chocoladedonut zaten om zijn mond gesmeerd. Zijn hemd hing uit zijn broek, zijn gulp stond wijdopen.

'Waar is Patty Girl?' vroeg Del.

'Ze speelt in de slaapkamer met Cissy,' antwoordde Shawn.

'Cissy is haar denkbeeldige vriendinnetje,' legde hij uit. 'Is ma er niet?'

Shawn schudde zijn hoofd.

'Had ik je niet gevraagd elke dag het huis op te ruimen, al jouw speelgoed en dat van Patty Girl in jullie speelgoedkisten te bergen voor ik thuiskwam uit mijn werk?'

Shawn knikte.

'Vergeten,' zei hij.

'Nou, schiet op dan,' beval Del. 'Gauw een beetje, anders koop ik niets meer voor je.'

Shawn begon de autootjes en soldaatjes bijeen te zoeken.

'Moet even naar Patty Girl kijken,' mompelde Del, en ik volgde hem naar de eerste slaapkamer rechts in de gang.

Daar vonden we zijn zusje zittend op de grond, haar verbleekte roze jurk om zich heen gespreid, zonder schoenen, en haar lichtbruine haar slap hangend langs haar mooie gezichtje. Ze had Dels groenbruine ogen en fijne gelaatstrekken. Zodra ze hem zag begon ze te stralen, en toen ze mij zag, werd ze nieuwsgierig.

'Patty Girl, heb je de theekopjes van je speelgoedserviesje weer op de grond van de zitkamer laten slingeren?'

'Dat heeft Cissy gedaan.'

Hij keek naar mij.

'Heb ik je niet gezegd dat je haar moest vertellen dat ze elke dag moest opruimen?'

'Ze luistert niet naar me,' zei Patty Girl.

'Als ze niet naar je luistert, mag je haar niet langer met jouw spulletjes laten spelen.'

182

Haar gezichtje betrok.

'Ga je broertje helpen de gang en de zitkamer op te ruimen, dan zal ik jullie eten klaarmaken.'

'Mogen Cissy en ik de tafel dekken?' vroeg ze meteen.

'Als je hebt opgeruimd,' zei hij, en ze sprong enthousiast overeind.

'Zeg eerst Teal goedendag.'

Ze keek naar mij.

'Hallo,' zei ze.

'Hoi.'

'Ben jij een babysitter?'

'Nee,' zei ik lachend.

'Ik heb geen babysitter nodig. Ik heb Cissy,' zei ze tegen mij, maar voornamelijk tegen Del. Toen holde ze de kamer uit, met een lappenpop in haar armen.

Ik keek naar de kleine slaapkamer die Patty Girl deelde met Shawn. Het behang bladderde af. De vensterbank zat onder het stof, de ramen waren vuil. Op de houten vloer tussen de twee onopgemaakte bedden lag een dun kleedje. Kleren lagen overal in het rond, op stoelen, op de ladekast en op het bed. Ik zag slordig opgehangen kleren in de kast.

'Je hoeft niet te blijven,' zei Del. 'Bedankt voor de lift.'

'Ik vind het niet erg,' zei ik, en hij keek me aan of ik gek geworden was. 'Wat maak je voor het avondeten?'

'Ze zijn dol op macaroni en kaas, en dat is gemakkelijk te maken.'

'Waar is je moeder?'

'Als jij het weet, weet ik het ook. Als ze thuiskomt vertelt ze me dat ze op zoek was naar een baan en de tijd uit het oog was verloren, of zoiets.'

Hij liep naar de keuken, en even had ik moeite met slikken. Vuile borden waren opgestapeld naast de gootsteen, die vol schalen en pannen stond. De afvalbak was overvol en puilde uit van papier, wikkels van snoepjes en vuile papieren servetjes, die over de rand op de grond waren gevallen. Op de gele formicatafel lag vuil bestek, de vorken en messen waren aangekoekt met oude etensresten. Een van de stoelen was naar de kast getrokken, blijkbaar om dienst te doen als trap voor Shawn. De deur van de kast stond open en de doos van de chocoladedonuts lag op zijn kant.

'Ze had het huis vanmorgen zullen schoonmaken,' zei hij hoofdschuddend. 'Waarschijnlijk herinnert ze het zich niet eens meer dat ze dat beloofd heeft.'

Hij zuchtte diep.

'Goed, laten we aan de gang aan,' zei ik en rolde mijn mouwen op.

Hij keek me verbaasd aan toen ik begon aan de potten en pannen. Ik glimlachte naar hem.

'Misschien, als ze ziet hoe keurig en schoon het kan zijn, zal ze het zo houden,' zei ik.

'Ja. Vertel nog eens een sprookje,' mompelde hij, en liep naar de kast om de macaroni en de kaas te pakken.

Twee uur later was ik nog steeds bezig in de keuken. Ik moest improviseren als het op schoonmaakmiddelen en zeep aankwam. Er was niet veel te vinden in de bijkeuken. Terwijl Del het eten klaarmaakte voor zijn broertje en zusje, waste ik de borden af, maakte het bestek schoon, en borg alles weg, waarna ik mijn krachten beproefde op het gebarsten linoleum van de vloer. Ik reinigde de voorkant van de ijskast en van het fornuis, poetste de vlekken weg met pure spierkracht. Toen ging ik aan het werk met de kasten en borg alles netjes erin op.

Ik dacht geen moment aan de tijd. Ik zag dat Del naar de klok op het aanrecht keek en begreep dat hij ongerust wachtte tot zijn moeder terug zou komen.

'Ze herinnert zich niet eens hoe laat ik thuiskom uit mijn werk op de dagen dat ik een vroege dienst heb,' mompelde hij, toen Shawn en Patty Girl hadden gegeten en televisie zaten te kijken. 'Ze kon niet zeker weten dat ik op tijd terug zou zijn om voor ze te zorgen, en ze is er nu nog niet.'

'Waar is ze, Del? Heb je helemaal geen idee?'

'Ze heeft die kroegvrienden. Ik weet zeker dat ze ergens dronken of stoned is. Iemand zal haar vanavond wel thuis afzetten. Meestal is dat niet erg aangenaam om te zien, Teal, dus ik zou maar niet langer blijven. Bovendien – moet je niet naar huis?'

'Ik bel wel,' zei ik. Ik zag dat het al over halfzeven was. We aten thuis prompt om zeven uur. Het was zaterdagavond, en mijn ouders zouden natuurlijk uitgaan, maar inmiddels zou mijn vader al weten dat ik niet thuis was, dacht ik. Hij zou mijn lege stoel aan tafel zien en de Lexus zoeken, en zoals mijn moeder vaak zei, 'ziedend' worden.

'Die telefoon doet het niet,' zei hij, met een knikje naar het wandtoestel. 'We zijn drie dagen geleden afgesloten. Ik wist niet dat ze al maandenlang de rekening niet betaald had.'

'O, maak je niet bezorgd. Ik heb telefoon in de auto.'

'Ga nou maar naar huis,' zei hij wanhopig.

'Wat eet jij vanavond?'

'Weet ik niet. Eieren,' zei hij bits. 'Wie heeft er nou honger?'

'Ik. Ik heb honger. Waar is de dichtstbijzijnde supermarkt?'

'Ga naar huis, Teal.'

'Met mij gaat alles goed. Echt waar,' zei ik. 'Bovendien is het zaterdagavond.'

'Fijne zaterdagavond,' mompelde hij.

'Ik weet het. Ik haal een van die gebraden kippen of zo. Wat is het dichtste bij?'

Hij vertelde het me en legde me uit hoe ik moest rijden.

'Weet je het zeker?'

'Heel zeker.'

'Armenbezoek, is dat het?'

'Wat denk je?' snauwde ik terug. Ik keek hem even fel en strak aan als hij mij. Zijn gezicht verzachtte en hij haalde zijn schouders op.

'Ik denk tegenwoordig niet graag meer.'

'Doe het dan niet. Ontspan je nou maar. Ik ben zo terug,' zei ik.

Ik holde naar buiten en volgde zijn aanwijzingen. Ik dacht erover naar huis te bellen, maar toen bedacht ik dat mijn vader dan zou eisen dat ik onmiddellijk naar huis kwam. Ik zat nu toch al in de problemen. Waarom zou ik me nu zorgen maken hoeveel meer problemen ik zou krijgen als ik niet belde en niet thuiskwam?

Dus ging ik naar de supermarkt en kocht de kip, wat gemakkelijk te bereiden diepvriesgroenten, brood en een grote chocoladetaart, die Shawn en Patty Girl vast lekker zouden vinden. Toen ik terugkwam en voor Dels huis stopte, wist ik dat er iets heel erg mis was. De voordeur stond wagenwijd open en ik kon de kinderen horen huilen.

Langzaam, zenuwachtig, droeg ik de boodschappen naar het huis en bleef aarzelend bij de deur staan.

'Del?' riep ik.

'Ga weg,' hoorde ik. 'Ga weg, Teal.' Zijn stem klonk hysterisch.

Ik bleef bevend, als aan de grond genageld staan.

'Wat is er gebeurd?' riep ik.

Ik hoorde een erbarmelijk gekreun. Misschien had ik me om moeten draaien en wegrennen. Misschien zou mijn hele leven anders zijn geweest als ik dat had gedaan, maar ik deed het niet. Ik ging naar binnen en keek door de gang naar de keuken. Ik zag de voeten en benen van een vrouw die op de grond lag. Haastig liep ik erheen en keek naar Del die probeerde zijn moeder op te tillen. Ze was kennelijk bewusteloos. Shawn en Patty Girl stonden in elkaar gedoken en huilend in een hoek van de keuken.

'Wat is er gebeurd?' vroeg ik weer.

'Ze kwam stomdronken thuis en is flauwgevallen. Het is niet de eerste keer.'

'Ik zal je helpen,' zei ik, en zette de tas met boodschappen op de keukentafel.

Zijn moeder was ongeveer één meter zeventig en dik, en haar dode gewicht was zwaar om te tillen. Haar piekerige bruine haar hing voor haar gezicht. De blouse die ze droeg zat onder de vlekken en er ontbraken een paar knopen. Haar borsten hingen omlaag onder de dunne stof. We tilden haar op en samen sleepten we haar naar haar slaapkamer, die, hoewel groter dan die van Shawn en Patty Girl, bijna even vuil en verwaarloosd was.

Toen we haar op bed legden, kreunde ze. Haar oogleden knipperden, haar arm ging met een ruk omhoog, toen blies ze haar lippen op en raakte weer bewusteloos.

'Moeten we haar niet naar het ziekenhuis brengen?'

'Waarom? Ze zouden ons uitlachen of haar in een inrichting stoppen, wat misschien niet eens zo'n slecht idee zou zijn. Alleen zouden ze dan de kinderen komen weghalen. Ze slaapt nu uit en morgenochtend zal ze zich er niets van herinneren, geloof me maar,' zei hij vol afkeer. 'Kom mee.'

We liepen de slaapkamer uit. Ik keek achterom. Ze leek volkomen van de wereld. Hij deed de deur dicht en richtte zijn aandacht op Shawn en Patty Girl.

'Hou op met huilen!' beval hij. 'Ze slaapt, net als jullie moeten doen.'

Shawn stond met zijn arm om Patty Girl, die zich stijf tegen hem aandrukte.

'O, Del, ze zijn zo bang.'

'Vertel mij wat.'

Ik liep naar ze toe en hielp ze tot bedaren te brengen. Toen brachten hij en ik ze naar bed.

'Ik heb een heerlijke chocoladetaart voor jullie,' zei ik. 'Morgen mag je die opeten, oké?'

Shawn knikte.

'En Cissy ook,' zei Patty Girl.

'Natuurlijk.' Ze lachte, draaide zich om en sloot haar ogen.

Het ene ogenblik waren ze doodsbang en het volgende ogenblik deden ze hun ogen dicht en hoopten op een droomwereld vol zoetigheid.

Wat zou er van ze worden? vroeg ik me af. We verschilden niet zoveel van elkaar, ook al was ik rijk en zij niet. Maar het viel niet te ontkennen dat zij heel wat ernstiger verwaarloosd werden dan ik. Ik bedacht ik dat ik eens moest ophouden met me te wentelen in zelfmedelijden.

Del zat met een verslagen gezicht en afhangende schouders aan de keukentafel.

'Ik weet niet hoe lang ik dit nog kan volhouden,' zei hij. 'Ze zijn hier geweest en hebben gedreigd Shawn en Patty Girl uit huis te plaatsen. Misschien zou het beter voor ze zijn. Misschien is dit vechten tegen de bierkaai.'

'Nee, ze hebben je nodig.'

Hij sloeg zijn ogen naar me op en zijn gezicht verzachtte.

'Bedankt voor alles wat je gedaan hebt. Je bent een stuk flinker dan ik dacht.'

'Hoe dacht je dan dat ik was?'

'Een arm klein rijk meisje dat gekweld werd met dure kleren en particuliere scholen, gedwongen op dure vakanties te gaan met haar ouders.'

'Je hebt volkomen gelijk, vooral wat dat kwellen betreft.'

Hij lachte en keek naar de papieren zakken met boodschappen.

'Heb je dat allemaal gekocht?'

'Ja, en zoals ik al zei, ik heb honger. Help me het eten klaarmaken,' beval ik. Hij salueerde en we begonnen. Ondanks het afgrijselijke incident hadden we een hoop plezier tijdens het koken, en ik kon me niet herinneren wanneer ik meer van een maaltijd had genoten.

Later hielp hij met afruimen en afwassen en toen gingen we naar de zitkamer en praatten. Hij vertelde me over zijn vader, die zo begon te walgen van zijn moeder dat hij op een dag zijn biezen had gepakt en hen had verlaten.

'Ik was pas twaalf toen hij het de eerste keer deed, maar ik herinner me dat ik hem een zwakkeling vond. Hij kermde dat hij doodging hier en dat hij het niet langer uithield. De laatste keer wist ik zeker dat hij niet meer terug zou komen. "Misschien als ik wegga en wegblijf, zal ze zien hoe ernstig het is geworden en zal ze haar leven beteren," zei hij. Hij wist dat dat niet zou gebeuren, maar het kon hem niet schelen. Ik hoop dat hij, waar hij ook is, net zo ongelukkig zal zijn, dat hij ook door een hel gaat.'

Wat moest ik zeggen? Hem vertellen dat ik me vaak net zo eenzaam voelde? Als ik om me heen keek in zijn huis en zag waar hij tegenop moest boksen, kon ik me niet voorstellen dat hij zou begrijpen hoe iemand zich ontevreden kon voelen die in een huis woonde dat praktisch een paleis was, met dienstmeisjes en mooie dingen. En plotseling, ondanks de vriendschappelijke momenten die we met elkaar hadden doorgebracht, keek hij me zelfs een beetje verontwaardigd aan.

'Dus nu zie je hoe de andere helft leeft,' mompelde hij. 'Je kunt naar huis gaan en dankbaar zijn.'

'Ter informatie, Del Grant, mijn leven is niet bepaald rozengeur en maneschijn. Mijn ouders hebben me nooit gewild en kunnen dat ondanks alles niet verbergen. Mijn moeder en ik hebben weinig met elkaar gemeen en mijn vader houdt alleen van mijn broer en behandelt mij als een stiefkind. Ik moet bijna een afspraak maken om hem te spreken te krijgen. Het enige wat zijn aandacht trekt is als ik in moeilijkheden kom.'

'Is dat de reden waarom je dat doet?'

'Misschien. Misschien verveel ik me alleen maar.'

'Oké. Ik zal pretenderen dat je net zo ongelukkig bent als ik.'

We staarden elkaar aan en begonnen toen allebei te lachen.

Midden in mijn lach boog hij zich naar voren en kuste me zacht op mijn lippen. Ik werd er volkomen door verrast en hield op met lachen. Zijn ogen waren zo dicht bij de mijne, dat ik het gevoel had dat we in elkaars ziel konden kijken. We zoenden elkaar opnieuw, deze keer met zijn armen om mijn middel. Het was een lange, veeleisende kus die tot in mijn hart leek te dringen. Een warme gloed omhulde me. Toen hij mijn lippen losliet, drukte ik mijn mond weer op de zijne. Toen stond hij zonder iets te zeggen op en pakte mijn hand om me overeind te trekken.

Langzaam liepen we naar zijn slaapkamer. Hij deed geen licht aan. Naast zijn bed zoenden we elkaar opnieuw en hij begon me uit te kleden. Ik stond erbij als een prinses die elke dag door haar dienares wordt aan- en uitgekleed. Ik was spiernaakt voor hij één knoopje van zijn eigen kleren openmaakte. Hij legde me neer op zijn bed en we lagen naast elkaar, zacht zoenend, terwijl zijn handen mijn lichaam verkenden, het tot leven wekten en deden tintelen tot ik dacht dat ik gek zou worden van verlangen.

'Laatste kans om te ontsnappen,' fluisterde hij.

'Mijn laatste kans was in de zitkamer,' zei ik, en hij lachte en kleedde zich uit.

Was het roekeloos om zo te vrijen, zonder aan de gevolgen te denken?

Ja, maar ik wilde roekeloos zijn. Ik geloof dat het hem niet alleen verraste, maar ook een beetje beangstigde.

'Hé,' zei hij. 'Je denkt niet aan morgen.'

'Ik dacht dat het morgen wás,' zei ik.

Hij lachte, maar boog zich opzij en trok een la open en haalde er een condoom uit.

Hij drukte zich dicht tegen me aan en we vrijden en klampten ons aan elkaar vast als twee op drift geraakte zielen die zich slechts veilig voelden in onze seksuele liefde, in onze opwinding en spanning. Elke kreet van extase, elke explosie binnen in ons stelde ons gerust dat we een bestaansreden hadden.

De duisternis waarin we leefden viel uiteen als een oud versleten gordijn. We zagen het licht worden, hielden elkaars hand vast en wachtten tot die morgen vol beloftes onze teleurstellingen zou verdrijven.

Later vielen we naast elkaar in slaap, zijn arm onder mijn borsten, zijn gezicht naar me toegekeerd, zodat zijn adem mijn hals verwarmde.

Ik had geen idee hoeveel tijd er verstreken was, maar ik maakte me er niet druk om.

Natuurlijk zou ik maar al te gauw beseffen dat ik dat beter wél had kunnen doen.

5. Broers en zusters

'Het is twee uur in de ochtend!' zei Del.

Hij was wakker geworden en had een lamp aangedaan. Het licht verblindde me even.

'*Wat?*'

'We zijn in slaap gevallen. Het spijt me. Het is twee uur in de ochtend. Je zult waarschijnlijk de grootste moeilijkheden krijgen.'

'Daar ben ik aan gewend,' zei ik. Ik ging rechtop zitten en wreef met mijn vuisten de slaap uit mijn ogen. Ik keek om me heen, probeerde bij mijn positieven te komen. Toen glimlachte ik naar hem. 'Hallo,' zei ik.

Hij lachte.

'Je bent een idioot. Vooruit. Sta op en kleed je aan voordat de cavalerie arriveert.'

'Maak je daar maar geen zorgen over. Dat zouden ze nooit doen. Ze zouden zich veel te veel generen, ze zijn bang voor slechte publiciteit,' zei ik, maar ik begon me aan te kleden.

'Je hebt nog nooit zoiets gedaan, hè? Ik bedoel 's nachts bij een jongen blijven zonder dat ze het wisten?'

'Nee, maar ik ben wél eens naar een party geweest waar ik niet naartoe mocht toen ik in de onderbouw zat. Het was een party voor ouderejaars en ik werd dronken. Ze ontdekten dat ik die nacht ook met een oudere jongen samen was geweest.'

'Wat gebeurde er toen?'

'Ik vrijde of liet me met me vrijen. Het was de eerste keer, dus ik beheerste de situatie niet zo goed. Ik denk dat ik alleen probeerde mijn moeder te shockeren. Ik vertelde haar zelfs wat ik had gedaan.'

'Dat heb je haar verteld?'

Ik trok mijn blouse over mijn hoofd en omlaag.

'Ik ging naar haar toe en zei dat ik misschien zwanger kon zijn. Ze heeft nog nooit zoveel aandacht aan me besteed als in die weken. Bijna elke ochtend kwam ze kijken om te horen of ik ongesteld was geworden.'

'Wat gebeurde er?'

'Ze kreeg bijna een zenuwinzinking, en ze liet me zweren dat ik niets tegen mijn vader zou zeggen. Ten slotte maakte ze heimelijk een afspraak voor me met haar dokter en toen moest ik bekennen dat ik ongesteld was geweest.'

'Bedoel je dat je het was geworden en het haar niet had verteld?'

'Zoals ik zei, zolang ze zich bezorgd maakte, besteedde ze aandacht aan me. Ze was zo opgelucht toen ik het haar vertelde. Het kon haar zelfs niet schelen dat ik haar voor de gek had gehouden.'

Del schudde ongelovig zijn hoofd.

'De meeste meisjes die ik heb gekend zouden alles in het werk hebben gesteld zoiets voor hun moeder geheim te houden. Ze zouden zeker niet opscheppen dat ze seks hadden gehad met een oudere jongen toen ze pas in de onderbouw zaten.'

Hij zweeg, dacht even na en knikte toen.

'Wat is er?'

'Je zult je moeder wel haten,' zei hij.

Dat zette me aan het denken.

'Ik haat haar niet. Integendeel. Ik wou dat ik een moeder had.'

'Wij allebei,' zei Del.

Hij bracht me naar de deur en bleef even bij de slaapkamer van zijn moeder staan luisteren. Het was doodstil.

'Ze zal tot laat in de ochtend uitslapen en me dan vertellen dat ik lieg over alles wat ik zeg dat er gebeurd is.'

'Ik vind het heel erg voor haar,' zei ik. Wat ik meende was dat ik het heel erg vond voor hem en zijn broertje en zusje. Hij knikte en volgde me naar de auto.

We gaven elkaar een zoen en ik stapte in en reed weg. Ik was halverwege mijn huis toen ik de politieauto met brandend zwaailicht achter me zag. Ze kwamen langs me rijden en zwaaiden me naar de kant van de weg. Zodra ik stopte, hoorde ik een van hen door de luidspreker op hun auto.

'Stap uit de auto met je handen omhoog,' beval hij.

'Wát?' riep ik.

Wat was er aan de hand?

'Stap uit de auto. Nu!'

Met bonzend hart stapte ik uit en stak mijn armen in de lucht.

'Ga op de weg liggen en met de armen zijwaarts gestrekt,' hoorde ik.

Op die smerige weg? dacht ik. Ik wilde me omdraaien en tegensputteren toen ik zag dat een van de agenten uit de auto was gestapt en zijn pistool op mij gericht hield. Ik viel bijna flauw. Ik liet me op mijn knieën vallen en deed toen langzaam wat ze gevraagd hadden. Een paar ogenblikken later stonden ze naast me.

Een van hen pakte mijn linkerarm en trok die achter mijn rug, en vervolgens mijn rechterarm. De handboeien werden om mijn polsen geklikt en ik moest opstaan.

'Wat is er toch?' riep ik.

'Deze auto is als gestolen opgegeven,' zei de agent die mijn handen geboeid had.

'Nee, dat is mijn auto. Het is de auto van mijn ouders. Ik ben – '

'Lopen,' beval hij en draaide me om naar hun auto.

'Ik lieg niet. Controleer mijn tas. Controleer het registratiebewijs,' smeekte ik.

Zonder te antwoorden opende hij het achterportier van de patrouillewagen, duwde me erin en deed het portier weer dicht. Ik zag dat ze de SUV doorzochten, en toen kwamen ze terug en stapten in.

'Ik ben Teal Sommers. Dat is de auto van mijn ouders!' gilde ik toen geen van hen aanstalten maakte me vrij te laten. 'Hebt u mijn rijbewijs niet bekeken?'

'Rustig maar,' zei de bestuurder. 'De auto is als gestolen opgegeven, dat is alles wat we weten.'

Hij reed weg. Ik keek achterom naar de Lexus en zakte toen onderuit op de bank.

Wat was er aan de hand?

Op het politiebureau brachten ze me naar de balie en boekten me als autodievegge. Ik werd in een cel gezet, en al protesteerde ik nog zo hevig, het scheen niemand iets te kunnen schelen. Eindelijk, omdat ik het me herinnerde uit films die ik had gezien, vroeg ik om mijn ene toegestane telefoontje en werd naar een telefoon gebracht.

Ik belde naar huis. De telefoon bleef overgaan. Ik belde op papa's directe lijn. Hij nam altijd op als op dat nummer gebeld werd, maar in plaats daarvan kreeg ik het antwoordapparaat.

'Papa!' schreeuwde ik. 'Ik ben gearresteerd voor diefstal van onze eigen auto. Ik zit in de gevangenis. Kom me halen.'

De politieagente legde de telefoon neer en bracht me terug naar de cel, waar ik bleef wachten. Ten slotte, moe van het gillen en protesteren, ging ik languit op de harde houten bank liggen en viel in slaap. Ik werd wakker toen ik gerammel aan mijn celdeur hoorde. De politieagent zei dat mijn vader me was komen halen.

'Eindelijk,' kermde ik en liep naar buiten.

'Ga in de auto zitten,' zei papa die bij de balie stond. 'Ga naar buiten en stap in de auto. Hij staat vlak voor de deur.'

'Waarom ben je niet eerder gekomen? Waarom heb je ze niet gebeld om te zeggen dat ik de auto niet gestolen had?' vroeg ik.

Hij keek naar de agent achter de balie en toen naar mij. 'Maar je hébt die auto gestolen, Teal. Ik heb je gezegd dat je hem niet mocht nemen en dat heb je toch gedaan. Dat is stelen. Die auto is niet van jou. Die is van mij. Nu sta je bekend als autodievegge. Tevreden?' vroeg hij. 'Stap in de auto,' beval hij voor ik iets kon antwoorden.

Ik ging naar buiten en ging in zijn auto zitten. Toen hij instapte, zei hij niets tot hij was weggereden en het politiebureau achter ons lag en ik hem vroeg waarom hij dit had laten gebeuren.

'*Jij* hebt het laten gebeuren, Teal. Ik ga je niet langer de hand boven het hoofd houden, jongedame,' zei hij. 'Van nu af aan zul je, wat je ook doet, de gevolgen van je daden moeten dragen, wat die gevolgen ook zijn. Begrepen?'

Ik zei niets. Ik draaide me om en drukte mijn voorhoofd tegen het raam. Op dit moment, dacht ik, zou ik onmiddellijk van plaats willen ruilen met Del, dacht ik.

Moeder stond met over elkaar geslagen armen en op elkaar geperste lippen in de hal te wachten toen we thuiskwamen.

'Nou, wat vind je nu van jezelf?' vroeg ze zodra ik binnen was. Voor ik kon antwoorden, riep ze uit: 'Moet je jezelf eens zien, je haar, die dure broek. Je bent van onder tot boven smerig. Hoe kon je je zo in het openbaar vertonen?'

'Ze was niet in het openbaar, Amanda,' bracht papa haar in herinnering. 'Ze zat in een gevangeniscel.'

'O, lieve hemel,' jammerde ze. 'Zal het uitlekken, Henderson? Komt het in de krant?'

'Nee, ze is nog minderjarig. Ik ben bang dat ze nog heel, heel lang minderjarig zal blijven zoals ze zich nu gedraagt.'

'Nou, ik denk dat we daar dankbaar voor kunnen zijn,' zei mijn moeder zuchtend. 'Ga naar je kamer, Teal, en ga daar overdenken wat je hebt gedaan en wat er van je terecht moet komen. Ik moet naar een belangrijke lunch,' ging ze verder. Ze zei het op een toon alsof ze anders met me zou komen praten.

'Ga naar boven, jongedame,' beval papa. 'En denk er niet aan om dit huis te verlaten.'

Ik liep langzaam de trap op en plofte neer op mijn bed. Het enige wat ik wilde was slapen en nooit meer wakker worden. Uren later ontwaakte ik, kreunde en rekte me uit. Ik voelde me inderdaad ongelooflijk vies en besloot een bad te nemen. Hoe kon ik met Del in contact komen? vroeg ik me af toen ik me herinnerde dat hun telefoon was afgesloten. Ik moest hem laten weten wat er met me gebeurd was. Ik dacht dat hij de enige was die enig medelijden met me zou hebben.

Toen ik naar beneden was gegaan om iets te eten, bedacht ik dat Del nu op zijn werk zou zijn. Ik bladerde de gouden gids door en vond het nummer van het pizzarestaurant in het winkelcentrum en belde. Hij nam zelf op.

'Met mij,' zei ik. 'Kun je praten?'

'Ja, het is nu rustig.'

'Je zult niet geloven wat er met me gebeurd is,' begon ik, en vertelde alles zonder op adem te komen.

'Je eigen vader heeft je laten arresteren en je daar achtergelaten?'

'Je hebt me gehoord,' antwoordde ik.

'Hm, je bent niet echt veroordeeld voor iets,' zei hij, op de toon van een advocaat, 'dus had hij geen gelijk dat je nu gebrandmerkt bent als autodievegge. Bovendien ben je een minderjarige voor de wet, dus niemand kan wat er gebeurd is tegen je gebruiken of het als bewijs gebruiken in een eventuele andere rechtszaak.'

'Daar maak ik me echt geen zorgen over, Del.'

'Dat zou je toch moeten doen.'

'Hoe is het bij jou thuis?'

'Mijn moeder sliep nog toen ik wegging. Ik had koffie voor haar gezet. Ze heeft er wat van gedronken en raakte toen weer bewusteloos. Ik heb de kinderen wakker gemaakt en aangekleed en ben gaan werken. Zoals ik bijna elke dag doe. Ik hoop dat ze opstaat en ze hun tenminste iets te lunchen geeft. Dankzij haar kan ik niet naar huis bellen om het te controleren.'

'We zouden allebei moeten weglopen,' opperde ik. Ik meende het serieus, en hij hoorde het aan mijn stem, want hij zweeg geruime tijd.

'Ik wou dat ik het kon,' zei hij ten slotte. 'Maar ik moet er niet aan denken wat er met Shawn en Patty Girl zou gebeuren als ik ze alleen liet met mijn lieve mam.'

'Ik had die diamanten armband gisteren niet moeten weggeven. Je had hem kunnen verpanden en het geld gebruiken.'

'Nee, ik zou hem niet hebben aangenomen, Teal. Mijn broertje en zusje en ik zitten al diep genoeg in de problemen. Als ik in de gevangenis terechtkom, worden zij direct afgevoerd naar pleeghuizen.'

'Het is niet eerlijk,' zei ik.

'Ik ben al lang geleden opgehouden met te denken aan wat eerlijk is. Ik moet weer aan het werk. Er komt net een stel tieners binnen die er erg hongerig uitzien.'

'Ik zal proberen je later te ontmoeten,' beloofde ik. Ik had geen idee hoe ik dat voor elkaar moest krijgen, maar ik wilde me aan die hoop vastklampen.

'Goed,' zei hij, en hing op.

Ik zat in de keuken te mokken. Ik was nog steeds min of meer versuft door de afgelopen nacht. Ik hoorde de stofzuiger in papa's kantoor. Het dienstmeisje mocht daar alleen op zondag komen, wat betekende dat hij niet thuis was. Daar was ik blij om. Ik wilde niet nóg een standje. De laatste tijd kwamen al onze eenzijdige gesprekken daarop neer: zedenpreken over mijn gedrag.

Als een slaapwandelaarster liep ik weer naar boven en drentelde rond in mijn kamer. Ik had een hoop huiswerk, maar alleen al eraan beginnen leek een onoverkomelijke taak. Ik bladerde een paar pagina's door, liet me toen weer op bed vallen en staarde naar het plafond. Omdat ik het huis niet mocht verlaten, voelde ik me net zo gevangen als de afgelopen nacht in de cel. Ik bleef denken aan

Del en aan de tijd die we samen hadden doorgebracht.

Plotseling hoorde ik de deur beneden dichtslaan en toen zware voetstappen op de trap. Even later werd er op mijn deur geklopt. 'Wie is daar?' riep ik.

De deur ging open en Carson kwam binnen. Hij droeg een trui en een joggingbroek en zag eruit of hij net uit de gymzaal kwam. 'Papa heeft me verteld wat je gisteravond hebt gedaan en wat er gebeurd is,' zei hij.

Ik ging rechtop zitten.

'Hij heeft me de hele nacht daar gelaten.'

'Je boft dat hij je nog is komen halen,' zei Carson. 'Wat mankeert je toch, Teal? Waarom doe je die dingen toch? Wat wil je?'

'Ik wil met rust gelaten worden,' snauwde ik.

'Je wilt niet naar school? Je wilt niets bereiken in je leven? Je wilt alleen maar feesten, dronken worden en met jongens naar bed gaan? Wat wil je nou eigenlijk?' schreeuwde hij met een rood aangelopen gezicht en wijd uitgespreide armen.

Even flitste Dels relatie met zijn broertje en zusje door mijn hoofd. Hij was de oudste broer en gaf hun zoveel liefde en aandacht. Carson en ik gaven elkaar praktisch nooit een zoen, hielden heel zelden elkaars hand vast, zelfs niet op verjaardagen. Hij was in alle opzichten zoveel ouder dan ik dat hij een vreemde leek, geen broer. Het was niet moeilijk te zien dat hij vanmorgen niet hier kwam voor mij, maar omdat hij zich bezorgd maakte voor onze vader en moeder.

'Laat me met rust,' zei ik, en liet me weer op bed vallen.

'Papa denkt dat je misschien een soort militaire school nodig hebt, Teal.'

'Je bedoelt de gevangenis, hè?'

'De laatste stap vóór de gevangenis, ja.'

Uit mijn ooghoek zag ik hem naar het raam lopen en naar buiten staren.

'Ik denk dat ik me meer met je bezig had moeten houden,' zei hij op een toon die zachter klonk dan ooit tevoren. Ik sperde mijn ogen open. 'Je geboorte was een complete verrassing.'

'Voor mij ook,' mompelde ik. Hij glimlachte bijna toen hij zich omdraaide en naar me keek.

'Vroeger had ik een hekel aan je,' bekende hij. Ik keek verbaasd op. 'Jij kwam toen ik een tiener was, en bijna vijftien jaar lang het middelpunt van de aandacht was geweest.'

'Het bleek dat je je geen zorgen had hoeven maken, Carson. Je bleef het en je blijft het.'

'Dat is niet waar, Teal.'

'Hoe weet jij dat? Je was al het huis uit toen ik vijf was.'

'Dus daarom doe je al die dingen? Louter uit wraakzucht?'

'Ik doe helemaal niks. Ik had de auto gisteren nodig en ik mocht hem niet hebben. Dat deed hij alleen om me dwars te zitten.'

'Je was dronken van school gestuurd! Wat had hij dan moeten doen? Je een beloning geven?'

'Hij vindt het heerlijk om me te straffen. Dat helpt hem zijn fout te vergeten.'

'Wat voor fout?'

'Dat hij mij heeft verwekt!'

'Ze sturen je naar de verkeerde therapeut,' zei Carson na een ogenblik. 'Je hebt echt hulp nodig.'

'Precies. Je kunt nu wel gaan, Carson. Je hebt je plicht gedaan. Ga rapport uitbrengen aan papa en vertel hem dat ik geen brand heb gesticht in huis.'

Hij staarde me aan.

'Ik kwam om je mijn hulp aan te bieden, Teal. Ik ben bereid naar je te luisteren en je advies te geven.'

'Als je me wilt helpen, vertel hem dan dat hij moet ophouden met me voortdurend te straffen en me te behandelen als een ordinaire dievegge.'

'Geef hem reden om vertrouwen in je te hebben, dan doet hij dat ook. Dat zul je zien,' beloofde hij.

Ik dacht even na. Ik herinnerde me een regel uit een verhaal dat we moesten lezen voor Engels. Een grootmoeder zei tegen haar kleindochter: 'Je vangt meer vliegen met stroop dan met azijn.'

'Dank je,' zei ik. 'Ik heb eigenlijk niemand om mee te praten, Carson. Moeder is te veel betrokken bij haar sociale bedoeningen en papa heeft het altijd zo druk, dat hij er bijna nooit is. Er is geen enkel aardig meisje op de nieuwe school. Het zijn allemaal snobs. Ze hebben iets tegen me omdat ik al die tijd op een openbare school ben geweest.'

'Heus? Wat een naarlingen.'

'Ja, dat ben ik met je eens, daarom wil ik geen vriendschap met ze sluiten. Ik ben niet gelukkig op die particuliere school. Misschien kun je papa overhalen me weer naar de openbare school te laten gaan. Dat bespaart hem geld.'

'Hm,' zei Carson peinzend.

'Die school is echt niet beter. De leraren zijn niet zo geweldig. Ik heb gehoord dat ze niet zo goed betaald worden, dus krijgt die school niet de beste docenten.'

'Dat is waar. Ik ben naar een voorbereidende school geweest, en dat was ook niet zo geweldig.'

'Dus je weet het.'

'Ik zal met hem praten,' zei Carson. 'Het is duidelijk dat er een paar veranderingen moeten komen.'

'Dank je, Carson. Ik voel me soms zo hulpeloos.'

Hij knikte. Honing werkt, dacht ik.

'Ze hebben me mijn zakgeld afgenomen. Je weet hoe het is om met die snobs rond te hangen zonder dat je een cent op zak hebt! Ze laten het me niet vergeten. Ze wapperen met hun biljetten van vijftig en honderd dollar voor mijn neus.'

Hij trok een lelijk gezicht.

'Werkelijk?'

'O, wanneer ze maar de kans krijgen. Ze kopen niets. Ze hebben het alleen bij zich om op te scheppen of maken de caissière van de kantine helemaal gek door haar die grote biljetten te overhandigen. Zoveel wisselgeld heeft ze niet, dus komen hun uitgaven op een rekening die naar hun ouders gestuurd wordt.'

Hij knikte weer. Ik voelde me als een visser met een vis die aan het aas knabbelt.

'Kun je je voorstellen wat het voor mij betekent? En papa denkt dat ik daar beter af ben.'

'Oké, oké, ik zal het er met hem over hebben.'

'Zou je nog één ding voor me kunnen doen?'

'Wat dan?'

'Kun je me wat geld lenen? Gewoon om het bij me te hebben. Ik zal het niet uitgeven. Papa wil me niets geven, maar ik zie er zo tegenop om morgen naar school te gaan en me weer een armeluiskind te voelen.'

Hij beet op de binnenkant van zijn wang terwijl hij nadacht.

'Het blijft tussen jou en mij, Carson. Jij en ik hebben nooit broer-zusgeheimen met elkaar gehad. Zou dat niet kunnen?'

'Oké,' zei hij, 'maar je moet me beloven het niet uit te geven en papa niet te vertellen wat ik gedaan heb, Teal.'

'Ik zweer het je.'

Hij stak zijn hand in zijn zak en haalde zijn portefeuille tevoorschijn.

'Als je twee biljetten van vijftig hebt, zou dat geweldig zijn,' zei ik.

Hij aarzelde, en gaf ze toen aan mij.

'Dit is een daad van vertrouwen van mijn kant, Teal. Stel me niet teleur.'

'Dat zal ik niet doen.'

'En ik wil dat je beter je best doet op school tot we hebben uitgepuzzeld wat het beste voor je is, oké?'

'Oké. Mijn huiswerk ligt op mijn bureau,' ging ik verder, met een knikje naar mijn boeken. 'Ik ga er meteen aan beginnen.'

'Zorg dat je betere cijfers krijgt. Dat zal het in alle opzichten gemakkelijker maken,' drong hij aan. 'Dan kunnen we de situatie opnieuw bekijken halverwege het schooljaar. Een verandering zou dan veel gemakkelijker zijn. Ik weet wat het is om ergens vast te zitten waar je het afschuwelijk vindt, geloof me.'

'Dank je, Carson. Dit is de eerste keer dat ik echt het gevoel heb dat je mijn broer bent.'

Ik stapte van het bed af en liep naar hem toe om hem een zoen op zijn wang te geven. Hij kreeg een kleur, maar glimlachte.

'We krijgen je wel op de rails,' zei hij. 'Papa zal blij zijn dat we dit gesprek hebben gehad. Ik heb hem beloofd dat ik het zou proberen en hij hoopte dat het zou helpen.'

Ik glimlachte naar hem, en hij liep naar de deur. Daar bleef hij even staan en keek naar me met een vrolijk lachje.

'Wat is er?' vroeg ik.

'Nu we toch geheimen delen, heb ik er ook een voor jou.'

'Echt waar?'

'Ik ga trouwen met Ellery Taylor. Ik heb een verlovingsring gekocht, die ik haar deze week zal geven, waarschijnlijk woensdag. Dus word je in juni bruidsmeisje op een groot huwelijksfeest.'

'Gefeliciteerd. Ik vind Ellery aardig.'

Dat vond ik niet. Ze keek altijd of ze last had van constipatie als ze bij mij in de buurt was, en ze was zo'n lieve toehoorster voor moeder, knikkend en elke stomme uitspraak beamend. Het maakte me misselijk, en ze zag het aan mijn gezicht en vermeed me zoveel mogelijk. Ze zou het ongetwijfeld vreselijk vinden als ik een van haar bruidsmeisjes zou zijn. Ze zou bang zijn dat ik op de sleep van haar trouwjurk zou trappen of zoiets. Misschien wel terecht.

'Ik ben van plan het zondag aan vader en moeder te vertellen, dus mond dicht.'

'Mijn lippen zijn verzegeld.'

Zodra hij weg was ging ik naar beneden naar papa's werkkamer en belde het pizzarestaurant. Ik hoorde een hoop lawaai op de achtergrond, dus ik wist dat Del niet lang aan de telefoon kon blijven.

'Ik stuur je iets,' zei ik. 'Een verrassing. Voor Shawn en Patty Girl.'

'Wat is het?'

'Een verrassing. Doe er maar mee wat je ermee moet doen,' antwoordde ik.

Toen ik ophing belde ik papa's boodschappendienst. Ik stopte de twee biljetten van vijftig in een envelop en schreef er 'Del Grant' op. De boodschapper kwam, en ik gaf hem aanwijzingen. Tegen de tijd dat papa ontdekte dat ik gebruik had gemaakt van zijn dienst, zou het al te laat zijn en zou ik tijd hebben gehad om een of ander excuus te vinden, bijvoorbeeld dat ik huiswerk bij iemand moest laten halen of zoiets.

Toen ging ik terug naar mijn kamer en begon met mijn huiswerk.

Natuurlijk zou ik beter mijn best doen, dacht ik.

Met stroop vang je meer vliegen dan met azijn.

6. Een leven van regenbogen

Del was kwaad over het geld en belde me uit het winkelcentrum voor hij naar huis ging. Gelukkig was papa nog niet terug van zijn zakelijke besprekingen en kon ik het telefoontje aannemen. Ik smeekte Del het geld te houden.

'Het is niets. Het is voor mij gewoon zakgeld. Dat geef ik toch maar uit aan lippenstift en zo. Je broertje en zusje hebben echt wel wat nodig en het zal je helpen de honden op een afstand te houden. Als de sociaal werker langskomt en ziet dat de kinderen alles hebben wat ze nodig hebben, zullen ze je wel met rust laten.'

'Ik hou niet van liefdadigheid,' hield hij vol.

'Oké, beschouw het dan maar als een lening. Als je rijk en beroemd bent, kun je het me terugbetalen.'

'Ik rijk en beroemd... Laat me niet lachen.'

'Ik zal proberen je van de week op te zoeken,' zei ik. Toen hoorde ik de voordeur opengaan en ik zei dat ik moest ophangen. Moeder kwam binnengestormd met de laatste sociale roddels. Ze popelde van ongeduld om de telefoon op te pakken en ze door te vertellen. In haar wereld werd iedereen benijd die iets wist wat een ander niet wist. Ze leek mij nauwelijks te zien en vroeg me niet hoe ik de dag was doorgekomen. Ik had haar bijna verteld over Carsons aanstaande verloving, alleen om haar geschokte gezicht te zien dat ik iets belangrijks wist en zij niet, maar ik wilde Carsons vertrouwen niet verliezen.

Dus ging ik terug naar mijn kamer en mijn huiswerk.

De volgende dag ontdekte ik dat ook al had papa me laten arresteren en een nacht in de gevangenis laten zitten, niemand op school er iets van wist. Del zou beslist niet roddelen, en ik zou het zeker niet vertellen.

Die hele week deed ik mijn best op school. Ik was zelfs vriendelijk tegen meneer Croft en ging na schooltijd naar hem toe om hem mijn verontschuldigingen aan te bieden voor mijn gedrag. Ik wist dat hij van drama hield, dus verzon ik een nieuw verhaal.

'Niet dat het goedmaakt wat ik heb gedaan,' zei ik, 'maar ik had een grote klap te verwerken thuis. Een neef van me, aan wie ik erg gehecht was' – ik lette goed op mijn woordkeus – 'is om het leven gekomen bij een afschuwelijk auto-ongeluk. Niemand wil erover praten.'

'O, wat erg,' zei hij. 'Verschrikkelijk.'

'Het spijt me wat ik gedaan heb,' herhaalde ik, en verzekerde hem dat ik me van nu af aan goed zou gedragen in de klas. Toen vroeg ik zijn hulp bij een grammaticaal probleem, dat me geen enkele moeite kostte, maar dat ik hem snel met me liet doornemen, waarna ik net deed of ik het eindelijk begreep en hem bedankte.

Elke dag daarna begroette hij me met een vriendelijk hallo voordat de les begon. Ik kon de verwarde, zelfs kwade blikken zien van de snobs, en glimlachte heimelijk. Ik begon het zowaar leuk te vinden om een brave leerling te zijn. De mensen, ontdekte ik, wilden zo graag dat je geen probleem was, dat ze lichtgeloviger waren en meer vertrouwen hadden. Mijn cijfers werden beter en toen – wat ik niet wist – liet Bloomberg al mijn leraren een gedragsrapport invullen. Het werd aan het eind van de week naar huis gestuurd, en die avond aan tafel verraste papa me door het tevoorschijn te halen en me ervan op de hoogte te stellen.

Moeder hield angstig haar adem in toen hij het rapport uit de envelop haalde en openvouwde.

Papa zette zijn bril op het puntje van zijn neus en keek me aan.

'Blijkbaar,' begon hij, 'heeft elk van je leraren gewag gemaakt van een belangrijke verbetering van je omgangsvormen in de klas en van je werkethiek.'

Hij nam zijn bril af en keek me weer aan.

Moeder liet haar adem ontsnappen.

'En schijnbaar heeft ook je ervaring in de reële wereld, namelijk een gevangeniscel, je bewust gemaakt van de potentiële consequenties van je wangedrag. Ik zeg "schijnbaar" omdat je me al heel vaak hebt teleurgesteld, Teal.'

'Maar als al haar leraren alleen maar goeds te melden hebben,' kwam moeder tussenbeide, 'dan...'

Papa hief zijn hand op en de volgende woorden bleven in haar keel steken.

'Ik wil consequentheid. Ik wil van nu af aan elke week zo'n rapport zien.'

Hij vouwde het papier op en stopte het weer in de envelop.

'Maar ik heb begrepen dat jij en je broer een goed en openhartig gesprek over dit alles en over je toekomst hebben gehad.'

'O, ja?' vroeg moeder, van mij naar hem kijkend. Ik kon het zien aankomen. 'Waarom is mij daar niets van verteld?'

'Carson stelde voor die taak op zich te nemen. Je zult het aan hem moeten vragen,' antwoordde papa.

Ik kromp even ineen toen ik mijn gesprek met mijn broer hoorde bestempelen als een taak. Deed niemand hier dan ooit iets omdat ze het graag wilden? Was alles een verantwoordelijkheid, een verplichting? Ging het zo in alle families of alleen in de mijne?'

'O,' zei ze. 'Hij zei er niets over toen ik hem vandaag zag. Het verbaast me alleen, meer niet.'

'Om terug te komen op mijn onderwerp,' zei papa, die duidelijk liet merken dat hij niet gesteld was op een onderbreking, 'je klaagde over je particuliere school en wist blijkbaar de steun van je broer te krijgen.'

'Is dat waar?'

'Amanda, alsjeblieft.' Hij ging verder tegen mij. 'Ik weet niet of je je de kansen en voordelen realiseert van deze school. Je klassen zijn kleiner, nietwaar?'

'Sommige,' zei ik.

'Zoals je kunt zien uit dit rapport, geven de leraren je meer individuele aandacht,' ging hij verder, zwaaiend met de envelop. 'En meer ter zake dienend, je gedrag en prestaties op de openbare school waren erbarmelijk. Ik zou niets liever willen dan me dit geld besparen. Ik zou het prachtig vinden als je naar de openbare school ging en daar succes had, maar daartoe ben je niet in staat geweest, en ik merk ook dat er hier meer op je gelet wordt. Maar,' ging hij verder, terwijl hij zijn servet openvouwde ten teken dat het gesprek ten einde was en we ons konden concentreren op de maaltijd, 'als je een succesvol jaar hebt afgesloten en nog steeds terug wilt naar de openbare school, zullen we dat bespreken. En,' ging hij verder, voordat ik kon protesteren, 'je hebt het aan je broer te danken dat je zelfs díé mogelijkheid krijgt. Er zijn andere instellingen, minder aangenaam, die ik begon te overwegen, Teal. Blijf op je tellen passen, jongedame.'

Hij draaide zich om naar het dienstmeisje en ze begon het eten op te dienen. Moeder, die nog verontwaardigd was dat ze buiten het nieuws was gehouden, zat er pruilend bij.

'Ik begrijp het gewoon niet,' zei ze. 'Echt niet. Carson verzwijgt nooit iets voor me. We hebben elkaar altijd in vertrouwen genomen. We waren zo intiem als een moeder maar met een kind kan zijn.'

De tranen brandden onder mijn oogleden. Wij zijn nooit intiem geweest, dacht ik, wij hebben elkaar nooit in vertrouwen genomen. En toen gebeurde het. Ik flapte het eruit, alsof ik op een magisch tapijt van verdriet en woede door de lucht vloog. Ik kon er niets aan doen.

'Hij vertelde me dat hij Ellery een verlovingsring wilde geven. Ik geloof dat hij het afgelopen woensdag zelfs al heeft gedaan,' zei ik zo nonchalant mogelijk.

Moeders mond viel open, de nog ongekauwde stukjes sla en tomaat vielen over haar onderlip. Papa keek naar mij, en ik wist onmiddellijk dat hij het al wist. Carson had hem in vertrouwen genomen, en wat hij mij had gezegd, dat het ons speciale geheim zou zijn, ons eerste broer-zusgeheim, was een aperte onwaarheid. Het maakte dat ik me minder schuldig voelde dat ik hem had verraden. Ik zou mijn antwoord klaar hebben als hij het hoorde.

'Een officiële verloving? Een ring?' vroeg ze aan papa. 'Wist jij dat, Henderson?'

Hij schudde zijn hoofd en richtte zijn aandacht weer op zijn salade.

'Eerste keer dat ik het hoor,' zei hij, maar iedereen die objectief was en het hem hoorde zeggen, zou weten dat hij loog. Moeder verkoos natuurlijk hem te geloven. Ze keek weer naar mij.

'Wat heeft hij precies gezegd?'

'Ik herinner me zijn exacte woorden niet,' antwoordde ik.

'Nou ja, minder exact dan. Wat zei hij?'

'Alleen dat hij haar een ring zou geven en het jullie aan het eind van dit weekend zou vertellen. O,' zei ik, en liet het klinken als een onbelangrijk detail, 'en dat ze in juni zouden trouwen.'

'In juni!' Ze smeet haar vork neer. 'Er is niet voldoende tijd tussen nu en juni voor een behoorlijke bruiloft.'

'Misschien willen ze weglopen,' opperde ik. Haar mond ging open en dicht.

'Dat doen ze niet. Dat doen ze beslist niet. Henderson?'

Hij haalde zijn schouders op.

'Ik denk het niet,' zei hij. Ik wist zeker dat hij elk detail van Carsons plannen al kende.

'Dit is... verbluffend,' mompelde ze. Ze zag bleek en leek op het punt een paniekaanval te krijgen. 'Ik moet meteen Waverly Taylor bellen.' Ze begon van tafel op te staan.

'Amanda,' snauwde papa. 'Dat kun je niet doen. Misschien heeft Carson Ellery de ring nog niet eens gegeven. Je zult moeten wachten tot je het uit zijn eigen mond hoort. Ga zitten,' beval hij.

Moeder verstarde en toen, alsof haar lichaam in pudding was veranderd, leek ze ineen te zakken op haar stoel.

'Maar... dit is een crisis, Henderson, een echte sociale crisis. Weet je hoe moeilijk het is de club af te huren voor een huwelijk, of welke behoorlijke zaal ook, op zo korte termijn? Die dingen worden bijna een jaar van tevoren gepland, twee jaar zelfs. Jij weet niets van die dingen,' berispte ze hem. 'Je hebt het te druk in je zakenwereld. Dit is míjn wereld.'

'Niettemin,' zei papa kalm, 'zul je moeten afwachten of het werkelijk gaat gebeuren. Voorlopig heb je alleen maar Teals verslag van een gesprek met Carson.'

Moeder dacht even na en zei toen tegen mij: 'Je vertelt toch de waarheid, hè, Teal? Ik bedoel, dit is toch niet een van je afschuwelijke leugens? Wees alsjeblieft eerlijk tegen me.'

'Het is wat ik me herinner,' zei ik bijna fluisterend, en begon te eten. Ik keek even naar papa, die me weer kwaad aanstaarde. Hij zou ongetwijfeld direct aan Carson gaan vertellen wat ik had gedaan.

Moeders eetlust was verdwenen. Ze zei dat ze een afschuwelijke migraine had en ging naar haar kamer. Papa begon tegen mij zodra ze de kamer verlaten had.

'Waarom heb je dat gedaan? Waarom heb je haar Carsons plannen verteld?'

'Ik wist niet dat het er iets toe deed.'

'Natuurlijk wist je dat wel. Je kunt heel gemeen zijn, Teal.'

'Ik ben niet gemeen,' zei ik. Tranen vertroebelden mijn ogen. 'Het ontviel me gewoon.'

'Je broer was duidelijk van plan haar met het nieuws te verrassen. Het was verkeerd van hem het jou toe te vertrouwen, en het enige wat je er vanavond mee bereikt hebt is dat je mijn mening versterkt dat je niet te vertrouwen bent. Vertrouwen is iets dat verdiend moet worden, en eerlijk gezegd, zie ik niet dat jou dat zal lukken.'

'Je haat me!' schreeuwde ik.

'Praat niet zo hard.'

'Je hebt me altijd gehaat, vanaf het moment dat ik ben geboren.'

'Doe niet zo belachelijk.'

'Ik doe niet belachelijk, papa. Jij weet dat het waar is en ik weet dat het waar is.'

'Ik haat je niet. Hoe kan ik mijn eigen vlees en bloed haten?' daagde hij me uit.

'Dat kún je. Je gelooft niet eens dat ik je eigen vlees en bloed ben.'

'*Wat?* Nu is het genoeg. Je loopt aan de rand van de afgrond, Teal.' Hij wees met zijn rechterwijsvinger naar mij als met de loop van een pistool. 'Als ik ooit nog eens zulke nonsens uit jouw mond hoor, zal ik...'

'Me op de brandstapel laten verbranden, ik weet het,' snauwde ik, en stond op.

'Je hebt nog geen toestemming om te gaan, jongedame,' schreeuwde hij me na. 'Teal Sommers.'

Ik liep door en holde de trap op naar mijn kamer en smeet de deur dicht. Een paar ogenblikken bleef ik staan luisteren. Zou hij me achterna komen? Ik hoorde niets en ontspande me.

Ongeveer twee uur later ging ik weer naar beneden. Ik was halverwege het diner opgestaan en ik had nog steeds honger, dus ging ik naar de keuken om een snack te halen. Papa zat in zijn werkkamer en keek televisie. Hij had zijn eigen toestel en keek graag naar uitzendingen die wij volgens hem niet zouden appreciëren. Om zich te verzekeren van zijn privacy, deed hij de deur op slot. Heel vaak waren wij drieën als vreemdelingen in een hotel, waar ieder zijn eigen dingen deed, waar we elkaar in de gangen ontmoetten, goedenavond en goedemorgen mompelden.

Ik maakte een sandwich met de kip die in de ijskast stond en at die aan de ontbijttafel. Het was nu bijna halftien. Over iets meer dan een halfuur zou Del klaar zijn met zijn werk in het pizzarestaurant. Ik had hem bijna elke dag gesproken, maar we hadden elkaar niet meer gezien sinds ik bij hem thuis was geweest. Hij vertelde me dat er weer iemand van de sociale dienst was geweest, die zijn moeder een ernstige waarschuwing had gegeven.

Waarom was het zo moeilijk om een gezin te hebben, een gezin te vormen? Waarom deden mensen die van elkaar hoorden te houden elkaar zoveel verdriet? Die hele week had ik over ons lopen fantaseren, me Del en mij voorgesteld samen met zijn broertje en zusje, me verbeeld dat we wegliepen en ergens nog lang en gelukkig leefden. Ze wilden ons immers toch niet. We zijn alleen maar een last voor ze. We staan hun egoïstische geluk in de weg, dacht ik.

Het was niet eens zo'n onhaalbare fantasie. Hij en ik waren sterk genoeg om te werken, onszelf en twee kleine kinderen te onderhouden. We zouden ergens naartoe kunnen gaan waar niemand ons kende en waar niemand ons lastig zou vallen. Ik wist zeker dat ik hem mettertijd wel zou kunnen overhalen.

Toen ik terugging naar mijn kamer, mokkend en scheldend op mijn huisarrest, zag ik dat moeder haar tas op het haltafeltje had laten liggen. Dat deed ze vaak als ze opgewonden over iets thuiskwam en meteen naar de telefoon wilde om haar vriendinnen te bellen.

Na me ervan overtuigd te hebben dat er niemand in de buurt was, maakte ik haar tas open en zocht in de inhoud. Zoals ik verwachtte zat er geld in, opgevouwen, verfomfaaid en gekreukt. Ik haalde het er langzaam uit en vouwde de biljetten open. Ik hield bijna vierhonderd dollar in mijn hand. Ik wist dat ik een heel groot risico nam, maar ik moest Del zien. Ik moest beginnen hem ervan te overtuigen dat mijn fantasie werkelijkheid kon worden.

Haastig liep ik naar de openslaande tuindeuren van de zitkamer die uitkwamen op de patio aan de westkant van het huis, en glipte naar buiten. Ik voorkwam dat de deuren weer in het slot vielen, maar zorgde ervoor dat het leek of ze gesloten waren. Toen holde ik zo snel mogelijk over de oprit naar de straat. Nog geen kilometer verderop was een benzinestation en een winkel. Ik maakte gebruik van de telefoonautomaat en belde een taxi. Een kwartier later kwam hij aangereden en liet ik me naar het winkelcentrum rijden. Ik arriveerde op het moment dat Del klaar was met schoonmaken en bezig was de ovens af te sluiten.

'Hé,' zei hij, toen hij me zag. 'Ik dacht dat je geboeid en geketend thuiszat.'

'Dat was ook zo, maar ik ben uitgebroken.'

Hij lachte.

'Nog een paar minuten,' zei hij, en ik ging buiten op hem wachten.

Er waren al zoveel winkels gesloten, dat het winkelcentrum bijna leeg was; slechts hier en daar liepen een paar mensen. Ik zag niemand van mijn oude vrienden of vriendinnen, maar dat stoorde me niet. Ik wilde niet dat Del en ik door iets zouden worden afgeleid.

'En,' vroeg hij, 'hoe heb je dat klaargespeeld?'

'Stiekem naar buiten geslopen.'

'O, nee, straks sturen ze weer de politie op je af.'

'Ze komen er niet achter dat ik niet thuis ben. Mijn moeder maakt een sociale en emotionele crisis door, en mijn vader heeft zich opgesloten in zijn werkkamer. Ze komen zelden in mijn kamer als ik de deur heb dichtgedaan. Ik ben met een taxi hiernaartoe gegaan, dus mijn vader kan niet de politie bellen en beweren dat een van zijn auto's gestolen is.'

Del schudde zijn hoofd.

'Ik moet naar huis,' zei hij. 'Ik maak me bezorgd. Mijn moeder gedroeg zich heel vreemd vanmorgen. Over een paar minuten gaat er een bus.'

'We nemen een taxi. Ik heb geld.' Ik liet het hem zien.

'Wauw.'

'Ik kan meer krijgen, Del. We kunnen het opsparen tot we genoeg hebben,' zei ik, toen we het winkelcentrum verlieten.

'Genoeg waarvoor?'

'Genoeg om samen weg te lopen. Met Shawn en Patty Girl,' voegde ik er snel aan toe.

Hij bleef staan en keek naar me met een ongelovig glimlachje.

'Weglopen? Waarheen?'

'Dat weet ik niet. Dat moeten we plannen. Als we genoeg geld hebben, kunnen we bijna overal waar we willen naartoe, toch?'

'Als je vader de politie al achter je aan stuurde toen je pas een paar uur verdwenen was, wat denk je dan dat hij zou doen als je er op die manier vandoor ging?'

'Kan me niet schelen. Als ik eenmaal weg ben, kan het hem niet meer schelen.'

Del schudde zijn hoofd.

'Dit is een begin,' zei ik, en liet hem weer het geld zien. 'Dit is bijna vierhonderd dollar. Neem het en bewaar het voor ons.'

'Ik kan geen geld van jou blijven aannemen, Teal. Hoe kom je eraan?'

'Het zwerft overal rond in huis, net als stof,' zei ik. Hij staarde me aan. 'Mijn moeder weet niet eens hoeveel geld ze laat slingeren en kijkt er niet naar om.'

'Het blijft stelen, Teal, ook al is het van je eigen moeder. En als ik het aanneem ben ik medeplichtig aan die misdaad.'

'Het is geen misdaad!' hield ik vol. 'O, Del, zie je het dan niet? Het is onze kans om gelukkig te worden.'

'Je bent maar één keer bij me geweest, en je bent bereid je hele leven met me door te brengen en me te helpen voor mijn broertje en zusje te zorgen?'

'Ja,' zei ik zo ferm mogelijk. 'En schud niet voortdurend met je hoofd. Het ís waar, en het is een goed idee.'

Hij liep peinzend door.

'Wat heb je voor Shawn en Patty Girl gekocht met die honderd dollar?' vroeg ik.

'Kleren die ze nodig hadden.'

'Zie je nou! Het was dus wél goed. Waarom zouden ze niet krijgen wat ze nodig hebben? Waarom wij niet allemaal, ook jij en ik?'

'Ik weet het niet,' zei hij.

'Ik wél. We moeten het doen en we zúllen het doen.'

Hij zei niets. We stopten bij de bushalte.

'We kunnen een taxi nemen,' zei ik opnieuw.

'De bus is goed genoeg.'

'Wees niet zo bang om mijn geld uit te geven. Dan ben je gauwer thuis, Del. Hoe eerder je thuis bent, hoe beter. Ja toch?'

Hij tuurde de straat af. Er was nog geen bus te bekennen, en de straat lag er donker en verlaten bij. Hij draaide zich weer naar mij

210

om. Ik wist dat het pijnlijk voor hem was om het te zeggen, het toe te geven, maar hij deed het.

'Ja. Het is beter als ik zo gauw mogelijk thuis ben.'

Ik glimlachte.

'Goed.'

'Maar luister naar me, Teal. Liefde kun je niet kopen. Dat is iets wat vanzelf gebeurt. Soms is er tijd voor nodig.'

'Ik zal wachten,' zei ik glimlachend. 'Je bent het waard. We zijn het allebei waard.'

Hij schudde weer zijn hoofd en glimlachte toen.

'Oké, we zullen zien,' gaf hij eindelijk toe.

Ik had het gevoel dat me een leven vol regenbogen beloofd werd.

We liepen naar een taxistandplaats en lieten ons naar zijn huis brengen. Zodra we er waren wist Del dat er iets heel erg mis was. De voordeur stond wagenwijd open.

We betaalden de taxichauffeur. Del aarzelde toen hij uitstapte.

'Je moet blijven zitten en meteen naar huis gaan,' zei Del, met zijn blik op de open deur gericht. 'Je mag nu nergens bij betrokken raken, niet na alle moeilijkheden die je je de vorige keer op je hals hebt gehaald.'

'Het is oké. Ik wil er eerst zeker van zijn dat het met jou en de kinderen goed gaat.'

'Ze is er met die misselijke vriendin van haar, LaShay Monroe. Dat is een slecht mens,' zei hij. 'Ze heeft connecties met een of andere Jamaicaanse drugskoning en laat mijn moeder pot roken en andere dingen doen,' onthulde hij. Hoewel hij niet in details trad, kon ik aan zijn gezicht zien dat die andere dingen maar beter verzwegen konden worden.

We liepen naar binnen en keken in de zitkamer. Zijn moeder en een lange, magere Jamaicaanse vrouw lagen op de grond met hun rug tegen de bank. De kamer rook naar marihuana.

'Wat doe je?' vroeg Del.

Ze hielden op met lachen en staarden ons aan.

'O, o, de stem van mijn geweten,' zei zijn moeder, en ze begonnen weer te lachen.

'Je bent walgelijk,' snauwde Del. 'Waar zijn Shawn en Patty Girl?'

'Die slapen. Trek niet zo'n zuur gezicht. Je doet me denken aan je vader. Wie ben jij?' vroeg ze aan mij.

'Dat gaat je niets aan,' zei Del.

'Schijnt toch wel íemand aan te gaan, niet,' zei LaShay grijnzend, en Dels moeder en zij kregen weer een lachstuip.

'Ter opheldering, ma, als je je de helft herinnerde van alle stomme dingen die je doet, zou je nog weten dat ze me laatst heeft geholpen jou van de grond te tillen en je op bed te leggen,' zei hij.

De glimlach van zijn moeder verdween.

'Pas op je woorden, jongen.'

'Zou je niet tenminste de voordeur dicht kunnen doen? Moet iedereen in de buurt die langsloopt weten wat je hier aan het doen bent? Je weet dat ons dat nog meer moeilijkheden kan bezorgen.'

Vreemd, de zoon die meer verantwoordelijkheidsbesef heeft dan de moeder, dacht ik.

'Wat kan het me schelen wat de buurt denkt?'

'Het zal je wél iets kunnen schelen als ze de sociale dienst bellen,' zei hij.

'Zie je nou,' zei ze tegen LaShay. 'Zie je nou wat ik heb te verdragen? Over het bederven van kostbare weed gesproken. Precies zijn vader, hij verstoort je geluk.'

LaShay knikte en keek met een woedend gezicht naar ons, alsof wij de slechteriken waren.

Del schudde zijn hoofd en zei: 'Ik walg van je.'

Hij liep naar de kamer van Shawn en Patty Girl. Ik volgde hem, en toen we naar binnen keken, zagen we dat ze niet sliepen. Ze lagen naast elkaar, met de armen om elkaar heen geslagen.

'Hé,' zei hij, snel naar hen toelopend. 'Wat is er met jullie aan de hand?'

'Nare droom,' zei Patty Girl. 'Ik heb mama geroepen, maar ze kwam niet.'

'Ach, dat arme kind,' zei ik.

'Je moet terug naar je eigen bed, Patty Girl, anders slapen jullie geen van tweeën. Kom.' Hij probeerde haar weg te halen van Shawn, die met grote ogen naar ons lag te kijken en zich vastklampte aan zijn kleine zusje.

Del draaide zich om naar mij.

'God weet wat er gebeurd is voordat we hier kwamen,' zei hij.

Ik knielde en begon Patty Girl gerust te stellen.

'Ik blijf bij je tot je in slaap bent gevallen,' beloofde ik. Er gloorde wat hoop in haar ogen. Haar greep op haar broer verslapte en Del kreeg hem zover dat hij zijn zusje ook losliet. Ik bracht haar naar bed en ging naast haar zitten. 'Ik heb ook een grote broer,' zei ik, 'en hij vertelde me dat als ik een nare droom heb, ik hem terug moet stoppen in mijn hoofdkussen.'

'Hoe?' vroeg ze.

'Druk je hoofd heel hard tegen het kussen en doe je ogen dicht en zeg tegen je nare droom dat hij weg moet gaan. Toe dan.'

Ze keek naar Del, en hij knikte. Toen sloot ze haar ogen en drukte haar hoofdje achterover.

'Zeg: "Ga weg",' drong ik aan.

'Ga weg,' herhaalde ze.

'Goed zo. Wacht even.'

Ik pakte het kussen en deed net of ik de droom op de grond schudde.

'Zo,' zei ik. 'Hij is weg. Nu kun je gaan slapen.' Ik legde het kussen weer onder haar hoofd en ze glimlachte. 'Doe je ogen dicht en probeer te slapen.'

Del en ik bleven in de kamer zitten bij zijn broer en zusje en fluisterden tegen elkaar. Buiten de kamer hoorden we zijn moeder en haar vriendin LaShay lachen en roken.

'Misschien is jouw idee om weg te lopen toch niet zo stom,' zei hij.

'Dat is het echt niet. Door te doen wat jij hebt gedaan, heb je alleen maar bereikt dat ze in een ellendige situatie blijven leven, Del. Ik weet dat je niet wilt dat ze gescheiden worden en naar pleeghuizen gestuurd.'

Hij knikte.

'Je kunt erg goed met haar omgaan,' zei hij, naar Patty Girl kijkend, die nu lag te slapen.

'Waarschijnlijk omdat ik vroeger zelf zo naar knuffels heb verlangd,' zei ik. 'Misschien als ik een oudere zus had gehad...'

Mijn stem en mijn wens zweefden weg als rook.

Hij keek op zijn horloge.

'Je moet naar huis, Teal. Het is al laat, en je zou nog veel meer moeilijkheden kunnen krijgen.'

Zo stil mogelijk slopen we de slaapkamer uit. In de gang bleven we staan. Zijn moeder en LaShay waren naar haar slaapkamer gegaan en zaten nu zachtjes te praten.

213

'Het zal nog slecht met haar aflopen dankzij die vriendin van haar,' voorspelde Del. 'Het is nog maar een kwestie van tijd.'

'We kunnen hier iets aan doen, Del. Je zult het zien,' zei ik.

Hij knikte en glimlachte hoopvol. Hij leek nu wanhopig genoeg om in de tandenfee te geloven.

'Het is geen fantasie,' verzekerde ik hem.

Hij bracht me naar een taxi en we gaven elkaar een zoen.

'Bedankt dat je me zo goed helpt,' zei hij.

Ik had zo'n medelijden met hem, voelde me zo bedroefd, toen hij het portier van de taxi dichtdeed.

Hij keek me na toen ik wegreed in de taxi en stak toen zijn handen in zijn zakken, en liep met gebogen hoofd terug naar een hel die oneindig erger was dan die van mij.

7. Een roekeloze stemming

Het lukte me in huis terug te komen en naar boven naar mijn kamer te gaan zonder ontdekt te worden. Het versterkte mijn idee dat ik kon doen wat ik wilde als ik maar voorzichtig en slim genoeg was. Ik was zo opgewonden over de mogelijkheden voor Del en mij, dat het een tijd duurde voor ik in slaap viel. Ik zag ons allemaal al naar het westen rijden in de SUV van mijn moeder, als ontdekkingsreizigers op zoek naar nieuwe werelden, waarbij we onverwachte en veelbelovende ervaringen opdeden. Leven zonder regels en beperkingen, avondklokken en straffen was de ware vrijheid.

Zoals gewoonlijk in het weekend sliep ik tot laat in de ochtend. Een tijdlang, toen ik jonger was, probeerde mijn vader me vroeger uit bed te krijgen en wilde hij dat ik zelf mijn bed opmaakte en mijn kamer opruimde, maar het beviel moeder nooit zoals ik het deed en ze was altijd bang dat iemand naar binnen zou kijken en het zou zien.

'Ze doet het met opzet zo slordig, Amanda, omdat ze weet dat jij dan alles door de dienstmeisjes zal laten doen,' zei papa tegen haar, maar ze vond het minder vermoeiend om het door het personeel te laten opknappen dan toezicht te moeten houden als ik het deed. Ze moesten gewoon wachten tot ik was opgestaan en naar beneden gegaan om te ontbijten, dat was alles.

Wat me die ochtend feitelijk wekte was dat ik mama in de zitkamer hoorde huilen. Ik kon het horen omdat het raam daar en het raam in mijn kamer openstonden. Eerst dacht ik dat het een jong vogeltje was dat uit het nest was gevallen.

Mijn moeder zien en horen huilen was niet zo ongewoon. Ze kon in tranen uitbarsten om de kleinste, malste dingen, zoals het ontvangen van een uitnodiging voor een lunch dagen nadat een vriendin die al had gekregen, of het feit dat haar naam was weggelaten in een artikel op de societypagina's. Wat, vroeg ik me af, zou ze doen als ze zelfs maar met een tiende van Dels problemen te kampen had. Dus holde ik niet naar beneden om te zien wat er aan de hand was. Ik nam een douche, kleedde me aan, en toen ik beneden kwam, zat ze rustig in de zitkamer naar buiten te staren, bette haar ogen met een zakdoekje en schokte met haar schouders als iemand die de hik heeft.

'Wat is er nu weer, moeder?' vroeg ik in de deuropening, met een stem vol afkeer.

Ze draaide zich langzaam om. Toen zuchtte ze diep, zo diep dat je zou denken dat haar hart in tweeën was gebroken.

'Ik heb je broer gesproken vanmorgen,' zei ze, met haar hand tegen haar keel. 'Hij heeft Ellery inderdaad een aanzoek gedaan, maar het ergste is dat alles al geregeld is: waar het huwelijk zal worden gesloten, de kleuren van de jurken, de geschenkjes voor de gasten, zelfs het menu!'

'Nou, daar hoor je blij om te zijn, moeder. Waarom huil je? Je hoeft je nu geen zorgen te maken.'

Ze zweeg en staarde me aan of ik volslagen gek was geworden. Toen schudde ze haar hoofd en keek weer uit het raam. De lucht was bewolkt en het beloofde een sombere dag te worden, wat me goed leek aan te sluiten bij haar stemming.

'Mij buitensluiten van de belangrijkste dag van zijn volwassen leven moet me blij maken? Ik heb het gevoel dat mijn eigen zoon me een dolksteek in de rug heeft gegeven.'

'Wees maar niet bang, moeder. Ik zal ervoor zorgen dat jij alles mag regelen voor míjn huwelijk, vooral de kleur van de servetten,' zei ik en draaide me met een ruk om.

'Dat is niet grappig, Teal. Hoe moet ik mijn vriendinnen onder ogen komen als ze naar het huwelijk informeren? Weet je dat de aankondiging al is opgesteld en naar de kranten gestuurd? Om dat allemaal zo snel voor elkaar te kunnen krijgen, moet Waverly Taylor al heel lang hebben geweten dat dit zou gaan gebeuren. Ik denk dat je broer Ellery die verlovingsring al lang had gegeven voordat hij jou vertelde dat hij het zou gaan doen en zeker lang voordat hij van plan was het mij te vertellen.'

Dat viel in slechte aarde. Ze had waarschijnlijk gelijk, wat betekende dat hij me niet zo in vertrouwen had genomen als ik had gedacht. Ik had zo wanhopig graag willen geloven dat mijn broer me eindelijk behandelde als zijn zuster dat ik geen seconde aan hem had getwijfeld.

'Ik voel me ellendig,' zei moeder. 'Ik denk er hard over ze te zeggen dat ze hun gang maar moeten gaan en ook het proefdiner plannen. Dat wordt geacht de taak te zijn van mij – van je vader en mij. Het allerergste is nog dat je vader zich er helemaal niet aan ergert en het waarschijnlijk best zou vinden als ik dat zei.'

'Hij ergert zich niet omdat hij alles al wist,' flapte ik eruit. Haar ogen werden zo groot als schoteltjes en deden me denken aan ET.

'Wát zeg je, Teal? Dat ik degene was die in onwetendheid werd gelaten? Je broer heeft je vader alles verteld, heeft het jou verteld, heeft zijn toekomstige schoonfamilie ingeschakeld, maar heeft mij erbuiten gelaten?'

Mijn volmaakte broer Carson, dacht ik, heeft er echt een zootje van gemaakt. Ik moest even glimlachen, wat mijn moeder interpreteerde als leedvermaak omdat ze buitengesloten was. Verontwaardigd vroeg ze: 'Nou?'

'Ik ben geen ervaren detective, moeder,' zei ik, 'maar alles wijst in die richting.' Ik slenterde naar de ontbijttafel. Misschien had ik me niet zo vrolijk moeten maken, maar ik kon er niets aan doen. Misschien zou mijn moeder voor één keer denken dat ik niet de ergste was van haar twee kinderen, zelfs al zou die gedachte niet langer dan een paar uur blijven hangen.

Ik moet het haar nageven, mijn moeder was niet iemand die zich de hele dag overgaf aan zelfmedelijden. Ze vermande zich en nam zich vastberaden voor dat ze bij alle verdere besluiten aangaande het huwelijk iets te zeggen zou hebben. Ze liep naar de telefoon en belde Waverly Taylor en stond erop dat ze samen zouden lunchen. Of het waar was of niet, ze was vastbesloten de indruk te wekken dat ze van alle huwelijksarrangementen van begin af aan op de hoogte was geweest.

Moeder praatte en gedroeg zich zelfs algauw alsof er niets aan de hand was. Ze belde al haar vriendinnen, besprak alle details van het huwelijk alsof ze alles al had geweten nog vóór Ellery, laat staan haar moeder. *Zij* wilde het zo, alles was geregeld volgens *haar* suggesties. Het duurde niet lang of de gesprekken, de plannen, de opwinding fungeerden als een enorme afleiding. Niemand lette op mijn komen en gaan. Belangrijker nog, ik was in staat nog meer toe te voegen aan wat ik beschouwde als het vluchtgeld voor Del en mij, door nu en dan moeders portemonnee te plunderen.

Om niet nog meer complicaties te veroorzaken, gedroeg ik me als een kleine marionet op school en bleef ik vooruitgaan in mijn studie, zo goed zelfs, dat Bloomberg in eigen persoon me op een ochtend in de gang tegenhield om me te vertellen hoe blij verrast hij was door mijn respectvolle nieuwe houding.

'Ik heb er nooit aan getwijfeld dat je het zou kunnen, Teal, als je maar wilde.'

Bij die opmerking liet ik bijna mijn beleefd glimlachende masker vallen. Wie probeerde hij voor de gek te houden? Waarschijnlijk had hij gewed op mijn onvermijdelijke verbanning.

Ik bedankte hem zo beleefd en poeslief mogelijk en liep verder de gang door. Ik was zo'n perfecte jongedame dat ik dacht dat ik mijn ontbijt, lunch en diner eruit zou kotsen.

De enige die zich in deze tijd echt aan me ergerde was Carson, die me op een avond in huis klemzette nadat hij een gesprek had gehad met papa. Ik had nooit mijn best hoeven doen om Carson te vermijden. Meestal toonde hij weinig belangstelling voor me, behalve om me een waarschuwing of een standje te geven.

We hadden elkaar niet meer gesproken sinds de dag waarop hij naar mijn slaapkamer was gekomen en me zijn hulp had aangeboden, me zelfs het geld had gegeven dat ik onmiddellijk aan Del had overhandigd.

'Je hebt een hoop narigheid voor me veroorzaakt door ons geheim te verraden,' begon hij.

'Ons geheim?' zei ik, terwijl ik de trap afliep. 'Ons geheim, Carson? Je had het allang aan papa verteld voordat jij het mij vertelde. Ja toch? En je had Ellery al lang daarvoor ten huwelijk gevraagd.'

'Ik vertrouwde jou met het nieuws,' wierp hij tegen.

'Welk nieuws?' Ik haalde mijn schouders op. 'Moeder weet dat de Taylors het eerder wisten dan zij. Ze speelt mooi komedie tegenover haar vriendinnen, maar jij en ik weten dat ze zich wanhopig voelde, Carson, en deze keer was jij de schuldige en niet ik.'

'Wat ben je toch een klein kreng, Teal.'

'Waarom, omdat ik de dingen bij de naam noem, omdat ik eerlijk ben?'

Hij lachte sarcastisch.

'Jij? Eerlijk?' Zijn lach verdween. 'Waar zijn mijn honderd dollar?'

'Die heb ik gebruikt om kauwgum te kopen.' Ik draaide me om en liep de trap weer op.

'Je zult nooit vrienden hebben, Teal,' riep hij me na. 'Als mensen je niet kunnen vertrouwen, willen ze je niet als vriendin.'

Ik gaf geen antwoord. Ik ging naar mijn kamer en deed de deur dicht. Misschien had hij gelijk. Misschien zou ik nooit een echte vriend of vriendin hebben. Ondanks mijn dappere façade en mijn soms stoere houding, vreesde ik dat ik was opgegroeid als onkruid in een verwaarloosde tuin. Al kon ik misschien zeggen dat het niet mijn schuld was, toch was ik geen aardig mens, niet iemand die een ander als vriendin zou willen hebben. Als kind verbeeldde ik me dat mijn poppen zich niet gelukkig voelden met mij. Ik zorgde niet erg goed voor ze, misschien omdat ze me werden toegeworpen als voer om me zoet te houden in mijn kooi.

Ik zou ze nog verbaasd laten staan, vooral Carson, dacht ik, mokkend in mijn kamer. Del en ik zouden het doen. We zouden weglopen en ze met open mond achterlaten. Ik telde het extra geld dat ik had gestolen. Bijna vijftienhonderd dollar. Ik wist dat het lang niet genoeg was, en dat gaf me een misselijk gevoel. Hoe lang zou ik dat lieve, brave meisjesgedrag kunnen volhouden? Wat een idioot was ik geweest om Shirley die diamanten armband te geven, dacht ik. Ik had het gedaan om indruk te maken op Del, maar nu zou die armband goed van pas zijn gekomen. Misschien kon ik haar zover krijgen dat ze hem aan me teruggaf.

Ik ging naar beneden en wachtte op een kans om de telefoon te gebruiken. Zodra papa het huis verliet, ging ik naar zijn kantoor en deed de deur zachtjes dicht. De telefoon bleef overgaan, maar niemand nam op in Shirleys huis. Gefrustreerd hing ik op en ging naar moeder die zich gereedmaakte voor een afspraak met iemand op de golfclub. Ik vroeg haar me af te zetten bij het winkelcentrum, met het smoesje dat ik een paar sportschoenen moest kopen voor de gymles. Ik wist haar zelfs over te halen me tweehonderd dollar te geven.

'Geef het niet allemaal uit in het winkelcentrum,' zei ze. 'Bewaar iets voor een taxi en kom meteen naar huis, Teal, zodra je de schoenen hebt gekocht. Ik wil geen standje krijgen van je vader omdat ik je vrij rond laat lopen.'

'Ik loop niet vrij rond, moeder. Ik moet een paar belangrijke boodschappen doen.'

'Dat weet ik, maar je vader blijft zeggen dat hij wacht tot de tweede schoen valt, wat dat ook mag betekenen. Hij maakt me zenuwachtig. Blijf je alsjeblieft goed gedragen. Met al die plannen die uitgewerkt moeten worden voor het huwelijk, kan ik er echt geen complicaties bij hebben.'

'Ik dacht dat alles geregeld was voor het huwelijk, moeder.'

Ze lachte zelfvoldaan.

'Waverly Taylor is niet goed opgewassen tegen zo'n belangrijke sociale gebeurtenis. Ik heb al een paar veranderingen moeten aanbrengen,' zei ze trots. 'Ze weet gewoon niet wat bij wat past, wat de juiste etiquette is, en wat voorname mensen verwachten op een dergelijke gebeurtenis. Ze heeft geld maar geen klasse,' voegde moeder eraan toe.

'Dan mag ze blij zijn dat ze jou heeft,' zei ik.

Ze keek me aan, niet goed wetend of ze me moest geloven of niet. Ik probeerde zo onschuldig en oprecht mogelijk te kijken, en ze knikte.

'Ja, daar boft ze mee.'

Zodra ik in het winkelcentrum was, liep ik haastig naar het pizzarestaurant om Del te spreken. Gelukkig nam hij net een pauze. Zijn gezicht klaarde op toen hij me zag.

'Ik hoopte dat je vandaag zou komen,' zei hij. 'Ik heb goed nieuws.'

'Wat dan?'

Ik ging naast hem zitten. Had hij ook wat geld te pakken weten te krijgen? Had hij een manier gevonden om eerder weg te kunnen? We hadden het er zo vaak over gehad sinds ik het idee had geopperd. Als we gevrijd hadden, lagen we naast elkaar in bed en praatten tot diep in de avond, tot ik naar huis moest. Een ander zou kunnen denken dat het romantische hersenspinsels waren, maar hij of zij kon niet weten hoe serieus we het meenden en hoe wanhopig we waren. Wanhopige mensen doen wanhopige dingen, vertelde Del me, en ik kon zien dat hij in ons was gaan geloven. Het had hem nieuwe hoop gegeven, en als híj hoop koesterde, deed ik dat ook.

'Mijn moeder heeft een goede baan gekregen,' zei hij, en ik voelde mijn lichaam verschrompelen alsof al mijn botten in boetseerklei waren veranderd. Was dat het wat hem zo blij maakte?

'Hoe bedoel je? Wat voor baan?'

'Kapster, en in een heel goede en drukbezochte salon. Ze gaat behoorlijk geld verdienen. Ze is al bijna een week clean, geen drugs, geen drank. Ze heeft zelfs het roken opgegeven, omdat ze beseft dat het slecht is voor haar huid.'

'O,' zei ik. Ik kon mijn teleurstelling niet helemaal verbergen.

'En het is geen moment te vroeg. We hadden weer bezoek van de sociale dienst. Toen ze kon bewijzen dat ze een goedbetaalde baan had, gingen ze weg. Misschien zullen ze ons nu met rust laten. Is dat niet geweldig?'

'Ja,' zei ik, maar met minder enthousiasme dan hij graag gewild had. 'Maar heeft ze dat niet al eerder gedaan, Del?'

'Ja, maar niet met zoveel enthousiasme. Iets heeft haar wakker geschud. Misschien heeft ze iets gezien, iemand wie het slecht vergaan is of zo. Ik weet het niet. LaShay is ook niet meer geweest, en dat is een goed teken. Mijn voortdurende gezeur heeft eindelijk resultaat gehad. De kinderen zijn ook gelukkiger.'

Ik knikte. In mijn gesloten vuist hield ik het geld dat moeder me had gegeven. Del keek ernaar.

'Wat is dat?'

'Wat? O. Nog iets voor ons fonds,' zei ik, en opende mijn hand om hem de vier biljetten van vijftig dollar te laten zien. Hij staarde ernaar.

'Je moet hiermee ophouden, Teal. Dit gaat heel ernstig worden en je zult in grote moeilijkheden raken. Ik kan geen geld meer van je aannemen. Absoluut niet.'

'Waarom niet? Ik dacht dat we besloten hadden – '

'Maar begrijp je het dan niet?' riep hij uit, met een vertrokken gezicht. 'Ik moet nu meer dan ooit heel voorzichtig zijn, Teal. Ik moet mijn moeder het goede voorbeeld blijven geven. Ik weet dat het andersom hoort te zijn, maar zo is het nu eenmaal niet.'

221

Ik klemde mijn hand om het geld en trok mijn arm terug.

'En onze plannen?' vroeg ik.

Hij schudde zijn hoofd en nam een slok van zijn frisdrank. 'Voorlopig leef ik bij de dag. Denken aan de toekomst is een luxe.'

'Niet voor mij,' zei ik fel, en stond op. 'Ik ben niet van plan hier eeuwig rond te blijven hangen. Met of zonder jou, ik ga iets doen.'

'Haal geen stommiteiten uit,' waarschuwde hij. 'Je hebt je nu al die tijd uit de problemen weten te houden. Verknal het niet, Teal.'

'Dank je,' zei ik, en liep weg. Ik hoorde dat hij me nariep, maar keek niet om.

Hij is degene die stom doet, hield ik me voor. Hij zal het zien. Hij zal er spijt van hebben. Ik was zijn beste kans, en de beste kans voor zijn broertje en zusje. Hij zal er spijt van hebben dat hij het geld niet heeft aangenomen, mompelde ik bij mezelf, maar voordat ik buiten het winkelcentrum was, veranderde mijn woede in droefheid en gedeprimeerdheid. Ik voelde de tranen in mijn ogen springen. Ook al was het een prachtige dag, met een helderblauwe hemel waarin slechts enkele witte wolkjes ronddreven, ik voelde me somber en triest.

In plaats van naar een taxistandplaats te gaan, bleef ik lopen. Nu en dan voelde ik een traan over mijn wang druppen en veegde die weg. Ik dacht niet eens aan de richting, dus verbaasde het me dat ik me op een straathoek bevond in de buurt van een benzinestation, zeker anderhalve kilometer van het winkelcentrum.

Een jonge monteur met donkerbruin haar dat net zo vet leek als zijn handen, stuiterde een autoband op de vloer van de garage en rolde hem naar de kant. Hij lachte, veegde zijn handen af aan een doek en streek het haar dat over zijn voorhoofd hing naar achteren. Ik had me om moeten draaien en weglopen, maar ik was in een roekeloze stemming. Ik lachte terug en hij kwam met een branieachtige houding naar buiten.

'Wat is er, ben je verdwaald?' vroeg hij, toen hij om zich heen keek en zag dat ik niet met de auto was en er niemand bij me was.

'Misschien,' zei ik, en hij lachte.

In het heldere zonlicht leek de huid van zijn wangen op gaas door de kleine pokdalige putjes. Hij droeg een verschoten grijze overall en was ongeveer een meter tachtig lang. Hij was niet bepaald aantrekkelijk. Zijn neus was te dik en zijn mond te breed, maar hij had mooie bruine ogen die vol belangstelling op me gericht waren. Ik moest glimlachen omdat het zo gemakkelijk was zijn aandacht te trekken en vast te houden.

'Is dit jouw garage?' vroeg ik.

'Dat zou je bijna kunnen zeggen, ja. Hij is van Benny Dodge, maar hij is er vaker niet dan wel. Waar ga je naartoe?'

'Nergens.'

'Nou, je bent er,' antwoordde hij, en lachte weer. 'Wil je een Cola?'

'Ja,' zei ik, en volgde hem de garage in. Hij haalde een blikje Cola uit een vrieskist, maakte het open en gaf het aan mij.

Ik nam een slokje. Met halfopen mond stond hij naar me te kijken alsof ik iets heel bijzonders deed.

'Het is warmer dan ik dacht,' zei ik, en maakte het bovenste knoopje van mijn blouse los. Zijn ogen volgden elke beweging van me.

'Hoe oud ben je?' vroeg hij.

'Waarom?'

Hij haalde zijn schouders op.

'Ik wil niet dat iemand kan zeggen dat ik een minderjarige verleid heb.'

'Door me een blikje Cola te geven? Mooie verleiding. Is dat alles wat je te bieden hebt?' daagde ik hem uit. Hij lachte nog harder.

'Wauw.' Hij schudde zijn hoofd. 'Wat had je nog meer in gedachten?'

'Weet ik niet,' zei ik en pakte de slang van de luchtpomp. Ik drukte erop en blies wat stof over de vloer. 'Waar ben je mee bezig?'

'Banden verwisselen. Waarom? Wil je soms monteur worden?' vroeg hij plagend.

Ik staarde hem aan en nam nog een slokje Cola. Zijn ogen gingen heen en weer en hij schuifelde nerveus met zijn voeten.

'Wie ben je?' vroeg hij.

'Niemand,' antwoordde ik.

'Niemand, die nergens naartoe gaat?'

Ik liet de luchtpomp vallen en liep naar hem toe.

223

'Bedankt voor de Cola,' zei ik en zoende hem snel op zijn mond. Zijn ogen puilden bijna uit zijn hoofd.

'Omdat ik niemand ben, en dit nergens is, is dit niet gebeurd,' zei ik glimlachend en wilde naar buiten lopen. Hij greep naar mijn arm en pakte me bij mijn elleboog.

'Wat ben je, gek?' vroeg hij. Hij trok me dichter naar zich toe. 'Je bent een plaaggeest.'

'Laat me los,' zei ik, maar hij hield me vast en zoende me toen lang en heftig en liet zijn handen over mijn schouders en borsten dwalen. Ik wrong me in allerlei bochten tot ik los was.

Hij keek naar me of hij me weer achterna wilde komen, maar er stopte een auto bij de benzinepomp en hij aarzelde.

'Loop niet weg,' zei hij smekend. 'Ik wil met je praten.'

Ik ging haastig weg, met bonzend hart. Wat mankeert je, Teal? vroeg ik me af. Dit was spelen met vuur. Wil je weer een brand stichten, een die niet gedoofd kan worden met een sprinklerinstallatie?

Ik haatte mezelf omdat ik zo zelfvernietigend was, zo kwaad, dat ik het op mijzelf afreageerde. Misschien moest ik terug naar de therapeut. Misschien had ik medicijnen nodig. Voor ik het wist begon ik te huilen. Ik voelde de tranen over mijn wangen rollen toen ik dacht aan wat er voor me lag. Thuis draaide alles om Carsons huwelijk. Mijn moeder had een doel. En Del was vol hoop en behandelde onze plannen en dromen als de fantasieën van een kind.

Waarom kon ik niets vasthouden, om niets geven?

Mijn vader heeft gelijk, dacht ik. Hij heeft gelijk dat hij me negeert, probeert mijn bestaan te vergeten. Misschien kon ik ook vergeten dat ik bestond.

Ik bleef doorlopen. Auto's suisden langs me heen, maar het kon me niet schelen. Op een gegeven moment toeterde een autobestuurder omdat ik te veel op de weg liep, maar ik ging niet opzij en hij schold me uit toen hij langsreed. Ten slotte kwam ik bij een bekend winkelcentrum en belde een taxi. Het was al laat in de middag, en ik wist zeker dat moeder al thuis zou zijn en ongerust omdat ik er niet was. Waarschijnlijk was ze op van de zenuwen, en hoopte ze dat ik thuis zou komen vóór mijn vader.

Zodra de taxi voor de deur stopte, wilde ik dat ik het niet had gedaan.

Ik wilde dat ik niet naar huis was gegaan.

Een politiewagen stond voor het huis geparkeerd, en zonder te weten waarom, wist ik dat het iets met mij te maken had. Ik stapte langzaam uit de taxi en betaalde. Een tijdje bleef ik daar staan. Ik durfde niet naar binnen te gaan. Ik dacht er zelfs over me om te draaien en weg te rennen.

Maar waarheen? Del zou me niet willen en zoals Carson zei, ik had geen vrienden.

Wat zou het trouwens voor verschil maken? dacht ik. Zelfs al ontsnapte ik aan de narigheid hier, dan zou die me beslist daarbuiten wachten.

Het was een deel van mij, van wie en wat ik was. Waarom dat zo was, wist ik niet. Ik wist alleen maar dat het waar was. Vervloekingen zweven om ons heen en hechten zich vast aan iemand, dacht ik. Zo simpel kon het zijn. Gelukkig geboren, rijk geboren, arm, ziek, wat dan ook, zo was het en zo zou het altijd zijn. Ertegen vechten was nutteloos.

Geef je over, Teal, hield ik me voor.

Geef het op.

Wees jezelf.

8. Een ramp onderweg naar een ramp

Carson, papa en twee politieagenten draaiden zich naar me om op het moment dat ik de deur opende en binnenkwam.

'Daar is ze,' zei Carson hoofdschuddend.

Papa deed een stap naar voren, de twee politiemannen aan beide kanten naast hem. Een van hen had een klembord in de hand. Ze zagen er allemaal uit of ze op het punt stonden me aan te vallen.

'Wat is er?' riep ik, met uitgestoken handen.

'Je moeder,' begon papa, 'viel flauw toen ze dit alles hoorde. Ze is boven in haar slaapkamer. Ik heb dokter Stein gebeld, die wil dat ik haar naar zijn praktijk breng om haar bloeddruk op te nemen.' Hij zweeg even, keek naar Carson, en ging toen op luide toon verder. 'Ze had een beroerte kunnen krijgen, Teal. Mensen krijgen een beroerte op die manier.'

'Wat heb ik gedaan?' jammerde ik.

'Vertel het haar,' beval papa de agenten. De langste van de twee, met het donkere haar, die links van hem stond, deed een stap naar voren. Hij hield het klembord hoger en scheurde het bovenste blad eraf.

'Ken je een zekere Shirley Number?'

'Natuurlijk,' antwoordde papa voor mij.

'Papa,' zei Carson zacht, 'misschien kun je haar beter niets laten zeggen tot je Gerald Gladstone hebt gebeld.'

'Ik ben niet van plan mijn goede geld uit te geven aan een advocaat,' schreeuwde mijn vader bijna.

Carson trok zijn lippen naar binnen en deed een stap achteruit.

'Ik zou graag willen dat jij mijn vragen beantwoordt,' zei de agent, 'en niet je vader. Goed, ken je haar?'

'Ja, ik ken Shirley. En?' snauwde ik.

Papa's gezicht werd zo rood dat het op een overrijpe tomaat leek. Ik dacht dat hij degene was die een beroerte kon krijgen, niet mama.

Hij wees naar me met zijn rechterwijsvinger.

'Ik raad je aan om berouw te tonen, Teal. Je enige hoop is dat mensen die je niet kennen medelijden met je zullen hebben.'

Ik wendde mijn hoofd af, zodat de agent de tranen in mijn ogen niet zou zien. Er was meer liefde tussen Del en zijn vader die zijn gezin in de steek had gelaten, dan er was tussen mij en mijn vader, dacht ik. Hoeveel nachten had hij wakker gelegen, wensend dat mijn moeder een abortus had gehad?

'Shirley Number had een diamanten armband in haar bezit. Wat weet jij daarvan?' vroeg de agent. Ik kon aan zijn gezicht zien dat hij het antwoord al wist.

Dus dat was het. Ik voelde het bloed uit mijn gezicht weg-trekken. Shirley had me verraden. Waarom had ze niet een of ander verhaal verzonnen? Zeggen dat ze hem had gevonden, of wat dan ook? Mooie vriendin. Ze had kennelijk de politie op mijn spoor gezet. Ze was zelfs de naam van oppervlakkige kennis niet waard.

Toen ik naar papa keek, zag ik dat ik door de uitdrukking op mijn gezicht en mijn zwijgen de vraag van de agent bevestigde. Hij knikte alsof hij niet anders verwacht had.

'Ze weet er alles van, hè, Teal?' vroeg hij.

Ik wendde weer mijn blik af. Moest ik liegen? Moest ik net doen of ik van niets wist? Misschien kon ik het nog omdraaien. Ik zou Shirley de schuld kunnen geven. Ik zou kunnen ontkennen, ont-kennen, ontkennen. Waarom zou ik haar beschermen?

'De vader van Shirley Number heeft de politie gebeld en we heb-ben haar ondervraagd. Ze beweert dat jij haar de armband gegeven hebt,' ging de agent verder. 'Ze zei dat jullie een soort winkeldief-stalspel speelden, een wedstrijd wie het duurste voorwerp kon ste-len in het winkelcentrum. Is dat waar?'

Wat had ze níét verzwegen? Wat een lafbek, dacht ik.

'In godsnaam, Teal, vertel in ieder geval de waarheid als je geen andere keus hebt,' zei papa.

'Ja,' gaf ik toe. 'Het is waar. Het was maar een spelletje,' voeg-de ik eraan toe om het onschuldig te doen lijken.

'Dus je bekent dat je de armband hebt gestolen uit de juwelierszaak van Mazel?' ging de agent verder, op de toon van een openbare aanklager.

Ik gaf geen antwoord. Ik had hem genoeg verteld. Laat hem ook maar wat werk doen, dacht ik. De agent richtte zich tot papa.

'Toen we het verhaal hadden gehoord, zijn we naar Mazel gegaan. Hij controleerde het etui van de armband in kwestie en ontdekte dat de juiste armband er niet in lag. Hij herinnerde zich dat uw dochter binnenkwam om een cadeau te kopen. Hij zei dat de armband die ze omruilde de helft van de waarde had.'

'Je hebt een armband omgeruild? Wat voor armband was dat, Teal?' vroeg papa.

Ik sloeg mijn armen over elkaar en staarde naar de grond.

'Nou?' schreeuwde hij.

'Die mama voor me gekocht heeft toen ik vijftien werd,' flapte ik eruit.

Papa's hoofd ging op en neer als de kop van die speelgoedhondjes die mensen achter in de auto zetten.

'Ik wist het. Koop maar dure cadeaus voor haar. Nu zie je waar dat toe leidt,' ging hij tekeer alsof moeder vlak achter hem stond.

'Dus je bekent dat je de armbanden hebt omgeruild?' vroeg de agent.

'Pa,' zei Carson waarschuwend.

'Nee, we beschermen haar niet, Carson. Laat ze er maar voor boeten,' zei hij tegen mijn broer.

Ik zag het aan zijn gezicht. Mijn broer maakte zich geen zorgen over mij, maar over de reputatie van de familie, vooral nu hij verloofd was met de dochter van een gerespecteerde en invloedrijke vader. Krantenkoppen flitsten voor zijn ogen en maakten dat hij zich diep schaamde.

'Ja,' schreeuwde ik tegen de agent. 'Ik heb die armbanden omgeruild. Zijn jullie nu tevreden?'

'We zullen haar mee moeten nemen naar het bureau,' zei de agent tegen mijn vader. 'Dit is heel serieus. Je zou het zelfs een ernstig misdrijf kunnen noemen,' zei hij, terwijl hij me strak aankeek met zijn kille blauwe ogen.

Hij probeert alleen maar me bang te maken, dacht ik, maar Carson leek met het ogenblik meer te verbleken. Meestal probeerde hij zelfs te negeren dat ik zijn zus was. Nu zou hij misschien proberen het te ontkennen. Misschien zou hij tegen zijn vrienden zeggen dat ik in werkelijkheid geadopteerd was.

'Een ernstig misdrijf?' vroeg hij ademloos.

'De verkoopprijs van de armband is tienduizend dollar,' zei de agent. 'Dat is een serieuze diefstal.'

Papa bleef knikken alsof de beoordeling door de agent hem plezier deed. Hoe meer hij knikte, hoe meer mijn maag ineenkromp. Ik voelde hoe de pijn zich verspreidde naar mijn borst. Hij keek zo zelfvoldaan, alsof hij mijn hele leven kon voorspellen en deze scène tot in details had voorzien.

'Neem haar mee en doe wat u moet doen,' zei hij tegen de politieagent. Hij draaide zich om alsof hij me niet langer aan kon kijken.

Ik keek naar Carson. Hij leek nu echt bedroefd voor me; zijn bedroefdheid won het van zijn afkeer.

'Kom mee,' beval de agent.

Ze gingen tussen mij en mijn vader en broer staan.

'Ik wil eerst mama zien,' riep ik.

'Ze wil je niet zien,' mompelde papa.

'Nee. Ik ga niet mee voor ik haar gezien heb,' hield ik vol. Zij zou hem overhalen me te helpen.

'Je krijgt haar niet te zien, Teal. Ze heeft een van haar tranquillizers ingenomen en ze rust nu,' zei papa. 'Ik sta je niet toe haar gezondheid nog één seconde langer in gevaar te brengen.'

'Ik dacht dat je zei dat je met haar naar de dokter zou gaan.'

'Later. Op het ogenblik wil niemand een voet buiten dit huis zetten. De schande is zo groot dat we die in de lucht kunnen voelen.'

Hij knikte naar de agent, en degene met het klembord pakte mijn elleboog vast en draaide me met geweld om naar de deur.

'Mama!' schreeuwde ik bij de trap.

'Papa!' riep Carson.

'Laat haar gaan,' hield mijn vader vol.

Ik weet niet waarom ik zo verbaasd was, zo geschokt over de houding van mijn vader. Per slot had hij me al eens laten arresteren voor autodiefstal.

Ik werd naar buiten gebracht naar de patrouillewagen, waar ik op de bank achter de tralies werd gezet, een plek die me steeds vertrouwder begon te worden. Het portier sloeg weer dicht en even later reden we weg van het huis. Ik leunde achterover op de bank, vervloekte eerst Shirley en toen mezelf omdat ik zo stom geweest was haar te vertrouwen.

Toen we op het politiebureau kwamen, keek de brigadier achter de balie me aan alsof ik een beroepsmisdadigster was.

'Wat is er gebeurd, miste je je cel en wilde je daar weer naar terug?' vroeg hij besmuikt. Toen grinnikte hij naar de andere politiemannen.

Opnieuw maakte ik de boekingsprocedure door en werd ik naar de Spartaanse cel geleid, waar nu een wollen deken op de bank lag. Een man die eruitzag als een dakloze lag te slapen op de grond van een cel aan de overkant van de gang. Toen ik opgesloten was, besefte ik dat het deze keer geen zin had om om mijn enige telefoongesprek te vragen. Wie kon ik bellen die me zou kunnen helpen? Mijn vader wilde niet dat ik met mijn moeder sprak.

Ik kroop naar de bank, legde mijn hoofd op de opgevouwen deken en sloot mijn ogen. Als ik geluk heb, dacht ik, val ik misschien in een permanente slaap, zoals Doornroosje, en word ik niet meer wakker voordat Del besloten had dat ik gelijk had gehad en was gekomen om me een zoen te geven en me mee te nemen, net als de sprookjesprins. En natuurlijk zouden we nog lang en gelukkig leven.

Ik bleef er de hele nacht en de helft van de volgende dag voordat Carson me kwam halen. Papa had hem als een loopjongen hiernaartoe gestuurd om die onaangename taak te verrichten.

'Wat gaat er met me gebeuren, Carson?' vroeg ik. Ik was stijf door het gebrek aan comfort en erg moe.

'Gelukkig voor je kalmeerde papa genoeg om te beseffen dat de familie er niets mee zou opschieten als jij veroordeeld werd voor een misdrijf en naar de gevangenis zou worden gestuurd,' vertelde hij me toen we het bureau verlieten. 'Hij is naar Mazel gegaan en heeft hem ertoe bewogen de aanklacht in te trekken.'

'Heeft hij dat gedaan?'

'Ja,' zei Carson, die bij de auto bleef staan. 'Weet je hoe?'

Ik schudde mijn hoofd.

'Door de ketting te kopen. Ja, Teal, het heeft hem tienduizend dollar gekost om jou uit de rotzooi te halen. Tienduizend dollar! En moeder weigert hem te dragen. Ze zegt dat hij haar alleen maar zou herinneren aan je afschuwelijke daad.'

'Schrijf je dit bij op de verlies- en winstrekening die jij en papa over me bijhouden?'

'Toe maar, ga zo maar door, slimmerik, dan zul je zien wat je daarmee bereikt,' zei hij, en stapte in de auto.

Even dacht ik erover om me om te draaien en weg te lopen, zelfs zonder een cent op zak. Ik zou er beter aan toe zijn als ik op straat leefde, dacht ik.

'Stap in, Teal. We hebben nog een hoop te doen,' beval Carson. Ik stapte in en sloeg uitdagend mijn armen over elkaar.

'Hij betaalde die tienduizend niet voor mij,' zei ik. 'Hij deed het voor hemzelf en voor jou, om de zaak te sussen.'

'Dat is hetzelfde,' zei Carson, terwijl hij wegreed. 'We zijn familie.'

'We worden geacht familie te zijn. We zijn geen familie, Carson, bij lange na niet.'

'O, hemel. Welk liedje krijgen we nu weer te horen? Het arme verwaarloosde dochtertje?'

'Nee, je hoort geen woord meer van me.' Ik perste mijn lippen op elkaar.

Hij ratelde maar door over de opofferingen die onze ouders zich hadden getroost voor ons beiden, vooral voor mij, en beschreef de moeite die ze hadden gedaan en nog deden om mij zover te krijgen dat ik me volwassen en verantwoordelijk gedroeg en een behoorlijke toekomst zou hebben. Terwijl ik daar zat en zijn woorden het ene oor in en het andere uit gingen, bedacht ik hoe mijn moeder, vader en broer op elkaar leken zodra een van hen het tegen mij had. Nooit had ik intenser het gevoel gehad dat ik aan de ene kant en zij aan de andere kant stonden als op deze ochtend.

'Papa zei dat je in je kamer moet blijven tot hij vandaag thuiskomt,' zei Carson toen we bij het huis waren.

'Wat is er met mama gebeurd? vroeg ik.

'Ze is bij de dokter geweest, en hij heeft haar nieuwe tranquillizers gegeven, maar ze had vanmorgen een afspraak met Waverly Taylor en de huwelijksplanner, en heeft haar medicijnen nog niet ingenomen.'

'Flink van haar,' mompelde ik.

'Weet je, Teal,' zei Carson met samengeknepen ogen. 'Ik geloof niet dat iets wat pa doet enig verschil voor je zal maken. Je bent een ramp onderweg naar een ramp. Het is slechts een kwestie van tijd en van wat je nu weer gaat doen om jezelf te gronde te richten, en eerlijk gezegd ben ik niet van plan daarvan nachtenlang wakker te liggen.'

'Alsof je dat ooit gedaan hebt,' zei ik, stapte uit en smeet het portier achter me dicht.

Hij reed weg voordat ik bij de deur was.

Ik zag de auto verdwijnen over de oprit. Ik heb me altijd enig kind gevoeld, dacht ik. Dit bevestigt het alleen maar. Ik wilde blij zijn. Ik wilde uitdagend en onsympathiek zijn en me er niets van aantrekken, maar toch kwamen de tranen in mijn ogen. Waarom waren Carson en ik zo anders? Was het alleen omdat ik zoveel later geboren was? Het was echt of we twee verschillende ouderparen hadden. Waarom was hij de gelukkige? Waarom was hij als eerste geboren, toen ze nog naar een kind verlangden en meer tijd hadden om lief te hebben?

Het was zo gemakkelijk voor Carson om vanaf zijn bergtop minachtend op me neer te kijken. Hij was met steun en liefdevolle zorg door alle dalen gevoerd en over alle moeilijke terreinen, en met zachte hand neergezet op een plek waar succes en aanzien hem wachtten. Ik worstelde nog steeds om een poot aan de grond te krijgen, me vast te houden aan iets dat me zelfs maar de schijn gaf van respectabiliteit en eigenwaarde. Was het werkelijk allemaal mijn schuld?

Ik ging naar binnen en naar mijn kamer. De ervaring van mijn arrestatie en gevangenneming zonder enig hoopvol vooruitzicht was geestelijk en emotioneel veel uitputtender geweest dan ik deze keer verwacht had. Zodra ik op bed lag viel ik in slaap. Uren later voelde ik het bed bewegen en deed mijn ogen open. Pa stond op me neer te staren.

'Heb je genoten van je tweede nacht in de gevangenis, Teal?'

Ik gaf geen antwoord, maar draaide me om en staarde uit het raam naar de grijze lucht.

'Oké,' zei hij. 'Tot nader order doen we het als volgt. Ik heb een chauffeur aangenomen die je 's morgens naar school brengt en aan het eind van de dag weer thuisbrengt. Hij brengt je nergens anders naartoe, dus vraag hem dat niet. Je komt thuis, maakt je huiswerk, eet, en gaat rechtstreeks naar je kamer. Je spreekt met niemand buiten dit huis, accepteert geen uitnodigingen, zelfs niet om te gaan winkelen, wat voor jou toch alleen maar stelen betekent. Je zult met je moeder de dingen mogen kopen die je nodig hebt voor Carsons huwelijk. Verder breng je je weekends hier in huis en in de tuin door. Je nodigt niemand hier uit.'

'Ik zou beter af zijn geweest in de gevangenis,' kermde ik.

'Misschien had ik je voor de rechter moeten laten komen en je tot een gevangenisstraf laten veroordelen, Teal. Misschien zou dat de enige manier zijn geweest om het goed tot je te laten doordringen dat je daar *niet* beter af zou zijn. Maar er zijn andere mensen met wie ik rekening moet houden, andere mensen die er meer door gekwetst zouden zijn dan jij, en daar kun je dankbaar voor zijn. Anders, geloof me, zou ik je daar gelaten hebben. Niets van wat ik verder heb gedaan of geprobeerd te doen heeft enig succes gehad.

Ik kan je verzekeren,' ging hij verder, 'dat als je op school weer in moeilijkheden raakt, als je cijfers omlaaggaan, dit huisarrest zal voortduren. Je therapeut noemt dit strenge liefde. Al zul je dit niet willen geloven, het is moeilijker voor je moeder en mij dan voor jou. Ik probeer me op mijn werk geen zorgen te maken over je moeder en jou, maar dat valt niet mee.'

'Misschien ga ik dood en ben je dan gelukkig.'

'Zelfmedelijden werkt niet bij mij, Teal. Verspil je tijd niet aan tranen en dreigementen en gekerm. Je zult je gedragen. Op de een of andere manier zal ik daarvoor zorgen.'

Hij liep naar de deur, maar bleef toen staan en draaide zich weer naar me om.

'Het enige dat voor je pleit is het feit dat je deze walgelijke daad hebt gedaan voordat je gedrag op school vooruitging. Ik hoop dat je werkelijk een andere weg bent ingeslagen en veel gewetensonderzoek doet en op het juiste pad blijft. In dat geval zullen we de beperkende maatregelen wat versoepelen. Hoe je leeft en hoe je van je leven geniet ligt dus vanaf dit moment uitsluitend aan jezelf.'

'Dat is altijd zo geweest,' mompelde ik. Als hij me hoorde, nam hij niet de moeite te reageren. Hij staarde me nog even aan en ging toen weg, deed de deur achter zich dicht.

Het klonk me in de oren als het geluid van een dichtslaande celdeur, ratelend en rammelend.

Toen moeder thuiskwam, keek ze me aan alsof ik iemand was die aan een terminale ziekte leed. Haar gezicht was vol medelijden, haar ogen zagen dof van verdriet.

'Teal,' zei ze. Ze sprak mijn naam uit zoals ze zou doen als ze aan mijn graf stond. 'Teal, ik heb zo'n medelijden met je, ik voel me zo hulpeloos. Vergeet je vader, je broer en mij even. Als je mensen slecht behandelt, denk je dan ooit aan het verdriet dat je ze doet? Kun je je voorstellen hoe die arme meneer Mazel zich voelde toen hij zijn verlies ontdekte? Hij heeft een kleine familiezaak. Denk je daar ooit wel eens bij na?'

Ik gaf geen antwoord, maar ik wist dat het een kort antwoord zou zijn: Nee. Wat ik ook deed, ik deed het impulsief, in een opwelling. Ik stond nooit stil bij de gevolgen voor mijzelf en voor de mensen die erbij betrokken waren. Ik leek op een hysterica, wild om me heen slaand, naar alle kanten zoekend naar wat verlichting van mijn eigen ellende. Dat hadden de therapeuten me tenminste doen inzien.

Maar ik wist absoluut niet hoe ik dat aan mijn moeder moest uitleggen, dus bleef ik haar blik vermijden. Ze zuchtte diep als altijd en ging toen verder. 'Ik denk dat ik je volledig in handen van je vader zal moeten geven, Teal. Ik kan me er niet meer mee bemoeien. Ik kan niet langer voor je pleiten. Ik heb je teleurgesteld.' Toen ze dat zei keek ik haar aan.

O, moeder, dacht ik, je weet de helft nog niet. Je hebt geen idee hoe lang je me al teleurstelt: mijn hele leven. Misschien zag ze het in mijn ogen, want ze draaide zich abrupt om en liep weg, terug naar haar favoriete onderwerpen: Carsons huwelijk en andere sociale evenementen.

Pa had geen gekheid gemaakt wat die chauffeur betrof. Hij had blijkbaar een voormalige gangstermoordenaar ingehuurd, dacht ik, want de man, een forsgebouwde, donkerharige man met kraalogen en een nek als van een jonge stier, staarde me aan met een strak gezicht, dat uitschreeuwde: 'Bezorg me geen last'. Hij stelde zich niet voor en zei zelfs geen goedemorgen. Hij bromde wat tegen me en startte de motor. Pa had me wél verteld dat hij Tomkins heette, maar ik wist niet of dat zijn voor- of achternaam was.

Aan het eind van de dag stond hij bij de auto met de houding van een geheim agent. Ik zag de nieuwsgierigheid op de gezichten van de andere leerlingen. Natuurlijk waren er ook anderen die door een auto met chauffeur van en naar school werden gebracht, maar de meesten moesten met de bus, net als ik tot nu toe.

Toen ik die eerste dag naar de auto liep, keek Tomkins op zijn horloge.

'Je bent tien minuten te laat,' zei hij bestraffend.

'Een van mijn leraren heeft me laten blijven om me iets uit te leggen. Soms moet ik een uur of zo langer blijven om werk in te halen,' antwoordde ik.

'Dit is het tijdstip om je op te halen,' zei hij vastberaden, en tikte op zijn horloge. Hij zag eruit of hij elk moment op me af kon springen en mijn hoofd eraf slaan. 'Als er veranderingen gemaakt worden, moeten die afkomstig zijn van je vader. Anders moet ik naar binnen en je komen halen. Op de een of andere manier zal ik dat doen,' ging hij verder. Hij liet weinig aan mijn verbeelding over. Hij deed het achterportier open en snauwde: 'Stap in.'

Ik weet niet op wie ik kwader was op dat moment: op mijzelf omdat ik in die situatie was geraakt, op Del omdat hij ons droomplan had verzaakt, of op mijn vader die net een gevangeniscipier was. De rit naar huis was somber – geen muziek, geen conversatie. Toen we voor ons huis stopten, bleef Tomkins nog een tijdje wachten tot hij zeker wist dat ik naar binnen was. Ik verwachtte niet anders dan dat hij buiten voor de deur geparkeerd zou staan, om te zien of ik het gebod van mijn vader niet overtrad en huis en tuin verliet.

Mijn tweede schok kreeg ik toen ik me verkleed had en naar beneden ging om Del te bellen in het pizzarestaurant om te vragen hoe het hem ging. De wandtelefoon in de keuken was verdwenen en de telefoon in de zitkamer ook. De deur van pa's werkkamer was op slot. Er was geen telefoon beneden die ik kon gebruiken. Ik draaide duizelig rond in de gang, alsof ik net uit een draaimolen kwam. Ik leef echt in een gevangenis, dacht ik. Erger nog. Eenzame opsluiting.

Kwaad en zelfs een beetje in paniek liep ik haastig de gang door naar de trap en ging naar boven. Er waren twee telefoons in de slaapkamer van mijn ouders, maar tot mijn teleurstelling was ook die deur op slot. Boos rammelde ik eraan.

'Dit kun je niet maken!' schreeuwde ik.

Een van de dienstmeisjes beneden riep iets terug om te vragen of er iets mis was. Ik gaf geen antwoord. Ik liep naar mijn slaapkamer en smeet de deur dicht. Pa's strategie was de telefoons weer terug te brengen als hij aan het eind van de dag thuiskwam. Moeder werd strikt verboden me op hun telefoons te laten bellen. Ik had het gevoel dat ik gewurgd werd.

Ik loop weg, dacht ik. Ik doe het.

De volgende dag wist ik Lisa Hardwick over te halen me haar mobiel te laten gebruiken tijdens de lunch. Del was net in het pizzarestaurant gearriveerd om aan het werk te gaan. Snel vertelde ik hem wat er gebeurd was, zodat hij niet zou denken dat ik hem vermeed of had besloten hem nooit meer te zien of tegen hem te praten.

'Ik had zo'n idee dat er iets dergelijks zou gebeuren, Teal. Je bent te ver gegaan toen je die armband stal, en het was stom om hem aan iemand als Shirley te geven.'

'Ik weet het. Ik probeerde alleen maar indruk op je te maken.'

Dat stemde hem milder.

'Ja, goed. Wees jezelf, Teal, zoals je bent met mijn broertje en zusje. Dat is voldoende om indruk op me te maken.'

'Daar ben ik blij om, Del. Ik mis ze. Ik mis jou. Hoe gaat het?'

'Mijn moeder heeft nog steeds haar baan en tot dusver gaat het prima. Ik hou natuurlijk mijn adem in, maar de vooruitzichten lijken goed.'

'Ik ben blij voor je, Del.'

'Doe niks waardoor je nog meer moeilijkheden kunt krijgen,' zei hij. 'Misschien zal je vader de teugels dan wat laten vieren.'

'Dat betwijfel ik, Del, en ik haat mijn chauffeur. Hij is net een gevangenisbewaarder! Je wilt me toch nog wel zien, hè?'

'Natuurlijk.'

Ik had nog zoveel willen zeggen, maar Lisa stond naast me, en wilde haar telefoon terug hebben.

'Ik bel je weer. Ik verzin wel wat.'

'Hoe dan ook,' zei hij, 'wees voorzichtig.' Toen zei hij dat hij weer aan het werk moest.

Ik klapte de telefoon dicht en gaf hem aan Lisa.

'Dank je,' zei ik. 'Mag ik hem morgen nog een keer gebruiken?'

'Het is duur om te bellen,' antwoordde ze, en maakte een grimas door haar beugel heen.

'Ik geef je tien dollar voor vijf minuten, oké?'

Ze haalde haar schouders op.

'Misschien,' zei ze, genietend van haar macht over mij en van mijn wanhoop. 'Ik zal wel zien.'

Ik haatte die snobs, die zo minachtend op anderen neerkeken die ze als hun minderen beschouwden.

Mijn dag komt nog, dacht ik. Mijn dag komt.

9. Tienduizend dollar

Ik wist die avond twintig dollar uit mama's tas te stelen. De volgende dag speelde Lisa de baas over me, liet me praktisch smeken om het gebruik van haar mobiel, waar de andere meisjes bij waren. Ik slikte mijn trots in en deed het. Ten slotte, vlak voordat de bel ging en ik de telefoon niet meer zou kunnen gebruiken, liet ze zich vermurwen, en ik gaf haar tien dollar.

'IJs voor ons vandaag na schooltijd,' kondigde ze aan, zwaaiend met mijn tien dollar. 'Van Teal Sommers.'

De meisjes lachten.

Ik draaide me om en belde Del, maar was teleurgesteld toen ik hoorde dat hij niet op zijn werk was.

'Hij komt vandaag om vier uur,' zei de andere pizzabakker, en hing op.

'Die tien dollars waren gemakkelijk verdiend,' riep Ainsley Winslow, toen Lisa de telefoon terugpakte. De meisjes lachten weer vol leedvermaak.

Ik liep haastig weg; ik had me nog nooit zo hulpeloos gevoeld. Dit gaat zo niet langer, zwoer ik. In geen geval.

Met een chauffeur die me de auto injoeg en op al mijn bewegingen lette, en een huis dat afgesloten was als een strafinrichting, bereikte mijn frustratie een hoogtepunt. Ik kon Del niet bellen en ik kon niet weg uit school om hem op te zoeken. Toen ik thuis was gebracht aan het eind van mijn schooldag, dacht ik erover het slot van pa's werkkamer te forceren, zodat ik bij zijn telefoon kon. Ik ging naar beneden en pakte een mes uit de bestekbak. Wat kon pa nog meer doen dan wat hij nu deed?

Maar net toen ik bij de deur van zijn kamer was, hoorde ik de voordeur opengaan en pa en Carson met elkaar praten toen ze binnenkwamen. Waarom waren ze zo vroeg? Kwam pa me controleren?

In paniek trok ik me terug in de kleedkamer ertegenover. Ik hoorde ze lachen en tuurde de gang in en zag dat pa zijn deur openmaakte.

'Wat een ellende,' zei hij tegen Carson. 'Ik moet mijn eigen kantoor in mijn huis afsluiten en ontsluiten, maar voorlopig wil ik zeker weten dat ze niet ongehoorzaam is. En ik twijfel er geen seconde aan dat ze dat zou zijn als ze kon.'

'Ik weet het, pa, het spijt me,' zei Carson, alsof hij medeverantwoordelijk was voor mijn gedrag.

Ze liepen zijn kamer in en lieten de deur open. Misschien zouden ze het vergeten en hem openlaten, hoopte ik, en wachtte, observeerde hen en luisterde.

'Broderick kon ons het voorschot gemakkelijk in contanten betalen,' zei pa tegen Carson. 'We besparen hem een hoop geld, en dat weet hij.'

Ik zag dat pa een stapel bankbiljetten op het bureau legde, de bovenste la opentrok, er een sleutel uithaalde en toen naar zijn muursafe ging en een metalen geldkist pakte. Heel zorgvuldig legde hij het geld in de kist.

'Tienduizend belastingvrije dollars!' verklaarde pa. Carson lachte. 'Ik hoop dat je leert hoe je met sommigen van die cliënten moet omgaan,' ging pa verder. 'Op een dag zul jij de leiding van de zaak hebben, jongen.'

'Je gaat nog lang niet met pensioen, pa,' zei Carson, en pa glimlachte naar hem met zoveel liefde en trots, dat ik een steek door mijn hart voelde gaan. Paranoia of geen paranoia, dacht ik, hij had nog nooit op die manier naar mij gekeken.

Pa borg de geldkist weer in de safe en legde de sleutel van de safe in de bovenste la. Toen gingen ze zitten en praatten over een ander project.

Vervelend, dacht ik, en glipte naar buiten, de trap op. Ik zou wachten om te zien of pa zou vergeten de deur op slot te doen. Uren later ging Carson weg, maar pa niet. Ik hoorde hem naar boven gaan, naar zijn slaapkamer. Toen ik naar beneden ging naar zijn studeerkamer, was de deur weer op slot. Teleurgesteld, maar te bang om nu iets te ondernemen met het mes, trok ik me terug in mijn slaapkamer.

Later verliep het diner zoals tegenwoordig gebruikelijk was: een kruisverhoor over mijn activiteiten, mijn schoolwerk en mijn gedrag. Moeder zat erbij alsof zij degene was die ondervraagd en opgejut werd. Ze zat met neergeslagen ogen en ingehouden adem, en knabbelde aan haar eten als een eekhoorntje.

'Denk eraan,' eindigde pa, zoals hij elke avond deed sinds ik gearresteerd was wegens diefstal van de armband, 'als ik hoor dat je zelfs maar met schele ogen naar een van je leraren kijkt, zal ik zorgen dat de muren om je heen nog dichterbij komen.'

Wat kun je nog meer doen, me opsluiten in een kast? had ik hem toe willen schreeuwen, maar ik zei geen woord.

In plaats daarvan wachtte ik als een roofdier op mijn kans, die ik kreeg toen hij naar boven ging om vrijetijdskleren aan te trekken. Deze keer had hij de deur van zijn werkkamer niet op slot gedaan. Ik sloop weg van mama, die zat te telefoneren, naar zijn werkkamer, maar ik belde Del niet. Ik was veel te bang dat pa beneden zou komen en me in zijn kantoor zou vinden. In plaats daarvan liep ik naar het raam en deed het van het slot, zodat het aan de buitenkant geopend kon worden. Toen trok ik me in mijn kamer terug voor de nacht, maakte mijn huiswerk, meer om me bezig te houden en de tijd te verdrijven dan uit enige belangstelling.

Tegen elf uur kwam pa naar boven om naar bed te gaan. Ik hoorde hem naar zijn slaapkamer gaan. Mama was er al, nadat ze zichzelf een voetbehandeling had gegeven. Ik hoorde hun gesmoorde stemmen achter de gesloten deur en liep op mijn tenen de trap af en door de tuindeuren in de zitkamer naar buiten.

Het was een koele avond, met een bewolkte lucht, met alleen de tuinverlichting en wat licht uit het huis om me te helpen mijn weg te vinden naar pa's werkkamer. Ik was bang dat hij ontdekt zou hebben dat het raam niet vergrendeld was en het weer op slot had gedaan, maar toen ik erheen liep en het probeerde, ging het open en kon ik naar binnen klimmen. Ik durfde geen licht aan te doen. Voorzichtig pakte ik de telefoon op en toetste het nummer in van het pizzarestaurant. Als Del om vier uur vanmiddag was begonnen, zou hij er nog zijn om af te sluiten, dacht ik. Ik belde en belde tot eindelijk iemand opnam. Ik vroeg naar Del.

'Wie?'

Ik durfde niet te hard te praten, maar nam toch een risico.

'Del Grant,' zei ik.

'Del Grant?' vroeg een stem die ik niet herkende.

'Ja.'

Welke andere Del zou er zijn? had ik willen snauwen.

'Hij kon niet komen vandaag. Hij had problemen,' zei de man.

'Wat voor problemen?'

'Huiselijke problemen.'

'Hoe bedoelt u? Is er iets gebeurd met zijn broertje of zusje?'

'Wie denkt u dat ik ben, de nieuwsdienst?'

Kon niet komen? Huiselijke problemen? Wat kon er gebeurd zijn? Hoe kon ik nu naar mijn kamer teruggaan en slapen? Alleen al de gedachte dat ik Lisa weer zou moeten smeken om haar telefoon te mogen gebruiken, maakte me misselijk. Ik heb er genoeg van, dacht ik. Het kan me niet schelen wat er nu met me gebeurt.

Ik ging weer naar binnen en vond de sleutels van de SUV op hun gebruikelijke plaats. Pa verstopte ze niet. Hij kon zich domweg niet voorstellen dat ik weer met die auto op stap zou gaan. Hij was er zo van overtuigd dat ik te bang zou zijn. Dat was ook wel zo, maar dit vond ik belangrijker. Ik was niet van plan me door mijn angst te laten weerhouden.

Ons huis was groot, en de slaapkamer van mijn ouders lag helemaal aan de andere kant, zodat er weinig risico bestond dat ze de auto hoorden starten. Niettemin reed ik heel langzaam weg en liet de koplampen uit tot ik aan het eind van de oprit was en de weg op draaide. Toen zette ik mijn voet op het gaspedaal en reed zo snel ik kon naar Dels huis.

Alle lichten waren uit toen ik er kwam. Het was nu al bijna middernacht, dus had het me niet moeten verbazen, maar na gehoord te hebben wat de man in het pizzarestaurant had gezegd, was ik bang voor die duisternis. Als het niet zo ernstig was als die man het had doen voorkomen? Zou ik niet meer problemen veroorzaken als ik nu bij Del voor de deur zou staan? Zijn moeder zou heel kwaad kunnen worden, en het zou mijn schuld zijn als er narigheid zou komen terwijl het nu juist zo goed ging voor Del en zijn zusje en broertje.

Ik bleef in de auto zitten en probeerde tot een besluit te komen. Ten slotte dacht ik dat ik, nu ik zover gekomen was en zo'n risico had genomen, iets moest doen. Ik kon niet zomaar wegrijden en het van me af zetten. Zo stil mogelijk stapte ik uit en liep naar de voordeur. Ik hoop dat Del als eerste wakker wordt en opendoet, dacht ik, en klopte zachtjes op de deur. Er ging geen licht aan en ik hoorde geen enkel geluid binnen. Ik klopte harder en wachtte. Maar het bleef donker en er kwam niemand.

'Del!' riep ik. 'Ik ben het.'

Een hond begon te blaffen bij de buren. Ik hoorde iemand roepen: 'Stil!'

Teleurgesteld draaide ik me om en liep terug naar de auto, maar voordat ik er was, stopte er een taxi achter, en Del stapte uit met Patty Girl in zijn armen. Shawn kwam achter hem aan en pakte onmiddellijk zijn jasje vast.

'Wat doe jij hier?' vroeg hij toen hij mij zag.

'Ik belde het pizzarestaurant en een of andere man vertelde me dat je huiselijke problemen had.'

'Dat kun je wel zeggen,' merkte hij op, en betaalde de taxichauffeur.

'Hoi, Shawn,' zei ik. 'Mag ik je hand vasthouden?'

Hij keek naar Del en stak toen zijn hand naar me uit.

'Wat is er gebeurd? Wat is er aan de hand?' vroeg ik.

'Ik zal je alles vertellen zodra we ze naar bed hebben gebracht,' zei Del.

Ze waren allebei zo uitgeput, dat het niet lang duurde voor ze sliepen. Hun gezichtjes verrieden dat de uitputting niet alleen fysiek was. Ze leden ook onder angst en een emotioneel trauma. Zodra we de deur van hun kamer dicht hadden gedaan, boog Del zijn hoofd.

'Ze heeft een overdosis genomen,' mompelde hij.

'Wat?'

'Ze ligt nog in het ziekenhuis, is nog in coma. Ik ben zo lang mogelijk gebleven met de kinderen.' Hij schudde zijn hoofd. 'Ik voel alleen maar afkeer voor haar. Ik heb niet eens medelijden. Ze ging na het werk weg met die LaShay en ze mengde een paar dingen door elkaar, voor het merendeel cocaïne. Ik kreeg het telefoontje vlak voordat ik zelf naar mijn werk zou gaan en zij thuis zou zijn om op de kinderen te passen.'

'O, Del, wat erg!'

'Ja, het is nu nog slechts een kwestie van tijd voordat de sociale dienst weer voor de deur staat, deze keer om me te vertellen dat

242

ze naar pleeghuizen gaan,' zei hij triest. Hij plofte neer op de stoel bij de keukentafel.

'Zal ik iets te eten voor je maken?'

'Nee. Ik heb een broodje kaas gegeten in het ziekenhuis, en mijn maag protesteert zelfs daar al tegen.' Hij staarde met zo'n starre, kille blik naar de muur, dat mijn hart naar hem uitging. 'Ik begrijp niet waarom ik zo stom ben geweest haar te geloven.'

'Omdat je zo graag wilde dat het waar zou zijn, Del. Je mag jezelf niet verwijten dat je geprobeerd hebt hoop te koesteren.'

Hij knikte.

'Je hebt gelijk. Ik denk dat als je wanhopig bent, je het meest geneigd bent in sprookjes te geloven.' Toen sperde hij nieuwsgierig zijn ogen open. 'Hoe is het je gelukt om hiernaartoe te komen? Wat gebeurt er nu met je?'

'Het is vreselijk,' zei ik en liet me op de stoel tegenover hem vallen. 'Ik wed dat mensen in de gevangenis meer vrijheid hebben dan ik.'

'Maar je bent nu hier,' merkte hij op.

'Ik ben naar buiten geslopen, heb de sleutels gegapt, en ben gekomen toen ik hoorde dat je problemen had.'

'O, nee, niet dat weer. De politie zal voor mijn deur staan en de sociale dienst nog sneller hierheen lokken,' klaagde hij. 'Je kunt beter teruggaan.'

'Ik wil niet meer naar huis, Del.'

'Wat bedoel je? Waar wil je naartoe? Wat wil je doen?'

'Wat we besloten hebben. Dit is het beste moment om het te doen,' zei ik met hernieuwd enthousiasme.

'O. En hoe wil je dat doen, Teal? We hebben niet voldoende geld om te reizen en ons ergens te installeren met twee jonge kinderen.'

Ik staarde hem aan en toen glimlachte ik.

'Wat is er?' vroeg hij iets milder.

'Ik kan duizenden dollars krijgen,' zei ik. 'Vanavond. Nu meteen.'

'Duizenden? Hoe?'

'Ik weet waar een hoop geld ligt, en het mooie ervan is dat niemand wil dat iemand anders ervan weet.'

Hij schudde zijn hoofd.

'Je praat onzin, Teal.'

'Laat maar. Als ik terugkom met tienduizend dollar, wil je dan nu met me weg? Wil je dat, Del?'

De realiteit van mijn woorden drong langzaam tot zijn bewustzijn door. Ik kon de blik in zijn ogen zien veranderen, hoop kwam in de plaats van verslagenheid en droefheid, toen wat wij beschouwden als dromen en illusie plotseling tot de mogelijkheden begon te horen.

'Maar waar moeten we naartoe?'

'Die neef van je in Californië? Met wie je erover gesproken hebt dat je daarnaar toe zou gaan?'

'Ja, maar dat was in mijn eentje, niet met twee kleine kinderen.'

'Dat doet er niet toe. Hij zal je helpen, ons helpen. Jij krijgt meteen werk en ik zorg voor Shawn en Patty Girl tot we een school voor ze hebben gevonden.'

'Je schrijft kinderen niet zomaar in op een school, Teal. Daar heb je officiële papieren voor nodig, voogdijverklaringen, en wat dies meer zij.'

'Dat zoeken we allemaal wel uit als we daar zijn, Del. Het voornaamste is dat we hier niet willen blijven. Voor jou betekent het dat je ze sowieso kwijtraakt, en voor mij betekent het dat ik binnen de kortste keren in de boeien word geslagen.'

Hij glimlachte en schudde toen zijn hoofd.

'Het klinkt geweldig, maar ik weet het niet.'

'Geld zal al het verschil maken, Del. Dat doet het altijd,' zei ik vastberaden. 'Het enige is dat we onmiddellijk moeten besluiten. Ik moet het nu doen, voordat ze beseffen dat ik het geld en de auto heb gepakt en weg ben. We moeten een voorsprong hebben.'

'Ik weet het niet,' zei hij weer, maar ik kon zijn weerstand zien verzwakken.

'Het is een nieuwe start voor ons allebei, voor ons allemaal, Del. We kunnen er een succes van maken. Samen kunnen we dat.'

Hij keek me strak aan.

'Ik begrijp het niet van het geld. Waarom zeg je dat niemand wil dat iemand ervan weet?' vroeg hij, en ik vertelde hem wat ik Carson en pa had horen bespreken.

'Dus zullen ze niet zo gauw aangeven dat het vermist wordt,' zei ik nadrukkelijk.

Hij keek weer peinzend.

'We kunnen dit doen, Del. We gaan naar Californië. We doen het,' drong ik aan.

Hij keek me aan en ik kon zien dat het op het puntje van zijn tong lag. Hij zou het doen. Mijn hart bonsde zo hevig dat ik dacht dat het lawaai daardoor veroorzaakt werd, tot we ons realiseerden dat er iemand voor de deur stond. Het bonzen werd luider. Even leken we ons geen van beiden te kunnen verroeren, toen stond hij op en keek door het voorraam.

'Het is de politie,' zei hij.

'O, nee. Mijn vader.'

'Fijn,' zei Del. 'Ik wist het. Ik wist het, Teal. Je hebt niet nagedacht.'

'Het spijt me zo, Del,' kermde ik.

'Ja, nu spijt het je,' zei hij kwaad en ging opendoen.

Een agent stond ons aan te staren. De gedachte dat ik weer gearresteerd zou worden, maakte dat ik misselijk werd. Ik had het gevoel dat ik zou flauwvallen.

'Del Grant?'

'Ja?'

'Het ziekenhuis heeft geprobeerd u te bereiken. Geen telefoon?'

'Nee, we zijn afgesneden en ik heb het nog niet in orde gemaakt. Wat is er?'

'Uw moeder,' zei hij hoofdschuddend. 'Ik vind het heel erg voor u.'

Ik voelde me of er een kogel door Dels lichaam in dat van mij drong. Koud en half verdoofd, ging ik naast hem staan. Hij knikte wezenloos.

'U zult zo spoedig mogelijk contact moeten opnemen met het ziekenhuis,' zei de agent.

Del bleef knikken.

'Kan ik nog iets voor u doen? Nog iemand anders verwittigen?'

'Nee,' zei Del. 'Dank u.'

'Ik vind het heel erg voor u,' mompelde de agent weer. Het was duidelijk te zien dat hij een enorme hekel had aan dit karwei en het liefst zo gauw mogelijk achter de rug wilde hebben. Hij draaide zich om en liep terug naar de patrouillewagen. Del stond roerloos naar de straat te staren.

Al is hij bijna voortdurend kwaad op zijn moeder, ze blijft zijn moeder, dacht ik, en nu is ze weg. En natuurlijk dacht hij ook aan de gevolgen die het zou hebben voor Shawn en Patty Girl. Ik had zo'n medelijden met hen allemaal. Alle gedachten aan mijn eigen narigheid waren vergeten.

'Del,' zei ik zachtjes, en raakte zijn arm aan.

Toen hij zich naar me omdraaide, verwachtte ik tranen te zien, maar in plaats daarvan zag ik een gezicht dat zo koud was dat het mijn hart verkilde.

'Ga het geld halen,' zei hij.

'Del?'

'Vooruit. We vertrekken vanavond. Ik zal beginnen in te pakken wat ik mee wil nemen.'

Hij draaide zich om. Ik bleef even staan en liep toen haastig naar de SUV.

Onderweg naar huis dacht ik aan Dels reactie op het nieuws dat zijn moeder gestorven was. Hoe zou ik gereageerd hebben op dergelijk nieuws? Wat betekende het op deze manier weglopen trouwens anders dan een totale breuk met mijn familie? Wat verwachtte ik dat ze zouden doen als ze ontdekten wat ik had gedaan? Me vergeven? Me veel geluk toewensen? Me vertellen dat ze het begrepen? Als ik het huis eenmaal verliet met pa's geld, zou dat hetzelfde zijn als horen dat ze gestorven waren. Ik weet zeker dat het voor hen hetzelfde zal zijn als voor mij, dacht ik.

Ik had hier zo lang over gedroomd en gefantaseerd, dat het, nu onze plannen werkelijkheid gingen worden, nog steeds een illusie leek. Pas toen ik over de oprit reed en ons grote huis zag, begon ik bang te worden. Zou ik dit werkelijk kunnen klaarspelen? Kon ik dit echt doen? Was ik een vreselijk mens dat ik Del zoveel hoop gaf, zoveel beloofde?

Ik stopte voor de deur en bleef even zitten met afgezette motor en gedoofde lichten. Ik beefde over mijn hele lichaam. Ik wilde bijna dat ik ontdekt zou worden, maar er ging geen licht aan in het huis en niemand kwam naar de voordeur.

Del was in zijn huis bezig te pakken, zich klaar te maken voor een nieuw leven met mij. Zijn verdriet werd gesmoord door de nieuwe vooruitzichten. Het moest me nu lukken. Ik moest doen wat ik beloofd had. Ik stapte rustig uit en sloop om het huis heen naar het raam van pa's werkkamer. Daar haalde ik diep adem en klom toen naar binnen. Even bleef ik staan luisteren, half en half verwachtend het geluid van voetstappen op de trap te horen, maar het bleef stil. De dienstmeisjes waren in hun kamers. Het was griezelig rustig.

Ik liep naar pa's bureaula en zocht naar de sleutel van de safe. Toen ik die had, bleef ik weer staan luisteren. Ik hoorde alleen gekraak in de muren, een afvoerbuis of misschien het huis zelf dat zich gereedmaakte voor een rustige nacht. Mijn hart begon zo hevig te bonzen, dat ik het bloed door mijn lichaam voelde stromen toen ik de safe opende en naar het geldkistje zocht.

Als er ook maar enige kans bestond dat pa me mijn daden in het verleden zou vergeven, dan was die nu definitief verkeken, dacht ik, maar daar was ik allang overheen. Ik moest me verharden tegen hem, mama en Carson, teneinde verder te kunnen leven. Ik dacht aan het gezicht van pa als hij naar me keek. Ik dacht aan het feit dat Carson zijn handen van me had afgetrokken, en ik dacht aan mama die me vertelde dat ik te ver was gegaan om nog voor mij te kunnen bemiddelen. Wat hen betrof was mijn redenering: ik maak nu toch geen deel meer uit van de familie. Wat loop ik voor risico?

Ik maakte het geldkistje open, haalde het geld eruit en stopte het in een bruine envelop op pa's bureau. Toen deed ik het kistje dicht en legde de sleutel weer in de la. Weer bleef ik staan luisteren zonder iets te horen.

Adieu, pa, dacht ik toen ik naar het raam liep. Adieu, je blikken van teleurstelling, je stem die zo hard werd als je dreigementen uitte en nieuwe straffen oplegde. Uiteindelijk zul je blij zijn dat ik dit doe. Denk je eens in wat een opluchting het voor je zal zijn.

En adieu, mama. Ik weet zeker dat je een tijdje van streek zult zijn, maar dan komt er weer een nieuw sociaal evenement. En je krijgt alle spanningen van Carsons huwelijk. Dat zal je gedachten van mij afleiden, niet? Dat schijnt het nu ook al te doen, zo zelfs dat het net is of ik er niet ben.

En Carson, mijn onwillige broer, wat zul jij blij zijn. Denk eens aan, je zult nooit meer excuses voor me hoeven te verzinnen of alles in het werk te stellen om me te vermijden. Je kunt verder leven in het geloof dat je uiteindelijk toch enig kind was. Je zus was een fictie. Welke zus? Nooit van haar gehoord.

Jullie zullen allemaal gelukkiger zijn, en ik twijfel er niet aan dat *ik* het zal zijn, dus adieu, adieu, adieu, dacht ik, en klom door het raam naar buiten. Ik deed het achter me dicht en liep langzaam om het huis heen, terug naar de SUV. Even bleef ik ernaast staan, keek op naar de donkere ramen en dacht aan mama die haar mooie dromen droomde en papa die zich veilig en tevreden voelde naast haar. Ik vroeg me af hoe lang het zou duren voor ze zouden beseffen dat ik weg was.

Ik kon me zelfs de scène aan de ontbijttafel voorstellen.

'Henderson,' zou mama zeggen toen ze een tijdje aan tafel had gezeten en gezien had dat ik niet beneden kwam ontbijten. Ik had zelfs geen geluid gemaakt: geen douche, niets.

Pa zou zijn *Wall Street Journal* laten zakken.

'Ja?'

'Teal is niet beneden gekomen om te ontbijten, en ze moet naar school.'

Pa zou een geërgerde zucht slaken en het dienstmeisje roepen en haar zeggen dat ze op de deur van mijn slaapkamer moest kloppen. Dat zou ze doen, en dan zou ze terugkomen en vertellen dat er geen reactie was. Woedend zou pa nu opstaan en de trap opstommelen naar mijn slaapkamer. Hij zou de deur opengooien en verward naar mijn nog opgemaakte bed kijken.

'Teal?'

Hij zou in de badkamer gaan kijken en zien dat ik ook daar niet was. In de war, maar meer kwaad dan bezorgd, zou hij de trap afhollen en aankondigen dat ik niet in mijn kamer was. Het bed leek zelfs onbeslapen.

'*Wat?*' zou mama uitroepen. 'Dat is onmogelijk. Ze heeft het huis niet verlaten, en ze zou zeker niet haar bed opmaken.'

Pa zou even blijven nadenken en dan zou hij zich omdraaien en naar buiten lopen om de SUV te zoeken. Toen hij zag dat die verdwenen was, zou hij stampvoetend en schreeuwend binnenkomen. Hij zou naar de telefoon gaan, met de plechtige belofte dat hij me weer zou laten arresteren en me deze keer, als het kon, jarenlang in de gevangenis stoppen.

Mama zou proberen hem tot bedaren te brengen, maar algauw het gevoel krijgen dat het haar te veel werd en zich terugtrekken. Per slot moest ze zich mooi maken voor een of andere lunch; ze kon er moeilijk als een sloddervos heen.

Pa zou Carson bellen en ze zouden elkaar troosten en steeds weer herhalen wat een afschuwelijk en hopeloos kind ik was.

'Zorg dat je je niet ziek maakt van ergernis,' zou Carson hem adviseren.

'Dat zal ik niet doen,' zou pa beloven, en dan zou hij zich vermannen, de politie bellen en naar zijn werk gaan.

In gedachten speelde ik het hele scenario af terwijl ik terugreed naar Dels huis. In zekere zin gaf het me een goed gevoel dat ik dit deed, en in zekere zin maakte het dat ik me triester voelde.

Hoe dan ook, hield ik me voor, het doet er nu niet meer toe. Het doet er niet meer toe.

Het is te laat om nu nog terug te krabbelen, en het is te laat om spijt te hebben.

Toen ik bij Dels huis kwam zag ik licht branden en bij de deur zag ik twee oude koffers staan. Toen pas besefte ik dat ik niets had behalve de kleren die ik droeg en het geld in de bruine envelop.

Hij kwam naar buiten en keek naar me.

'Heb je alles wat je nodig hebt?' vroeg hij.

'Alleen het geld.'

'Was er niet iets dat belangrijk voor je is, iets dat je moet hebben? Foto's, poppen, íets wat je mee wilde nemen?'

Ik dacht even na en schudde mijn hoofd.

'Nee,' zei ik.

En eindelijk had ik een reden om te huilen.

10. We volgen de zon

Gelukkig waren Shawn en Patty Girl zo moe en versuft, dat het niet tot ze doordrong dat ze achter in de SUV werden gelegd, samen met een paar van hun spulletjes, kussens en dekens, waarna we eindelijk op weg gingen. Toen we eenmaal de stad uit waren, op de I-90 naar Buffalo, zag ik hoe verlaten de wereld er zo laat op de avond uitzag. Mijn opwinding had mijn adrenaline laten stromen, maar nu we met een volle tank, bepakt en bezakt op weg waren, begon mijn lichaam zich te ontspannen.

Del zei heel weinig behalve het aangeven van de richting. De route naar het westen had hij al lang geleden in zijn geheugen geprent. Ik herinner me dat iemand tijdens de geschiedenisles op de openbare school aan onze leraar vroeg waarom mensen altijd naar het westen leken te trekken om een nieuw leven te beginnen, de wereld te verkennen en ontdekkingen te doen. Hij dacht even na en knikte toen glimlachend. Hij vond het blijkbaar een goede vraag, iets dat hem de kans gaf van het voorgeschreven programma af te wijken en een ogenblik filosofisch en oorspronkelijk te zijn.

'Ik weet het niet precies,' antwoordde hij, 'maar weet je, de zon gaat op in het oosten en gaat onder in het westen. Misschien volgen we allemaal gewoon de zon. Misschien geloven we allemaal dat de zon weet waar hij heengaat,' voegde hij er met een schalks lachje aan toe. Het was een van die zeldzame momenten dat er iets in een klaslokaal werd gezegd of gedaan dat me bij bleef.

Weten we echt waar we heengaan? vroeg ik me af.

Naarmate we verder reden, werd de duisternis intenser, alleen onderbroken door tegemoetkomende of passerende auto's. Ik weet dat het slechts mijn verbeelding was, maar ik had de indruk dat de SUV harder zijn best moest doen om vooruit te komen. Ik voelde me alsof we in een ballon zaten die steeds harder drukt tegen on-verwacht dikke muren, ze uitrekt en wacht om erdoor te kunnen schieten, vrij te zijn.

'Hoe voel je je?' vroeg Del.

'Oké,' zei ik met een benepener stemmetje dan mijn bedoeling was.

Ik wilde dat hij overtuigd zou zijn van mijn zelfvertrouwen en vastberadenheid. Ik wilde hem vervullen met moed en doorzet-tingsvermogen, met het geloof dat we alles konden overwinnen wat op ons pad kwam en elk probleem konden oplossen, omdat we jong en vrij en dapper waren. We konden de deur van het verleden stevig en definitief achter ons dichtdoen. We konden alles verge-ten en alleen in het heden leven.

Ik herinnerde me nog iets van een discussie op school, dit keer tijdens een natuurkundeles. Mijn leraar vertelde ons dat één ding dat de mens onderscheidde van de lagere levensvormen zijn ver-mogen was om te putten uit zijn geheugen en dingen te voorzien. Maar, herinner ik me dat ik dacht, als je geheugen vol pijn en ver-driet is, als je alleen maar gevaar en moeilijkheden in de toekomst ziet? Wat heeft het dan voor nut? Ik had het hem bijna gevraagd, maar ik verwachtte een of ander wetenschappelijk antwoord uit het boekje, dat niet echt een reactie zou zijn op mijn gedachten, dus deed ik het niet. Toen ik na de les de klas uitliep bedacht ik dat de domme mier of worm beter af was dan wij. In ieder geval beter dan ik.

'We kunnen niet de hele nacht doorrijden, al zou het waar-schijnlijk beter zijn. Minder kans om te worden opgespoord of ge-zien,' zei Del. 'Ik zal het overnemen als jij te moe wordt, oké?'

'Goed, ja. Ik kan nog wel even rijden,' verzekerde ik hem.

Hij zette de radio aan, maar heel zacht, om Shawn en Patty Girl niet te storen. In de achteruitkijkspiegel zag ik hoe ze in een tede-re omhelzing lagen te slapen, veilig omgeven door hun kinderlij-ke dromen. Ik benijdde de kinderen.

Del zag er niet moe uit, maar was erg stil.

'We doen wat het best is,' zei ik. 'Waarschijnlijk heb je gelijk dat de sociale dienst morgenochtend voor de deur zal staan.'

'Ik weet het,' zei hij.

'Tel het geld,' zei ik, om zijn zelfvertrouwen aan te wakkeren.

Ik schoof de bruine envelop naar hem toe en hij maakte hem open en haalde de biljetten eruit.

'Het zijn allemaal honderdjes,' merkte hij op. 'Het zijn er zoveel, dat ze niet echt lijken.'

'Ze zijn echt, geloof me.'

Hij begon te tellen.

'Ik dacht dat je iets zei over tienduizend dollar,' zei hij. Ik zag dat hij nog niet uitgeteld was.

'Dat is wat ik gehoord heb. Waarom?' vroeg ik, bang dat ik niet genoeg had meegenomen.

'Ik ben al bij de tienduizend en er is nog meer, veel meer, misschien nog wel tienduizend.'

'Goed zo!' riep ik uit.

'Ik weet het niet,' zei hij aarzelend. Het zien van zoveel geld beangstigde hem. 'Misschien is je vader niet bereid zoveel af te schrijven.'

'Maak je er geen zorgen over, Del.'

'Misschien zijn je ouders niet zo blij dat je weg bent als jij denkt, Teal.'

'Geloof me maar, dat zijn ze heus wel.'

Hij bleef tellen.

'Tweeëntwintigduizend,' meldde hij, haalde diep adem en stopte alles weer terug in de envelop.

'Dat hoort ons wel naar de plaats te brengen waar we een nieuw leven kunnen beginnen, denk je ook niet?'

'Ja,' zei hij.

'Ik ben moe,' zei ik. 'Nu mag jij rijden.'

Als hij achter het stuur zat, zou hij minder over alles piekeren, dacht ik. Ik ging langzamer rijden en stopte aan de kant van de weg. Auto's suisden voorbij. Meer mensen dan ik dacht leken 's nachts te reizen. Misschien waren ze ook voor iets op de vlucht.

Del stapte uit, liep om de SUV heen en ging achter het stuur zitten. Ik schoof opzij naar de passagiersplaats. Hij verstelde de bestuurdersstoel, en we reden verder. Toen we dichter bij Buffalo kwamen, besloot Del te stoppen bij een motel.

'Straks wordt het licht, en ik voel me beter als we van de hoofdweg af zijn en wat rusten.'

'Goed,' zei ik. 'Wat je wilt.'

Del was niet tevreden over de eerste twee motels die we tegen-kwamen. Hij vond ze te druk en te dicht bij de snelweg. Hij reed door tot we een motel vonden dat bijna failliet leek. Een paar let-ters ontbraken in het neonbord, en er stonden maar twee andere au-to's geparkeerd voor de units. Het kantoor was klein en slecht ver-licht.

'Ik zal ons inschrijven,' zei hij en haalde een van de biljetten van honderd dollar uit de envelop. 'Let jij op de kinderen.'

Hij stapte uit en liep het kantoor in. Ik zag dat hij een tijd bij de balie stond te wachten voordat een kleine, kale man in een wit hemd uit een achterkamer kwam. Hij krabde op zijn hoofd en keek langs Del heen naar de SUV. Even dacht ik dat er een probleem zou zijn, maar toen liet Del hem het geld zien, en hij knikte, draaide zich om en pakte een sleutel.

'Dat is de oudste broer van Norman Bates,' mompelde Del, die weer in de auto stapte. Norman Bates was de naam van de psycho-tische moordenaar in de film *Psycho*. Ik lachte nerveus.

We stopten voor nummer twaalf, en Del overhandigde me de sleutel.

'Doe eerst de deur maar open, dan brengen we daarna de kin-deren naar binnen,' zei hij.

Dat hij Shawn en Patty Girl de kinderen noemde gaf me echt het gevoel dat we nu een gezin vormden. Ik deed open en maakte een van de tweepersoonsbedden op. Hij droeg ze allebei naar binnen, zonder dat ze wakker werden. Ik nam Patty Girl van hem over en legde haar voorzichtig in het bed. Hij legde Shawn ernaast, en we stopten de deken in.

'Ik wou dat ík zo kon slapen,' zei Del.

'Ik ook.'

'We zullen morgen kopen wat we voor ze nodig hebben,' zei hij, en ging naar de badkamer. Ik maakte ons bed op en trok mijn sneakers, jeans en blouse uit.

'Ik ben doodop,' zei hij, toen hij terugkwam. 'Ik hoop dat ze lang uitslapen.'

Ik ging naar de badkamer om me te wassen. Toen ik weer in de kamer kwam, lag Del al te slapen. Ik kroop zo dicht ik kon tegen zijn warme lichaam aan zonder dat ik hem wakker maakte. Toen deed ik mijn ogen dicht en wenste dat de dromen van Shawn en

Patty Girl hun weg naar mij zouden vinden, al was het maar voor een paar minuten. Ik onderschatte mijn eigen vermoeidheid. Enkele ogenblikken nadat ik mijn ogen gesloten had en tegen Del aan was gaan liggen, sliep ik.

De gordijnen waren zwaar genoeg om het licht van de ochtend te beletten ons te wekken. Shawn en Patty Girl waren zo moe van het emotionele trauma en alles om ook lang uit te slapen, maar toen ik wakker werd, zag ik dat Del al op was. Ik draaide me om en zag dat hij volledig gekleed op een stoel zat en naar me staarde.

'Wat is er?' vroeg ik, terwijl ik met mijn vuisten de slaap uit mijn ogen wreef. Hij gaf geen antwoord, dus deed ik mijn ogen open en ging rechtop zitten. 'Wat is er, Del?'

'We kunnen dit niet maken,' zei hij. 'Ik weet niet wat me bezielde. Ik was zo kwaad, zo gefrustreerd, dat ik er niet echt over heb nagedacht.'

'Waarom niet? We hebben zoveel geld. Dat zei je zelf gisteravond.'

'Er is meer voor nodig dan geld, Teal, een heleboel meer.'

'Waarom?'

'Waarom?' Hij schudde zijn hoofd. 'Kijk eens naar ze,' zei hij, met een knikje naar Shawn en Patty Girl. 'We hebben de volledige verantwoordelijkheid op ons genomen voor twee kleine kinderen. Ze hebben zoveel nodig, Teal, voor hun gezondheid, hun schoolopleiding, alles.'

'Maar het geld...'

'Dat duurt niet eeuwig, en we hebben officiële papieren nodig, een bewijs van voogdijschap. Uiteindelijk zal de wet ons achterhalen, zelfs als je vader en moeder niet achter ons aan komen. Wat moeten we dan doen?'

'Dit kán ons lukken. Op de een of andere manier moeten we het kunnen, Del,' zei ik smekend.

Hij boog zijn hoofd.

'Ik zal zelfs niet op haar begrafenis zijn,' zei hij. 'Ik weet dat ik haar zou moeten haten, maar ze ligt ergens in een ijskoud mortuarium in een ziekenhuis, en niemand kijkt naar haar om. Ze zullen haar ergens in een armengraf dumpen, en ik zal zelfs niet weten waar het is. Wie weet wat ze zullen doen? Misschien cremeren ze haar en verspreiden ze haar as over een vuilnisbelt.'

Ik staarde hem aan.

'Del,' zei ik hoofdschuddend, wanhopig trachtend meer redenen te verzinnen, meer hoop te geven.

'Het spijt me, Teal. Ik was te impulsief. Ik weet dat ik je nog meer moeilijkheden heb bezorgd, en je hebt er zelf al genoeg. Je kunt die van ons er niet bij hebben. Het spijt me.'

'Je hebt me niets bezorgd dat ik niet zelf wilde,' zei ik kregelig.

Op dat moment ging Shawn overeind zitten en keek verward om zich heen.

'Hallo,' zei Del. Hij stond op en liep naar hem toe.

'Waar zijn we? Waar is mama?'

'We hebben een plezierritje gemaakt,' antwoordde Del. 'Straks gaan we in een restaurant ontbijten.'

Shawn keek naar mij.

'Hoi,' zei ik, en hij lachte.

Hij keek van Patty Girl naar Del. Del keek even naar mij. Shawn was niet zo jong en naïef als ik dacht, en Del wist het ook.

'Waar is mama?' vroeg hij.

'We gaan naar huis,' zei Del als enig antwoord, en keek naar mij met een gezicht dat uit leek te schreeuwen: *Zie je nou? Zie je wat ik bedoel, waarom het zo moeilijk zal zijn?*

Ik leunde achterover tegen mijn kussen en staarde naar het plafond. Del ging naar buiten om de kleren van Shawn en Patty Girl te halen. Toen hij terugkwam, was ze op en ik hielp haar aankleden. Voordat we bij het motel waren gestopt, hadden we een ouderwets wegrestaurant gezien. Shawn en Patty Girl waren enthousiast en wilden pannenkoeken.

Ik maakte me zo zenuwachtig over hen, hoe ze het nieuws zouden opvatten van hun moeders overlijden, dat ik pas aan mijn eigen situatie dacht toen we al ruim een halfuur op weg waren naar huis. We kochten een paar kleurboeken voor Shawn en Patty Girl en wat speelgoed, om ze bezig te houden tijdens het rijden. Del bleef zich verontschuldigen en zichzelf verwijten maken. Ik was vreselijk teleurgesteld, maar bedwong mijn tranen. Ze vielen binnen in me.

We stopten alleen om te tanken. Del kocht wat snoep voor de kinderen, en om halfdrie waren we in Albany.

'Waar wil je eerst naartoe?' vroeg ik hem.

'We gaan naar huis en ik breng hun spullen weer naar binnen. Dan bel ik het ziekenhuis en zie ik wel wat me te doen staat.'

'Ik zal zo lang mogelijk bij je blijven,' zei ik.

'Dank je, Teal.'

De opluchting op zijn gezicht maakte me nog triester. Ik had gehoopt dat zijn blik krachtiger en opgewekter zou worden naarmate we Albany verder achter ons lieten, en niet als we er weer terugkeerden. Was ik te egoïstisch? Was ik dat altijd geweest?

Het bleek dat we geen van beiden veel tijd hadden om over die vragen na te denken. We reden naar zijn huis en lieten de kinderen eerst uitstappen, maar voordat we bij de deur waren, hoorden we portieren dichtsmijten en toen we ons omdraaiden zagen we vier mannen in pakken naar ons toe lopen, gevolgd door een vrouw die Del herkende.

Hij kreunde hardop.

'De kinderbescherming,' mompelde hij. 'Ze moeten ons hebben opgewacht.'

'Blijf staan, jongen,' beval een van de mannen.

Del stak zijn hand op.

'Wacht,' zei hij. Ze zwegen en de vrouw deed een stapje naar voren. Del keek naar Shawn en Patty Girl, die zich doodsbang aan hem vastklampten. 'Zij weten nog van niets, mevrouw Fromm,' zei hij tegen de vrouw.

'Er moet nu echt iets voor ze gedaan worden,' zei ze nadrukkelijk.

Del knikte.

'Oké. Maar geef me alstublieft een paar minuten.'

Haar mond verstrakte, ze keek even naar mij en zei toen: 'We zijn hier al een hele tijd. Waar hebt u ze naartoe gebracht? Ik weet dat u niet in het ziekenhuis was.'

Patty Girl, die dacht dat ze iets belangrijks te melden had, zei: 'We hebben pannenkoeken gehad.'

Niemand lachte.

'Tien minuten,' zei mevrouw Fromm tegen Del, en hij liep met de kinderen het huis in. Ik wilde achter hen aan.

'Ben jij Teal Sommers?' hoorde ik, en ik keek naar de man die het dichtst bij me stond.

'Ja.'

'Weet je dat er een bevel tot aanhouding voor je is uitgevaardigd?'

'Dat is niks nieuws,' antwoordde ik, en liep naar binnen.

Ik ben natuurlijk niet erg oud, en ik ben mijn leven lang goed beschermd geweest, maar altijd als ik dacht dat ik het droefst mogelijke gezien had, kwam er weer iets dat nog droeviger was, iets dat je hart nog meer verscheurde. Toen ik Del stil op de bank zag zitten met Shawn en Patty Girl en toen voor ze zag neerknielen om ze te vertellen dat hun moeder dood was, wist ik dat ik dat moment nooit zou vergeten.

Ik veronderstel dat als we jong zijn, net zo jong als die twee, we een ingebouwde muur van scepticisme hebben die ons belet in iets als de dood te geloven. Het definitieve daarvan is niet gemakkelijk te begrijpen en te aanvaarden als je nog jong genoeg bent om te geloven in sprookjes en magie. Zieke mensen worden altijd beter; ze komen altijd thuis uit het ziekenhuis.

'Mama komt niet meer thuis,' begon Del. 'Ze was te ziek om beter te worden.'

'Waarom?' vroeg Shawn.

'Haar lichaam was te zwak geworden,' zei hij. 'Die mensen daar, en mevrouw Fromm, die je kent, maken zich ongerust dat jij en Patty Girl hier niet langer veilig zijn. Ik kan niet voortdurend bij jullie zijn en werken. Ze willen er zeker van zijn dat het jullie goed gaat, dus moeten jullie met ze mee om een tijdje bij mensen te gaan wonen die voor jullie kunnen zorgen. Op een dag,' vervolgde hij, 'zal ik jullie komen halen en zullen we weer bij elkaar zijn.'

Ik denk dat het er niet gemakkelijker op werd dat ik in de deuropening stond terwijl de tranen over mijn wangen rolden. O, waarom heeft zijn moeder hem in de steek gelaten, waarom is hij teruggekrabbeld? huilde ik inwendig. Waarom zijn we niet gewoon doorgegaan? Het zou ons gelukt zijn. Alles zou toch beter geweest zijn dan dit?

Del schudde zijn hoofd alsof hij mijn gedachten kon horen.

'Ik wil niet dat jullie hierom huilen,' zei Del tegen hen. 'Dat maakt het alleen maar moeilijker voor iedereen, ook voor jullie zelf. Jullie moeten een grote jongen en een grote meid zijn. Ik zie jullie gauw weer. Ik beloof het.'

'Gaan we dan weer naar een restaurant?' vroeg Patty Girl.

'Vast en zeker.'

Hij pakte haar hand en die van Shawn en ze stonden op.

'Del.'

'Ik kan niets doen,' zei hij, zelf ook aan de rand van tranen.

Ik boog mijn hoofd en ging achteruit, zodat hij met ze naar buiten kon lopen. Ik was laf, ik ging niet met ze mee. Ik bleef binnen en wachtte. Ten slotte, nieuwsgierig waarom het zo lang duurde, deed ik de deur open op het moment dat Del de kinderen uitzwaaide. Ik had het gevoel dat ik in steen veranderd was. Hij liet zijn hoofd zakken en toen, in plaats van terug te keren naar het huis, liep hij de straat af.

'Del!' riep ik hem na. Hij draaide zich niet om. Hij bleef doorlopen.

Ik wilde hem achternagaan, maar toen ik bij het trottoir kwam, stopte er een politiewagen en twee agenten en Tomkins stapten uit. Tomkins ging, zonder zelfs naar me te kijken, rechtstreeks naar de SUV en stapte in.

'Teal Sommers?' vroeg de agent die achter het stuur had gezeten.

Tomkins startte de SUV en reed weg.

'Ik zei, Teal Sommers?' herhaalde de agent geërgerd.

Daar gaan we weer, dacht ik.

'En als ik eens nee zei?' vroeg ik. 'Laat u me dan met rust?'

'Geloof me, jongedame, we hebben heel wat belangrijkere dingen te doen dan jacht te maken op een verwend kind. Stap in,' beval hij.

Ik tuurde de straat in.

Del liep een hoek om en was verdwenen.

Ik wist het toen niet, maar wat mij betrof was hij voorgoed verdwenen.

11. Het laatste redmiddel

Tot mijn verbazing bracht de politie me deze keer niet naar het bureau. Ze reden rechtstreeks naar mijn huis. Nu begreep ik wat de bestuurder bedoelde toen hij zei dat ze wel belangrijkere dingen te doen hadden dan jacht maken op een verwend kind. Pa had zijn politieke invloed benut om dit te bewerkstelligen.

De SUV stond geparkeerd voor de deur, maar Tomkins was nergens te bekennen. Toen pas herinnerde ik me dat ik de bruine envelop met al het geld tussen de stoel van de bestuurder en die van de passagier had gestopt. Ik vroeg me af of hij er nog was. Zo ja, dan zou ik hem terug kunnen leggen in de safe en mijn vader in de waan brengen dat ik niets verkeerds had gedaan, maar alleen weer zonder zijn toestemming met de SUV was weggereden.

Carson deed open toen we voor de deur stonden.

'Ik moet u uit naam van mijn vader bedanken,' zei hij tegen de agenten, zonder mij aan te kijken. Het leek wel of ik niet bestond.

'Geen probleem,' zei de bestuurder. Hij keek even naar mij, en toen liepen ze terug naar de auto.

'Ga naar pa's kantoor,' beval Carson. Hij deed een stap achteruit, zodat ik naar binnen kon.

'Waar is mama?' vroeg ik.

'Ga naar pa's kantoor,' herhaalde hij.

'Dank je, Carson,' mompelde ik, en liep de gang door.

Ik merkte dat de dienstmeisjes niet aan het werk waren. Ik hoorde geen stofzuiger, geen borden die werden afgewassen, geen enkel geluid in een van de kamers. De deur van pa's kantoor stond een klein eindje open. Ik aarzelde, haalde diep adem, concentreerde me op mijn gedrag en de woorden die ik ter verdediging kon aanvoeren, en ging toen naar binnen.

Hij zat met zijn rug naar de deur en staarde uit het raam.

'Pa?' zei ik.

Eerst dacht ik dat hij zou weigeren zich om te draaien, maar eindelijk deed hij het, heel langzaam. Hij keek me lange tijd aan, zonder iets te zeggen. Zijn gezicht stond merkwaardig kalm en zelfvoldaan. In zijn ogen lag niet de gebruikelijke withete woede.

'Toen je klein was en je je slecht gedroeg, maakten we ons wijs dat het normale groeipijnen waren, dat je je aan moest passen. De enige echte ervaring die je moeder en ik hadden met kinderen was Carson. Hij heeft een volkomen andere persoonlijkheid, een ander karakter, gedeeltelijk omdat hij een man is, veronderstel ik.

Anderen, vrienden, vertelden me altijd dat meisjes moeilijker op te voeden waren dan jongens. In verhalen, films, worden jongens altijd voorgesteld als wildebrassen, schoffies, probleemkinderen. Meisjes werden geacht gevoelig, kwetsbaar te zijn; maar dat, verzekerde iedereen me, was gewoon niet waar.

En dus accepteerden we je zoals je was en probeerden je te leren je in bedwang te houden op alle manieren die wij en zelfs zogenaamde deskundigen kenden.

'Toen je ouder werd – een prepuber en toen een puber – en je kwam in moeilijkheden, werd het duidelijk serieuzer. Voornamelijk je moeder besloot dat we een kinderpsycholoog en zelfs een psychiater in de arm moesten nemen. We stuurden je naar mensen van wie we hoorden dat ze erg deskundig waren, maar er volgde niet de dramatische ommekeer die we verwachtten, waar we op hoopten.

Ik nam een strengere houding aan, vooral na de recente incidenten. Ik dacht, oké, je bent egocentrisch, maar uiteindelijk zul je beseffen dat je geen goed en plezierig leven kunt hebben als je doorgaat met het creëren van moeilijkheden en slechte cijfers halen op school, en zul je veranderen, uitsluitend om jezelf gelukkig te maken. Maar ook dat gebeurde niet.

Je moeder – alweer, meer dan ik – hoopte dat als je in een rijkere omgeving werd geplaatst, waar je meer onder controle stond en meer individuele aandacht kreeg, je bij zou draaien, maar dat gebeurde niet.

In mijn hart hoopte ik dat je van je familie zou houden, althans genoeg om ons niet echt kwaad te doen. Dat zou zo ongeveer het dieptepunt zijn geweest, de laatste druppel, nietwaar?

En toen deed je dit,' zei hij, en hield de bruine envelop op. 'Je wist wat dit was, nietwaar, Teal? Dat moet wel, want je wist waar het geld was. Je moet me bespioneerd hebben of zo, toch?'

Ik nam niet de moeite om te antwoorden. De waarheid was dat ik moeilijk mijn woorden kon vinden. Mijn keel voelde dichtgeknepen. Ik wendde mijn blik af.

'Eigenlijk ben ik blij dat je niets zegt. Het enige wat ik nu van je te horen zou krijgen zouden leugens, verzinsels, excuses zijn. Zeg maar liever niets.'

Hij leunde achterover.

'Ik zal nog één ding voor je doen. Je moet goed beseffen dat dit het laatste is wat ik zal doen, dat staat vast. Ik ben, via een paar invloedrijke vrienden, op de hoogte gebracht van wat je het laatste redmiddel zou kunnen noemen als het gaat om jou en alle kinderen van jouw leeftijd die net zo zijn als jij.'

Ik keek op. Wat bedoelde hij?

'Ik stuur je naar een andere school. Een school waar je intern bent, zodat je je een tijdlang niet tegenover mij hoeft te verantwoorden.'

'Wat voor school?'

'De naam doet er niet toe. Het enige belangrijke is wat die school voor jou kan doen. Als je daar mislukt... tja, dan misluk je. In ieder geval weet ik dan dat we voor je hebben gedaan wat we konden.'

'Ik wil niet naar een nieuwe school,' zei ik.

'Wat jij wilt en niet wilt doet niet meer ter zake. Had het nooit moeten doen. Dat is misschien een van mijn fouten geweest – me iets aantrekken van wat jij wilde.'

'Ik wil met mama praten,' zei ik.

'Ze is er niet.'

'Waar is ze?'

'Ze is naar haar zuster gegaan, je tante Clare, voor een hoogst noodzakelijke rust.'

'Ik wil met haar praten,' jammerde ik. 'Bel haar.'

'Ze wil niet met je praten. Ze wilde niet thuis zijn toen je deze keer werd teruggebracht, Teal. Ze kon het idee niet verdragen.'

'Nee.'

'Ja,' zei hij. 'Het is waar.'

Hij boog zich naar voren, vouwde zijn handen en keek op zijn horloge.

'Buiten staat een auto, een limousine, op je te wachten.'

'Wat bedoel je, pa? Nu?'

'Nu is al bijna te laat voor je, Teal. Ja, nu, op dit moment.'

'Maar mijn spullen.'

'Alles wat je nodig hebt, ligt in de auto.'

Ik schudde mijn hoofd.

'Ik ga nergens naartoe, pa.'

'Ik heb een paar kruiwagens moeten gebruiken en, geloof me, een hoop geld moeten betalen, twee keer zoveel als je particuliere school, om je daar onder te brengen, Teal. Ik hoop dat je het op een dag zult weten te waarderen. Ik besef heel goed dat je dat voorlopig niet zult doen, maar dat is een bittere pil die ik zal moeten slikken.'

Ik bleef mijn hoofd schudden.

'Waar is die school?' vroeg ik, toen ik zag dat hij vastbesloten was.

'Waar je laatste kans ligt.'

Instinctief deinsde ik achteruit en botste tegen iets wat als een stenen muur voelde. Ik draaide me en zag Tomkins glimlachend op me neerkijken.

'Tomkins zal zorgdragen voor je vervoer,' zei pa.

Ik raakte in paniek.

'Waar is Carson?'

'Naar huis.'

'Ik moet naar boven naar mijn kamer om te zien of er iets is dat ik nodig heb en dat je niet in de auto hebt gelegd, pa,' zei ik, in een wanhopige poging om uitstel te krijgen.

'Daar dacht je ook niet aan toen je ervandoor ging met de auto van je moeder en met mijn geld, wel, Teal? Waarom zou het nu wél belangrijk voor je zijn?'

'Alsjeblieft, laat me mama bellen.'

'Ik begrijp je plotselinge belangstelling voor ons niet, Teal. Je hebt toch ook niet met je moeder gesproken voordat je wegliep? Je hebt niet met mij of met Carson gesproken. Ik geef je wat je wilt – je ontsnapt aan ons.'

Dat was niet wat ik wilde van mijn familie, wilde ik hem zeggen. Ik wilde liefde en zorg. Ik wilde aandacht en ik wilde me gewenst voelen, maar ik zei niets. We waren als water en vuur, pa en ik. Op het ogenblik was ik te kwaad en te koppig om iets meer te doen dan te smeken. Stuur me maar naar een andere school, dacht ik. Kijk maar of dat iets uithaalt.

'Dag pa,' zei ik.

'Veel geluk, Teal. En dat meen ik echt,' zei hij.

Ik draaide me om en liep zijn kantoor uit. Tomkins kwam vlak achter me aan. Bij de trap keek ik even omhoog. Ik denk dat Tomkins bang was dat ik een spurt naar boven zou nemen. Hij liep snel langs me heen, met de duidelijke bedoeling me de weg te versperren. Hij opende de voordeur.

Daar stond, zoals pa had gezegd, een lange limousine.

In ieder geval ga ik in stijl, waar ik ook naar toe ga, dacht ik.

Wat me verbaasde was dat er een andere chauffeur was. Waarom was Tomkins dan hier? Deze chauffeur was in uniform. Hij stapte uit zodra we buiten kwamen en hield het achterportier voor me open. Mijn verbazing werd nog groter toen Tomkins me volgde en tegenover me in de limousine ging zitten.

'Ga jij ook naar een nieuwe school?' vroeg ik hem.

Hij staarde me met een kille blik aan. Wat dacht pa eigenlijk, was hij bang dat ik de chauffeur zou dwingen te stoppen en uit de auto zou springen? Dit wordt belachelijk, dacht ik.

De chauffeur stapte in en we reden weg. Vreemd, dat ik niet bedroefd achterom had gekeken naar het huis toen ik was weggelopen, maar om de een of andere reden dat nu wél deed, misschien door de klank in pa's stem en zijn opvallend kalme, bijna verslagen houding.

Toen ik naar Tomkins keek, zag ik een grijns op zijn gezicht.

'Het is heel wat om te vergooien,' mompelde hij.

'Je weet er niks van,' snauwde ik.

'Natuurlijk niet. Niemand behalve jij weet iets,' antwoordde hij.

We reden door, en ik realiseerde me algauw dat we in de richting van de luchthaven reden. Pa had geen gekheid gemaakt toen hij zei dat het ver weg was. De limousine mocht door een speciaal toegangshek, rechtstreeks naar het kleine vliegtuig.

'Wat is dat?' vroeg ik.

'Dit is een vliegveld en dat is een vliegtuig,' zei Tomkins.

'Leuk, hoor. Waarom ga ik met een privé-vliegtuig?'

'Omdat je zo bijzonder bent,' zei hij met diezelfde kille grijns.

De motoren van het vliegtuig begonnen te draaien zodra we ernaast stopten. Tomkins stapte snel uit en hield het portier van de limousine voor me open. De chauffeur keek recht voor zich uit. Ik aarzelde. Ik had het gevoel dat mijn lichaam diep in de kussens van de bank was weggezonken.

'Schiet op. Ik heb nog meer te doen vandaag,' snauwde Tomkins. Toen ik bleef aarzelen, leunde hij naar binnen. 'Wil je dat ik je uit de auto sleur?'

'Waar ga ik naartoe?'

'Mijn opdracht was je hier te brengen. De piloot weet waar je naartoe gaat. Vooruit,' beval hij.

Ik wist zeker dat hij de daad bij het woord zou voegen, dus stapte ik uit de limousine. De wind joeg om ons heen. Tomkins pakte mijn linkerarm, kneep met zijn dikke vingers stevig in mijn elleboog en duwde me naar de smalle vliegtuigtrap. Ik boog mijn hoofd en stapte in het toestel. Er was niemand anders.

De deur werd dichtgegooid.

'Maak je riem vast,' hoorde ik. Ik voelde dat het vliegtuig zich in beweging zette.

Ik keek uit het raam. Tomkins stapte weer in de limousine, die wegreed toen het vliegtuig keerde en het toerental werd opgevoerd.

Waar waren mijn spullen? dacht ik plotseling. Ik had niets uit de limousine zien halen en naar het vliegtuig brengen.

'Wacht!' schreeuwde ik tegen de deur tussen mij en de cockpit.

Mijn stem verdronk in het gedaver van de motoren.

'Waar ga ik naartoe?'

Het vliegtuig rolde sneller over de startbaan en verhief zich toen in de lucht.

Ik keek uit het raam.

'Mama,' fluisterde ik.

De zon ging onder achter een wolk toen we hoger stegen.

Ik zag mijn gezicht weerspiegeld in het raam aan de andere kant.

Ik huilde.

'Arm klein rijk meisje,' hoorde ik mezelf zeggen.

Deel drie

Phoebe

1. Mama is weg

'Tja, ze is weg,' kondigde papa aan bij de deur van mijn slaapkamer. 'Je moeder is echt weg.'

Ik draaide me half om in bed en kreunde zachtjes, denkend: *waarom moest hij me zo vroeg wakker maken alleen om me dat te vertellen?* Toen tuurde ik naar hem door de spleetjes van mijn nauwelijks geopende ogen. Hij stond in de deuropening, met gebogen hoofd en zijn handen op zijn heupen. Hij was al klaar om naar zijn werk te gaan, in zijn grijze pak en das, zo keurig gekleed als een etalagepop, zoals mama zou zeggen.

'Goed, papa, ze is weg,' zei ik, en trok de deken over mijn hoofd.

'Nee,' zei hij met stemverheffing. 'Ik meen het. Dit keer is ze echt vertrokken, Phoebe.'

Ik liet de deken weer zakken.

'Wat bedoel je, papa? Dat ze echt weg is? Alsof dit de eerste ochtend is dat je wakker werd en besefte dat ze de hele nacht niet thuis was gekomen?'

In het begin hadden ze hevige ruzies daarover, mama schreeuwend dat hij er geen rekening mee hield hoe hard ze werkte en dat ze tijd nodig had om zich te ontspannen. Na een tijdje hield papa op met klagen en negeerde haar, zoals hij gewoonlijk bij elke ruzie tussen hen deed.

Mijn moeder werkte als serveerster in een kleine jazzbar. Meestal gaf ze alles wat ze verdiende daar ook weer uit, althans dat beweerde ze. Dat, of ze had een en ander nodig voor haar werk: betere schoenen, mooiere kleren. Ze beweerde dat ze er goed uit moest zien om betere fooien te krijgen. Welk excuus ze ook verzon, papa accepteerde het.

Als papa onderweg was om gereedschap te verkopen aan garages in Atlanta, Georgia, was ik vaak het grootste deel van de avond en nacht alleen thuis. De laatste tijd moest hij zelfs nog grotere afstanden rijden om evenveel te verdienen als vroeger. Daarom moest hij vaak in een motel overnachten en was ik de hele nacht alleen en besefte pas de volgende ochtend dat mama niet was thuisgekomen.

'Ze heeft geen afscheidsbrief achtergelaten, niet voor jou en niet voor mij, maar ze is verdwenen! Ze heeft bijna al haar spullen ingepakt en is vertrokken.'

Ik staarde hem even aan en ging toen rechtop zitten. Ik droeg een van zijn pyjamajasjes, wat ik al deed toen ik vier was en nu nog steeds deed.

'Wat voor spullen? Kleren?'

'Dat zei ik, ja.'

Dat was iets wat ze nog nooit had gedaan, dacht ik. Ik streek met mijn vingers door mijn haar voor ik opstond en langs hem heen liep naar de slaapkamer van hem en mama.

Haar kastdeur stond wagenwijd open en er bungelden tientallen lege kleerhangers. Een paar van haar minst geliefde kledingstukken lagen verspreid op de grond. Er stond maar één paar oude schoenen in het schoenenrek. In de nu bijna lege kast dwarrelde het stof op. Ik staarde ernaar en schudde mijn hoofd.

'Ze heeft alles meegenomen en is vertrokken,' zei ik verbijsterd, voornamelijk tegen mezelf. Papa stond vlak naast me.

Mama was deze keer echt aan de zwier. Ik wist zeker dat ze het impulsief, op het laatste moment besloten had. Ze had helemaal niets laten merken. Ik geloof dat ik me meer verraden voelde dan papa, al verkeerden mama en ik tegenwoordig niet op erg intieme voet met elkaar. Ze vond het niet prettig eraan herinnerd te worden dat ze een zestienjarige dochter had. Ze deed liever of ze zelf niet veel ouder was, vooral als er mannen bij waren. Ik mocht absoluut niet naar de club als mama aan het werk was, en ze waarschuwde me dat ze, als ik dat ooit zou doen, zich zou gedragen alsof ze me niet kende.

'En al haar cosmetica,' zei papa, met een knikje naar de badkamer.

Er stond niets op het marmeren blad bij de wastafel, geen potten crème, geen shampoo, niets.

'Wauw,' zei ik, 'het ziet ernaar uit dat ze wel een tijdje wegblijft.'

'Hoe laat was je gisteravond thuis, Phoebe, dat je helemaal niets gemerkt hebt?' vroeg hij. 'Ik weet zeker dat ze niet alleen was,' voegde hij er op zachtere toon aan toe.

Zijn gitzwarte ogen glinsterden niet van woede, maar veranderden in koud zwart marmer.

'Ik was vroeg thuis, maar ze was nog op haar werk en ik was zo moe dat ik meteen in slaap ben gevallen,' jokte ik.

Ik had mijn avondklok weer genegeerd en was heel laat thuisgekomen, maar ik had aangenomen dat ze nog op de club was. Ik was niet naar haar kamer gegaan om te zien of ze thuis was. Als ik dat had gedaan en ik had haar wakker gemaakt, zou ze me als een furie hebben uitgeketterd. De gin die ik bij Toby Powell thuis had gedronken had me praktisch in een coma gebracht. Ik hoorde zelfs mijn dromen niet.

'Ze dreigde voortdurend dat ze zou vertrekken,' zei papa, starend naar de lege kast. 'Ze dreigde altijd. Maar deze keer is het kennelijk meer dan een dreigement, Phoebe. Ik had het moeten weten. Ik had zoiets moeten verwachten. Ik heb geruchten gehoord over haar en die kloterige Sammy Bitters.'

'Wat voor geruchten?' Ik had ze ook gehoord, verhalen dat ze met hem naar bed ging, maar ik deed net of ik niets wist.

'Niet het soort waar ik het over wil hebben,' zei papa. 'In ieder geval kom ik vanavond pas laat thuis. Ik heb geen tijd om te piekeren of me er iets van aan te trekken. Ik wil alleen zeker weten dat je meteen uit school thuiskomt, Phoebe, en niet rondhangt op straat of laat bij vrienden thuisblijft. Je moet je netjes gedragen. Denk eraan wat de rechter gezegd heeft,' waarschuwde hij.

Samen met twee vriendinnen was ik gearresteerd voor winkeldiefstal in een warenhuis. Sylvia Abramson had een van die apparaatjes waarmee caissières het instrumentje eraf halen dat een alarm doet afgaan. We hadden het een paar keer gebruikt om kleren te stelen, maar de laatste keer waren we betrapt. Een verkoopster zag me met een blouse naar de paskamer gaan. Even later ging ze kijken en merkte dat ik de blouse onder mijn eigen blouse had aangetrokken. Ze lieten me naar buiten gaan voor ze me aanhielden. Intussen waren Sylvia en Beneatha Lewis erop betrapt dat ze panty's in hun jeans stopten.

Het was de tweede keer binnen een jaar dat ik gepakt was voor winkeldiefstal en voor de rechter moest komen. Als papa er niet geweest was, zou de rechter me waarschijnlijk wel zwaarder hebben gestraft dan met een voorwaardelijke veroordeling en een avondklok. Papa bleef hem maar bedanken. In mijn ogen leek het of hij om genade smeekte, zijn excuses aanbood, zelf de schuld op zich nam en beloofde beter zijn best te doen als vader. Voordat de zitting was afgelopen foeterde de rechter hem meer uit dan mij. Maar hij voegde er wel het dreigement aan toe dat hij me in een pleeghuis zou laten plaatsen als ik me weer in de nesten zou werken.

'Het is gemakkelijk om kinderen te krijgen, maar het is een zware verantwoordelijkheid om ze op te voeden,' preekte hij tegen mijn vader vanaf zijn hoge zetel. Papa knikte alleen maar. 'Te veel mensen schuiven hun verantwoordelijkheid af op de staat en de maatschappij. De rechtbank is er niet om de plaats in te nemen van een ouder.'

'Ik weet het, edelachtbare. Het spijt me dat mijn problemen in het openbaar komen.'

'Hm,' zei de rechter. Hij had gevraagd waar mama was, en papa had geantwoord dat ze op haar werk was en geen vrij kon krijgen. De waarheid was dat ze thuis op bed lag met een kater. De rechter keek hem scherp aan toen hij dat vertelde, en papa wendde snel zijn ogen af. Het leek of hij een glazen schedel had waarin je de leugens die hij probeerde te vertellen, zag kronkelen en verbrokkelen. Hij wreef nerveus in zijn handen.

Ik schaamde me meer voor hem dan voor mijzelf, ook al zag papa er altijd respectabel en goedgekleed uit. Hij zegt dat het bij zijn werk als verkoper hoort. Hij verkoopt heel dure apparatuur en zegt dat hij zich in overeenstemming daarmee hoort te kleden. Hij vertelt me altijd dat een goede presentatie, een goed imago, de helft van de strijd is. Hij doet zijn best om mij wat conservatievere kleding te laten dragen. Ik antwoord dat hij gewoon te ouderwets is, maar hij vindt dat het niets te maken heeft met ouderwets of modern. Het heeft alles te maken met fatsoen.

Ik zei dat fatsoen niet leuk was, dat het net was of je suikervrije chocola at. Hij lachte niet. Hij lachte steeds minder de laatste tijd, en nu vroeg ik me af of hij ooit nog zou lachen.

In ieder geval, als papa en mama er beiden niet waren, negeerde ik vaak de avondklok, en de vorige avond had ik dat ook ge-

270

daan. Papa zei dat ik me op glad ijs begaf. Ik was bijna uitgegleden op de dag dat papa me vertelde dat mama weg was. Nu ik wist dat hij niet thuis zou zijn voor het eten, ging ik met Sylvia mee en bleef te lang bij haar thuis feesten met Packy Morris en Newton James, twee jongen die de directeur zelf had aangeraden maar niet meer naar school te gaan. We maakten wat te veel lawaai, en mevrouw Gilroy, die in het appartement beneden woont, belde de politie. Ze noteerden onze namen, en ik dacht dat ze zouden weten dat ik de avondklok overschreed, of dat ze me de volgende dag zouden komen arresteren, maar er kwam niemand.

Papa kwam erachter en keek heel somber toen ik de volgende dag uit school kwam. Mama was nog steeds niet thuis, en de realiteit van haar definitieve vertrek begon tot me door te dringen en lag als een brok steen op mijn maag. Hij zat aan de keukentafel, met een kop koffie tussen zijn handen, en rees omhoog uit een zee van overpeinzingen, als een diepzeeduiker die de hele dag naar ideeën heeft gedoken.

'Ik realiseer me dat ik dit niet kan, Phoebe. Ik kan niet voor je zorgen, en dit kan niet zo doorgaan. Je vervalt van kwaad tot erger,' zei hij. Hij schudde zijn hoofd en trommelde met zijn vingers op de tafel, met een gezicht of hij zijn laatste oortje versnoept had.

Nu er geen twijfel meer bestond dat mama ons voorgoed in de steek had gelaten, had hij het besluit genomen me bij mijn tante Mae Louise, mama's oudste zuster, onder te brengen. Hij zei dat hij al een inleidend gesprek had gehad met haar en mijn oom Buster.

'Waar heb je het over, papa? Ik ga niet bij tante Mae Louise wonen,' zei ik toen hij het me verteld had. Ik wiebelde met mijn hoofd en zette mijn hand op mijn heup. Meestal lukte het me wel hem zijn strafmaatregelen wat te doen versoepelen, maar deze keer leek hij voet bij stuk te houden.

'Dit is geen leven voor je, Phoebe. Niet onder deze omstandigheden. Het zal niet voor altijd zijn, maar het is een manier om je te redden. Misschien de enige manier.'

'Ik hoef niet gered te worden.'

'Mensen die gered moeten worden weten dat meestal zelf niet. Trek wat mooie kleren aan. We gaan vanavond met tante Mae Louise en oom Buster praten.'

271

'Nee!'

'Je doet wat ik zeg, Phoebe,' zei hij vastberaden. 'Als je het niet doet, zullen de autoriteiten je hier vandaan halen en zoals de rechter zei, je in een of ander pleeggezin bij vreemden stoppen. Ik weet dat je dat niet prettig zou vinden.'

'Oom Buster en tante Mae Louise zijn geen haar beter dan vreemden,' kermde ik.

'Hou op!' snauwde hij en sloeg met onkarakteristieke woede met zijn vuist op tafel. 'Ga je nu aankleden en trek niet een van die blouses aan die zo kort zijn dat je navel bloot is. Schiet op!' beval hij en wees met stramme vinger naar mijn kamer.

Ik slenterde onwillig weg en verkleedde me in iets waarvan ik wist dat hij het goed zou keuren. Maar ik lachte niet. De hele weg naar het huis van tante Mae Louise zat ik mokkend in de auto. Papa bleef maar doorzeuren dat dit mijn beste kans was om moeilijkheden te vermijden en op te groeien tot een fatsoenlijke jonge vrouw. Misschien zou ik zelfs naar de universiteit kunnen en carrière maken. Hij zei dat hij niet kon werken én een tienerdochter opvoeden, die al in genoeg moeilijkheden had verkeerd om een man tot tranen te bewegen. Hij zei dat een meisje als ik grootbrengen in het hart van Atlanta's armste en slechtste buurt leek op het planten van een roos in een varkensstal.

'Daar wil ik niet mee zeggen dat jij een roos bent, Phoebe, bij lange na niet,' ging papa verder. 'Ik ben niet blind voor de problemen van mijn kind en van mijzelf.'

'Misschien komt mama nog terug,' opperde ik, me vastklampend aan een strohalm toen we dichter bij Stone Mountain kwamen. 'In ieder geval zouden we een week of zo moeten afwachten.'

Papa keek me aan met die realistische kille ogen van hem, het soort ogen dat fantasieën uitwiste als ruitenwissers regen van een voorruit.

'Ik hou mezelf niet voor de gek wat je mama betreft, Phoebe. Ze was nooit tevreden met haar leven, dat weet je. Ze gebruikte slechte dingen. Bovendien wíl ik helemaal niet dat ze terugkomt,' ging hij verder, zo woedend als ik hem nog nooit gehoord had. 'Niet na wat ze deze keer heeft gedaan.'

Ik dacht altijd dat niets hem ooit echt kwaad kon maken. Hij scheen alle beledigingen van mama te slikken. Ze klaagde dat hij zijn poot niet stijf hield als zijn baas hem harder liet werken en hij grotere afstanden moest afleggen.

'Weet je zeker dat je een ruggengraat in je lijf hebt, Horace?' vroeg ze dan tartend.

Hij schudde slechts zijn hoofd en liep weg. Maar ik kon zien dat het me niet zou lukken het hem uit zijn hoofd te praten. Mijn enige hoop was dat als alles gezegd en gedaan was, mijn oom en tante me niet zouden willen hebben. In hun plaats zou ik me ook niet willen, dacht ik. Ik wil me ook nu zelfs niet, en waarschijnlijk papa evenmin en gebruikte hij dit alleen als een excuus om me kwijt te raken. Een deel van me voelde zich misselijk, en een deel van me had er begrip voor.

Tante Mae Louise en oom Buster Howard, die civiel ingenieur was, wat dat ook mocht betekenen, hadden onlangs een mooi huis gekocht in Stone Mountain, een buitenwijk van Atlanta. Het had twee verdiepingen, een voor- en achtertuin, een aangebouwde garage, en genoeg grond tussen hun huis en dat van de buren dat je niet je arm uit het raam kon steken om andermans brood van tafel te gappen, zoals in de vervallen huurflat waar wij woonden in het centrum van Atlanta.

Met andere woorden, ze hadden een huis waarin een roos, en zelfs onkruid, kon opbloeien. Het stond in een veilige buurt. Er waren geen bendes, en áls er sprake was van drugs, kwamen ze stiekem via de achterdeur binnen, en werden ze niet verkocht in een kiosk voor je deur zoals bij ons in de straat. Ik kon naar een betere school en wat nog belangrijker was, benadrukte papa, ik kon mijn oom en tante helpen met hun twee kinderen, Jake van vijf en Barbara Ann van acht.

Papa, die zijn leven lang handelsreiziger in het een of ander was geweest, legde al zijn ervaring en logica in zijn verkooppraatje. Ik kon het niet anders zien. Hij was hier om mijn oom en tante over te halen me in huis te nemen, alsof ik een nieuwe stofzuiger was.

Ik haatte het idee om in Stone Mountain te wonen, ver weg van mijn vrienden, opgescheept met mijn snobistische familieleden. Vooral met de oudste zuster van mijn moeder, die er maar al te graag op bleef hameren dat een Afrikaans-Amerikaanse man en vrouw succes konden hebben als ze zich er maar voor wilden inzetten en voldoende ambitie hadden. Alles wat ze hadden was echt;

alles wat wij hadden was slechts een tijdelijke oplossing.

'Je weet dat ik het grootste deel van de tijd voor mijn werk onderweg ben, Mae,' ging papa verder, die zich voornamelijk tot haar richtte. 'Ik moet tegenwoordig nog verder reizen om uit de kosten te komen. Ze zou steeds langer alleen thuis zijn. Het zou niet lang duren voordat de autoriteiten haar kwamen halen.'

We zaten in de zitkamer van hun huis in Stone Mountain. Het was een woonwijk die voor op zijn minst vijfentachtig procent zwart was. Toen ze het huis kochten, zei mama tegen tante Mae dat ze het ene getto ruilde voor het andere, maar zelfs ik moest toegeven dat het alleen maar afgunst was. Dit was geen getto. Als je je ogen dichtdeed en dan weer opende als er niemand in de straat voor zijn of haar huis stond, zou je denken dat je je in de chicste buitenwijk bevond, gebouwd voor blanken uit de middenklasse en de betere kringen.

'Daarom is Charlene het slechte pad opgegaan,' zei tante Mae Louise, haar groenzwarte ogen kwaad samengeknepen. Ik vond haar altijd lijken op een straatkat die op het punt staat aan te vallen. 'Er moest op haar gepast worden, Horace. Charlene was niet iemand die voor zichzelf kon zorgen. Mijn ouders hoefden haar maar een uur alleen te laten en ze deed iets dat hun grijze haren bezorgde. Dat had je moeten weten vanaf de dag waarop je haar leerde kennen. Ik snap niet waarom je zo nodig met haar moest trouwen. Mannen denken niet met hun hoofd als ze een knap jong ding zien. Ik zal niet ontkennen dat ze mooi was, maar ze was egoïstisch en verwend.'

Tante Mae Louise zou nooit de kant van haar zuster kiezen omdat ze haar zus was, dacht ik. Dat had ze waarschijnlijk nooit gedaan, zelfs niet toen ze opgroeiden.

Ze keek kwaad naar mij. 'Je lijkt in dat opzicht te veel op je moeder, Phoebe. Het spijt me dat ik het moet zeggen, maar ze had een slechte invloed op je. Gelukkig voor de rest van ons had ze maar één kind.'

Ik wist dat mama bijna een tweede had gehad, maar in de zesde maand een miskraam had gekregen, waarschijnlijk door alcohol en sigaretten en een losbandig leven.

Maar toch, zelfs al wist ik dat ze was weggelopen met een kleine oplichter, Sammy Bitters, kon ik het niet zetten dat tante Mae haar bekritiseerde. Ik wist dat het tevens kritiek op mij was omdat, zoals ze net had gezegd, mama en ik in tante Maes ogen uit hetzelfde hout gesneden waren. Ze verheelde ook nooit dat ze eraan twijfelde of mijn vader wel mijn vader was. Ik wist dat het was of ze een speld in zijn borst prikte als ze daarop zinspeelde of het zelfs ronduit zei. Papa was gewoon te tolerant om woede of verdriet te tonen, vooral tegenover haar. Misschien was hij niet meer dan een speldenkussen. Mama was er zo over gaan denken. Geen wonder dat hij nu niet meer wilde dat ze thuiskwam. Niets bevestigde dat zo goed als het feit dat hij me bij mijn oom en tante wilde onderbrengen. Het was zo definitief als het plaatsen van een punt achter een lange zin. Zo is het, zo zal het zijn, en daarmee uit.

Iedereen in de kamer zweeg omdat de conclusie in de lucht hing als verschaalde sigarettenrook. Ze wensten allemaal dat ik nooit geboren was, maar nu hadden ze niet veel keus meer wat er met me moest gebeuren.

'Natuurlijk,' zei papa zachtjes, 'zou ik je elke week geld geven voor haar kamer en eten en wat dies meer zij.'

Hij keek even naar me met een wanhopige blik.

'Je hoeft niet voor haar eten te betalen, Horace, maar ze zal fatsoenlijke kleren, schoenen en wat zakgeld nodig hebben.'

Mijn oom leek er niet erg blij mee, maar het was duidelijk dat ze me in huis zouden nemen. Mijn hart zonk in mijn schoenen. Ik wilde iets doen om het te beletten, maar ik was bang dat papa het dan op zou geven en de kinderbescherming of de rechtbank erbij halen. Mama had hem in de steek gelaten. Zijn werk werd steeds zwaarder en ik had de laatste tijd te veel problemen veroorzaakt, problemen die de rimpels in zijn gezicht verdiepten.

'Maar eerst wil ik een paar dingen met je afspreken, nu je vader er nog bij is, Phoebe,' begon tante Mae Louise.

Ze stond op voor ze verderging, plotseling erg zelfbewust. Ze was niet langer dan een meter vijfenvijftig en woog misschien achtenveertig kilo, en het scheen haar zelfvertrouwen te geven als ze stond wanneer ze ferm en autoritair wilde overkomen. Als ze zat, leek ze een jong meisje met die dunne armen en smalle schouders.

In tegenstelling tot mama droeg tante Mae Louise haar haar steil en maakte ze zich niet op behalve nu en dan wat lippenstift. Mama was een meter drieënzestig en had een gevuld figuur. Ik had mannen horen zeggen dat ze seks uitstraalde als een brok uranium of zo. Ze kon een man uit haar hand laten eten door met haar schouders te draaien, met haar heupen te draaien en met haar wimpers te knipperen. Hoewel ze te veel dronk en te veel rookte en bij tijd en wijle drugs gebruikte, had ze een obsessie wat haar tanden betrof.

'Je lach is je reclamebord als het om mannen gaat,' vertelde ze me. 'Zorg goed voor je tanden, Phoebe.'

Zo lang ik me kon herinneren gaf mama me advies over mannen. Uit haar mond klonk het altijd als een oorlog, alsof we ons moesten voorbereiden op een veldslag om onze schat te verdedigen. Zo noemde ze onze seksualiteit: onze schat.

'We hebben geen draak nodig om de deur te bewaken, maar laat ze niet binnen tenzij er meer voor je in zit dan goedkoop genot, meisje. Anders eindig je als een zielige straatmeid, zoals de meiden die rondhangen op de club. Ik heb geen geld om je te geven, alleen goede raad, dus neem die aan en bewaar hem in je hart.' Meestal zei ze dat als ze te veel gedronken had en medelijden had met zichzelf. Mij leek het of haar seksualiteit meer een last voor haar was geworden dan een voordeel.

Al was tante Mae niet echt preuts te noemen, toch voelde ze zich min of meer verlegen met haar seksualiteit. Oom Buster was een knappe forsgebouwde man van meer dan een meter tachtig. Op de universiteit had hij football gespeeld, maar hij was nooit een branieschopper geweest. Zijn vader was een doopsgezinde dominee, en altijd als oom Buster in de buurt van mama was, keek hij naar haar en behandelde haar alsof ze een verkoopster voor satan was. Mama vertelde me dat dat kwam omdat oom Buster haar zo hevig begeerde dat hij haar als afschuwwekkend moest zien. Ik wist dat ze hem op elke familiebijeenkomst graag plaagde, wat tante Mae Louise ziedend maakte. Veel van die bijeenkomsten waren er trouwens niet, een enkel kerstdiner, waarvoor ze ons al langer dan twee jaar niet meer hadden uitgenodigd.

Het verbaasde niemand, zeker mij niet, dat familie voor mij een even grote fictie was als Oz. De band tussen ons was zo fragiel, dat ik er nooit bij stilstond. Mijn relaties met mijn nichten en neven, mijn tante en mijn oom, waren niet hartelijker of hechter dan de relaties die ik met gewone vrienden had.

'Om te beginnen,' zei tante Mae Louise, 'wil ik dat je elke dag rechtstreeks uit school naar huis komt. Je gaat meteen naar de logeerkamer, wat jouw kamer zal worden, en maakt je huiswerk.' Ze draaide en wrong zich in bochten als een verkeersagent, wijzend naar elk deel van het huis waarover ze sprak. 'Daarna help je me met tafel dekken. In de weekends geven we het huis een goede schoonmaakbeurt. We stofzuigen elk kleed, wrijven de meubels en lappen de ramen. Zondags na de kerk strijken we alles wat er gestreken moet worden.

Elke woensdagavond spelen oom Buster en ik bingo. Meestal komt een buurmeisje, Dorothy Wilson, babysitten, maar nu jij hier komt wonen, kun jij dat doen. Dat wil niet zeggen dat je maar iedereen thuis kunt uitnodigen als wij er niet zijn. We zullen je precies vertellen hoe we willen dat jij en de kinderen zich gedragen, en jij zult ervoor verantwoordelijk zijn dat ze op tijd in bed liggen, natuurlijk nadat ze zich hebben gewassen en hun speelgoed is opgeruimd.

Je mag geen enkele uitnodiging aannemen van iemand die je leert kennen voordat oom Buster en ik alles hebben nagegaan wat we willen weten over de betreffende persoon. We zien te vaak hoe jonge mensen door de mazen van het net glippen omdat de ouders niet voldoende belangstelling hebben voor wie hun vrienden zijn en wat ze doen,' zei ze.

Jullie zijn mijn ouders niet, wilde ik zeggen, maar ik hield mijn lippen stijf op elkaar.

Oom Buster, die nog steeds heel somber keek, knikte bij elk punt dat ze naar voren bracht, alsof hij in de kerk zat en naar een preek van zijn vader luisterde. Elk ogenblik verwachtte ik een 'Halleluja' van hem te horen.

'Het spreekt natuurlijk vanzelf dat roken en drinken niet getolereerd worden en als je drugs gebruikt, leveren we je persoonlijk uit aan de politie, niet, Buster?'

'Zonder met onze ogen te knipperen,' bevestigde hij. Zijn ogen waren op me gericht als twee laserstralen die door mijn gezicht heen konden branden.

'Jake en Barbara Ann vloeken niet en gebruiken nooit een lelijk woord, en ik wil niet dat ze daar plotseling mee beginnen nadat jij hier bent komen wonen, Phoebe.'

Ik staarde recht voor me uit.

'Nou?' vroeg ze.

Ik keek haar aan met een uitdrukking van: 'Nou, wat?'

'Begrijp je en accepteer je alles wat ik gezegd heb?'

Ik keek even naar papa. Hij keek of hij elk moment in tranen kon uitbarsten, maar ik kon ook de angst in zijn ogen zien, de angst dat ik iets onhebbelijks zou zeggen en een eind zou maken aan zijn plan. Er lag een intense smeekbede in.

'Ik begrijp het,' zei ik.

'Mooi.' Ze wendde zich tot papa. 'Goed, Horace, we zullen het proberen. Maar als ze ons ook maar enig probleem geeft en niet luistert...'

'O, ze zal je geen problemen geven,' zei papa snel. 'Ze is een goeie meid. Ze heeft alleen te veel slechte vrienden, en ik ben er niet vaak genoeg. Ik apprecieer dit heel erg, Mae. Ik weet dat ze goed haar best zal doen in een huis waar liefde is, verantwoordelijkheid en toezicht.'

Tante Mae Louise maakt een sceptisch geluid en keek heel verwaten. Ik vond het vreselijk om papa voor haar te zien kruipen, maar durfde niets te zeggen. Ik bleef naar niets staren, als iemand die zich via meditatie uit de hel probeert te bevrijden.

'Wanneer breng je haar spullen?' vroeg Buster. Ik zag dat hij zijn blik voortdurend op mij gericht hield in plaats van op papa als hij over me sprak.

'Ik dacht morgen, Buster, als jou dat gelegen komt.'

'Het is niet belangrijk wanneer ze begint, Horace, maar hoe ze zich daarna gedraagt.'

'O, ja. Natuurlijk,' zei papa. 'Dat weet ze.'

'De kamer is in orde. Ik houd hem altijd schoon en opgeruimd voor eventuele gasten,' zei tante Mae Louise. 'Ik zal vanavond alleen wat dingen van mij uit de kast halen, zodat ze voldoende ruimte heeft.'

'En de school?' vroeg papa.

'Ik zal haar laten inschrijven,' zei tante Mae Louise. 'Ik heb al gesproken met de directeur, meneer Wallop, en hij heeft me uitgelegd wat er moet gebeuren. Je tekent een verklaring waarmee je ons tijdelijk het voogdijschap geeft. We gaan naar alle ouderavonden, zodat ze ons goed kennen op die school. Er was zelfs sprake van dat Buster zitting zou nemen in het bestuur,' zei ze trots.

'Later misschien,' zei hij, 'maar ik heb het op het ogenblik een beetje te druk om er de noodzakelijke tijd voor vrij te maken.'

'Dat is een goeie les voor je,' zei tante Mae Louise. 'Neem nooit een verantwoordelijkheid op je die je niet voor honderd procent kunt waarmaken.'

Ik keek haar aan of ze gek geworden was. Wat dacht ze dat ik van plan was, me beschikbaar stellen voor het voorzitterschap van de leerlingenvereniging?

'Dat is dus afgesproken,' zei oom Buster. 'Hoe gaat het met de zaken?' vroeg hij aan papa, verlangend om de discussie over mij te beëindigen.

Ze begonnen te praten over de economie. Tante Mae Louise bracht me naar de logeerkamer en legde uit hoe ze wilde dat alles in zijn werk ging.

'Zorg ervoor dat je elke ochtend je bed opgemaakt hebt voor je naar school gaat. Doe het net zoals het nu is, de kussens opgeschud en de deken keurig opgevouwen. Ik wil niet dat de mensen die bij mij thuis komen een onopgemaakt bed zien. En geen kleren op de grond of op de stoelen. Alles wordt keurig opgehangen. Niets ziet er zo slordig uit als onopgeruimde kledingstukken. Ik had er altijd ruzie over met je moeder. Ze was gewoon te lui en het kon haar niet schelen wat mensen wel of niet zagen.'

'Ik kan de deur toch dichthouden?' zei ik.

'Het doet er niet toe of een deur gesloten is en het erachter een rotzooi is. Het blijft een zootje. En pas op dat je geen make-up of zo morst op dit kleed. Het is praktisch nieuw.

Je deelt natuurlijk een badkamer met Jake en Barbara Ann. Ze weten dat ze de boel netjes moeten achterlaten. Ze maken zelfs het bad schoon als ze gebaderd hebben. Jake doet zijn best, en ik ga na hem naar binnen en maak het karwei af, maar hij krijgt al goede gewoontes.'

'Ik ben geen viespeuk, tante Mae,' zei ik.

'Dat heb ik niet gezegd. Ik vertel je alleen hoe alles in ons huis gedaan wordt, en hoe het dient te blijven. Ik heb medelijden met je vader. Twee minuten nadat hij "ja" had gezegd tegen je moeder had ik al medelijden met hem. Als je van hem houdt, gedraag je dan als een net en gehoorzaam meisje. In zeker opzicht is het misschien wel het beste voor jullie allebei dat je moeder is weggelopen. De hand van God werkt mysterieus, en soms is iets dat slecht lijkt in werkelijkheid juist goed. Ga je vaak naar de kerk met je vader?' vroeg ze.

'Nooit,' zei ik nuchter.

Ze trok haar schouders op.

'Nou, we zullen proberen daar verandering in te brengen.'

Ik wilde protesteren, maar papa kwam uit de zitkamer en ging met oom Buster in de gang staan, dus haalde ik diep adem en wendde mijn blik af.

'Nu gaan we praten met Jake en Barbara Ann,' verklaarde tante Mae Louise. 'Ik heb ze allebei gevraagd in Barbara Anns kamer te wachten.'

Jake zat aan een bureau met een puzzel. In zijn witte hemd en zwarte broek en keurig geknipte en geborstelde haar zag hij er ouder uit dan vijf. Natuurlijk kende hij me goed genoeg, maar ik wist ook dat hij en zijn zusje vaak voor me gewaarschuwd waren.

Barbara Ann zat een boek te lezen. Ze keken snel op toen we binnenkwamen.

'Kinderen,' zei tante Mae Louise, 'je nichtje Phoebe komt een tijdje bij ons logeren.'

Jake trok zijn wenkbrauwen op.

'Waar slaapt ze?' vroeg Barbara Ann, waarschijnlijk bang dat ze haar eigen kamer zou moeten delen.

'In de logeerkamer,' antwoordde tante Mae Louise, en Barbara Ann keek opgelucht. 'Iedereen moet zich netjes gedragen en de anderen helpen. Iedereen moet de bezittingen van de anderen respecteren,' ging ze verder, alsof we in een kamp waren en niet in een huis. 'Hetzelfde geldt voor de televisie en het opruimen.'

'Gaat ze ook naar onze school?' vroeg Barbara Ann. Ze was lang voor haar leeftijd en leek helaas meer op haar vader dan op haar moeder. Ze had niet zulke fijne gelaatstrekken als haar moeder, en ze had brede schouders en bolle wangen. Ze leek zeker negen kilo te zwaar.

'Natuurlijk.'

'Je kunt naast me zitten in de schoolbus,' zei ze, alsof ze me een grote gunst bewees. 'Ik zal een plaats voor je vrijhouden als ik na school als eerste instap, en jij kunt er voor mij een vrijhouden als jij de eerste bent.'

Geweldig, een schoolbus, dacht ik, met een bende krijsende kinderen. Precies waar ik 's morgens behoefte aan had.

'Wanneer komt ze hier wonen?' vroeg Jake.

Het was een raar gevoel daar te staan terwijl ze over me praatten alsof ik er niet bij was.

'Morgen. Zo, en maak je nu klaar om naar bed te gaan, Jake. Barbara Ann, ik wil zien wat je aan je huiswerk hebt gedaan.'

We liepen de kamer uit en gingen naar papa en oom Buster in de keuken.

'Wil je iets drinken, thee of koffie, Horace?' bood Mae Louise aan.

'Nee, dank je, Mae. We moeten terug om alles te regelen.'

'Goed idee,' zei ze. Ze draaide zich naar me om. 'Je moet je vader helpen,' beval ze. 'Dit is niet gemakkelijk voor hem. Hij is een goed mens en probeert het beste te doen wat hij kan, met de last die op zijn schouders drukt.'

Ik kromp even ineen toen ik hoorde dat ik een last werd genoemd. Maar toen dacht ik: wat ben ik eigenlijk anders dan een zware last voor hem?

Papa en ik liepen naar de voordeur. Oom Buster gaf hem een hand, en we gingen naar buiten. Toen we over de stoep naar de oprit liepen, keek ik achterom en zag Jake en Barbara Ann door het raam van de slaapkamer turen, als twee kinderen die gevangen werden gehouden in een hoge toren. Zo zal ik me vast ook voelen, dacht ik.

De avondlucht was zo bewolkt, dat ik het gevoel had dat ik door een tunnel liep, zelfs met de straatlantaarns die voor de andere huizen stonden.

'Het is maar voor korte tijd,' zei papa toen we in de auto zaten.

Ik keek hem aan met ogen die even koud en realistisch waren als de zijne, en hij wendde snel zijn hoofd af.

Papa kon slecht liegen, zelfs tegen mij. Ik beschouwde dat als een zwakte. Ik vroeg me vaak af hoe hij een goede verkoper kon zijn. Iedereen liegt tegen iedereen over alles en nog wat, geloofde ik. Als het verhaal van Pinokkio waar was, zou iedereen ter wereld een lange neus hebben.

'Het spijt me dat ik niet meer voor je kan doen, Phoebe,' ging hij verder. 'Ik wentel mijn verantwoordelijkheden niet graag af op een ander, maar ik heb heel wat nachten wakker gelegen en over jou gepiekerd. In ieder geval zal ik weten dat je veilig bent. Dat begrijp je toch wel, hè, Phoebe? Daar moet je blij om zijn.'

Ik gaf geen antwoord. Ik staarde uit het raam. Deze slaperige woonwijk leek een andere planeet. Er waren geen heldere lichten, geen muziek die je op straat kon horen, en niemand die op een hoek stond te wachten. Iedereen zat veilig weggesloten achter zijn of haar deuren of verzameld rond een televisietoestel als holbewoners rond een vuur.

Toen dacht ik dat ik ergens in het donker mama hoorde lachen. Ik wist het zeker. Ze luisterde naar muziek en amuseerde zich. Dacht ze ook maar één seconde aan mij? Vroeg ze zich ooit af hoe het met me ging? Of dwong ze zich me te vergeten? Ik twijfelde er niet aan dat ze waarschijnlijk zou zeggen dat ik beter af was bij haar zus dan bij haar. Mama had nooit beweerd dat ze een goed mens was.

'Ik ben geboren om de boel op stelten te zetten,' zei ze soms, en lachte dan.

Ben ik ook geboren om de boel op stelten te zetten? vroeg ik me af.

'Ik hoop dat je je zult gedragen, Phoebe,' zei papa plotseling, alsof hij mijn gedachten kon lezen.

Hij zei het als een gebed.

En wat zijn gebeden anders, dacht ik, dan kleine leugentjes tussen jezelf en God?

2. Bij tante Mae Louise en oom Buster

Ik geloofde niet echt dat ik afscheid nam van iemand of van mijn huis in de stad. Ik was ervan overtuigd dat ik eerder vroeg dan laat weer terug zou komen. Toen we die avond terug waren in het appartement hing papa rond als een zenuwachtige aanstaande vader en liep voor mijn deur te ijsberen terwijl ik zonder enig enthousiasme bezig was te pakken.

'Neem niet die barbaarse kleren van je mee, Phoebe. Dan jaag je je oom en tante alleen maar de pest in. Laat ze hier,' zei hij smekend. 'En geen ring in je neus en je navel, en geen sigaretten. In godsnaam, geen sigaretten. Ze wordt des duivels als ze mensen ziet roken, een ware furie.'

Het ergerde me dat hij zo bang was voor tante Mae Louise.

'Ik heb geen barbaarse kleren, papa. En ik ben niet van plan om ouwewijvenkleren te dragen alleen om haar een plezier te doen.'

'Je móét zorgen dat dit goed gaat,' zei hij. 'Doe het langzaamaan, dag voor dag. Ik kom zo vaak ik kan langs, en ik beloof je dat ik in het weekend ergens met je naartoe ga.'

'Waarheen, papa? Een pretpark?'

'Ik probeer alleen het zo goed mogelijk te doen,' protesteerde hij. 'We kunnen naar een film of een gezellig restaurant, wat je maar wilt, maar je komt niet hier terug om met die jeugddelinquenten rond te hangen. Vraag me dat dus niet.'

'Goed,' zei ik. Ik keek naar een minirok waarvan ik wist dat die tante Mae Louise in alle staten zou brengen, en gooide hem toen op de kastvloer.

'Misschien ben ik beter af met een vreemd pleeggezin,' mompelde ik.

Toen ik gepakt had belde ik Sylvia en vertelde haar wat er aan de hand was.

'Je gaat verhuizen?'

'Het is maar tijdelijk,' zei ik. 'Geloof me.'

'Goed. Zo ver is het trouwens niet,' zei ze. 'Je kunt in de weekends bij mij komen logeren.'

Dat vrolijkte me wat op, tot ik bedacht dat tante Mae Louise het waarschijnlijk niet goed zou vinden. Papa had het al duidelijk verboden. Ik zou het niet pikken, zwoer ik. Ik zal zo snel weer terug zijn dat het papa zal duizelen. En anders loop ik weg, net als mama.

'Misschien kunnen jij en Beneatha daar ook een keer naartoe komen,' stelde ik Sylvia voor.

'Wat is daar te doen?' vroeg ze.

'Geen idee. Als ik het weet, zal ik het je vertellen.'

'Het beste ermee.'

Ik was zo gedeprimeerd dat ik niet kon slapen, dus stond ik weer op en ging naar de zitkamer waar papa naar de tv zat te staren. Ik kon zien dat het hem niet interesseerde waar hij naar keek. Zijn ogen waren glazig, en hij merkte niet eens dat ik naast hem stond.

Hij kan zich ook niet erg gelukkig voelen over de wending die zijn leven heeft genomen, dacht ik, maar veel medelijden had ik niet met hem. Ik vond eerder dat hij er iets aan moest doen, bewijzen dat hij die ruggengraat had waarvan mama beweerde dat die ontbrak. Waarom was hij zo verslagen? Een hoop vriendinnen van me woonden bij een alleenstaande ouder, en dat ging prima.

'Waarom zoek je niet gewoon een baan in de stad, papa?' vroeg ik. 'Dan zou je thuis kunnen zijn en niemand zou me komen weghalen. Misschien zouden we ook naar een beter appartement kunnen verhuizen.'

'Hè?' vroeg hij, opkijkend.

'Ik vroeg waarom je geen andere baan zoekt.'

Hij schudde zijn hoofd en keek me aan alsof ik hem vroeg naar de maan te gaan.

'Ik heb dit te lang gedaan om nu nog te veranderen, Phoebe. Binnenkort krijg ik een betere route met betere klanten. Er gaat iemand met pensioen, en dan kunnen we betere plannen maken.'

'O, ja. Dit beter, dat beter, binnenkort,' zei ik vol afkeer en ging naar bed om mijn frustratie en woede diep in mijn kussen te begraven.

Verroest, mama, je had me op zijn minst mee kunnen nemen. Ik viel in slaap terwijl ik daarover droomde.

De volgende ochtend was papa eerder op dan ik; hij had mijn koffer al bij de deur gezet.

'Je kan bijna niet wachten tot je van me af bent, hè?' zei ik verbitterd.

'Je weet dat dat niet waar is, Phoebe. Je weet net zo goed als ik wat er aan de hand is. Maak het niet moeilijker voor me dan het al is. Of voor jezelf.'

Stuurs dronk ik wat sap, smeerde wat jam op een toastje en dronk een kop koffie. Hij zat met neergeslagen ogen in zijn kopje te roeren. Dit zou wel eens ons laatste gezamenlijke ontbijt kunnen zijn, dacht ik, en ondanks alles begon ik medelijden met hem te krijgen. Ik stelde me voor hoe hij in zijn dooie eentje in deze afbraak zou zitten. Wat zou hij doen om zich te amuseren? Waar zou hij naar uitkijken?'

'Ga je met een nieuwe vrouw uit?' vroeg ik. Hij hief zijn hoofd met een ruk op.

'Wat bedoel je?'

'Een nieuwe vrouw? Mama is voorgoed bij je weg, dus waarom niet?'

Toen ik nog heel jong was, had ik hem en mama zich zien gedragen als man en vrouw: elkaar zoenen, elkaars hand vasthouden, lachen en zelfs dansen. Ik had geen idee waardoor dat allemaal veranderd was. Het leek bijna van de ene dag op de andere te zijn gebeurd.

'Ik zal nooit uitgaan met een andere vrouw zolang ik nog met je moeder getrouwd ben, Phoebe. Dat is overspel.'

'Nou, zij doet het toch ook.'

'Ik ben haar niet,' zei hij.

'Maar je gaat toch scheiden?'

Hij knikte langzaam, alsof het hem moeilijk viel, als iemand die zijn moeilijkheden niet onder ogen wil zien.

'Dus,' zei ik schouderophalend, 'moet je eerst de papierwinkel afwerken voordat je weer wat plezier kunt hebben. Tenzij je in een klooster gaat,' zei ik plagend. Er kwam een felle blik in zijn ogen.

'Zo is het genoeg,' zei hij. 'In tegenstelling tot wat je moeder je misschien in je hoofd geprent heeft, draait niet alles om seks,

285

Phoebe. Seks kan als een paard zijn dat je voorttrekt, maar je moet voorkomen dat het op hol slaat. Dan eindig je net zoals zij, in tranen boven een glas goedkope gin in een verlopen bar, in de steek gelaten door mannen die een jongere vrouw hebben gevonden en haar hebben weggegooid als een krant van gisteren. Hou dat in gedachten als je aan haar denkt.'

Het was duidelijk dat hij dat voorzag, of hoopte.

'Je haat haar nu, hè?' vroeg ik.

'Nee. Ik heb oprecht medelijden met haar, maar medelijden zoals ik met iemand zou hebben die een besmettelijke ziekte heeft. Ik wil er niet te dicht in de buurt komen.'

'Zo zijn jullie niet altijd geweest, papa. Wat is er gebeurd?'

Hij keek verbaasd op. Ik dacht dat hij zou zeggen dat ik daar niet aan moest denken, of het ontkennen, maar hij knikte slechts langzaam.

'Ik denk dat je oud genoeg bent om het te weten. Het is niet de eerste keer dat ze me heeft bedrogen met een andere man. Ik heb haar al eens eerder met iemand betrapt, iemand die ik ook vertrouwde, en in ons eigen huis!'

'Waarom heb je haar niet de deur uitgezet?'

'Zo simpel is het niet, Phoebe. Ik hoopte dat het anders zou worden. Ze leek berouwvol, en ik dacht dat we, als ik haar vergaf, weer op de oude voet door konden gaan. Dat gebeurde niet, maar het heeft geen zin daar nu nog over te praten. Laten we alleen aan de toekomst denken.'

'Goed,' zei ik. 'De toekomst. Alsof die buiten op me staat te wachten.'

'Hij wacht niet op je. Je moet je toekomst zelf maken.'

Het lag op het puntje van mijn tong om te zeggen: 'Zoals jij hebt gedaan?' Maar zo gemeen was ik niet. Ik staarde om me heen in het kleine appartement. Ik gaf weinig om mijn omgeving. Mijn kamer was piepklein en we hadden altijd problemen met kakkerlakken, maar zelfs een rat raakt gewend aan zijn hol, dacht ik, en heel even, toen het tijd was om te vertrekken, bleef ik in de deuropening staan alsof ik afscheid nam van een vriend.

'Je zult er geen spijt van hebben,' zei papa toen hij mijn korte aarzeling zag.

Ik zei niets. Ik volgde hem naar de auto. Ditmaal leek het of we in een rouwstoet naar Stone Mountain reden. Toen we aankwamen was oom Buster aan het werk, en Jake en Barbara Ann waren op school. Tante Mae Louise begroette ons zonder een spoor van een glimlach. Ik denk dat ze tot op het laatste moment gehoopt had dat het niet door zou gaan.

Papa bracht mijn koffer binnen als een uitgeputte handelsreiziger die bij zijn laatste klant komt. Later stond hij in de deuropening met zo'n bedroefd gezicht dat mijn maag omdraaide.

'Dag, papa,' zei ik. Hij gaf me een zoen op mijn voorhoofd en liep haastig terug naar zijn auto, opgelucht als een muis die aan een kat is ontkomen.

'Kom mee,' zei tante Mae Louise, en volgde me naar mijn kamer, zodat ze over mijn schouder mee kon kijken terwijl ik uitpakte.

'Denk maar niet dat je dat naar school aan kunt trekken,' zei ze, wijzend op mijn korte blouse met spaghettibandjes. 'Ik begrijp niet waarom je de moeite hebt genomen dat ding in te pakken en mee te nemen. Ik laat je niet in die vodden naar buiten gaan. Vergeet niet dat alles wat je nu doet invloed heeft op je oom en mij. Elke keer als je een beslissing moet nemen, al is die nog zo onbelangrijk, moet je daaraan denken.'

Ik zei niets. Toen ik klaar was, zei ze dat we naar de school gingen om me in te schrijven. Het verbaasde me hoeveel ze had gedaan om mijn komst voor te bereiden. Ze had de schooldecaan, meneer VanVleet, informatie gegeven over mij. Hij was een lange, roodharige man die naar me glimlachte alsof hij ongeduldig had gewacht tot ik eindelijk zou komen, even gespannen alsof hij een uitwisselingsleerling uit een ander land verwachtte.

'We willen dat je hier slaagt, Phoebe,' begon hij. Hij tikte op het dossier dat op zijn bureau lag. 'Ik zie dat je wat moeilijkheden hebt gehad op je vorige school.'

Tante Mae Louise zei bits: '"Moeilijkheden" is te fraai uitgedrukt.' Ze draaide heen en weer op haar stoel, maar VanVleet bleef glimlachen.

Misschien is het een masker, dacht ik. Iedereen zou een masker nodig hebben om te blijven glimlachen in tante Mae Louises aanwezigheid.

'Wat we graag willen is je zo snel mogelijk op het juiste studieniveau brengen. Daar hebben we een speciale klas voor, en we willen dat je daar begint. Als je eenmaal het juiste studieniveau hebt bereikt, kunnen we je indelen in een van de klassen waarin je thuishoort, maar eerst moeten we zeker weten dat je daar zult slagen. Begrijp je dat?'

Ik haalde mijn schouders op. Het interesseerde me allemaal niets. Ik zou hier toch niet lang blijven.

'Zoals u wilt,' zei ik.

'Wel, bekijk het eens op deze manier,' ging hij verder. 'Je zou toch niet willen dat een leerling uit een lage groep in een veel hogere groep wordt geplaatst? Hoe zou hij of zij het daar redden? Niet erg goed, wel?'

'Wilt u zeggen dat ik in een lage groep hoor?' Ik stak mijn verontwaardiging niet onder stoelen of banken.

Hij keek even naar tante Mae Louise en toen weer naar mij.

'Ik vrees dat dat ongeveer je studieniveau is, maar maak je geen zorgen. We zullen dat gauw genoeg verhelpen als je een beetje je best doet.'

'U wilt me bij kinderen in een lage groep plaatsen?'

Ik zou in een klas zitten bij Barbara Ann!

'Nee,' zei hij lachend. 'Bij andere leerlingen die wat tijdelijke studieproblemen hebben. Er zijn er bij die ouder zijn dan jij.'

Ik voelde me enigszins opgelucht, maar bleef achterdochtig.

'Ze zal doen wat ze moet doen om te slagen,' beloofde tante Mae Louise hem. 'Ze weet hoe belangrijk het nu is,' ging ze verder, terwijl ze me met haar ogen doorboorde.

'Mooi,' zei hij. 'Ik zal met Phoebe naar meneer Cody gaan, de bijwerkleraar. Je zult merken dat hij een heel goede leraar is, Phoebe. Hij heeft veel successen geboekt.'

'Schiet op,' beval tante Mae Louise, en ik stond op en volgde meneer VanVleet de gang op.

'Ik weet hoe moeilijk het is ergens opnieuw te beginnen,' zei hij onder het lopen. 'Kom met eventuele problemen eerst bij mij, oké?'

Ik zal u mijn probleem vertellen, had ik willen zeggen. Mijn moeder is ervandoor met een ordinaire oplichter. Mijn vader is te zwak om het allemaal aan te kunnen en heeft me gedumpt bij mijn monsterachtige tante en mijn oom. Ik voel me als Assepoester zonder enige hoop op een prins en een glazen muiltje. Hebt u misschien een pil of zo die dat alles kan laten verdwijnen?

Maar ik zweeg en liep naast hem verder, luisterend naar zijn beschrijving van de school, enkele belangrijke regels en voorschriften, en hoe ik mijn leven nog kon veranderen en succesvol maken.

Leraren, dacht ik, leven in een fantasiewereld, een zelf gefabriceerde fantasie. Als ze te hard met hun ogen knipperden, zouden ze zien wie en wat hun leerlingen waren, en zouden ze ontmoedigd raken en hard weglopen. Tenminste, zo had ik gedacht over de leraren op mijn oude school. De meesten zagen er verslagen uit en richtten hun onderwijs op de een of twee leerlingen die enigszins veelbelovend leken. De rest herinnerde hen er slechts aan hoe ondoeltreffend ze waren en wie wil herinnerd worden aan een mislukking?

Maar dat was precies wat er met mij gebeurde op dat moment. Mijn mislukkingen werden me onder de neus gewreven.

Meneer VanVleet opende de deur en ik keek naar een tiental leerlingen in de bijwerkklas. Op mijn oude school had ik gehoord hoe dergelijke leerlingen door de leraren werden genoemd. Geestelijk gehandicapt. Wij noemden ze achterlijk.

'Dit is een nieuwe leerlinge, Phoebe Elder,' kondigde meneer VanVleet aan. Sommige leerlingen keken net zo ongeïnteresseerd als toen we binnenkwamen. Sommigen keken een beetje nieuwsgierig, en één meisje met een karamelkleurige huid en lang roodbruin haar, lachte stralend.

Ik sloeg ze allemaal gade en kreeg het gevoel dat ik gedwongen werd in een spiegel te kijken die geen foutje camoufleerde. Was dit echt waar ik thuishoorde?

Meneer VanVleet zag de uitdrukking op mijn gezicht.

'Je zult beslist snel vorderingen maken,' zei hij, 'en je leven weer op de rails krijgen.'

Het enige wat me ervan weerhield me om te draaien en weg te lopen was het besef dat ik nergens heen kon. Mama had geen adres achtergelaten.

'Welkom, Phoebe,' zei meneer Cody, een kleine, gezette en kalende man met zwart krulhaar, een dikke neus en zachte, bijna vrouwelijke lippen. Zijn kin liep zo recht naar achteren dat hij bijna geen kin had. 'Ga hier zitten,' zei hij en schoof een stoel naar achteren naast het meisje met de stralende lach. Ze lachte nog steeds. Was haar gezicht bevroren? vroeg ik me af.

Meneer Van Vleet nam meneer Cody terzijde, sprak zachtjes met hem en overhandigde hem mijn dossier.

'Oké,' zei meneer Cody. 'Terwijl de anderen hun opgaven afmaken, wil ik graag dat jij deze kleine test doet, die ik opgesteld heb, Phoebe. Dat zal me helpen te bepalen hoe ik het best met je kan werken, oké?'

Iedereen wil me zo graag helpen, dacht ik minachtend. In werkelijkheid wensen ze waarschijnlijk dat ik hier nooit was gekomen.

Hij gaf me de test en met tegenzin begon ik eraan.

'Je zult er geen onvoldoende voor krijgen,' fluisterde het lachebekje.

'Hoezo?'

'Niemand krijgt ooit een onvoldoende voor meneer Cody's tests.'

'Ik zal proberen de eerste te zijn,' merkte ik op. Haar lach verdween eindelijk.

'Hè?'

'Stil, Lana,' zei meneer Cody. 'Stoor Phoebe niet. Ga verder met je opgave.'

Ze ging recht op haar stoel zitten met een gezicht of ze op het punt stond te gaan huilen.

Omdat ik laat was binnengekomen, had ik geen tijd om meer te doen dan de test. Ik hoorde een bel gaan aan het eind van een les. Leerlingen liepen langs in de gang, luid pratend en lachend, maar geen van de bijlesleerlingen stond op om ergens anders heen te gaan. Het was duidelijk dat we dit lokaal alleen maar verlieten om naar het toilet te gaan en te gaan lunchen. Dat had ik verkeerd begrepen.

'Moet ik niet naar een natuurkunde- of geschiedenisles?' vroeg ik aan meneer Cody, toen de eerste wisseling van les achter de rug was.

'Voorlopig krijg je alles hier,' zei hij. 'Ik verdeel de dag in de onderwerpen en geef daar les in. Alles draait om studie, Phoebe.'

'Dit is net een basisschool,' klaagde ik. 'Ik denk dat ze me stomweg ergens gedumpt hebben.'

O, nee, nee,' verzekerde hij me. 'Jij en de anderen krijgen hier heel gespecialiseerd onderwijs. Je bent heel bijzonder.'

'Ik wil niet bijzonder zijn,' mompelde ik.

De anderen luisterden met enige belangstelling naar mijn klachten. Ik wist zeker dat de meesten er net zo over dachten.

'Voorlopig is het de beste manier,' hield meneer Cody vol.

Hoe moest ik iemand ontmoeten, iemand leren kennen, als ik hier opgesloten zat? dacht ik. En als en wanneer ik hieruit kwam zouden ze allemaal weten dat ik een van de geestelijk gehandicapte leerlingen was. Ik herinnerde me hoe die werden behandeld op mijn oude school. Of ze leprozen waren.

Alles droeg ertoe bij me het gevoel te geven dat ik in de val zat. Papa had gedacht dat ik als een mol omhoog zou komen in een wereld vol licht en hoop, maar ik zakte alleen maar dieper weg in de duisternis. Tenminste, zo zag ik het.

Ik deed uren over die test. Meneer Cody liet me één keer naar het toilet gaan, en ik ging erheen in de hoop iemand te zien die stiekem in een wc-hokje zat te roken en me een sigaret zou kunnen lenen. Maar er was niemand, en bovendien zag ik dat een leraar in de gang liep te patrouilleren, pasjes controleerde en de tijd noteerde waarop een leerling een lokaal had verlaten en er weer terugkeerde. Ik was nog verbaasder toen de leraar mijn naam al bleek te kennen. Was de hele school voor me gewaarschuwd? vroeg ik me af.

Toen de bel ging aan het eind van de dag, stonden de docenten buiten en joegen de leerlingen de bussen in, om te voorkomen dat ze in de gangen bleven rondhangen. Meneer Cody beloofde dat hij de volgende ochtend de resultaten van de test zou hebben en dan een programma voor me zou opstellen.

'Elke leerling krijgt zijn of haar eigen programma dat is aangepast aan zijn of haar speciale behoeften,' legde hij uit toen de anderen weg waren. 'Op die manier weten we wat je zwakke punten zijn en kunnen we daaraan werken. Klinkt dat goed?'

'Het klinkt alsof u denkt dat ik ziek ben.'

De vriendelijke glimlach bleef, maar zijn ogen werden donker en kil. Hij verwachtte kennelijk dat hij meer geapprecieerd zou worden.

'Tja, in zekere zin is dat wat er gebeurd is. We nemen je geestelijke temperatuur op en behandelen je problemen en maken een betere leerling van je,' zei hij, kennelijk trots op zijn antwoord.

Ik zei niets meer. Ik verliet het lokaal en volgde de aanwijzingen naar de uitgang, waar mijn bus stond te wachten. Barbara Ann stond ernaast en keek naar me uit.

'Je moet opschieten, anders mis je de bus of je krijgt geen goede plaats,' zei ze bestraffend.

Daar had ik nou echt behoefte aan na die eerste dag – een achtjarig kind dat mij een uitbrander gaf. Ze stapte vóór mij in de bus, in de verwachting dat ik naast haar zou komen zitten. Ik liet me op een bank vallen naast een blanke jongen met lichtbruin krulhaar die woedend uit het raam keek alsof hij van plan was de ruit met zijn vuist in te slaan. Hij merkte niet eens dat ik naast hem zat voor we onderweg waren. Barbara Ann zat mokkend achterin met haar vriendinnen. Ik nam aan dat ze had opgeschept dat ze de baas zou spelen over een meisje van high school.

Eindelijk draaide de blanke jongen zich om en keek naar me. Hij trok zijn wenkbrauwen op.

'Wie ben jij?' vroeg hij.

'De koningin van Engeland,' antwoordde ik. Hij staarde me even aan en begon toen te lachen.

'Ik wou dat ik in Engeland was,' zei hij. 'Ik wou dat ik overal was behalve hier.'

'Dat zijn er dan twee.'

'Ben je hier net op school gekomen?'

'Ja, en niet omdat ik het wilde.'

'Zo, waar kom je dan vandaan?'

'Atlanta. Ik woon nu een tijdje bij mijn oom en tante.'

Hij knikte alsof dat iets heel gewoons was.

'Ik weet waarom ik het verschrikkelijk vind dat ík hier ben,' zei ik. 'Wat is jóúw probleem?'

Hij keek weer uit het raam, draaide zich toen om om antwoord te geven.

'Ik ben net uit het basketbalteam gegooid. Mijn vader krijgt een hartverlamming als hij het hoort.'

'Waarom hebben ze je er uitgegooid?'

'Ik ben hiermee betrapt.' Hij haalde een pakje sigaretten uit zijn zak. 'In het kleedlokaal. Ik dacht dat de coach niet in de buurt was, dus ging ik naar een douchehok en stak er een op. Coach McDermott geeft je geen tweede kans. En ik was nog wel bij de eerste vijf.'

'Hoe heet je?'

'Ashley Porter. Oorspronkelijk tenminste. Nu is het Mud.'

'Mag ik er een?' vroeg ik.

'Hè?'

'Een sigaret. Mag ik er een?'

'Je mag in de bus niet roken. Dan word ik tot overmaat van ramp ook nog geschorst.'

'Het is voor later,' zei ik. 'Ik kon ze niet meenemen uit Atlanta. Mijn tante heeft me door een metaaldetector laten gaan en me gefouilleerd toen ik bij haar thuis kwam.'

'Dat meen je niet,' zei hij glimlachend.

'Zo goed als.'

'Hoe heet je?'

'Phoebe Elder.'

'In welke groep zit je?'

'Die van de aankomende miljonairs?'

'Wat bedoel je?' Hij lachte. 'Kom nou.'

'Ze hebben me voorlopig in een bijwerkklas gestopt omdat mijn leesniveau ligt op dat van iemand die net uit een vreemd land komt. Ik blijf hier toch niet lang, dus het kan me niet schelen.'

'Waar ga je naartoe?'

'Terug naar mijn huis in Atlanta. Hoe dan ook.'

'Oké.' Hij draaide zich even om en gaf me toen een sigaret.

'Dank je.'

'Ik zou je het hele pakje moeten geven. Ik wou dat je het me vanmorgen had gevraagd, en ik dat gedaan had,' kermde hij.

'Misschien kan je vader hem overhalen je weer terug te nemen in het team.'

'Mijn moeder zal zeker proberen hem zover te krijgen, maar mijn vader is een harde. Hij zal tegen me zeggen dat ik erger verdiend heb en zelfs de coach bellen om hem te bedanken dat hij me eruit heeft gegooid. Hij is bij de mariniers geweest.'

'Je vader?'

'Ja, en hij laat het me nooit vergeten, dus klaag maar niet over je tante.'

'Wie zegt dat zij niet ook bij de mariniers was?' zei ik, en hij lachte weer.

Ik hield van zijn lach. Als hij zijn lippen ontspande, lichtten zijn ogen op als twee kaarsen met kristalblauw licht. Hij had een heel klein kuiltje in zijn linkerwang, dat zichtbaar werd als hij glimlachte.

'Ik stap hier uit,' zei hij toen de bus bij de eerste halte stopte. 'Wens me maar geluk.'

'Veel geluk,' zei ik, en stond op om hem langs te laten. Hij schoof heel dicht langs me heen, bleef een ogenblik staan om me in de ogen te kijken, en glimlachte weer.

'Hoe kom ik in de bijwerkklas?' vroeg hij plagend.

'Door alles te verpesten,' antwoordde ik.

Hij lachte. 'Tot morgen als ik nog leef.'

'Hetzelfde geldt voor mij,' riep ik hem achterna. Hij zwaaide en liep de bus uit.

Ik plofte weer neer op de bank. Toen ik me omdraaide en naar Barbara Ann keek, zag ik dat ze me nijdig aanstaarde. Ze leek nu meer op haar moeder, met een naar het leek aangeboren achterdochtige en kritische houding.

'Hoe komt het dat je met die jongen zat te praten?' vroeg ze toen we bij de halte waren waar we uit moesten stappen.

'Mogen zwarte meisjes hier niet met blanke jongens praten?'

'Dat bedoel ik niet. Hij zit in het basketbalteam. Ik heb hem gezien tijdens een wedstrijd. Moet hij niet trainen?'

'Je bent erg nieuwsgierig voor een meisje van acht,' zei ik. 'Pas op dat je met je neus niet tussen een deur komt.'

'Hè?'

Ik liep haastig door tot we bij het huis waren. Tante Mae Louise wekte de indruk dat ze een hele tijd bij de deur had staan wachten om me te begroeten.

'Hoe was je eerste dag op school?' vroeg ze zodra ik na Barbara Ann binnenkwam. Jake ging nog naar een kleuterschool op een andere plaats.

'Leuk,' zei ik. 'Net een gevangenis.'

'Het verbaast me niet dat ik jou dat hoor zeggen. Ik weet zeker dat je niet gewend bent aan een goed en streng geleide school,' antwoordde ze. 'Doet er niet toe. Berg je spullen op, trek iets aan waarin je kunt werken en kom naar de keuken. Ik wil de bijkeuken opnieuw inrichten en ik wil hem eerst schoonmaken. Dan houden

294

we ons bezig met het eten en kun je de tafel dekken voor je je gaat wassen en kleden voor het diner.'

'Kleden voor het diner?'

'We kleden ons altijd voor het diner. De eettafel is een uitgezochte plaats voor een familie en we horen daar respect voor te tonen.'

Ik keek haar aan of ze gek was geworden, en ze trok haar smalle schouders naar achteren zoals ze gewoonlijk deed als iets wat ik zei of deed haar niet beviel.

'Schiet op en doe wat ik zeg,' snauwde ze.

Ik wilde zeggen: 'Aye, aye, Sir,' en salueren, maar ik wist dat ze dan nog kwader zou worden.

Ik moest alles van de planken in de bijkeuken halen en afstoffen en oppoetsen. Toen moest ik alles in een bepaalde volgorde op alfabet weer terugzetten: soepen, pasta, rijst en groenten en fruit in blik. Nu en dan stak ze haar hoofd om de hoek van de deur en zei dat ik een *d* of een *g* op de verkeerde plaats had gezet en moest ik alles er weer afhalen en opnieuw inruimen.

'Concentreer je op wat je doet,' zei ze. 'Je kent je alfabet toch wel, mag ik aannemen?'

'Wat maakt het voor verschil of een soep die met een *k* begint na een soep komt die met een *t* begint?' vroeg ik, doelend op de kippen- en tomatensoep die ik had verwisseld.

'Dan weet ik onmiddellijk waar ik iets kan vinden dat ik nodig heb. Dat is het verschil. Goed georganiseerd zijn spaart geld en tijd. Ik kan me voorstellen hoe de kasten van je moeder eruitzagen.'

Ik haalde mijn schouders op.

'Meestal leeg,' zei ik, maar ze scheen het niet grappig te vinden.

Eindelijk was ze tevreden over het resultaat, en stuurde me weg om me te wassen en te kleden voor het eten. Ik had geen idee wat ze gepast zou vinden, maar ik nam een douche en trok een zwarte jurk aan die mama me verleden jaar had gegeven toen ze zich herinnerde dat ze mijn verjaardag was vergeten. Het was er een van haar toen ze jonger en veel slanker was. Ik had hem sinds die tijd niet meer gedragen, en toen ik hem aantrok, besefte ik dat hij erg strak zat, vooral rond de borst, waardoor het decolleté dieper uitgesneden leek. Ik wilde juist iets anders aantrekken toen Barbara Ann de deur opendeed en zei: 'Mama zegt dat het tijd is om te eten.

Nu meteen. Papa zit al aan tafel en mama zegt dat je moet helpen opdienen.'

'Misschien zal ik haar ook helpen met het opeten,' zei ik zachtjes.

'Wat zei je?'

'Laat je oren uitspuiten,' mompelde ik toen ik langs haar heen holde.

Oom Buster keek op toen ik de eetkamer binnenkwam. Jake zat al aan tafel, als een echte marionet, met rechte rug en gevouwen handen. Tante Mae Louise kwam uit de keuken en bleef stokstijf staan. Haar mond ging open en dicht.

'Wat heb jij aangetrokken voor mijn diner?' riep ze uit.

'U zei dat ik me moest kleden, en dit is het beste wat ik heb,' antwoordde ik.

Oom Buster staarde me slechts met opengesperde ogen aan.

'Dit is walgelijk. Je had net zo goed naakt kunnen komen,' snauwde ze. 'Waar heb je die jurk vandaan? Weet Horace dat je die hebt?'

'Ik heb hem verleden jaar van mama gekregen voor mijn verjaardag. Hij was van haar.'

'Ja, dat kan ik me voorstellen.

'Wilt u dat ik me ga verkleden?'

'Nee. Ik wil niet dat het eten koud wordt omdat jij je niet behoorlijk kleedt. Kom hier en breng de snijbonen binnen en dan de aardappelpuree. Barbara Ann, haal de karaf met koud water en mors niet.'

Ze zette een gebraden kip neer voor oom Buster. Hij staarde me nog steeds aan en schudde licht met zijn hoofd.

'Buster, wil jij de kip aansnijden?' vroeg Mae Louise bits.

'Wat? O, ja,' zei hij, en begon te snijden.

Toen alles op tafel stond gingen we zitten en oom Buster zei een gebed. Tante Mae Louise bleef met gebogen hoofd zitten, maar ik kon zien dat ze haar ogen net genoeg had opgeslagen om mij te kunnen zien.

'Je gebruikt de kleine vork voor je salade,' instrueerde ze me.

'Waarom hebben we er twee nodig?' vroeg ik nieuwsgierig.

'Zo hoort een tafel te worden gedekt. Je hebt natuurlijk nog nooit aan een keurig gedekte tafel gezeten, behalve de keren dat je hier was, en die ben je blijkbaar vergeten.'

296

'Het is lang geleden dat ik hier voor het laatst heb gegeten,' merkte ik op. Ik moest toegeven dat ze goed kon koken. Ik wist niet wat ze met de aardappelpuree had gedaan, maar hij smaakte heerlijk.

'Jullie werden altijd uitgenodigd voor de feestdagen, maar je moeder had wat beters te doen, zoals rondhangen in een of andere goedkope kroeg, denk ik. Ook al was ze onmogelijk, toch heb ik mijn best gedaan om haar te helpen. Maar als de duivel je in zijn greep krijgt en het kan je niet schelen...'

'Amen,' zei oom Buster, verwoed kauwend op zijn kippenpoot.

'Waarom is mama in de greep van de duivel geraakt en u niet?' vroeg ik. Ik was echt nieuwsgierig naar de manier waarop ze opgegroeid waren, maar ze vatte het op als een klap in haar gezicht.

'Wat bedoel je daarmee? Denk je soms dat onze vader en moeder slechte mensen waren? Ze hebben hun best gedaan om dat meisje de juiste weg te wijzen. Ze is gewoon geboren om een slecht mens te worden. Niets hielp, en ze hebben alles geprobeerd. We hebben het allemaal geprobeerd, zelfs toen je vader zo gek was om met haar te trouwen. Kijk eens naar jezelf. Zie maar eens wat ze heeft gewrocht.'

Tranen prikten als druppels zuur achter mijn oogleden, maar ik liet ze niet vrij. Ik keek naar mijn bord en at zwijgend verder. Ik ben in de hel, dacht ik. Ze hoeft me er niet mee te dreigen.

'Neem niets meer van die aardappelpuree, Barbara Ann. Je moet afvallen,' snauwde tante Mae Louise, en Barbara's hand schoot terug als een slang. Ze trok een pruilend gezicht. Tante Mae Louise ging verder tegen mij.

'Wat hoor ik over jou en een blanke jongen in de bus?'

'Hè?' zei ik. Ik keek naar haar en toen naar Barbara Ann wier pruillip snel veranderde in een zelfvoldane glimlach.

'Je bent nog geen vijf minuten hier en je maakt al een scène?'

'Ik heb geen scène gemaakt. Er was een lege plaats naast hem, dus ging ik daar zitten. Wat heeft ze u verteld?'

'Laat maar. Zorg ervoor dat je geen schande over ons huis brengt,' waarschuwde ze.

De aardappelpuree bleef steken in mijn keel. Ik keek even naar oom Buster, die nog met dezelfde verbaasde blik keek als bij mijn binnenkomst in die zwarte jurk. Hij at en zweeg als iemand die zelf een gast was aan tafel en geen recht tot spreken had.

'We ruimen de tafel af en brengen dan de kopjes binnen voor de koffie voor je oom Buster en mij.'

'Krijg ik geen koffie?'

'Kinderen hebben geen koffie nodig,' antwoordde ze.

'Ik ben geen kind.'

'Meisje,' zei ze, terwijl ze opstond en zich naar me toe boog, 'tot je leert je te gedragen als een keurige jongedame en niet als een straatkat, ben je nog een kind. Je wordt niet volwassen omdat je een bepaalde leeftijd hebt bereikt. Dat is het probleem met die jonge mensen van tegenwoordig, niet, Buster?'

'Amen,' zei hij. Hij knikte en veegde zijn mond af. 'Afgelopen zondag zei de dominee dat we vergunningen hoorden af te geven voor volwassenheid en dat niemand een auto zou mogen besturen, trouwen of kinderen krijgen zonder een test te hebben afgelegd. We vertroetelen en verwennen onze kinderen zo erg, dat we ze beletten om te leren hoe ze verantwoordelijke burgers moeten worden.

'Zo gij zaait, zo zult gij oogsten,' reciteerde oom Buster.

'Amen,' zei tante Mae Louise.

'Hierna gaan we zeker met de schaal rond voor de collecte,' merkte ik hatelijk op, luider dan mijn bedoeling was.

Tante Mae Louises ogen puilden uit. Oom Busters mond viel open. De kleine Jake keek of hij zou gaan lachen, en Barbara Ann beet op haar onderlip.

'Je gaat regelrecht naar je kamer,' beval tante Mae Louise. 'Geen appeltaart en ijs voor jou vanavond. Vooruit, ga!' krijste ze. Ze strekte haar arm uit en wees met haar vinger.

Geen appeltaart en ijs? Ik huil de ogen uit mijn hoofd, dacht ik, maar ik zei niets. Ik draaide me om en liep weg terwijl ze me nastaarden. Toen ik in mijn kamer was, deed ik de deur dicht en ging mokkend op het bed zitten. Misschien moet ik vanavond al weglopen, dacht ik. Ik kon wel een of twee dagen naar Sylvia gaan, maar het feit dat ik geen geld had maakte het allemaal erg moeilijk. Ik had nauwelijks genoeg om de bus naar de stad te betalen.

Hoewel de deur dicht was, kon ik Barbara Ann horen jammeren dat haar stuk taart te klein was. Oom Buster nam het voor haar op, maar tante Mae Louise had het voor het zeggen, en iedereen zweeg weer. Was dit meer een thuis dan het appartement dat ik gedwongen was geweest te verlaten?

Op dit moment voelde ik me werkelijk een dier dat in de val zat. Het verscheurde me inwendig; al mijn zenuwen waren gespannen. Ik stond op, ging naar de badkamer en deed de deur op slot. Toen haalde ik de sigaret tevoorschijn die ik van Ashley Porter had gekregen en stak die op. Iets doen dat verboden was in dit huis, zoals roken, gaf me tenminste een klein beetje gevoel van vrijheid. Ik deed het raam open, zodat de rook niet onmiddellijk ontdekt zou worden.

Ik had net één trekje genomen toen Barbara Ann voor de deur stond.

'Ik moet zo nodig,' jammerde ze.

'Een ogenblik,' zei ik.

'Ik moet zo nodig!' riep ze nog luider.

'Verdomme.' Ik nam nog een flinke trek, blies de rook uit het raam, gooide de sigaret in de wc en trok door. Toen zwaaide ik in het rond met de handdoek.

'Ik moet nú!'

'Wat is hier aan de hand?' hoorde ik tante Mae Louise in de gang roepen.

Ik deed de deur open.

'Ik ging naar de wc. Dat is toch zeker wel toegestaan?' vroeg ik.

'Je mag gaan, maar daar niet blijven treuzelen,' zei ze.

Barbara Ann bleef naar me staan kijken.

'Ik dacht dat je zo nodig moest,' zei ik.

Ze keek even naar haar moeder, holde toen naar binnen en deed de deur dicht.

'Ga naar je kamer. Ik zal zeggen wanneer je eruit mag komen om af te wassen,' zei tante Mae Louise.

Ik wilde juist weglopen toen de deur van de badkamer openging.

'Kom eens kijken wat er in de wc ligt, mama,' zei Barbara Ann.

'Wat is er?' Tante Mae Louise keek naar mij en ging toen naar binnen.

Mijn hart begon te bonzen. Ik ging naar mijn kamer.

'Stop!' schreeuwde tante Mae Louise. 'Blijf hier,' beval ze, naar de grond wijzend. 'Buster!'

Oom Buster kwam de hoek om.

'Wat is er aan de hand?'

'Ga naar haar kamer en haal alles overhoop. Ze heeft iets binnengebracht wat verboden was. En de hemel weet wat nog meer.'

'Ik heb niets binnengebracht. Ik – '

'Vooruit, Buster,' commandeerde tante Mae Louise.

'Wat heeft ze binnengebracht?'

'Een sigaret. Een sigaret!'

Hij keek naar mij en liep langs me heen naar mijn kamer.

'God sta je bij als je oom nog iets anders vindt,' waarschuwde tante Mae Louise met ogen die vuur schoten, 'want Hij is de enige die dat zal kunnen.'

3. Seksuele hunkering

Ik wist zeker dat een gevangenbewaarder die op zoek is naar drugs in de meest streng bewaakte gevangenis een cel niet zo grondig overhoop kon halen als oom Buster mijn kamer. Al die tijd moest ik in de gang blijven staan terwijl hij mijn spullen doorzocht. Ellendig, ongelukkig, voelde ik me als een eiland in een kolkende zee.

'Als hij nog iets meer of iets anders vindt, zweer ik je dat ik op hetzelfde moment de sociale dienst zal bellen en hen zal laten komen om je in een pleeggezin te plaatsen,' dreigde tante Mae Louise.

Ik vocht tegen de aandrang om haar uit te vloeken, te schreeuwen dat het me niet kon schelen en weg te rennen.

'Gaan jullie naar je kamers!' snauwde ze tegen Barbara Ann en Jake, die zich haastig uit de voeten maakten.

'Roken, en dat in mijn huis, in mijn huis! Weet je niet hoe slecht het is, niet alleen voor jou maar ook voor de mensen die je rook inademen, vooral jonge mensen als Barbara Ann en Jake? Weet je dat niet?'

'Het waren maar twee trekjes van één sigaret, met het raam wijdopen,' zei ik stuurs.

'Vertel me niet dat het "maar" dit of "maar" dat is. Zoals je niet een beetje zwanger kan zijn, kun je ook niet een beetje slecht zijn. Het is net als kanker. Als je die niet meteen eruit snijdt, word je erdoor verteerd en verwoest. Dat zei de dominee afgelopen zondag.'

'Dat moet een lange preek zijn geweest afgelopen zondag,' mompelde ik.

Eindelijk kwam oom Buster weer tevoorschijn en schudde zijn hoofd.

'Verder is er niets,' zei hij.

'Weet je het zeker, Buster? Heb je goed gekeken?'

'Kijk zelf maar, Mae Louise.' Ze liep naar de deur van de slaap-kamer. Toen draaide ze zich weer naar mij om.

'Breng die kamer weer terug in de oorspronkelijke toestand en waag het niet iets te laten vallen. We zullen het er morgen over heb-ben wat die sigaret in de badkamer betekent. Je vader zal erg te-leurgesteld zijn als ik het hem vertel. Je bent hier nog geen dag en je overtreedt al een van de regels. Het verbaast me niks.'

Ze deed een stap achteruit en ik keek de kamer in. Het bed lag op zijn kant, de matras op de grond. De twee kussenslopen, het la-ken en de deken waren afgehaald en in het rond gesmeten. Alle la-den waren leeggehaald, mijn slipjes, beha's, kousen op de grond gegooid. Elk kledingstuk dat ik had meegebracht bungelde over een stoel of over de rand van het bed, vooral mijn beha's en slip-jes.

Ik schudde mijn hoofd.

'Dit is ziekelijk,' zei ik. 'Wat heeft hij gedaan, raakte hij opge-wonden van mijn kleren?'

'Niet zo onbeschoft, jij. Ruim die rommel op,' beval tante Mae Louise weer.

Ik ging naar binnen en begon alles op zijn plaats te bergen. Tien minuten later kwam ze terug met een pamflet.

'Wat is dat?'

'Dat is van de kerk. Daarin wordt jonge mensen uitgelegd waar-om sigaretten slecht voor ze zijn en waarom de duivel in eigen per-soon wil dat je rookt. Lees het en leer het uit je hoofd. Vanaf mor-genavond wil ik aan tafel de eerste pagina horen.'

'Wát?' Ik knipperde met mijn ogen. 'Dat is – '

'Doe wat ik zeg, Phoebe. Ik neem de verantwoordelijkheid over van mijn zuster en ik ben van plan dat goed te doen. Je leest dat en leert het uit je hoofd. Daarmee verdien je het recht om te eten,' ver-klaarde ze en ging weg.

Ik keek naar het pamflet. Uit mijn hoofd leren? Het recht om te eten? Ik ging liever dood van de honger, dacht ik, en smeet het op de grond.

Bijna een uur later kwam ze langs en zei dat ik de borden moest afwassen.

'Ik zal ze controleren om zeker te weten dat er geen vlekken en vegen zijn achtergebleven als je ze hebt afgedroogd en in de kast gezet. Op het aanrecht vind je boenwas en een doek. Na de afwas moet je de eettafel wrijven en daarna het kleed stofzuigen.'

'Wat gaat *u* doen?' vroeg ik.

Ze glimlachte.

'Ik ga voor je bidden, Phoebe. Ik zal elke avond voor je bidden en je oom Buster en de kinderen ook.'

'Ik weet niet hoe ik u allemaal moet bedanken.'

Ze bleef even zwijgend staan en zei toen met kille, harde stem: 'Ik zal niets hiervan aan je vader vertellen als je precies doet wat ik zeg. We hadden een paar crisistoestanden met jou verwacht. Alleen niet zo snel, maar ik wil het niet meteen opgeven. Daar hoor je dankbaar voor te zijn.' Met die woorden draaide ze zich om en ging weg.

Ik vroeg me af of Ashley Porter er slechter aan toe was geweest toen hij thuiskwam.

Ik deed alles wat ze me gevraagd had. Terwijl ik bezig was te stofzuigen ging de telefoon en ze kwam de eetkamer in om me te vertellen dat mijn vader aan de lijn was.

'Ik heb mijn belofte gehouden,' zei ze. 'Ik heb hem niet verteld wat je gedaan hebt. Hij wil je spreken. Ga naar de keuken en neem de telefoon op.'

Ik zette de stofzuiger weg en deed wat ze zei.

'Hoi,' zei papa toen ik hallo had gezegd. 'Hoe gaat het?'

Ik had het gevoel dat mijn keel werd samengeknepen.

'Phoebe?'

'Goed,' wist ik eruit te brengen. Wat had het voor zin om te klagen? Hij zou alleen maar kermen dat hij hulpeloos was tot de omstandigheden waren verbeterd.

'Is het een goede school?'

'Geweldig,' zei ik sarcastisch.

'Alles goed met tante Mae Louise? Ze klonk oké.'

'Papa,' zei ik, 'bel me niet en kom niet hiernaartoe voor je me mee naar huis kunt nemen.'

'Wat bedoel je?'

'Je hebt me gehoord, papa. Ik zal hier nooit gelukkig zijn. Het heeft geen zin om aan de telefoon net te doen alsof.'

'Haal geen stommiteiten uit, Phoebe. Je hebt een strafblad. Je moeder is een del, en ik heb op het ogenblik het geld en de middelen niet om te doen wat er voor je gedaan moet worden. Luister je naar me?'

'Nee,' zei ik. Eindelijk rolden de tranen over mijn wangen, tranen die ik niet langer kon bedwingen. Ik veegde ze zo snel mogelijk af.

'Ik ben ermee bezig, Phoebe. Ik zal een oplossing weten te vinden. Ik beloof het je. Wees een lieve meid. Alsjeblieft,' smeekte hij.

'Ik moet ophangen, papa. Ik moet mijn karweitjes afmaken, anders word ik in het souterrain opgesloten.'

'Phoebe?'

'Bedankt voor het bellen,' zei ik en hing op.

Tante Mae Louise stond vlak achter me in de deuropening naar de eetkamer. Ik wist dat ze had staan luisteren.

'Ik had ook niet gedacht dat je het hem gemakkelijk zou maken,' zei ze. 'Ga je huiswerk maken. Ik ruim de boel hier op.'

Ik liep zonder een woord te zeggen de kamer uit. Toen ik langs Barbara Anns kamer kwam, keek ik naar binnen en zag dat ze een chocoladereep in haar mond stak.

'Ik ben benieuwd wat je moeder zou zeggen als ik haar dat vertelde.'

Ze verstarde en keek me bang aan.

'Dat is het verschil tussen ons, Barbara Ann. Ik klik niet. Ik wed dat je geen vriendinnen hebt, hè?'

'Die heb ik wél.'

'Dat moeten dan ook klikspanen zijn.' Hoofdschuddend liep ik weg naar mijn kamer.

Het was niet al te moeilijk om in slaap te vallen. Zodra ik in bed lag, besefte ik hoe moe ik was. Ik wilde niet langer nadenken over mijn situatie, en verheugde me erop te kunnen slapen. Het volgende wat ik wist was dat Barbara Ann me vertelde dat tante Mae Louise wilde dat ik opstond om te helpen met het ontbijt, en daarna met het afruimen van de tafel. Ten slotte moest ik nog de vuilniszak naar buiten brengen.

'En mama zegt dat je ervoor moet zorgen dat je kamer helemaal opgeruimd is voor je naar school gaat.'

'Ga weg voordat ik die dikke oren van je eraf draai,' waarschuwde ik haar met opeengeklemde tanden.

Ze sperde angstig haar ogen open en holde toen mijn kamer uit.

Even bleef ik liggen en vroeg me af of ik gewoon zou weigeren iets te doen en me eruit zou laten gooien. Met tegenzin stond ik op, waste me en trok een spijkerbroek en een blouse aan en daaroverheen een trui die ik in hetzelfde warenhuis had gestolen waar ik verleden maand was betrapt.

'Pers die sinaasappels uit,' beval tante Mae Louise zodra ik verscheen. 'Je oom Buster wil elke ochtend vers sinaasappelsap. Zorg ervoor dat je elke druppel eruit perst. Sinaasappels zijn duur.'

Nog half in slaap deed ik het, maar ze liet me zien dat ik in elke sinaasappel nog een klein beetje sap had overgelaten.

'Een druppel verspild, is een stuiver verloren,' zei ze.

Toen ik oom Buster zijn sap had gebracht, kreeg ik een preek dat ik zo slecht at en dat het ontbijt de belangrijkste maaltijd van de dag was. Tante Mae Louise kwam mijn kamer controleren toen ik mijn bed had opgemaakt en had op alles kritiek: ik hing mijn kleren niet goed op, ik had het beddengoed niet strak genoeg aangetrokken, het kussen niet goed opgeschud. Ze ging maar door, tot ik erop wees dat ik de schoolbus zou missen.

'Vergeet niet de vuilniszak mee te nemen als je naar buiten gaat,' riep ze me achterna.

Ik liep terug naar de keuken, pakte de zak op en smeet hem in de container.

Barbara Ann stond op de hoek met haar boeken in haar armen te praten met twee andere kinderen van haar leeftijd. Ze draaiden zich om toen ik dichterbij kwam, met nieuwsgierig glinsterende ogen na de verhalen die Barbara Ann hun ongetwijfeld verteld had.

'Boe!' zei ik, en ze maakten een luchtsprong.

Toen ik in de bus stapte, zag ik onmiddellijk dat Ashley Porter in zijn eentje zat. Hij lachte en ik ging naast hem zitten.

'Je hebt het overleefd, zie ik,' zei hij.

'Nauwelijks. En jij?'

'Mijn vader heeft me verboden de auto te gebruiken. Niet dat ik vaak de kans kreeg. Hij en mijn moeder werken allebei en hebben hun auto de hele dag nodig, zes dagen per week. Zaterdagavond en zondag mocht ik de auto van mijn moeder gebruiken, maar dat is nu voorbij. Ik moet meteen na school thuiskomen, bla, bla. En jij?'

'Ik moet een berg rotsblokken in de achtertuin kapotslaan met een moker.'

Hij lachte en wilde meer over me weten, over mijn school in de stad en mijn vrienden. We waren zo druk aan het praten, dat we geen van beiden merkten dat we al bij school waren toen de chauffeur de deur opende.

'Misschien zie ik je bij de lunch,' zei hij toen we naar de ingang liepen.

'Ik weet niet eens wanneer dat is. Ik kwam gisteren pas na de lunch, en we moeten binnen blijven.'

Bij de voordeur bleef hij staan.

'Weet je wát, zorg dat je om ongeveer halftwaalf ziek wordt. De naam van de verpleegster is mevrouw Fassbinder, en ze is erg tolerant. Vertel haar dat je buikkramp hebt, zoals meisjes elke maand hebben, dan mag je gaan rusten. Ik zal er ook zijn.'

'Wat heeft dat voor zin?' vroeg ik.

'Dat zul je wel zien,' zei hij met een tinteling in zijn ogen. Toen liep hij naar zijn leslokaal.

Meneer Cody, gewapend met de resultaten van mijn test van gisteren, begroette me stralend.

'Ik ben er zeker van dat je lijdt aan een leesafwijking die we dyslexie noemen, Phoebe.'

Ik maakte een grimas.

'Wat betekent dat?'

'De korte verklaring is dat je letters of woorden verwart en woorden of zinnen in de verkeerde volgorde leest. Dat heeft niets te maken met je intelligentie, die volgens mij boven het gemiddelde ligt.'

Was dat alleen om me een goed gevoel te geven? vroeg ik me af.

'Het klinkt nog steeds gestoord,' zei ik.

'Meer mensen dan je weet lijden aan dyslexie, Phoebe. Tom Cruise bijvoorbeeld, en hij heeft het er niet slecht afgebracht, vind je wel?'

Ik bleef achterdochtig kijken.

'Lees maar eens wat over hem. Je zult het zien. Ik wil niet te technisch worden. Dat is niet nodig. Je hebt een probleem dat je leesvermogen stoort, en dat heeft grote invloed op je leercapaciteit, wat zou verklaren waarom je niet goed bent in onderwerpen waarvoor veel gelezen moet worden. Mensen doen niet graag iets dat voortdurend mislukt, dus vermijden ze het, raken ontmoedigd. Dat verklaart veel,' voegde hij er bijna fluisterend aan toe, alsof hij en ik een belangrijk geheim deelden.

'Dus?' vroeg ik.

'Het verbaast me dat de docenten die je moesten beoordelen, er niet meer aandacht aan hebben besteed.'

'Mij niet,' zei ik.

Ik vertelde hem hoeveel dagen ik op school had gemist, vooral op de basisschool, als mama te moe was of een te grote kater had om me te brengen. Misschien begreep hij dat, dacht ik. Later op high school waren de leraren al blij als ze geen last van me hadden. Zij lieten mij met rust, en ik liet hen met rust als ik in de klas zat.

'Goed, we zullen dat probleem aanpakken en je helpen,' zei hij. 'Ik weet dat je snel vooruit zult kunnen komen.'

'Bedoelt u dat ik hier weg zal kunnen, weg uit dit lokaal?'

'Eerder dan je denkt, als je hard werkt aan de opgaven die ik je zal geven,' beloofde hij.

Hij zette me voor een soort leesmachine met een scherm waarop woorden stonden, een koptelefoon en een microfoon waarin ik hardop moest lezen. De machine controleerde ook van tijd tot tijd hoeveel ik begreep van wat ik las. Ik merkte dat de andere leerlingen, ook de lachende Lana, jaloers leken. Toen Lana vroeg waarom zij niet met de machine mocht werken, antwoordde hij dat die niet voor haar was maar voor iemand met een leesprobleem.

In plaats dat ze blij was keek ze teleurgesteld. Meneer Cody gaf me een knipoog, en ik kon niet anders dan geloven dat hij de waarheid vertelde. Ik was anders dan de overige leerlingen. Ik hoorde niet echt in een groep verstandelijk gehandicapten.

'Dat is al een stuk beter,' zei hij, toen hij het werk nakeek dat ik in het eerste uur had gemaakt.

De tijd verstreek sneller dan ik gevreesd had, en plotseling drong het tot me door dat het bijna halftwaalf was. Ik herinnerde me het plan dat Ashley had voorgesteld, hield op met werken en ging voorovergebogen zitten en deed net of ik hevige buikpijn had. Dat werkte altijd bij mannelijke docenten. Meestal keken ze dodelijk verschrikt en aarzelden geen seconde om me toestemming te geven het lokaal snel te verlaten. Meneer Cody verschilde geen haar van de andere leraren. Hij vertelde me waar de kamer van de verpleegster was, en ik verliet het lokaal.

Mevrouw Fassbinder zag eruit of ze tegen de tachtig liep. Later ontdekte ik dat ze een gepensioneerde verpleegster was die haar inkomen moest aanvullen. De school had moeite met het vinden van iemand voor die baan. Haar kamer was veel groter dan die van de verpleegster op mijn laatste school. Ze had een bureau en een werkruimte met weegschalen en een bloeddrukmeter, kasten vol verband, desinfecterende middelen en krukken, maar naast die kamer waren drie vertrekken met beklede banken, waarop dekens en kussens lagen.

Ik vertelde haar wat mijn probleem was, en ze wees me een vertrek aan.

'Ga maar liggen,' zei ze. 'Als je iets nodig hebt, kun je het hier vinden.' Ze liet me zien waar ze tampons en maandverband bewaarde.

Nu ik in het vertrek op de bank lag, vroeg ik me af wat er met Ashley was gebeurd. Ik begon me nogal dwaas te voelen, toen mijn deur een eindje openging en hij naar binnen keek. Hij hield een koude natte doek tegen zijn voorhoofd.

'Hé,' zei hij, en ik ging rechtop zitten.

Hij keek achterom naar mevrouw Fassbinder, kwam toen mijn kamer binnen en deed de deur dicht.

'Dat ging gemakkelijk, hè?'

'Ja.'

'Na een tijdje vergeet ze dat je hier bent,' zei hij. 'Het is bijna tijd voor haar lunch. Ik kom terug zodra ze weggaat,' beloofde hij en glipte weer naar buiten.

Vijf minuten later was hij weer terug.

'Ze is weg,' zei hij, en ging op de bank zitten. 'En als ze weggaat, doet ze de deur op slot en hangt een bordje op voor de leerlingen dat ze is gaan lunchen en ze naar het kantoor moeten gaan in een spoedgeval.

'Ik dacht dat het hier moeilijk zou zijn om zoiets te doen,' zei ik. 'Doe je dit vaak?'

'Soms. Als ik een goede reden heb,' voegde hij er met een glimlach aan toe.

'Wat is die goede reden nu dan?' vroeg ik.

'Jij.' Hij boog zich langzaam naar me toe om me te zoenen. Ik liet hem zijn gang gaan en leunde achterover tegen het kussen.

'Hoe wist je dat ik dat toe zou laten?' vroeg ik.

'Ik hoopte het.'

'Wil je proberen misbruik van me te maken?'

'Nee,' zei hij met een glimlach. 'Ik hoop dat jij misbruik van mij zult maken.'

We moesten allebei lachen.

'Ik moet je wel waarschuwen,' zei hij, 'dat ik niet gemakkelijk te krijgen ben.'

'Moet je dát horen!' zei ik een beetje verontwaardigd. Hij haalde zijn schouders op.

'Je bent een mooi meisje, Phoebe. Ik weet niet hoe lang ik het uithoud.'

'Hoe bedoel je?'

Hij zoende me weer en liet dit keer zijn handen onder mijn trui en blouse glijden. Ik hield zijn armen even vast en hij liet mijn lippen los, keek me diep in de ogen, glimlachte weer en zoende me nog langer en intenser. Het was zo lang geleden dat ik me zo behaaglijk en tevreden voelde, dat ik onwillekeurig mijn tegenstand liet verslappen, vooral toen zijn vingers bij mijn borsten kwamen en zijn duimen bij mijn tepels. Ik kreunde zachtjes.

'Jongens, je bent echt heel aardig,' fluisterde hij. 'Zo opwindend.'

Hij schoof mijn trui omhoog en ik liet toe dat hij hem uittrok en zijn lippen op mijn borst drukte, strelend van de ene tepel naar de andere ging. Mijn hele lichaam tintelde.

'Wat ben jij een lekker ding,' zei hij. Ik was verbaasd toen hij zijn mond op mijn buik drukte en toen mijn spijkerbroek openritste en me steeds lager begon te zoenen.

Om de paar seconden realiseerde ik me: we doen dit op school, in de kamer van de verpleegster. Het maakte alles nog opwindender – zo opwindend dat mijn hart bonsde en mijn adem stokte.

Als ik hem niet tegenhoud, zal ik mijn schat nog aan hem afstaan, dacht ik. Zijn handen waren in mijn jeans, klemden zich om mijn billen en tilden me op, zodat zijn mond nog lager kon komen. Zijn lippen liefkoosden de binnenkant van mijn dijen.

'Ik heb bij me wat we nodig hebben,' fluisterde hij. 'Maak je maar niet ongerust.'

Hij ging van me af om zich voor te bereiden en in die paar seconden praatte ik op mezelf in, waarschuwde dat dit mijn laatste kans was om hem tegen te houden voor het te laat was. Ik wist wat het was om het hoogtepunt van opwinding te bereiken en om te vallen als iemand die zijn evenwicht verliest op een klif. Ik zou hulpeloos zijn, gevangen in mijn eigen verrukkelijke seksuele verlangen.

Je bent hier pas twee dagen, Phoebe Elder, las ik mezelf de les. Hoe kun je dit doen met de eerste de beste jongen die je tegenkomt? Je zult zo gauw een slechte reputatie krijgen, dat het onmogelijk zal zijn door de gangen te lopen. Stop hem; stop hem voor het te laat is.

Het is oké, redeneerde een andere kant van me. Hij vindt jou aardig en jij vindt hem aardig. In zo'n geval heb je niet veel tijd nodig. Het is iets magisch. Laat je gaan. Geniet tenminste van íéts in de onplezierige omstandigheden waaronder je leeft.

Hij trok zijn broek en ondergoed uit en ging tussen mijn benen liggen. We zoenden elkaar nog hartstochtelijker. Ik hield hem bij zijn schouders vast en wachtte, maar voor hij iets kon doen, ging de deur open.

Even heerste er zo'n diepe stilte, dat het leek of er een atoombom was gevallen en de ontploffing in een onderdeel van een seconde te horen zou zijn. De stilte deed de situatie nog meer op een droom lijken, alsof Ashley Porter en ik in de lucht zweefden en als twee veertjes omlaag zouden vallen.

Toen hoorden we mevrouw Fassbinder gillen, en Ashley sprong achteruit, zocht haastig zijn kleren. Ik trok mijn jeans omhoog en draaide me af van de deur.

'Eruit! Eruit!' schreeuwde ze tegen Ashley.

'Ik ga al. Ik ga al. Kalm maar,' riep hij.

'O, mijn god,' zei ze, naar mij kijkend. 'O, mijn hemel.'

Ze keek zo verward en zenuwachtig, dat ik half en half verwachtte dat ze een hartverlamming zou krijgen. Haar bleke gezicht zag knalrood, haar lippen vertrokken. Toen beheerste ze zich, zei dat ik moest blijven waar ik was en liep snel weg. Ik trok mijn kleren recht en liep de kamer uit. Ashley was nergens te bekennen, en mevrouw Fassbinder ook niet. Toen ik wat water op mijn gezicht gespat had, veegde ik het af met een handdoek en ging terug naar de bijwerkklas.

'Hoe gaat het?' vroeg meneer Cody toen ik binnenkwam. 'Je ziet er nog een beetje verhit uit.'

'Ik voel me prima,' zei ik, en zag toen dat er niemand anders in het lokaal was. 'Wat is er aan de hand?'

'Lunchtijd, Phoebe.' Hij wees naar de klok. 'Zorg dat je om tien over één terug bent. Weet je waar de kantine is?'

'Ik heb geen honger.'

'Tja, je hebt nog een lange dag voor de boeg, Phoebe. Je moet iets in je maag hebben, tenzij de verpleegster iets anders gezegd heeft.'

'Dat is in orde. Ze heeft iets anders gezegd.'

'Goed, ik ga nu zelf lunchen. Je kunt hier blijven zitten of naar buiten gaan, zolang je het terrein van de school niet verlaat. Oké?'

Ik knikte en hij ging weg. Ik rilde nog steeds zo hevig, dat mijn botten leken te rammelen. Ik plofte neer op mijn plaats en leunde met mijn hoofd op mijn armen. Ik denk dat ik een paar minuten in slaap was gevallen, want toen de deur openging en ik mijn naam hoorde, was het al bijna één uur.

Een lange, donkerharige man in overhemd en das, zonder jasje, stond op de drempel en hield de deur open. Zijn mouwen waren opgerold tot aan zijn ellebogen. Hij had een krachtige mond, een spleetje in zijn kin, en twee bruine ogen onder dikke, donkerbruine wenkbrauwen.

'Phoebe Elder?' vroeg hij.

'Ja.'

'Kom met me mee.'

'Wie bent u?'

'Cassidy, de directeur van deze school,' zei hij. 'Laten we gaan.'

'Waarheen?'

'Naar mijn kantoor, jongedame. Schiet op. Ik ben niet van plan bij de open deur met je te staan praten,' zei hij streng.

Ik stond op en liep naar buiten.

'Doorlopen,' zei hij. Hij bleef ongeveer dertig centimeter achter me. 'Langs de informatiebalie,' ging hij verder. Ik liep door een open deur zijn kantoor binnen.

De secretaresse draaide zich om bij de archiefkast en keek naar ons. Ze had kort, roodbruin haar en een rond gezicht, en ze was mollig. Ze kneep haar ogen samen en schudde haar hoofd.

'Laat Ashley Porter komen,' beval de directeur, en ze liep snel naar de telefoon op haar bureau.

'Hierin,' zei hij, terwijl hij een deur openhield.

Ik liep zijn kantoor binnen, dat niet veel groter was dan de receptieruimte. Aan de gelambriseerde muren hingen eervolle vermeldingen, plaquettes en prijzen van diverse organisaties die Cassidy feliciteerden met zijn werk voor de jeugd van de gemeenschap, en zijn universitaire diploma's in vergulde lijsten. Op zijn bureau stonden foto's van een knappe vrouw en twee kleine meisjes.

'Ga zitten,' beval hij, en wees naar een stoel voor zijn bureau. Hij liep niet naar zijn eigen stoel, maar naar het raam en bleef naar buiten kijken. Hij stond er zo lang zonder iets te zeggen, dat ik dacht dat hij nog op iemand anders wachtte, maar ten slotte draaide hij zich om en keek me met een kwade blik aan.

'Ik ben hier nu al bijna tien jaar,' begon hij. 'Ik heb hier heel wat meegemaakt: ongehoorzaamheid in de klas, spijbelen, diefstal, vechten, roken, vandalisme, maar dit is de eerste keer dat er zich zoiets smerigs en walgelijks voordoet.

En tot overmaat van ramp is een van die leerlingen nog geen twee volle dagen op mijn school!'

Ik draaide me om en staarde naar de muur.

'Ik weet niet of ik je naar een kerk, een psychiatrische inrichting of een gevangenis moet sturen,' bulderde hij zo luid, dat ik bang was dat mijn trommelvliezen zouden springen. Ik beefde over mijn hele lichaam, maar ik huilde niet en kromp niet ineen.

Langzaam draaide ik mijn hoofd weer naar hem toe en keek hem aan. Hij stond verstard, met gebogen rug, een woedend gezicht en uitgestrekte armen.

'Goed, als u een besluit hebt genomen,' zei ik zacht, 'laat het me dan weten.'

Als een mens zou kunnen exploderen en zich weer opnieuw vormen, zou hij dat op dat moment hebben gedaan. Het bloed steeg naar zijn gezicht, dat zo rood werd dat ik dacht dat de bovenste helft eraf zou vliegen en aan het plafond zou blijven plakken. Zijn keel maakte golvende bewegingen als het lichaam van een slang, zijn adamsappel puilde uit, en toen stotterde hij en wees naar me.

'Jij... jij kunt me beter wat respect betonen, jongedame. Je leven hangt aan een zijden draad.'

Ik draaide me weer om, en er werd op de deur geklopt.

'Binnen!' schreeuwde hij.

De deur ging open en zijn secretaresse zei dat Ashley op de gang stond.

'Laat hem binnen,' beval hij.

Ik hoorde Ashley binnenkomen, maar draaide me niet naar hem om.

'Niet alleen is de coach diep teleurgesteld in je, Ashley, maar ik walg van je gedrag. Wat ging er in dat hoofd van je om?'

Ik lachte even bij mezelf.

Het was niet precies wat er in zijn hoofd omging, dacht ik.

'Veeg die grijns van je gezicht, jongedame, anders zal *ik* het voor je doen,' dreigde directeur Cassidy.

'En hoe zou u dat willen doen?' kaatste ik terug.

Hij sperde verbaasd zijn ogen open. Ik keek naar Ashley, die al even verbaasd keek. Hij schudde waarschuwend zijn hoofd.

'Ik wilde jullie samen in mijn kantoor zien, zodat ik niet twee verschillende verhalen te horen krijg. Je hebt geen idee hoe ernstig dit is, Ashley. Je zou je wel eens in heel wat grotere moeilijkheden kunnen bevinden dan ik je kan bezorgen,' zei directeur Cassidy met een blik op mij.

Wat wilde hij daarmee zeggen? Dat ik Ashley ervan zou beschuldigen dat hij geprobeerd had me te verkrachten?

Ashley keek nu pas echt angstig.

'Ik zal niet in details treden over wat mevrouw Fassbinder me heeft gemeld. Jullie weten wat ze heeft gezien. Wil een van jullie het ontkennen?' vroeg de directeur.

'Nee, meneer,' zei Ashley snel.

'En jij, jongedame?'

'Ik heet Phoebe,' zei ik.

'En jij, Phoebe?'

Ik keek naar Ashley.

'Ik veronderstel dat het was zoals ze u verteld heeft, maar ik kan niet weten wát ze u heeft verteld, wel?'

'Ik ben niet van plan om in details te treden,' zei directeur Cassidy.

Hij ging eindelijk achter zijn bureau zitten.

'Oké, Phoebe, wacht buiten. Ik wil eerst met Ashley praten.'

313

Ik stond op en liep naar buiten. Ik smeet de deur achter me dicht. Ik wist wat hij daarbinnen zou gaan zeggen. Ik had de dialoog voor hem kunnen schrijven. Hij zou Ashley Porter vertellen dat ik een heel slechte meid was, met een slecht dossier van mijn andere school en dat hij zich om mij grote moeilijkheden op zijn hals had gehaald. Hij zou hem vertellen hoe kapot zijn ouders ervan zouden zijn als ze hoorden wat er gebeurd was. Hij zou hem vertellen dat hij een jongen was met een goede toekomst, die hij nu bezig was te vergooien. En ten slotte zou hij proberen hem zoveel mogelijk van de schuld op mij te laten schuiven. Tegen de tijd dat hij uitgesproken was, zou het zijn alsof ik Ashley verleid had.

Ashley zou waarschijnlijk doen en zeggen wat de man wilde, dacht ik. Ik was immers niet belangrijk? Zijn ouders woonden hier, en de directeur zou beklemtonen dat hij aan hen moest denken.

'Het kan haar niet schelen of ze haar tante Mae Louise en oom Buster te schande maakt in de gemeenschap, anders zou ze zich hier niet zo gauw in de nesten hebben gewerkt. Je hebt geen enkele reden om je loyaal te gedragen jegens een meisje als zij,' zou hij zeggen.

Misschien hoefde Ashley niet zo erg overgehaald te worden. Het was een feit dat ik hem nauwelijks kende. Voorzover ik wist was *loyaliteit* een vreemd woorden voor hem. Hij was in ieder geval niet erg loyaal geweest jegens zijn teamgenoten van het honkbal, dacht ik.

Waarom heb je daar niet eerder aan gedacht, stommeling? vroeg ik me af terwijl ik tegenover de secretaresse zat, die me aankeek alsof ik een seriemoordenaar was.

Na wat me dertig minuten leken maar er in werkelijkheid waarschijnlijk niet meer dan tien waren, ging de deur van het kantoor open en Ashley kwam met gebogen hoofd naar buiten, op de hielen gevolgd door de directeur. Hij keek even naar mij en wendde toen schuldbewust zijn blik weer af.

'Schrijf een pasje voor hem uit zodat hij terug kan naar zijn leslokaal,' zei de directeur met zijn hand op Ashleys schouder.

'Phoebe,' ging hij verder, met een knikje naar de open deur.

Ik stond op en schudde mijn hoofd.

'Nee, dank u,' zei ik, 'ik ken het verhaal, ik weet het allemaal wel.'

'Wát zeg je?'

Ashley draaide zich verbaasd om toen ik langs hem heen de kamer uitliep, de gang op.

'Als je weet wat goed voor je is, jongedame, kom je onmiddellijk hier terug!' riep directeur Cassidy in de deuropening.

Ik weet wat goed voor me is, dacht ik.

Dus ga ik niet meer terug.

4. Mijn vader is weg

Ik wist natuurlijk niet waar ik naartoe moest. Ik liep het gebouw uit en de straat af. Ik was ongeveer vier blokken ver, toen een politiewagen naast me stopte en de sirene liet klinken. De politieman stapte uit toen ik bleef staan en me omdraaide.

'Waar ga jij naartoe?' vroeg hij.

'Overal behalve hier,' antwoordde ik.

'Dat kan niet, miss. De school is verantwoordelijk voor je welzijn. Stap in de auto,' beval hij.

Hij was niet erg lang, maar zag eruit of hij een boom met wortel en al zou kunnen uittrekken. Hij had brede schouders en zo'n dikke nek, dat die perfect op een stier zou passen. Hij kwam dreigend op me af.

Ik liep naar de auto en stapte in.

'Waar woon je?' vroeg hij, en ik gaf hem het adres van tante Mae Louise en oom Buster.

'Brengt u me naar huis?'

'Dat is wat de school wil, ja. Je moeder is al gebeld.'

'Ze is mijn moeder niet.'

'Wie is ze dan?'

'Mijn tante.'

'Wie ze dan ook is, ze hebben haar gebeld. Wat heb je trouwens misdaan?' vroeg hij.

'Geboren worden,' zei ik, uit het raam starend.

'De jeugd van tegenwoordig,' mompelde hij. Zwijgend legden we de rest van de rit af.

Ik wist zeker dat tante Mae Louise me nu kwijt zou willen. Na alles wat ze papa en mij had verteld, hoe belangrijk zij en oom Buster in de schoolgemeenschap waren, zou ze zich beslist te veel schamen om me bij haar in huis te houden. In zeker opzicht voelde ik me opgelucht. Papa zou me terug moeten nemen, en we zouden een manier moeten vinden om er een succes van te maken.

Toen we over de oprit reden ging de voordeur open en daar stond ze, hoofdschuddend, met haar handen op haar heupen. De politieagent stapte uit en liep naar haar toe, met mij achter zich aan.

'Bent u haar tante?' vroeg hij.

'Helaas wel, ja,' antwoordde ze.

Hij vroeg haar een stuk papier te tekenen op zijn klembord, wat me het gevoel gaf dat ik een pakket was dat werd afgeleverd.

'Succes ermee,' zei hij en liep terug naar zijn auto.

'We zullen het nodig hebben,' riep ze hem na, en keek toen naar mij.

'Je bent hier nog geen twee dagen en dan doe je zoiets?' vroeg ze.

'Ik wil naar huis,' zei ik.

'Geloof me, dat is precies wat ik ook wil. Ga naar binnen en blijf in je kamer tot Buster belt. Hij probeert je vader op te sporen.'

'Mooi,' zei ik en liep langs haar heen.

Ik ging naar mijn kamer en deed de deur dicht. Ik had niet gemerkt hoe grijs de lucht was geworden. Het leek steeds donkerder te worden in de kamer, tot ik de regendruppels tegen het raam hoorde tikken als lange, benige vingers met scherpe, harde nagels. Het was iets dat ik mijn leven lang in steeds terugkerende nachtmerries had gehoord, alleen was het gezicht van de denkbeeldige heks nu dat van tante Mae Louise.

Heel vaak, toen ik nog jonger was en een nachtmerrie had, was er niemand om me te troosten. Dan deed ik het licht aan en hield mijn adem in, maar ik ontdekte elke schaduw, hoe klein die ook was. Nachtmerries verborgen zich in schaduwen. Ze wachtten en observeerden me tot ze zeker wisten dat ik sliep, en dan liepen ze dwars door het licht heen en kropen door mijn oren of mijn neus of mijn open mond in mijn hoofd. Dat geloofde ik vroeger en, al vertelde ik dat aan niemand, dat geloofde ik nog steeds. Zelfs toen ik klein was wist ik instinctief dat als ik het aan mama vertelde, ze me zou negeren, tegen me zou gillen dat ik een stom kind was of misschien zelfs lachen en een van haar vriendinnen vertellen wat ik had gezegd en me in verlegenheid brengen. Iets dergelijks had ze al vaak genoeg gedaan.

Nu zat ik daar, niet in staat mijn rillingen te onderdrukken, al had ik me nog zo kwaad en dapper voorgedaan tegenover de directeur, de politieagent en tante Mae Louise. Het was tot daaraan toe om alleen te zijn in een wereld waar andere meisjes waren die even eenzaam, of bijna net zo eenzaam waren als ik, maar het gevoel dat ik hier had was erger.

Dit is allemaal mama's schuld, dacht ik. Als ze niet zo egoïstisch was geweest, zou ze aan mij hebben gedacht, zich hebben afgevraagd wat er met me zou gebeuren nadat ze was weggelopen. Ik haatte tante Mae Louise, maar ze had niet helemaal ongelijk wat mijn moeder betrof, moest ik toegeven. En ze vergiste zich ook niet in papa, die alle waarschuwingen had genegeerd en te zwak en te slap was.

Maar hij was het enige wat ik had en ik was het enige wat hij had. Gelukkige mensen hadden veel keuzes. Ik had er niet één. Waar ik me in mijn leven ook zou bevinden, dacht ik, er zouden altijd tralies voor de ramen zijn. Er zouden altijd schaduwen op de loer liggen om op me af te springen. Laat het maar op je afkomen. Probeer niet langer tegen het getij in te zwemmen.

Ik sloot mijn ogen en luisterde naar de regen en viel in slaap. De geluiden die me wekten waren afkomstig van Barbara Ann en Jake die thuiskwamen. Ik hoorde dat tante Mae Louise ze een standje gaf omdat ze te veel lawaai maakten en ik hoorde dat ze hen waarschuwde bij mij uit de buurt te blijven. De toon in haar stem deed vermoeden dat ik ze zou kunnen besmetten.

De motregen ging over in een hevige stortbui. Urenlang viel ik voortdurend in slaap om dan weer wakker te worden. Ik ging alleen de kamer uit om naar de badkamer te gaan, en toen ik door de gang liep viel het me op hoe stil het was in huis. De deuren van de kamer van Jake en van Barbara Ann waren hermetisch gesloten, en tante Mae Louise was niet in de buurt. Ik kon alleen maar wachten. Eindelijk kwam ze mijn kamer in.

'Je oom Buster heeft je vader nog niet kunnen bereiken. Zijn firma probeert voor ons met hem in contact te komen, maar hij is nog niet op een van zijn geplande afspraken verschenen, denk ik. In ieder geval kun je me komen helpen om het eten klaar te maken. Oom Buster is op weg naar huis.'

'Weet u zeker dat u wilt dat ik iets aanraak?' vroeg ik bits.

Ze zweeg en fronste haar wenkbrauwen.

'Nee, ik wil niet dat je iets aanraakt, maar ik wil ook niet dat je niets doet. Luie handen kweken ondeugd.'

Ik volgde haar om de tafel te gaan dekken. Eerlijk gezegd werd ik ook claustrofobisch in die kleine kamer. Zelfs haar zure gezicht en verbitterde commentaren zorgden voor wat variatie. Toen Barbara Ann uit haar kamer kwam, bekeek ze me met andere ogen, ogen die minder vervuld waren van zichzelf, maar vol angst voor mij.

Alsof ze mijn gedachten kon lezen, besloot tante Mae Louise me onmiddellijk te vertellen waarom Barbara Ann me zo angstig en wantrouwend aankeek.

'De andere kinderen in de bus hebben haar geplaagd en voor de gek gehouden. Het schijnt dat het nieuws over jou en die jongen zich als een lopend vuurtje door de school verspreid heeft. Al onze vrienden krijgen het nu te horen. Leuk om ons dat aan te doen.'

Ik zei niets. Mijn tong bleef aan mijn gehemelte geplakt, al krabden de woorden aan mijn keel. Ik maakte af wat ik moest doen en toen oom Buster binnenkwam ging ik met gebogen hoofd zitten.

'Je vader zal erg teleurgesteld zijn als hij dit hoort,' zei hij. Tot mijn verbazing was dat alles wat hij zei. Tante Mae Louise ging voor in gebed, en daarna zaten we vrijwel zwijgend te eten. Nu en dan keek ik op en zag dat Jake me met grote ogen zat aan te staren.

Ten slotte hield ik het niet langer uit en ik smeet mijn vork op tafel en stond op.

'Ik heb niemand vermoord, weet je,' schreeuwde ik, en liep met grote passen de eetkamer uit.

'Phoebe Elder!' riep tante Mae Louise me na. 'Je staat niet op van tafel voordat je toestemming hebt. Hoor je wat ik zeg?'

'Laat haar gaan,' zei oom Buster.

Ik sloeg de deur hard achter me dicht. Het weinige dat ik had gegeten scheen in mijn keel vast te zitten. Mijn maag draaide om, en ik ging naar de badkamer en gaf over. Ze hoorden me, maar niemand kwam kijken hoe het met me ging. Ik bedacht dat ik niet zou wachten tot zij contact hadden opgenomen met papa. Ik zou mijn spullen pakken en weggaan. Ik zou kunnen liften naar Atlanta; ik wist waar een sleutel van het appartement buiten was verstopt. Ik wilde hier geen ogenblik langer blijven.

Maar het regende nog hard, dus besloot ik tenminste te wachten tot de regen wat bedaard was. Intussen pakte ik alles in en ging toen met mijn armen over elkaar geslagen op het bed zitten, met mijn gezicht naar de deur. Tot mijn verbazing ging die langzaam open. Kleine Jake keek naar binnen.

'Wat wil je?' vroeg ik.

'Ga je echt naar de hel?'

'Heeft je moeder je dat verteld?'

Hij knikte.

'Nee, ik ga niet naar de hel. Ik bén in de hel, en jij ook,' snauwde ik.

'Nee, dat ben ik niet. Alleen slechte mensen gaan naar de hel.' Zo jong als hij was, had hij nu al de frons van tante Mae Louise.

'Niet alleen slechte mensen,' zei ik. 'Ook mensen die geen geluk hebben.'

Mijn antwoord bracht een verwarde blik in zijn ogen. Hij schudde zijn hoofd en zei: 'Nee, dat is niet waar.'

'Kom maar niet te dicht bij me,' zei ik, 'anders neem ik je mee. Ik zal mijn armen zo stevig om je heen slaan dat je niet los kunt komen en dan vallen we steeds verder omlaag en omlaag.'

Hij begon zijn hoofd te schudden en toen zei ik: 'Boe!'

Snel liep hij weg en deed de deur dicht. Ik begon te lachen, maar hield toen op. Plotseling voelde ik meer neiging om te huilen.

Misschien had tante Mae Louise wel gelijk dat ze haar kinderen dat vertelde. Misschien ga ik wel naar de hel, dacht ik. Ik ben toch de dochter van mijn moeder? Het enige wat ik in mijn korte leven heb bereikt is dat ik dieper en dieper in moeilijkheden ben geraakt. Het was een donkere, omlaaghellende weg die ik bewandelde, en misschien bevond de hel zich wel aan het eind daarvan. Ik had geen idee wat mijn val zou kunnen beletten, en hoe. Het leek hopeloos en nutteloos een manier te bedenken. Ik denk dat mama het uiteindelijk bij het juiste eind had, dacht ik. Amuseer je en denk niet aan morgen.

De regen begon op te houden. Ik hoorde hem niet meer tegen de ruit kletteren, en toen ik naar buiten keek naar de straatlantaarn, zag ik dat de stortbui verminderd was tot een lichte motregen. Ik besloot te wachten tot iedereen sliep en dan stilletjes het huis uit te sluipen en voorgoed uit hun leven te verdwijnen. Dan hoefde tante Mae Louise niet meer bang te zijn dat ik een slechte invloed zou hebben op haar kinderen, en zij en oom Buster konden alles aan hun vrienden vertellen wat ze maar wilden. Iedereen behalve papa zou zich gelukkiger voelen, ook ik.

Het werd steeds stiller in huis. Ik hoorde slechts het gedempte geluid van de televisie, stromend water in de keuken, en even later tante Mae Louise die Barbara Ann en Jake naar bed bracht. Ik hoefde niet veel langer te wachten, dacht ik. Ik voelde me net een renpaard dat op het bit bijt. Wat voor me lag was niet bepaald een gezellige boswandeling. Ik moest mijn koffer dragen en zorgen dat ik op de drukke snelweg kwam voordat ik een lift zou kunnen krijgen. Ik had niet genoeg geld meer om met de bus te gaan.

Iets meer dan een halfuur later hoorde ik de telefoon. Ik verwachtte dat ze papa eindelijk te pakken hadden gekregen. Ik had me voorgenomen niet met hem aan de telefoon te praten. Dit was ook zijn schuld. Hij had me hier niet heen moeten brengen, en ik had hier niet moeten komen.

Waarom had ik dat gedaan? Hoopte ik dat het succes zou hebben? Geloofde ik papa toen hij zei dat mijn leven zou veranderen en er een toekomst voor me zou zijn weggelegd? Ik ben te arm en te onfortuinlijk om in sprookjes te geloven, dacht ik. Ik had moeten weten dat alleen rijke en fortuinlijke mensen Assepoesters worden. Nu zou ik doen wat ik moest doen en daarmee uit.

Plotseling hoorde ik tante Mae Louise schreeuwen: 'God, sta me bij.'

Oom Buster riep haar en ik hoorde het geluid van zware voetstappen toen hij haastig naar de keuken liep. Ik deed mijn deur open en luisterde. Ik hoorde hem vragen: 'Wanneer?' en toen: 'Hoe? O, Christus!'

Langzaam liep ik de gang door en bleef op de drempel van de keuken staan. Oom Buster stond met zijn rug naar me toe. Hij praatte nog aan de telefoon. Tante Mae Louise zat ineengedoken op een stoel, beide handen voor haar gezicht geslagen.

'Ja,' zei oom Buster in de telefoon. 'We begrijpen het. We zullen ervoor zorgen. Geef me dat adres nog even.' Hij zwaaide met zijn hand naar tante Mae Louise, maar ze zag het niet. Ze hield haar handen nog voor haar gezicht.

'Wat is er?' vroeg ik. Ze liet haar handen zakken en zag de hand van oom Buster.

'Geef me een pen en iets om op te schrijven,' beval hij. Ze sprong op en trok een la open, vond het verlangde en gaf het hem voordat ze zich tot mij richtte.

'Vreselijk, vreselijk nieuws,' zei ze. Oom Buster bleef schrijven.

'Wat dan?'

'Je vader, een ongeluk. Hij is weg,' zei ze.

Ik keek haar achterdochtig en met schuin geheven hoofd aan.

'Hoe bedoelt u, weg? Waar naartoe?'

'Naar de schoot van God,' antwoordde ze.

Oom Buster bedankte degene met wie hij sprak en hing op. Met een zwaarmoedig en somber gezicht draaide hij zich om en keek naar mij. Hij schudde zijn hoofd. Zijn ogen staarden me bedroefd aan.

'Wat bedoelt ze?' vroeg ik.

'Horace is vanmiddag van de weg af geraakt. Gelukkig werd de auto gevonden door een man die op meerval stond te vissen. De wagen is van een helling gerold, door een paar bosjes, tegen een boom gebotst en toen ondersteboven in het water terechtgekomen.

'Hij heeft altijd zijn riem om,' zei ik hoofdschuddend.

'Dat hielp deze keer niet veel. Het kan zelfs de reden zijn waarom hij er niet uit kon komen.'

'Niet uit kon komen? Bedoelt u dat papa verdronken is?'

'Het is afschuwelijk,' antwoordde hij.

Het kleine beetje voedsel dat nog in mijn maag was achtergebleven was veranderd in een plasje zuur. Het kwam omhoog in mijn keel en ik stopte mijn vuist in mijn mond.

'Hij wilde beslist in één dag een te grote afstand afleggen,' ging oom Buster verder. 'Dan word je onvoorzichtig, je neemt een bocht te snel, en je verliest de macht over het stuur.'

'Het is de wil van God,' mompelde tante Mae Louise.

'Wat voor God is dat?' schreeuwde ik.

'Geen godslasteringen nu, kind. Je vader zal nu bij de engelen zijn en jij zult je op een dag bij hem willen voegen.'

'Nee,' zei ik. 'Dit is allemaal een leugen. U probeert alleen weer een manier te vinden om me kwijt te raken.'

'Ik wou dat het waar was,' zei oom Buster.

'Het *is* waar. U liegt!'

322

'Ik moet een hoop dingen regelen. We moeten proberen je moeder te vinden, Phoebe. Wat ze ook gedaan heeft, ze hoort dit te weten. Heb je enig idee waar ze kan zijn?'

Ik schudde weer mijn hoofd.

'Tja, we zullen de politie om hulp moeten vragen,' zei hij tegen tante Mae Louise. Ze knikte.

'Het is niet waar,' fluisterde ik.

'Nu moet je een grote meid zijn, Phoebe. En een brave meid. Dit is een moeilijke tijd voor ons allemaal, en je weet niet hóé moeilijk het nog kan worden,' zei oom Buster. 'Ik heb een hoop te doen hier, en ik mag me niet laten afleiden door allerlei onnodige problemen, hoor je?'

Ik staarde hem aan. Mijn hart bonsde niet. Het leek meer of het opgehouden was met kloppen of was gesmolten. Onder mijn borst bevond zich een diepe, kille leegte. Ik sloeg mijn armen om me heen.

'Je ziet hoe hard het leven kan zijn,' ging hij verder. 'Je ziet hoe belangrijk het is om goed te zijn, verantwoordelijk en niet verkwistend. Wat voor zegeningen ons ook ten deel vallen, we moeten ze koesteren en op prijs stellen.'

Hij ging maar door op de manier van zijn vader, de dominee. Ik wilde weglopen.

'Leugens,' mompelde ik. 'Allemaal smerige leugens. Dit is een huis dat gebouwd is op leugens.'

'Nu is het uit!' schreeuwde hij tegen me. Zijn stem weerkaatste tegen de muren, en ik huiverde. 'Hou op met die hatelijke taal.'

Ik kon niet stoppen met rillen en ik kon niet slikken. Ik kon alleen maar mijn hoofd schudden.

'Kalm maar, Phoebe,' zei hij op zachtere toon. 'Ga terug naar je kamer en probeer wat te slapen. Het wordt een drukke dag morgen.' Hij ontspande zijn schouders. 'Weet je zeker dat je ons niet kunt helpen je moeder te vinden?'

Ik schudde mijn hoofd nog heftiger.

'Hoe heet die man, die man met wie ze ervandoor is gegaan?' vroeg tante Mae Louise. 'Ik heb nauwelijks gehoord wat je vader me vertelde. Weet jij het?'

'Zeg het, Phoebe. Dit is niet het moment voor malligheden en boze buien. Je tante vroeg je iets.'

'Sammy Bitters,' zei ik. Het leek of iemand anders sprak in plaats van ikzelf. Mijn stem klonk zo laag.

'De naam past bij de situatie,' zei ze tegen oom Buster. 'Bitter.' Hij knikte.

'Ga maar, Phoebe. Rust wat uit,' zei hij. 'Wij zullen voor alles zorgen. We zullen voor jou zorgen en voor alles wat er moet gebeuren.'

Tante Mae Louise hief met een ruk haar hoofd op. Ik kon bijna voelen hoe het besef tot hen doordrong als een steen die in de modder zinkt: met mijn moeder die ergens rondzwierf en zich er niet om bekommerde dat mijn vader dood was, waren zij nu alles wat ik had. Graag of niet, het lot had me niet slechts voor hun deur gedumpt. Het had me midden in hun leven gesmeten. Ze konden me niet terugsturen.

Tante Mae Louise knikte.

'De Heer stelt ons op de proef,' zei ze, meer tegen zichzelf dan tegen oom Buster en mij. 'Hij geeft ons lasten te dragen om ons sterker te maken.'

Eerst was ik een stoorzender, een ergernis, een verantwoordelijkheid die mijn moeder niet wilde en ten slotte weigerde te accepteren, en nu was ik gepromoveerd tot een last, maar niet zomaar een last, o, nee. Ik was een gezegende last, een geschenk van God. Zoals zij het naar voren bracht, hoorde ik dankbaar te zijn. Denk eens aan al die meisjes van mijn leeftijd die geen last waren, die een familie hadden die van hen hield en voor hen zorgde, die goede leerlingen waren en zich netjes gedroegen en baden zonder dat het hun gezegd werd. Wat voor nut hadden zij voor de strijd om de paarlen poort te bereiken die tante Mae Louise zag opengaan voor haar hemelse entree? Als er geen armen waren, zou er geen liefdadigheid zijn, en hoe moest mijn tante zich dan gezegend voelen?

Ik draaide me om en liep terug naar mijn slaapkamer. Toen ik daar was, deed ik de deur dicht. Ik drukte mijn rug tegen de muur en liet me langzaam op de grond glijden, waar ik naast mijn koffer bleef zitten. Ik wilde huilen om papa, maar ik kon het niet. Het leek allemaal zo onwezenlijk. Straks zouden oom Buster en tante Mae Louise binnenkomen om me te vertellen dat het slechts de bedoeling was geweest me angst aan te jagen, zodat ik me fatsoenlijk zou gedragen.

'Ga nu slapen en dank je goede gesternte dat het niet waar is,' zou ze zeggen.

Heus? vroeg het zachte inwendige stemmetje, dat ik niet meer gehoord had sinds ik zo oud was als Jake.

Of ze medelijden met me hadden of om welke andere reden ook, een tijdje later werd er zachtjes op de deur geklopt. Ik deed niet open en gaf geen kik, maar oom Buster opende voorzichtig de deur en keek naar binnen, aanvankelijk verward omdat hij me niet zag.

'Wat is er?' vroeg ik, opkijkend.

'Wat doe je op de grond? Waarom staat je koffer daar?' vroeg hij snel.

'Ik was van plan om weg te gaan.'

'Nee, nee, nee, je kunt nu niet weg, Phoebe. Je bent in de war en in een shock.'

Hij begreep niet dat ik had willen vertrekken voordat het telefoontje kwam. 'Het komt allemaal goed. Zorg dat je wat slaap krijgt. Ik kwam alleen even langs om te vragen of je iets nodig had.'

Ik staarde hem aan. Hij leek zich niet op zijn gemak te voelen.

'Je moet naar bed, Phoebe. De volgende dagen zullen heel moeilijk worden. Toe maar. Ga slapen.' Hij ging de kamer uit en deed de deur achter zich dicht.

Ik liet mijn hoofd weer zakken en algauw voelde ik me zo moe dat ik opstond en naar bed ging. Ik was bang om in slaap te vallen, bang voor al die schaduwen. Ze sloten me in, aangemoedigd door het nieuws van papa's auto-ongeluk. Nu was er helemaal niemand meer om me te helpen ze te verjagen. Ze zouden zich in mijn brein nestelen en zich wanneer ze maar wilden in mijn gedachten dringen. Ik kon gillen en schreeuwen, weghollen en me verstoppen, het zou geen enkel verschil maken.

Ik hield mijn ogen halfopen terwijl de slaap me besloop, omhoogkroop langs mijn benen, mijn middel en mijn borsten, tot ik ze als een schroef om me heen voelde sluiten en ze me met een diepe duisternis omgaven. De schaduwen bleven komen. Ik kon bijna horen hoe ze over de muren en langs de grond zoefden.

'Papa!' jammerde ik, en deed mijn ogen stevig dicht. En toen zag ik hem weer, hij zweefde weg, liet mij voorgoed alleen achter. Het was zinloos om hem achterna te gaan. Mijn nachtmerrie dreef weg in de duisternis, en ik werd met een schok wakker. Urenlang zocht ik de slaap, maar vond geen moment de vredige vergetelheid waar ik zo wanhopig naar verlangde.

Een wolk van stilte hing de volgende ochtend boven mijn oom en tante. Ze beletten Jake en Barbara Ann lawaai te maken en stuurden ze naar school. Als ze in mijn bijzijn tegen elkaar spraken, was het op bijna fluisterende toon. Oom Buster zei dat hij naar het gebouw moest rijden waar ze papa heengebracht hadden, om hem te identificeren. Hij vroeg niet of ik mee wilde.

'Ik heb gisteravond met de politie gesproken. Ze proberen je moeder op te sporen,' zei hij. 'Je tante Mae Louise en ik regelen de laatste rustplaats van je vader. We zullen hier voor een mooie uitvaartdienst zorgen. Mijn vader zal de dienst leiden.'

Ik luisterde naar alles wat hij zei, maar zei zelf geen woord.

'Je moet wat eten,' zei tante Mae Louise. 'Je mag nu niet ziek worden.'

Ik keek naar haar op. Ze klonk bijna alsof ze iets om me gaf, maar bij nader inzien dacht ik dat het meer ongerustheid was dat ik voor een onnodige complicatie zou zorgen. Terwijl oom Buster zich om mijn vader bekommerde, ging tante Mae Louise naar haar schoonvader om de begrafenis te bespreken. Ook zij vroeg me niet om mee te gaan.

Nog geen uur nadat ze weg was ging de telefoon. Ik wilde niet opnemen, maar hij bleef zo lang doorbellen dat ik dacht dat het misschien oom Buster was.

'Met mevrouw Howard?' vroeg een man.

'Nee, met haar nichtje,' zei ik.

'Is zij of meneer Howard thuis?'

'Nee.'

'Met rechercheur Morgan. Ik heb mevrouw Elder kunnen opsporen.'

Ik hield mijn adem in.

'Waar is ze?'

'In het afkickcentrum van een ziekenhuis even buiten Macon,' zei hij. 'Ze is er twee dagen geleden opgenomen nadat ze opschudding had veroorzaakt in een nachtclub en naar de eerstehulppost werd gebracht. Ik kan u het telefoonnummer en het adres geven,' ging hij verder. Ik noteerde het. 'Ze kunnen me bellen als ze willen,' eindigde hij.

Ik bedankte hem niet. Ik hing op en staarde naar het blaadje papier.

Toen verfrommelde ik het in mijn hand, maar gooide het niet weg. Ik legde het in mijn kamer.

Ik vertelde noch oom Buster noch tante Mae Louise over het telefoongesprek.

Oom Buster kwam eerder terug dan tante Mae Louise. Aan zijn gezicht zag ik dat ik het moeilijk zou krijgen. Ik zat in de zitkamer, en pas toen hij binnenkwam en bleef staan om naar me te kijken, drong de harde werkelijkheid van papa's dood tot me door. Een tijdje was ik in staat geweest het van me af te zetten, net te doen of het niet gebeurd was, of het een van mijn afgrijselijke nachtmerries was. Papa was meestal onderweg voor zijn werk. Zo moeilijk was het niet om me voor te stellen dat hij dat nu ook was, dat hij op een goede dag terug zou komen of zou bellen, ook al had ik gezegd dat hij dat niet moest doen voordat hij me mee naar huis kon nemen. Nu zou hij me nooit mee naar huis nemen, nooit meer bellen.

'Was het echt papa?' vroeg ik oom Buster. Hij sperde zijn ogen open en er verscheen zelfs een heldere glans in.

'Toen ze me hem lieten zien, twijfelde ik een paar ogenblikken. Het schijnt dat hij zijn riem toch niet om had, Phoebe. Hij moet het vergeten zijn. Hij had veel aan zijn hoofd. Hij is met een harde smak tegen de voorruit gevlogen,' voegde hij er aan toe, en kneep toen onmiddellijk zijn lippen op elkaar, spijtig dat hij zich die woorden had laten ontvallen.

'Wilt u soms zeggen dat het mijn schuld is?' vroeg ik op veel schrillere toon dan mijn bedoeling was.

'Ik geef niemand de schuld. Dat is de taak van de Heer. Als je een schuldig geweten hebt, neem je dat mee naar de kerk. Dat zou je moeder ook moeten doen.' Hij dacht even na. 'Waar is die vrouw eigenlijk?'

Hij mompelde iets dat ik niet verstond en liep toen naar de keuken om te telefoneren. Intussen hoorde ik tante Mae Louise binnenkomen. Ze keek naar me, schudde haar hoofd en zuchtte diep.

'Alles is geregeld,' zei ze. 'Overmorgen, of we je moeder vinden of niet.'

'We hebben haar gevonden,' kondigde oom Buster aan, en kwam

terug uit de keuken. 'Waarom heb je me dat niet verteld, Phoebe? Waarom heb je me niet verteld dat de politie gebeld heeft?'

'Je wist het en je hebt niets gezegd?' riep tante Mae Louise uit. 'Waarom niet?'

'Wat maakt het voor verschil? Ze deugt niet. Niemand schiet er iets mee op.' Ik liep de kamer uit, terwijl ze me beiden nastaarden.

Ik hoorde meer verdriet te voelen, hield ik me steeds weer voor. Niet zo verdoofd. Ik hoor bedroefd te zijn. Ik hoor hysterisch te huilen, met mijn vuisten tegen de muren te slaan – *iets*. Mijn vader is dood. Hij is voorgoed weg. Mijn moeder ligt in een of ander gekkenhuis hulpeloos te brabbelen. Ik had mensen gekend die geliefde personen hadden verloren. Een vriendin van me had verleden jaar haar vijfjarige broertje verloren toen hij tussen twee schietende bendeleden was terechtgekomen. Ik had nog nooit zoveel tranen gezien, zoveel wanhopig gejammer gehoord. Het verdriet was zo groot dat ik het in de atmosfeer kon voelen.

En Rodney Marks' vader, die een hartaanval kreeg toen hij aan het basketballen was met Rodney en zijn vrienden. Een lange, gezond uitziende man, die iets had dat ze een aneurysma noemden, en die op het basketbalterrein was gestorven. Ik was erbij toen ze speelden en zag de blik van ongeloof op Rodneys gezicht. Ik was altijd jaloers geweest op de vriendschappelijke manier waarop hij omging met zijn vader. Ze waren heel vaak samen. Hij verloor niet alleen een vader; hij verloor een vriend.

Misschien was dat wat er mis was met mij en mijn ouders, dacht ik. Ik beschouwde hen nooit als vrienden, alleen maar als cipiers. Er was niet veel wat ons verbond, maar het weinige dat er was geweest, was nu verdwenen.

Daarom voelde ik me zo verdoofd en zo licht, dacht ik. Ik was als een veertje dat in de lucht zweefde. Het interesseert me niet waar ik ben en ik heb geen idee waar ik naartoe ga, dacht ik. De wind kan me alle kanten opsturen.

En zo voelde ik me ook in de volgende paar dagen, als iemand die door de wind wordt meegevoerd. Het feit dat de vader van oom Buster de dominee was maakte het gemakkelijker de uitvaartdienst en de begrafenis te regelen. Niemand van mijn vrienden in de stad kwam, hoewel ik ervan overtuigd was dat het nieuws zich inmiddels verspreid had. Slecht nieuws had er een handje van om door muren heen te dringen. Misschien praatten mensen liever over de verschrikkelijke dingen die anderen overkwamen en niet henzelf. Misschien gaf hun dat een veiliger gevoel. Papa's baas kwam met een van de andere handelsreizigers van de firma. Een paar van oom Busters en tante Mae Louises vrienden woonden de begrafenis bij uit respect voor hen, of misschien uit medelijden met hen omdat ze nu met mij waren opgezadeld. Ik kon het zien in hun ogen als ze naar me keken en aan het bijna onmerkbare hoofdschudden. Waarschijnlijk beseften ze zelf niet hoe duidelijk ze hun gedachten en gevoelens toonden. Ik nam het ze niet kwalijk. Net als oom Buster had gezegd, we kunnen niemand de schuld geven. Dat is niet onze taak.

Ik heb papa niet gezien toen hij dood was. Omdat hij zo ernstig gewond was door het ongeluk, bleef de kist gesloten, en ik wilde geen privé-afscheid. Dat maakte het me gemakkelijker om te blijven doen alsof hij niet dood was, maar alleen afwezig. Als ik zijn naam hoorde noemen in de preek, reageerde ik elke keer opnieuw met verbazing.

Later, toen papa's baas en collega-handelsreiziger en alle vrienden van oom Buster en tante Mae Louise vertrokken waren, kwam ze naar mijn kamer.

'Oom Buster en ik hebben over je nagedacht,' zei ze.

Ik hield mijn ogen neergeslagen. Ik had binnen in me een comfortabel, warm en donker plaatsje gevonden, en voorlopig wilde ik daar blijven.

'We hebben besloten je hier nog een kans te geven, Phoebe. Ik heb een lang gesprek gehad met directeur Cassidy en het schoolbestuur. Je leraar gelooft ook dat hij je kan helpen en dat je goede vorderingen kunt maken met lezen. Het zal helemaal aan jou liggen. Als je je goed gedraagt, naar mensen luistert en je werk doet, kun je jezelf nog redden.

Ik heb niet veel hoop dat je moeder haar leven ooit nog op de rails kan brengen, maar wie kent Gods wil? Misschien zal ook zij op een dag wakker worden en beseffen dat ze een fatsoenlijk mens kan worden, en kunnen jullie elkaar helpen.'

Ik sloeg mijn ogen naar haar op. Wat stelde haar in staat in zo'n fantasiewereld te leven? vroeg ik me af. Haar geloof? Of was het onwetendheid, wist ze niet hoe moeilijk het kon zijn?

'Het enige wat ik van je vraag, Phoebe, is dat je het probeert. Wil je dat doen ter wille van jezelf?'

Ik sloeg mijn ogen weer neer.

'Ik hoop het van harte, Phoebe. Ik zal ervoor bidden. Morgen moet je terug naar school. Het is ongezond om hier te blijven rondhangen en naar die vier muren te staren.'

'En het huis van mijn vader?' vroeg ik.

'Dat zal oom Buster allemaal regelen. Hij probeert zoveel mogelijk geld voor je te krijgen en te bewaren, zodat je iets aan al deze ellende kunt overhouden. Maar ik moet je waarschuwen dat het waarschijnlijk niet veel zal zijn. Die oude meubels in dat gehuurde appartement zijn de moeite van het wegslepen niet waard, en voorzover we kunnen nagaan heeft je vader de premiebetalingen voor zijn levensverzekering niet bijgehouden. Ik weet zeker dat hij elke cent die hij verdiende nodig had om de dagelijkse vaste lasten te betalen. En je moeder – die zit in de bijstand.'

Dus heb ik niets anders dan de liefdadigheid van oom Buster en tante Mae Louise, dacht ik. Niets anders dan de enkele kledingstukken die in de kast hangen.

'Het spijt me, kind,' zei ze, 'maar dat is de reden waarom je beter je best zult moeten doen om je goed te gedragen.'

Met die woorden liet ze me alleen.

Beter mijn best doen om me goed te gedragen? Ze had net zo goed kunnen zeggen: beter mijn best doen om te vliegen als een vogel.

Wat wilde dat zeggen, je goed gedragen? Alles doen wat zij wilden en nooit iets wat ík wilde? Zo zag ik het. Zo had ik het altijd gezien.

En zo zal ik het blijven zien, dacht ik.

Misschien zou ik op het dak gaan staan, wild met mijn armen zwaaien en eraf springen.

5. Een uitnodiging voor een party

Tijdens de begrafenis en daarna zag ik dat Barbara Ann en Jake me met angstige en verwachtingsvolle ogen aankeken. Ik voelde dat ze erop wachtten dat ik gek zou worden, zou gaan schreeuwen of wild om me heen slaan, alsof er een bom van verdriet en narigheid in me zou afgaan. Ze verwachtten natuurlijk dat ik net zo wanhopig en radeloos zou zijn als zij zouden zijn ingeval oom Buster iets ergs zou overkomen. Ik was in ieder geval slim genoeg om me te realiseren dat voor kinderen van hun leeftijd de ouders hun hele wereld vormden, al was dat voor mij nooit zo geweest. Ouders brachten vreugde en geluk, regelden hun dagelijkse leven, en beheersten hun bewegingen met goddelijke macht. Niets maakte je er zo intens van bewust dat je ziek kon worden of een ongeluk kon krijgen en zelfs dood kon gaan, als het overlijden van je vader of moeder. Je staart in je eigen onvermijdelijke graf als je omlaag kijkt in dat van hen, en je hebt het gevoel dat je aderen bevriezen.

Ik veronderstel dat mijn gebrek aan een echte relatie met mijn vader en mijn moeder me hielp om een wereld zonder hen onder ogen te kunnen zien. Misschien was dat achteraf maar beter. Ik had niet zo erg veel aan ze gedacht sinds ik hiernaartoe was verhuisd, behalve in woede. Met andere woorden, we misten elkaar niet zoals ouders en kinderen elkaar horen te missen. Ze waren zo goed als afwezig toen we bij elkaar woonden. Dat verdoofde gevoel, dat me belette te huilen op het kerkhof, was niet iets wat ik Barbara Ann en Jake kon uitleggen. Ze zouden het uiteindelijk zelf begrijpen als ze zagen hoe ik doorploeterde in plaats van onder mijn bed te kruipen.

Barbara Ann zei 's morgens geen woord tegen me. Jake vermeed mijn blik. Als we in de schoolbus stapten, ging Barbara Ann haastig bij haar vriendinnen zitten. Sinds mijn problemen op school en de dood van mijn vader kon ze gemakkelijker doen of ze me niet kende. Ik nam het haar niet kwalijk. Feitelijk, dacht ik, zou ik in haar plaats waarschijnlijk hetzelfde hebben gedaan.

Ashley zat naast een andere jongen toen ik instapte achter Barbara Ann. Hij keek even naar me, en toen fluisterden hij en de andere jongen iets tegen elkaar en lachten. Ik was teleurgesteld, maar niet erg verbaasd. Ik was er inmiddels van overtuigd dat hij tijd genoeg had gehad om me te karakteriseren zoals hij dat wilde en zichzelf tot een soort slachtoffer te bestempelen. Zijn ouders waren daar vast blij om en te oordelen naar de manier waarop zijn vrienden zich in de bus en in de schoolgangen om hem heen verdrongen, beschouwden ze hem kennelijk als een held.

Het is eigenlijk bizar, als je erover nadenkt, of misschien gewoon onrechtvaardig. Als een jongen in moeilijkheden raakt met een meisje, kloppen zijn vrienden hem op zijn schouder, en op school paradeert hij zo trots als een pauw, als een soort oorlogsveteraan, door de gang. Als een meisje daarentegen in moeilijkheden komt door een jongen, wordt ze geacht haar ogen beschaamd neer te slaan. Nou, daar piekerde ik niet over. Ik zou iedereen die het waagde me vol afkeer te bekijken, recht in de ogen zien, al verheugde ik me daar niet bepaald op.

Ik had niet kunnen denken dat ik blij zou zijn om de hele dag in een klaslokaal opgesloten te zitten, maar nu was ik er dankbaar voor. Hier hoefde ik de andere leerlingen niet voortdurend onder ogen te komen, niet hun scheve glimlachjes te zien, ze niet over me te horen fluisteren. De anderen in mijn klas leken zich er niet van bewust dat er iets gebeurd was. Meneer Cody behandelde me in ieder geval op dezelfde wijze als toen ik de eerste keer in zijn klas kwam. Hij zei niets, behalve dat hij het heel erg vond dat mijn vader zo tragisch om het leven was gekomen.

'Je boft dat je een oom en tante hebt als de Howards,' ging hij verder, ongetwijfeld om me een hart onder de riem te steken.

Ik zei niet dank u of zoiets. Stilte was een goede en intieme vriend geworden. De snelle reactie, de slimme opmerkingen tegen mensen die ik niet mocht – niets van dat alles was nog belangrijk. Ik bewoog me nog steeds in een eigen, heel smalle en donkere gang, en ik voelde er niets voor om terug te keren in het daglicht. Ik begroef me in het werk dat meneer Cody me opdroeg. Ik lunchte in mijn eentje. Ik ging verder met mijn werk en ging daarna achter in de bus naar huis zitten, met nietsziende ogen starend naar de buitenwereld, ongevoelig voor het gepraat en gelach om me heen. Diep in mijn hart wist ik dat ik, net als een tijdbom, vroeg of laat zou exploderen.

Een tijdje althans was tante Mae Louise wat soepeler met wat ze omschreef als mijn taken. Ze riep me niet om de tafel te dekken of te helpen met koken. Ik wilde geloven dat het uit vriendelijkheid, uit medelijden was, maar toen kwam het bij me op dat ze niet graag méér met me te maken had dan noodzakelijk was. Althans voorlopig voelde ze zich meer op haar gemak als ze me op een afstand hield en ik niet naast haar stond in de keuken.

De dood had met zijn hand over mijn gezicht gestreken en zijn donkere schaduw achtergelaten onder mijn ogen. Mijn moeder tolde rond in haar eigen waanzin, en ik was een immigrant uit die krankzinnige wereld. Als een ongewenste vreemdeling die getolereerd moest worden, werd ik opzij geschoven, onverschillig op mijn plaats gezet. Mijn kamer was een getto geworden. Tante Mae Louise kwam zelfs niet meer controleren of ik hem wel netjes opruimde.

Ik merkte ook dat de gesprekken aan tafel nooit over mij gingen of mij erbij betrokken. Alsof ik er niet meer was, praatten ze alleen maar over zichzelf. Tante Mae Louise informeerde bij Barbara Ann en Jake naar hun vorderingen op school, maar vroeg mij nooit iets. Oom Buster praatte over zijn werk, een reis die hij voor zijn gezin gepland had, en ze praatten samen over dingen die ze in huis wilden doen.

Ik begon het gevoel te krijgen dat ik er inderdaad niet was. Misschien was ík wel degene die bij het auto-ongeluk om het leven was gekomen en was dit mijn straf, mijn hel, precies zoals ik eens gezegd had tegen Jake. De vreemdste en wildste fantasieën kwamen bij me op. Soms brachten ze een brede glimlach op mijn gezicht, zo stralend, dat tante Mae Louise me vroeg wat ik zo grappig vond.

In mijn overpeinzingen gestoord keek ik haar aan alsof het nu pas tot me doordrong dat ze er was. Dat maakte haar nerveus, want ze wendde haar blik af of keek vragend om hulp naar oom Buster.

'Gaat het goed met je, Phoebe?' vroeg hij dan zachtjes.

'Goed? O, ja, ik voel me prima,' antwoordde ik en ging verder met eten.

Ik wist dat tante Mae Louise zowel Barbara Ann als Jake had gewaarschuwd bij mij uit de buurt te blijven en alleen in mijn gezelschap te verkeren als het absoluut noodzakelijk was. Geen van beiden kwamen ze ooit nog naar mijn kamer, en als ze langs me liepen in de gang of als ze uit de badkamer kwamen, sloegen ze hun ogen neer en knepen hun lippen op elkaar. Barbara Ann trok een pruimenmondje als de koorden van een buideltasje. Ze bleef me negeren in de schoolbus en tijdens het lopen heen en terug naar de bus. Zodra ze bij mij in de buurt kwamen leken ze zich terug te trekken in een onzichtbare plastic bol. Het kon me niet echt schelen. Het was alleen vreemd, omdat ik niet zeker wist of zíj in die bol vertoefden of ík.

Ik bleef me op school gedragen zoals altijd, me er slechts vaag van bewust hoeveel leerlingen me uitlachten, tot ik op een middag mijn lunch at aan een tafel buiten en twee meisjes naar me toe kwamen.

Ze waren allebei blank, de langste was ook de mooiste, met haar als gesponnen goud en turkooizen ogen die glansden als opgepoetste edelstenen. Ze had het figuur van een mannequin en was heel zelfverzekerd, wat tot uitdrukking kwam in haar correcte houding en het arrogante draaien van haar schouders als ze liep of sprak.

Het andere meisje was minder knap, maar voluptueuzer, en had een volslank figuur, donkerbruin haar en kastanjebruine ogen. Haar gelaatstrekken waren niet zo fijnbesneden als die van het langste meisje, maar haar lippen waren voller, heel sexy, als iemand die ze met botox had laten inspuiten. Ik had het gevoel dat ze een kunstwerk in wording was en waarschijnlijk haar neus zou laten opereren.

'Hoi,' zei het langste meisje. 'Ik ben Taylor Madison en dit is Rae Landau. We hebben gehoord wat er gebeurd is met Ashley Porter,' voegde ze eraan toe, en ging zitten.

'Ja,' zei Rae, die naast haar plaatsnam.

Ik keek hen meesmuilend aan. Trots kneep mijn keel dicht en ik trok mijn schouders naar achteren.

'Mocht wat. Ik denk dat je doof moet zijn om het niet te hebben gehoord,' zei ik.

'Precies,' zei Taylor.

'Dus wat willen jullie? Nog meer details om door te vertellen?'

'Nee. We willen je vertellen dat we medelijden met je hebben,' zei Rae. 'Ashley heeft allerlei verhalen over je rondgestrooid, ongetwijfeld overdreven en verfraaid om zelf beter over te komen.'

'Het kan me niet schelen wat hij zegt,' antwoordde ik. Toen zweeg ik en nam hen onderzoekend op, speurend naar hun ware bedoelingen, want ze beweerden dat ze niet hier waren om meer bijzonderheden te horen. 'Waarom zou het jullie iets kunnen schelen?'

'Hij heeft mij ook zoiets geflikt,' zei Rae. 'En daarna was het voor mij net zo onaangenaam. Ik kreeg bijna een zenuwinzinking.'

Ik weet dat ik sceptisch keek. Ik nam aan dat Ashley een nieuw meisje uitzocht, vooral iemand als ik die geen vrienden of vriendinnen hier had, maar niet een meisje dat eruitzag of ze alles kon kopen of verkopen wat ze wilde, vooral vrienden.

'Een zenuwinzinking?'

'Het is waar wat ze zegt,' zei Taylor. 'Hij probeerde een afspraakje met mij te maken toen hij Rae gedumpt had, maar ik zag hem niet staan, en toen ging hij smerige dingen over me vertellen.'

'Bijvoorbeeld? Wat vinden jullie smerig?' wilde ik weten.

'Hij vertelde dat ik meer geïnteresseerd was in meisjes en dat Rae en ik daarom zulke goede vriendinnen waren.'

Ik trok mijn wenkbrauwen op en vroeg me af of er een greintje waarheid in school.

'Iemand als Ashley denkt dat dat de enige reden is waarom een meisje niks met hem wil,' zei Rae. 'Hij is veel te ijdel en egocentrisch om iets anders te geloven. Hij kan nooit iets verkeerd doen of de oorzaak zijn van moeilijkheden.'

'Ja,' zei ik met een diepe zucht, 'ik kan niet ontkennen dat ik heb toegestemd hem in de kamer van de verpleegster te ontmoeten. Ik kan niemand anders de schuld geven van wat er gebeurd is.'

'O, jawel, je hoort hém de schuld te geven,' riep Taylor met stemverheffing uit. 'Je was hier net vierentwintig uur. Het kon hem niet schelen als hij betrapt zou worden. Hij wist dat hij het ongestraft kon doen. Ze hebben hem zelfs niet geschorst. En weet je,' ging ze verder, 'hij is ook weer terug in het basketbalteam.'

'Echt waar?'

'Ja. Vanmiddag. Er was een hoorzitting of zoiets, en zijn ouders kwamen voor hem pleiten en de school besloot dat hij voldoende gestraft was omdat hij zo lang uit het team verbannen was geweest.'

'Ik dacht dat zijn vader marinier was en het juist goed vond dat hij gestraft werd,' zei ik.

Ze keken elkaar hoofdschuddend aan.

'Ashley liegt zo vaak tegen iedereen dat ik denk dat hij zelf niet meer weer wat waar is en niet waar,' zei Taylor. 'Zijn vader was in het leger en niet bij de mariniers, en hij is een invloedrijke advocaat die altijd wel een manier vindt om de fouten van zijn zoon te verdoezelen, vooral boetes voor te hard rijden.'

'Natuurlijk heeft Ashley én de school én de coach beloofd dat hij braaf zou zijn en het nooit meer zou doen,' viel Rae haar bij.

'Als je dat gelooft, geloof je ook in de tandenfee,' zei Taylor. Ze moesten allebei lachen.

'Mij kan het niet schelen of hij in het basketbalteam zit of niet. En ook niet of hij zich hier alles kan permitteren,' zei ik, en at verder.

'Het hoort je wél te kunnen schelen. Hij heeft je in moeilijkheden gebracht en nauwelijks met zijn ogen geknipperd,' zei Rae. Haar gezicht was vertrokken van woede. 'Bovendien, zoals we al zeiden, is hij niet opgehouden met lelijke verhalen over je rond te strooien.'

'Misschien zijn ze wel waar,' zei ik.

'Ik hoop voor jou dat ze dat niet zijn,' reageerde Rae onmiddellijk.

'Ze zijn nog erger dan de verhalen die hij over mij vertelde,' merkte Taylor op.

Mijn meesmuilende glimlach verdween.

'Wat voor verhalen?'

'Hij zei dat je een beroeps was, dat je geld verdiende in de straten van Atlanta, en dat je moeder het ook was en je samen met haar liet werken,' zei Taylor. 'Hij zei dat je daarom hiernaartoe gebracht bent, om je uit dat rotzooitje weg te halen, en dat hij daarom zo weinig problemen met je kreeg. Hij zei zelfs dat de directeur het geld van je heeft afgenomen dat je Ashley had gedwongen je te geven.'

'Hij zei dat ik geld van hem vroeg om seks met hem te hebben in de kamer van de verpleegster?'

'Ja,' antwoordde Rae. 'Vandaag heeft hij iedereen verteld dat je vader vermoord werd door de pooier van je moeder omdat hij jou naar je oom en tante stuurde en hij daardoor inkomsten misliep. De kinderen geloven hem omdat ze denken dat zijn vader op goede voet staat met de officier van justitie.'

'Het is toch niet waar, hè?' vroeg Taylor, terwijl ze wantrouwend haar ogen samenkneep.

'Nee, en ik waarschuw iedereen om dat niet te zeggen waar ik bij ben, anders zullen dat hun laatste woorden zijn.'

Ze keken even naar elkaar en toen weer naar mij.

'Wat is er?' vroeg ik, toen ik hun aarzeling zag.

'Dat is het ergste nog niet,' zei Taylor. 'Hij haalt een paar jongens over om geld in een pot te doen, zodat ze seks van je kunnen kopen. Iemand zal je geld bieden en je uitnodigen voor een feestje, maar het zal maar al te duidelijk zijn waarvoor.'

Ik beet hard op mijn onderlip en probeerde mijn emoties te onderdrukken. Als je niemand ter wereld kende die je kon vertrouwen of geloven, voelde je je hulpeloos, even hulpeloos als een astronaut die in de ruimte per ongeluk los is geraakt en daar rondzweeft. In plaats van terecht te komen in een betere, veiligere omgeving met een superieure school, voelde ik me als iemand die in een slangenkuil wordt gegooid, waar sissende slangen liggen te wachten om je aan te vallen.

'Bedankt voor de waarschuwing,' zei ik.

'Wat ga je eraan doen?' vroeg Rae.

'Waaraan?'

'Ze bedoelt, wat ga je doen als die jongen naar je toekomt?'

'Zeggen dat hij dood kan vallen.' Ze staarden me aan. 'Wat anders?'

'Taylor en ik hebben een beter idee,' zei Rae.

'Wat dan?'

'Ja zeggen en naar dat feest gaan,' zei Taylor.

'Wat? Ben je gek geworden?'

'Luister,' zei Rae, terwijl ze dichter bij me kwam zitten. 'We denken dat het feest dit weekend bij Ashley thuis wordt gegeven. Zijn ouders gaan de deur uit. Behalve dat ze je geld bieden voor seks, zullen ze ook drugs hebben. We weten dat Ashley altijd aan ecstasy kan komen. Dat heeft hij al vaker gedaan.'

'Nou en?'

'Vertel haar wie je vader is, Rae,' drong Taylor aan, en gaf haar een por met haar elleboog. Rae glimlachte sluw.

'Mijn vader is rechercheur bij de politie. We zullen hem vertellen wat de jongens van plan zijn, en hij zal zorgen dat hij er is met een paar andere politiemannen en de jongens arresteren.'

'Wat schiet ik daarmee op? Het zal net zijn of ik echt een hoer ben,' zei ik.

'Nee. Raes vader zal weten dat je met ons en met de politie samenwerkt,' legde Taylor uit. 'De politie doet vaak zulk soort dingen. Ze noemen het een undercoveroperatie, ja toch, Rae?'

'Ja. Iedereen zal weten dat je met de politie samenwerkte. Je zult een stuk slimmer overkomen dan die jongens.'

'We zullen eindelijk dat zelfingenomen, arrogante lachje van Ashley Porters gezicht vegen en niemand zal ooit meer geloven wat hij over welk meisje ook zegt.'

'Je zult ons allemaal een enorme dienst bewijzen,' ging Rae verder.

'Het zal doodgemakkelijk zijn,' zei Taylor. 'En bedenk eens hoe je je zult voelen als je ziet dat die jongens naar het politiebureau worden gebracht. En al hun ouders worden gebeld, vooral de ouders van Ashley, die het weekend weg zijn en dan naar huis moeten komen.'

'Mr. Perfect verdwijnt in de stront,' zei Rae, en Taylor knikte. Ze keken me allebei met een gretige blik aan.

'Nou, wat denk je ervan?' vroeg Taylor.

'Ik weet het niet,' zei ik.

'Je kan het best,' spoorde Rae me aan.

'Dat weet ik,' snauwde ik terug. Ik had geen aanmoediging nodig van die knuffelpoes.

'Nou?' zei Taylor. 'Wat vind je? Wij zullen de hele tijd bij je zijn.'

'Wraak is zoet,' kirde Rae stralend.

'Er is geen betere manier om een kurk te stoppen in Porters vuilspuitende mond,' zei Taylor met nadruk.

'Wat kan het mij schelen of hij vuil spuit of niet? Het komt niet in mijn oren,' mompelde ik.

'Heb je dan helemaal geen zelfrespect?' vroeg Rae.

Nee, wilde ik zeggen, ik heb niet eens een zelf meer om respect voor te hebben. Ik weet niet wie ik ben, laat staan wie ik zal zijn. Ik woonde bij familieleden die me niet wensten. Ik had een leerstoornis en een strafblad. Mijn vader was dood en mijn moeder zat in de afkickafdeling van een gekkenhuis. Niets van wat ik deed of wat er met me gebeurde leek belangrijk.

'Iedereen hier, vooral elk meisje, zal je een heldin vinden,' zei Taylor. 'Ik wed dat je familieleden ook trots op je zullen zijn.'

'Niemand komt aan Phoebe Elder,' verklaarde Rae, alsof ze de aankondiging schreef van een televisieprogramma.

'Doe je het?' ging Rae enthousiast verder.

Ik haalde diep adem. Het kon me niet echt schelen. Wat maakte het voor verschil of ik het deed of niet? dacht ik. Ik kon het net zo goed doen. In ieder geval was het een afleiding.

'Oké. Wat komt er eerst?'

'Wacht af of een van de jongens naar je toekomt met een bod en een uitnodiging. Misschien is het alleen maar geklets. Maar als het dat niet is, zal Ashley verwachten dat je verontwaardigd en woedend wordt, en de jongen wegjaagt. Waarschijnlijk zal hij dat hopen, maar jij zult hem van zijn stuk brengen door de uitnodiging aan te nemen. Dan moet hij over de brug komen of zijn mond houden, en hij zal over de brug komen,' legde Rae uit.

'Hij zal geen afgang willen tegenover zijn vrienden,' viel Taylor haar bij.

'Goed. Dan heb je dus een datum en een plaats,' ging Rae verder. 'Ik zal het mijn vader vertellen en we lokken ze in de val.'

'Geweldig,' zei Taylor. 'Ik kan bijna niet wachten tot het zover is.'

'Nog één ding,' ging Rae verder. 'We willen niet dat ze achterdocht krijgen, dus zullen we pas daarna vriendschappelijk met je omgaan, oké?'

'Ze zijn niet op hun achterhoofd gevallen,' zei Taylor. 'Als ze ons drieën bij elkaar zien, zullen ze het af laten weten of iets doen om het spelletje te bederven.'

'Schrijf maar op wanneer en waar en stop een briefje in mijn kastje. Nummer 103. Je komt er elke ochtend langs op weg naar je klas,' zei Rae.

'We bellen je de avond nadat je het briefje in mijn locker hebt gestopt en geven je de instructies van Raes vader.'

'En als hij het niet wil?'

'Ben je mal? Mijn vader heeft een obsessie voor discipline. Hij vindt dat de jeugd tegenwoordig veel te veel vrijheid heeft, en zal op de kans afspringen om die jongens te arresteren,' antwoordde Rae. 'Vooral als er drugs aan te pas komen, en zeker als iemand als Ashley erbij is, die denkt dat hij boven de wet verheven is. Mijn vader mag zijn vader ook niet. Hij zegt dat hij te veel criminelen heeft geholpen aan de wet te ontsnappen.'

Ze stonden allebei op.

'Vergeet het niet, kastje 103.'

Ik knikte en ze liepen weg. Bij de deur draaide Taylor zich om en wuifde me goedendag.

Het leven in de perfecte buitenwijken blijkt al even laag en smerig te zijn als het leven in mijn oude buurt, dacht ik. Eén goede kant van dit alles zou zijn dat mijn tante Louise niet langer zo hoog te paard kon zitten en opscheppen hoeveel netter en veiliger het was om hier te wonen. Dat alleen al leek voldoende reden om het door te zetten. Die middag gebeurde er niets, en ook de volgende dag kwam niemand tijdens de lunch naar me toe. Ik begon al te denken dat het allemaal een hoop gezwets was, precies zoals Rae had geopperd, iets waarover de jongens praatten om te laten zien hoe dapper en wereldwijs ze waren. Maar toen ik terugliep naar mijn klas, kwamen twee jongens die ik samen met Ashley had gezien, naast me lopen. Eén was ongeveer net zo lang als ik, met zwart krulhaar en een mopsneus. Hij had brede schouders en droeg een jack van een worstelteam. De andere jongen was groter, had lang stroblond haar en een scherpe puntneus boven dunne lippen, en een kloof in zijn kin.

'Hoi,' zei hij. 'We hebben gehoord dat je in moeilijkheden bent geraakt.'

'Fijn voor je,' zei ik, en liep door.

'We vinden het verkeerd dat alle andere meisjes op school zulke snobs zijn en niets met je te maken willen hebben,' zei de jongen rechts van me. 'Ze horen je welkom te heten, niet links te laten liggen.'

Ik bleef doorlopen en keek recht voor me uit. Ze hielden gelijke tred met me.

'Je meent het,' zei ik.

'Ja. Ik ben Gerry Balwin. Mijn vrienden noemen me Grog. En dit is Skip Lester.'

Ik bleef staan en draaide me naar hen om.

'Oké, wat willen jullie?' vroeg ik.

Hij keek glimlachend naar zijn vriend.

'We geven een feest en dachten dat je misschien zin zou hebben om te komen.'

'Wat voor feest?'

'Een cool feest. Er komen nog een paar meisjes, maar drie van ons willen graag dat jij komt. We dachten – dat wil zeggen...'

'We geven je driehonderd dollar, dat is honderd dollar de man,' zei Grog snel. Dat kreeg je hiervóór toch ook, hè?'

Het liefst had ik hem zo'n harde klap in zijn gezicht gegeven dat zijn hoofd er bijna afvloog. Mijn hart bonsde. Ik was plotseling razend, en dacht toen dat Taylor en Rae gelijk hadden en we wraak moesten nemen op deze jongens. Met alleen een klap in hun gezicht schoten we niet veel op. Bovendien zouden ze natuurlijk ontkennen dat ze het gezegd hadden en dan was ik weer degene die in de problemen kwam.

'Waar is dat feest?'

'Bij Ashley thuis. Ik heb het adres voor je opgeschreven,' zei Grog. 'Met de tijd erbij. Zaterdagavond.' Hij gaf me een stukje papier. 'We nemen het geld mee en beloven je het je te geven zodra je er bent. We houden het geheim.'

'De meeste andere meisjes op school, die zo op je neerkijken, zullen jaloers zijn dat jij bent uitgenodigd en zij niet. We zullen ze niet vertellen waarom. Dan word je later ook voor andere dingen gevraagd,' verzekerde Skip me.

'Wat voor soort feest is het? Ik hoop dat er ook nog iets anders te doen is,' zei ik.

'O, maak je daar maar geen zorgen over,' zei Grog met een veelbetekenend lachje. 'Ashley heeft alles voorbereid. Hij zal wat goeie stuff hebben.'

Ik keek naar het stukje papier en toen van de ene jongen naar de andere.

'Driehonderd zodra ik er ben?'

'Gegarandeerd.'

'Ik wil morgen de helft.'

'Hè?'

'We moeten elkaar vertrouwen, niet?'

Ze keken elkaar aan.

'Nou?' zei ik, toen ik hun aarzeling zag. 'Wil je dat ik kom of niet?'

'Je krijgt het in de lunchpauze,' verzekerde Grog me.

'In dat geval kom ik zeker,' zei ik glimlachend. 'Ga nu maar je spaarvarken openbreken.' Met die woorden liep ik weg.

Ik hoorde ze lachen en opgewonden teruggaan naar de kantine. Mijn wraak zou zoet zijn als de politie ze arresteerde, dacht ik, maar ik zou ook honderdvijftig dollar hebben, en ik was niet van plan die weer af te staan.

Aan het eind van de dag liep ik langs kastje 103, bleef even staan en mikte het briefje door de gleuf. Die avond kreeg ik tot verbazing van mijn tante een telefoontje. Ze kwam naar mijn kamer om me te vertellen dat er een meisje aan de telefoon was dat naar mij vroeg.

'Ze zei dat ze Rae heette,' zei tante Louise achterdochtig. 'Wie is dat?'

'Een meisje dat ik op school heb leren kennen. Haar vader is bij de politie.'

Haar gezicht ontspande zich.

'O. We willen graag dat je aardige vriendinnen hier hebt, Phoebe. We denken altijd aan je welzijn.'

Ze probeerde het niet te laten merken, maar ik wist dat ze me volgde naar de keuken. Ze zou als spionne voor de regering moeten werken, dacht ik.

'Wat is er?' zei ik in plaats van hallo.

'Ik bel alleen even om te bevestigen dat we je briefje hebben ontvangen en dat ik met mijn vader heb gesproken. Hij is enthousiast en vroeg me je vast te bedanken,' zei ze snel. 'Hij zei dat je net moest doen of je met alles instemde, daarna neemt hij het over.'

'Hoe bedoel je?' vroeg ik zo·zacht mogelijk. Tante Mae Louise was wel niet in de keuken, maar ik wist dat ze bij de deur stond te luisteren.

'Je weet wel, net doen of je het doorzet, zodat ze zich niet van de domme kunnen houden. Je zult met de eerste jongen naar de

342

slaapkamer moeten gaan nadat ze je betaald hebben. Ze zullen zich eerst oppeppen met wat ecstasy, en mijn vader en zijn partners zullen jullie voortdurend in het oog houden. Ik weet dat je waarschijnlijk bang zult zijn, maar...'

'Ik ben niet bang en ik weet wat ik moet doen,' zei ik. Ik liet me niet aanmoedigen door dat soort meiden.

'Goed. Wij vieren ons eigen feestje daarna, dat beloof ik je,' zei ze en hing op.

'Waar is het feest?' vroeg ik schijnheilig toen ze had opgehangen. 'Ik zal het aan mijn oom en tante moeten vragen. Dank je.' En hing op.

Zoals ik al verwacht had, stond tante Mae Louise vlak achter de deur.

'De meisjes geven een feestje dit weekend en hebben gevraagd of ik kom. Is dat goed?'

'Waar is dat feest?'

'Bij Rae thuis. Haar vader en moeder zijn er ook,' zei ik. 'Het is zo'n pyjamaparty, waar meisjes elkaar leren kennen en zo.'

'Klinkt niet slecht. Ik zal oom Buster vragen je erheen te brengen.'

'Dat hoeft niet,' zei ik gauw. 'Rae komt me afhalen.'

'O. Hoe heette ze ook weer?'

'Rae Landau. Haar vader is rechercheur.'

Ze onthield het goed en vertelde het aan oom Buster. Ik hoorde ze erover praten. Hij belde iemand om mijn verhaal te controleren. Ze waren erg voorzichtig, dacht ik. Maar toen hij terugkwam en zei dat ik de waarheid had verteld en dat er inderdaad een rechercheur Landau was, moest ik toegeven dat ik me ook opgelucht voelde.

Het vooruitzicht van zaterdagavond en van de wraak die ik zou nemen maakte mijn leven wat opwindender. Ik verheugde me er zelfs op om naar school te gaan en de anderen naar me te zien kijken, Skip en Grog glimlachend en knipogend, Taylor en Rae vertrouwelijk en enthousiast.

Vrijdag, kort nadat ik in de kantine was en mijn lunch had gehaald, kwam Grog naar me toe en overhandigde me een envelop.

'Stop hem gauw weg,' zei hij, nerveus om zich heen kijken. 'We kunnen ons hierdoor allebei een hoop moeilijkheden op de hals halen.'

Ik stopte hem in mijn tas en later, in het meisjestoilet, haalde ik hem eruit en telde zeven biljetten van twintig en één van tien. Ik grinnikte vrolijk. Wat zouden die rijke arrogante jongens verbaasd opkijken. Alleen al de gedachte daaraan gaf me een verende tred en nieuwe energie. Ik werkte hard in de klas, zodat meneer Cody me een complimentje gaf.

'Als je zo doorgaat, Phoebe, heb je voordat je het weet het goede leesniveau bereikt en kom je op de plaats waar je thuishoort.'

De anderen keken met jaloerse blikken naar me.

Dat is precies waar ik graag wil zijn, dacht ik. Op de plaats waar ik thuishoor.

Die avond en de hele volgende dag probeerde ik me thuis zo voorbeeldig mogelijk te gedragen. Ik wilde niet dat er iets gebeurde dat onze plannen zou kunnen verstoren. Ik bood aan tante Mae Louise te helpen met de afwas voordat ze het vroeg. De volgende ochtend, onmiddellijk nadat ik was opgestaan en me had aangekleed, ging ik mijn kamer stofzuigen en opruimen, en daarna de gangen en de zitkamer.

Tante Mae Louise knikte goedkeurend. Later vroeg oom Buster of ik met hem, Barbara Ann en Jake ijs wilde gaan eten. Ik bedankte hem en zei dat ik me gereed moest maken voor het feest. Ik trok de meest conservatieve jurk aan die ik had en vroeg tante Mae Louises mening, wat haar volkomen verraste.

'Ja,' zei ze, 'die is geschikt.' Ze dacht even na en zei: 'Als de nalatenschap van je vader is geregeld, zullen we wat er is besteden aan nieuwe kleren voor je, Phoebe. Een meisje van jouw leeftijd moet een mooie garderobe hebben. Als je later naar de universiteit gaat, moet je de juiste kleren hebben.'

Ik knikte. Ik op de universiteit? Wees reëel, dacht ik, probeerde het me toen even voor te stellen. Elke fantasie leek kolder. Ik wist zeker dat ik zou eindigen als mama, een serveerster in een of ander restaurant. Het maakte me kwaad en nog verlangender om naar dat feest te gaan en die rijke jongens en hun vrienden een lesje te leren.

Rae en Taylor stonden klokslag zeven uur voor de deur. Tante Mae Louise stond erop dat ik ze binnen liet komen om ze aan haar voor te stellen. Ze leken zenuwachtiger dan ik.

'Ik vind het erg aardig van jullie om een nieuwelinge op deze manier welkom te heten,' zei tante Mae Louise. 'Het bewijst dat jullie een warm hart hebben, een vriendelijk en meelevend hart, en zo wandelen we allen in het licht Gods.'

Ze glimlachten naar haar en keken naar mij met een blik die wilde zeggen dat we snel moesten vertrekken. Zodra we weg waren vroeg Rae: 'Je hebt toch niets van onze plannen aan je oom en tante verteld, hè?'

'Nee. Wees maar niet bang. Ik weet wat ik moet zeggen en wat ik moet doen,' zei ik vinnig.

Ik zou me door die verwende meiden met hun chique kleren en auto's niet het gevoel laten geven dat ik een onschuldig dommerdje was en niet wist hoe ik de dingen aan moest pakken. Ze hadden niet de helft gezien van wat ik had meegemaakt, dacht ik. Anders zouden ze zich heel snel in een kast verstoppen.

'Raes vader zei dat wij ons moeten gedragen alsof we van niks weten,' legde Taylor uit. 'De jongens drinken en Ashley komt natuurlijk met ecstasy. Die moet je nemen om te voorkomen dat ze achterdocht krijgen. Heb je wel eens drugs gebruikt?'

Ik trok mijn wenkbrauwen op.

'Waar ik vandaan kom is het snoepgoed.'

'Dat geloof ik graag. Als dit achter de rug is, wil ik een echt feest geven bij mij thuis, zodat de andere meisjes je leren kennen. Sommigen zijn zo naïef en simpel, dat ze zullen denken dat je uit een of andere film bent gestapt of zo.'

'Jullie niet, hè?' zei ik.

'Taylor en ik hebben heel wat meer wereldwijsheid dan onze vriendinnen,' legde Rae uit. 'Voornamelijk door alles waarover ik mijn vader hoor praten, dingen waarvan hij niet eens weet dat ik ze gezien en gehoord heb.'

'Dat is niks. Dat is net alsof je het op de televisie ziet,' zei ik.

Ze zwegen allebei. We reden door een andere buurt met grotere en duurdere huizen dan die in de woonwijk van mijn oom en tante. Het was de hele dag bewolkt geweest en het werd steeds donkerder, tot de wind opstak en er regendruppels tegen de voorruit spatten. Toen we over een lange oprijlaan reden met lantaarns en prachtige, op gelijke hoogte gesnoeide cipressen, tot aan de cirkelvormige oprit, gingen de regendruppels over in een stage motregen.

Ik was onder de indruk van de grootte van Ashley Porters huis, maar ik wilde het niet laten merken en met open mond zitten staren. Het was een huis van twee verdiepingen met een steil puntdak en hoge, smalle ramen. Ik kon de schoorsteen zien aan de linkerkant. De muren van het huis waren van baksteen. Ik zag vijf andere auto's geparkeerd staan.

'Het schijnt dat iedereen er al is,' merkte Rae op.

'Waar is je vader?' vroeg ik.

'Hij is er al of is vlak achter ons,' zei Rae. 'Maak je over hen geen zorgen. Als wij ze kunnen zien, zouden de jongens ze ook kunnen zien.'

Zodra we de portieren van de auto opendeden, hoorden we de muziek in het huis.

'Ze zijn al vroeg begonnen,' zei Taylor. 'Goed zo. Dan zijn ze al te ver heen om op hun tellen te passen.'

De voordeur stond een eindje open, wat verklaarde waarom de muziek zo luid naar buiten doordrong.

'Hé, we zijn er!' riep Taylor.

We hoorden links een juichkreet. Ik probeerde niet te opvallend te kijken naar alle kunstwerken, de beelden, de kostbare kleden en vergulde spiegels. In de zitkamer stonden meubels die voor reuzen gemaakt leken. De open haard was de grootste die ik ooit had gezien – niet dat ik er zoveel had gezien in mijn leven.

Ik herkende de meeste jongens en zag maar één ander meisje. Sommige jongens zaten op de grond en sommigen op een lange bank en enorme fauteuils. Twee flessen wodka stonden op de grote, lage, ovale tafel met sodawater, sap, glazen en een ijsemmer. De meesten rookten – maar geen gewone sigaretten.

Ashley, die bij een stereo stond, draaide zich om en glimlachte. Ik twijfelde er niet aan of er ging iets glibberigs en lelijks schuil achter die lachende ogen.

'Hé, ze zijn er!' riep hij. De jongens lieten een juichkreet horen.

Ik had leeftijdgenoten dronken gezien van alcohol en drugs. Ik was op heel wat feesten geweest waar seks, drank en drugs gemeengoed waren, maar iets in dit tafereel, het feit dat ik me onder zoveel rijke kinderen bevond, maakte me nerveus, net als ons geheime plan, dat ik nu ten uitvoer zou moeten brengen. Misschien kwam het door het grote huis en al die kostbare dingen. Ik bevond me op onbekend terrein, en al was ik voor geen van hen bang, toch voelde ik me een beetje als een vis op het droge. Zelfs een haai heeft dan problemen, dacht ik.

'Wat wil je drinken?' vroeg Ashley. 'Of wil je meteen gaan feesten?'

Ik keek naar Rae en Taylor. Rae knikte bijna onmerkbaar.

'Waarom zou ik tijd verspillen? Tijd is toch geld?' kaatste ik terug, en de jongens juichten weer.

'Hier, geniet eerst van een e,' zei Ashley, en overhandigde me een ecstasypil. 'Dat is een extraatje.'

'Dank je,' zei ik, en deed net of ik hem inslikte, maar hield hem heimelijk tussen mijn vingers.

Grog sprong overeind.

'We hebben al besloten,' zei hij. 'Ik ga als eerste.'

'Bof jij even,' zei ik. Er werd hard gelachen.

Ik keek naar Rae, die weer knikte. Ik wierp een blik op het raam. Stonden de agenten op hun post? Waren ze al in huis? Konden ze alles horen?

'Hierheen,' zei Grog, die me bij mijn rechterelleboog pakte.

'Wacht even,' zei ik, weer naar Rae kijkend. 'Waar is de rest van het geld?'

'O, ja, sorry,' zei Grog. Hij haalde een biljet van vijftig dollar uit zijn zak en hield het omhoog.

De andere jongens keken als gehypnotiseerd toe, zelfs Ashley. Straks stikte hij nog in zijn smerige woorden, dacht ik.

Taylor en Rae keken toe terwijl ik het geld uit zijn vingers plukte en in mijn tas stopte. Ik probeerde het allemaal overduidelijk te doen, zodat Raes vader tevreden zou zijn, waar hij zich ook schuilhield. Toen keek ik naar de deur.

'Hij zal er niet lang over doen,' riep Skip Lester ons achterna. Er ging een hard gelach op.

We liepen de gang door en kwamen in een vertrek dat eruitzag als een groot kantoor.

'Hierheen,' zei Grog, en liep verder naar een deur achterin.

Langzaam liep ik achter hem aan; ik verwachtte elk moment Raes vader te zien binnenkomen. Grog opende de deur naar een klein slaapkamertje dat in een inloopkast was gebouwd.

'Wat is dat?' vroeg ik verbaasd.

'De schuilplaats van Ashleys vader. Goed, hè?'

Ik schudde mijn hoofd. Er was geen raam. De muziek achter me klonk luider. Waar waren Raes vader en de andere politieagenten? 'Laten we beginnen. Doe maar net of we in de kamer van de verpleegster op school zijn,' zei Grog, terwijl hij snel zijn hemd losknoopte en vervolgens zijn broek.

Ik keek achterom. Er was iets mis. Iets heel erg mis. Ik wilde gillen maar kon geen geluid uitbrengen en mijn hart bonsde waarschuwend.

'Wat is er?' vroeg Grog, met afgezakte broek.

Ik draaide me om zonder te antwoorden en liep terug door het kantoor, maar toen ik bij de deur kwam stonden alle andere jongens daar.

'Waar ga je naartoe, Phoebe?' vroeg Ashley. 'Zó vlug was hij toch niet?'

Ik probeerde langs hen heen te kijken naar Rae en Taylor.

'Waar is Rae? Waar is Taylor?' vroeg ik.

'O, die hadden een andere afspraak,' zei Skip. 'Ze zeiden dat je je geen zorgen hoefde te maken. Ze komen terug.'

'Wát? Ze komen terug? Wat bedoel je? Waar zijn ze?' Ik probeerde weer langs hen heen te kijken.

'Hé,' hoorde ik Grog roepen uit het kleine kamertje. 'Ik ben klaar.'

'Hij is klaar,' riepen de jongens in koor.

'Wat is er, Phoebe?' vroeg Ashley, terwijl hij dichterbij kwam. 'Verwacht je nog iemand?'

'Laat me eruit,' zei ik. Ik voelde dat ik gevangenzat in een spinnenweb dat gedeeltelijk door mijzelf geweven was. Ik probeerde langs ze heen te dringen, maar ze vormden een muur en lieten me er niet door.

'Vertel me niet dat we je niet genoeg betaald hebben,' zei Ashley. 'Op straat krijg je minder, en geen extraatjes.'

Ze keken me allemaal wellustig aan, hun ogen glinsterden van pornografische fantasieën. Ik liep achteruit. Het was een val, en ik was er blindelings ingelopen, arrogant, zelfverzekerd, stom. Er was geen politie, geen undercoveroperatie. Wat voor meiden waren dat, dat ze me zoiets konden aandoen? De jongens liepen in een groepje naar voren.

'Weet je wat?' zei Ashley. 'Als we je nog honderd erbij geven, kunnen we allemaal toekijken. Wat vind je ervan?'

Ik draaide me met een ruk om. Grog stond in de deuropening en had zijn broek en hemd uitgetrokken.

'Schoften!' schreeuwde ik, pakte een beeldje van het bureau en hield het omhoog als een knuppel.

'Leg dat neer,' beval Ashley.

In paniek sloeg ik toe en raakte Skip Lester, die rechts van me kwam lopen, op de zijkant van zijn voorhoofd. Het kleine voetstuk van het beeldje sneed diep in zijn schedel. Bloed spatte in het rond, en alle jongens deinsden achteruit. Skip wankelde en viel in hun richting. Ik zag mijn kans schoon en holde langs de groep door de deur van het kantoor.

Ik hoorde ze achter me schreeuwen, maar ik aarzelde niet. Ik holde door de voordeur naar buiten en de trap af.

'Pak haar en breng haar terug!' beval Ashley, die in de deuropening stond.

Ik holde zo hard ik kon over de oprijlaan, gleed bijna uit op de grond die modderig was van de regen en toen dwars over het grasveld naar het struikgewas en de bomen. Ik hoorde de voetstappen van de jongens achter me op de oprijlaan. Ik rende door, bleef haken aan het struikgewas, scheurde mijn kleren, maar minderde pas vaart toen ik op de weg was. Ik kon ze nog achter me horen schreeuwen. Op de hoek van een straat bleef ik eindelijk staan om op adem te komen en te luisteren.

Ze zaten me niet meer achterna. Ik hoorde niemand meer. Na een paar minuten liep ik snel verder tot er achter me niets anders meer was dan duisternis en een nare herinnering.

6. Het beste van niets

Ik bleef uren lopen omdat ik niet wist waar ik naartoe ging en hoe ik thuis moest komen. Eerst angst en toen woede gaven me energie. Ik was zo razend dat ik voortgestuwd werd als een vliegend tapijt door de wind. Ik kon niet wachten tot ik Rae en Taylor in mijn handen had. Dat ze met die jongens hadden samengespannen was gemener en valser dan iets wat ik ooit had meegemaakt. Ik had me nog nooit zo verraden gevoeld. Hoe had ik zo vol vertrouwen, zo lichtgelovig kunnen zijn? Ik maakte me verwijten omdat ik ze had wíllen geloven, zo wanhopig naar vriendinnen verlangde.

Ondanks mijn woede was ik een stuk kalmer geworden door de afstand die er lag tussen mij en Ashleys huis. Ik voelde de pijn in mijn kuiten en dijen en een felle pijn waar een tak tegen de linkerkant van mijn gezicht was geslagen. Ik besefte dat ook mijn voeten bemodderd en nat waren. De lichte motregen was opgehouden, maar mijn haar was kletsnat, doorweekt van de regen en mijn eigen zweet.

Ten slotte bleef ik staan bij een fastfoodzaak, waar ze me de richting wezen. Ik begreep pas hoever ik afgedwaald was toen het meisje achter de toonbank me uitlegde hoe ik bij het huis van mijn oom en tante moest komen. Morrend ging ik weer op weg, bang voor elke auto die me passeerde, half en half verwachtend dat een paar van die jongens eruit zouden springen en op me af stormen.

Toen ik eindelijk bij het huis van mijn oom en tante kwam, was het al bijna middernacht. Ik was moe, bezweet en vuil, en ik had een lange scheur in mijn rok. Tante Mae Louise zou ongetwijfeld door het lint gaan, dacht ik. Hoe moest ik dit alles verklaren?

Ik keek verbaasd op toen ik een patrouillewagen van de politie op onze oprit zag staan. Ik stopte om even na te denken. Wat deed de politie hier? Had het iets te maken met wat er vannacht gebeurd was, of iets met mama? Eigenlijk wilde ik omkeren en weer wegrennen, maar mijn nieuwsgierigheid was te groot. Ik had geen reden om weg te lopen, dacht ik. Ik had niets slechts gedaan. Anderen hadden slechte dingen met mij gedaan.

Voor ik kon besluiten wat ik moest doen, ging de voordeur open en de politieagenten kwamen naar buiten, met oom Buster. Ze zagen me staan, half in de schaduw, half in het licht, aan het eind van de oprit.

'Phoebe?' riep oom Buster. 'Ben jij het?'

'Ja,' antwoordde ik.

'Kom meteen hier,' snauwde hij.

Langzaam liep ik naar hen toe. Hij draaide zich om en riep naar binnen: 'Ze is thuis, Mae Louise!'

Ik hoorde haar haastig door de gang naar de voordeur lopen.

'Waar ben je geweest, Phoebe?' vroeg oom Buster.

'Ik was verdwaald.' Ik keek van de ene politieman naar de andere.

'Iedereen heeft je gezocht, meisje,' zei oom Buster.

Tante Mae Louise kwam achter hem staan.

'Waar ben je geweest?' schreeuwde ze.

'Ze zei dat ze verdwaald was,' zei oom Buster.

'O, verdwaald, ja, maar in tegenstelling tot de verloren zoon, is ze niet gedwaald en teruggekeerd, o, nee. Bij lange na niet. Hoe kon je zoiets doen? Je vader ligt net in zijn graf – hoe kón je zo slecht zijn?'

'Wat heb ik gedaan?' jammerde ik. Ik keek naar de kwaadkijkende politieagenten en besefte dat ze niet hier waren vanwege mama, maar vanwege mij. Die jongens hadden nog meer leugens verteld. Ik begon te brabbelen. 'Zij zijn degenen die mij hebben bedrogen en in de val gelokt. Zij hebben gelogen.'

'Waar heb je het over? Wie heeft gelogen? En over leugens gesproken: je zei dat je naar het huis van dat meisje ging terwijl je naar een feest ging met een hoop jongens,' zei tante Mae Louise vinnig. 'Je kunt niets anders dan liegen en je liegt nu nog steeds.'

'Dat is niet waar,' kermde ik.

'Je hebt een jongen vanavond lelijk verwond,' zei oom Buster. 'Hij ligt in het ziekenhuis. Weet je dat?'

'Hij verdiende het. Ze verdienen het allemaal om in het ziekenhuis te liggen.'

'O, moet je dat horen,' zei tante Mae tegen de agenten. 'Het wordt ons echt te veel allemaal.'

'Je zult met ons mee moeten naar het bureau,' zei een van de agenten. 'Er zijn ernstige aanklachten tegen je ingediend, dame.'

'Aanklachten? En hoe zit het met wat ze mij hebben aangedaan?'

'Je krijgt de kans om jouw kant van het verhaal te vertellen,' zei hij.

'O ja, hoor, hopen kansen,' snauwde ik.

'Kom mee,' zei hij en maakte een beweging om mijn arm vast te pakken.

'Oom Buster, het is niet zoals zij zeggen. Ze hebben me voorgespiegeld dat we wat anders gingen doen vanavond. Ze hebben me in de val gelokt.'

'Je kunt voorlopig beter met ze meegaan, Phoebe. Ik kom zo,' zei hij op vermoeide, sceptische toon.

'Maar – '

'Dit is heel ernstig. Doe nou maar wat de politie wil, Phoebe.'

'Ja. Doe wat ze willen,' aapte ik hem na. Het zou me weinig goed doen hem om hulp te vragen, dacht ik.

'Laten we gaan,' zei ze agent, die me wat hardhandiger beetpakte. De andere agent deed het portier open en ze duwden me de auto in. Tante Mae Louise stond op de stoep en schudde haar hoofd en mompelde een of ander gebed.

'Het is niet mijn schuld! Ik lieg niet!' schreeuwde ik tegen haar.

De agenten stapten in en we reden weg. Ik keek achterom en zag oom Buster staan argumenteren met tante Mae Louise, toen namen we een bocht en waren uit het gezicht verdwenen. Woedend leunde ik achterover en staarde recht voor me uit. Papa had mijn leven een stuk miserabeler gemaakt door me hierheen te brengen, dacht ik. Ik had beter op straat kunnen leven in Atlanta.

Eenmaal in het politiebureau stopten ze me in een helder verlicht vertrek, met kale muren en een spiegel. Ze zetten me achter een lange tafel, maar het duurde zo lang voor er iemand kwam, dat ik in slaap viel met mijn hoofd op de tafel. Toen voelde ik dat iemand me aanstootte. Langzaam hief ik mijn hoofd op en zag een politievrouw naast me staan. Ze had kort, donker haar, kleine ogen, een smalle mond en een kleine bobbel in de brug van haar neus. Ik had al eerder vrouwelijke agenten gezien, maar zij leek me er veel te klein en te tenger voor.

'Oké,' zei ze. 'Laat me jouw verhaal maar horen.'

Ik staarde met over elkaar geslagen armen naar de tafel.

Ik wilde met niemand praten. Wat had het voor zin? Wat zou het ooit voor zin hebben?

'Ik zou maar beginnen als ik jou was. Die jongen, Skip Lester, heeft een hersenschudding en vijftig hechtingen. Hij zal er een litteken aan overhouden. Zijn ouders zijn heel erg kwaad,' zei ze kalm. 'Ze willen dat we je aanklagen voor meer dan geweldpleging. Ze denken dat je probeerde hem te vermoorden.'

'Als ik geprobeerd had hem te vermoorden zou hij dood zijn,' zei ik.

'Een paar centimeter naar rechts en je zou hem op zijn slaap hebben geraakt en dan zou je hem inderdaad vermoord hebben. Ik zou maar niet zo pedant zijn, meisje.'

Ik trok een pruillip, te woedend om iets te kunnen zeggen.

'Als je ons niet jouw kant van het verhaal vertelt, hebben we alleen maar hun verhaal, en dat ziet er niet zo goed voor je uit. Er komt straks een assistent-officier van justitie om te beslissen hoe de aanklacht zal luiden en wat er met je moet gebeuren. Je hoeft niet als minderjarige worden berecht als het om een ernstig misdrijf gaat. Je zou als een volwassene beoordeeld kunnen worden, Phoebe. Zo heet je toch, Phoebe?'

'Ja, zo heet ik.'

'Nou?'

Ik haalde diep adem en leunde naar voren. Ik vroeg me af waar ik moest beginnen. Misschien zou ik moeten beginnen met de dag waarop mama me in de steek liet toen ik vier was en per ongeluk een ketel kokend water van het gas trok, mijn handen verbrandde en zo hard gilde dat de buren voor de deur stonden. Mama schreeuwde tegen me en schudde me zo hard door elkaar dat ik dacht dat mijn tanden uit mijn mond zouden vallen. Vanaf dat moment had ik altijd met de overtuiging geleefd dat het een gevecht was van mij tegen de wereld.

Dit was gewoon een van de hele reeks aanvallen, waar nooit

een eind aan zou komen voordat er een eind aan mij kwam.

'Ik kwam op school in wat moeilijkheden,' begon ik, en vertelde haar het hele verhaal van begin tot eind, tot aan het moment dat ik naar het huis van mijn oom en tante liep. Toen ik uitgesproken was, en zelfs terwijl ik nog aan het praten was, had ik het gevoel dat er ook andere mensen stonden te kijken en luisteren. De spiegel aan de muur was waarschijnlijk een doorkijkspiegel, dacht ik.

'Oké,' zei ze toen ik zweeg. 'Wil je wat drinken?'

'Een beetje water.'

Ze stond op, en even later bracht ze me een fles water.

'Ontspan je maar even,' zei ze.

'Ga ik naar de gevangenis?'

'We zullen straks een beslissing nemen,' zei ze en liet me weer alleen.

Het duurde bijna een uur voor ze weer terugkwam.

'Oké. Voorlopig word je vrijgelaten en weer onder toezicht gesteld van je oom en tante.'

Ik keek verbaasd op.

'Echt waar?'

'Ja. Je bent niet met een borgsom vrijgelaten, maar je oom staat voor je in en heeft beloofd dat hij ervoor zou zorgen dat je op het vastgestelde tijdstip voor de rechter verschijnt. Hij kan in moeilijkheden komen als je niet luistert of probeert weg te lopen. Hij zal je nu naar huis brengen.'

'En hoe staat het met de aanklachten tegen me en zo?' vroeg ik.

'Daarover beslist de rechtbank later,' legde ze uit. 'Voorlopig ga je naar huis, luistert naar je oom en tante, en je gedraagt je netjes.'

Toen ik door de gang liep zag ik oom Buster met gebogen hoofd in de hal zitten. Hij stond op toen ik naar hem toekwam.

'Het is niet allemaal mijn schuld,' zei ik met hese stem.

'Laten we naar huis gaan en proberen wat te slapen, Phoebe. Het is een lange nacht geweest.' Hij zag er bijna even uitgeput uit als ik me voelde. 'Je tante maakt zich ziek van ongerustheid over je.'

'Dat geloof ik, ja,' zei ik.

Ik volgde hem naar de auto.

'Je mag alleen maar op en neer naar school,' zei hij toen ik instapte. 'Anders kom je hier weer terecht en zou het slecht voor je kunnen aflopen in de rechtszaal, Phoebe. Het leven is hier anders dan waar jij vandaan komt. Ze maken dit soort dingen niet vaak mee en zouden wel eens een stuk strenger kunnen zijn.'

'Ik snap niet waarom ík voor de rechter moet komen. Zíj zijn degenen die probeerden me te verkrachten!'

'Laten we er nu niet meer over praten,' zei hij.

'Goed.'

Ik viel weer in slaap in de auto en werd pas wakker toen we over de oprit en de garage inreden. Tante Mae Louise was bezig haar badjas om zich heen te slaan en kwam haar slaapkamer uit toen we binnenkwamen.

'Zeg nu niets meer, Mae,' zei oom Buster smekend voordat ze haar mond open kon doen. 'Laten we eerst wat uitrusten. Je wilt vroeg op om naar de kerk te gaan en die maïsmuffins te maken voor pa.'

'Het lijkt me dat we allemaal vroeg op moeten om naar de kerk te gaan,' mompelde ze, met haar ijskoude ogen strak op me gericht.

Ik gaf geen antwoord. Ik ging naar mijn kamer en ging op bed liggen, en viel zonder zelfs mijn kleren uit te trekken, in slaap. Het leek er meer op dat ik bewusteloos neerviel, want ik trok zelfs mijn bemodderde schoenen niet uit.

De volgende ochtend hoorde ik mijn deur opengaan, maar ik hield mijn ogen gesloten.

'Ze is zelfs te stom om zich uit te kleden voor ze naar bed gaat,' zei tante Mae Louise.

'Laat haar maar rusten, Mae,' hoorde ik oom Buster zeggen. 'Ze zou in de kerk alleen maar in slaap vallen en ons allebei in verlegenheid brengen, en dan zou je je nog meer van streek maken.'

'Dat is een feit,' antwoordde ze, en toen ging de deur weer dicht.

Ik lag te luisteren en hoorde ze door het huis lopen, hoorde tante Mae Louise bevelen snauwen tegen Barbara Ann en Jake en zelfs oom Buster, tot ze gereed waren om te vertrekken. Toen de deur dichtging en het stil werd in huis en ik heel zeker wist dat ze weg waren, stond ik op.

Ik trok mijn kleren uit en nam een warme douche. Toen trok ik een spijkerbroek aan, een blouse en een licht leren jasje en een paar hardloopschoenen. Vervolgens haalde ik een borstel door mijn haar en pakte mijn koffer, nam alleen de dingen mee die ik hoognodig had. Ik haalde de honderdvijftig dollar tevoorschijn die ik op school van Grog had gekregen. Ik had ze in een la onder mijn slipjes verborgen. Ik pakte mijn tas en stopte het geld erin, samen met de vijftig dollar van de vorige avond.

Op weg naar buiten dronk ik een glas sinaasappelsap. Ik had niet veel honger, maar dacht dat ik toch beter een stuk brood kon meenemen. Op de drempel bleef ik staan.

'Blij dat ik jullie allemaal kwijt ben,' zei ik. 'Ik ben niet van plan hier te blijven rondhangen en af te wachten of ik al dan niet in de gevangenis kom.'

Ik deed de deur achter me dicht en liep weg. Eerst was ik van plan terug te gaan naar ons appartement in Atlanta, in de hoop dat het nog van ons was en de huiseigenaar papa's spullen nog niet had weggehaald. Maar toen ik met de bus naar Atlanta reed, kwam er een andere gedachte bij me op. In het busstation stond ik een tijdje na te denken voordat ik besloot de volgende bus naar Macon te nemen.

Ik had besloten mama op te zoeken. Misschien zou ze, als ze me zag, zich aangemoedigd voelen een nieuw leven te beginnen. Misschien zouden we toch bij elkaar kunnen blijven, gewoon ergens naartoe gaan waar we nog nooit geweest waren, en voorgoed moeder en dochter zijn. Ze zou toch zeker niet in een afkickcentrum willen blijven? En misschien had ze zo'n afkeer gekregen van haar keuzes dat ze het licht zou zien en bij mij zou willen blijven.

Waarschijnlijk zou ze het ook niet weten van papa. Misschien zou het haar toch iets doen. Ze zou beseffen dat ik nu niemand had en zich om me bekommeren, vooral als ik klaagde over haar zuster, mijn tante Mae Louise. Mama had nooit van haar eigen zus gehouden. Ze zou begrijpen waarom ik zo vastbesloten was om weg te gaan.

Natuurlijk zou ze het begrijpen. Ze kon niet anders, dacht ik. Hoe langer ik erover nadacht, hoe enthousiaster ik werd, zo enthousiast, dat ik de bus harder wilde laten rijden. Toen we het busstation in Macon binnenreden, liep ik mensen bijna van de sokken om uit de bus te stappen. Toen vond ik een taxistandplaats en liet me naar de inrichting brengen waar mama lag.

Toen ik de receptioniste had gesproken, liet ze me in een kleine ruimte wachten, maar ik zat er nog maar heel even toen een lange, magere Afrikaans-Amerikaanse vrouw in een laboratoriumjas naar me toekwam. Ze had dun roodbruin haar en sproeten op haar karamelkleurige wangen, een lange maar goedgevormde neus en bijna oranje lippen.

'Ik ben dokter Young,' zei ze, en stak haar lange arm en dunne vingers naar me uit.

Ik gaf haar een hand en stond op.

'Ik wil mijn moeder zien,' zei ik.

'Bent u Charlene Elders oudste dochter?' vroeg ze, alsof ze niet geloofde dat mama een dochter had.

'Ja.'

'We hebben geprobeerd haar man te bereiken. Waar is je vader?'

'Hij is dood,' antwoordde ik. 'Hij is onlangs bij een auto-ongeluk om het leven gekomen.'

'O, dat is heel erg voor je. We hebben ook geprobeerd in contact te komen...' Ze zweeg even en keek naar haar klembord. 'In contact te komen met mevrouw Mae Louise Howard, maar ze heeft onze telefoontjes niet beantwoord. Zij is toch de zuster van je moeder hè?'

'Waarschijnlijk probeert ze te vergeten dat ze familie is,' antwoordde ik droogjes.

'Hm, bij wie woont u?'

'Bij niemand.' Ik stak mijn ongeduld niet onder stoelen of banken. 'Ik wil alleen mijn moeder zien. Kan ik bij haar?'

'Ja, ja. Ik denk dat het haar wel goed zal doen. Kom mee,' ging ze verder. 'Wat weet je van de toestand van je moeder?'

'Niets,' zei ik. Wat wilde ze van me, dat ik haar mijn levensverhaal vertelde?

'Je moeder heeft aan ernstig drugsmisbruik geleden en bevindt zich nog in een afkickperiode.'

'Hoe is ze hier terechtgekomen?' vroeg ik terwijl we door de gang liepen.

'Voorzover ik weet werd ze door iemand naar de eerstehulppost gebracht, maar degene die dat heeft gedaan, is niet lang gebleven. Dat komt vaak voor,' voegde ze er snel aan toe, alsof ze bang was dat ik hysterisch zou worden.

'Wordt ze weer helemaal beter?'

'Deze dingen vergen tijd,' antwoordde ze. 'Ze vereisen veel therapie en bereidheid tot medewerking van de kant van de patiënt.'

Ze bleef staan en raakte mijn arm aan.

'Ik weet niet in hoeverre je op de hoogte bent van wat hier gebeurd is.'

'Ik weet zo goed als niets. Ze heeft mijn vader in de steek gelaten en is er met iemand vandoor gegaan.'

'Aha.'

Ze aarzelde en toen, te oordelen naar de blik in haar ogen, besloot ze eerlijk te zijn, zelfs tegen iemand die zo jong was als ik.

'Je moeder heeft geprobeerd zelfmoord te plegen,' vertelde ze.

'Zelfmoord? Dat wisten we niet.'

'Ik had een boodschap achtergelaten voor je tante.'

Ik schudde mijn hoofd.

'Dat heeft ze me nooit verteld,' zei ik meer tegen mezelf dan tegen dokter Young.

'Het is niet ongewoon dat patiënten met dit soort problemen gedeprimeerd raken en proberen zich van het leven te beroven.'

'Wat heeft ze gedaan?'

'Ze heeft haar polsen doorgesneden met een ballpoint, maar gelukkig was er een begeleider in de buurt en konden we ernstige gevolgen voorkomen. Op het ogenblik heeft ze zich volledig in zichzelf teruggetrokken. Dat is niet ongewoon, gezien de drugs, de alcohol.'

'Niets lijkt ongewoon,' merkte ik op.

Ze staarde me even aan en knikte toen.

'Ik probeer alleen je voor te bereiden. Zo oud zie je er niet uit,' zei ze terwijl we verder liepen. 'Bij wie woon je nu?'

'Ik woonde bij mijn tante.'

'Je tante? Maar ik dacht... ik bedoel, zoals ik zei, we hadden gehoopt dat ze ons zou bellen. Weet ze dat je hier bent?'

'Ik ben bezig met een ander onderkomen,' zei ik snel, in de hoop dat ze niet zoveel zou blijven vragen.

Ze sperde haar ogen open.

'Ik begrijp het. Oké. We hebben je moeder hier vierentwintig uur onder observatie,' zei ze, terwijl ze me voorging door een andere deur. In de gang bleven we staan. 'Ze ligt in deze kamer. Schrik niet dat het er zo leeg en kaal is. In dit soort gevallen moeten we zien te voorkomen dat de patiënt een manier vindt om zichzelf iets aan te doen.'

Een lange zwarte man in verplegeruniform keek door de open deur van een kamer met een kop koffie in de hand.

'Hoe gaat het met mevrouw Elder?' vroeg dokter Young.

'Hetzelfde. Geen probleem,' zei hij.

Ze haalde een sleutelketting uit haar zak en maakte de deur van mama's kamer open. Mama, in een lichtblauw ziekenhuishemd, zat op een afgehaald bed en staarde naar een kale muur. Er stond geen ander meubilair, zelfs geen stoel.

'Charlene?' zei dokter Young. 'Ik heb bezoek voor je. Iemand wil je zien.'

Mama draaide zich niet om. Ze leek het niet gehoord te hebben.

Dokter Young knikte naar me, en ik liep naar voren.

'Hallo, mama,' zei ik.

Mama's ogen knipperden en toen draaide ze zich om en keek naar me, maar de uitdrukking op haar gezicht veranderde niet. Ik zag het verband om haar polsen, en wendde snel mijn ogen af. Alleen al het zien ervan deed mijn hart bonzen.

'Weggelopen?' Ze glimlachte en begon toen te grinniken. 'Ik was niet veel ouder dan jij toen ik de eerste keer wegliep. Weglopen zit in ons bloed, denk ik.'

'Mama, ik wil dat je beter wordt en hier uitkomt. We kunnen samen weggaan, ergens een nieuw leven beginnen, ver weg van mensen als tante Mae Louise.'

'Je kunt mensen als je tante Mae Louise niet ontlopen. Ze zijn overal, net als sprinkhanen,' zei ze kwaad, en begon weer te schommelen.

'Dat kunnen we wél, mama. Alleen jij en ik.'

Ze keek me meesmuilend aan.

'Jij en ik? Kind, je hebt niet eens een sigaret. Je komt hier en je hebt niet eens een sigaret voor me.'

'Mama, je kunt alle sigaretten krijgen die je maar wilt als je hier weg bent en wij samen zijn. We zullen samen werk zoeken, misschien zelfs in hetzelfde restaurant of zo, en we zullen een mooi appartement hebben en voor elkaar zorgen.'

'Wie heeft je opgedragen dat allemaal te zeggen? Je vader? Hij zou alles proberen om me ertoe te krijgen terug te komen.'

'Nee, mama. Papa is er niet meer. Hij is omgekomen bij een auto-ongeluk. Begrijp je het niet? We hebben nu alleen elkaar nog.'

359

Ze staarde me aan alsof de dingen die ik zei eindelijk tot haar door begonnen te dringen.

'We kunnen niet weg, Phoebe. Ik moet hier op Sammy wachten. We gaan naar Californië. Zijn zus heeft een schoonheidssalon in Encino en daar krijg ik een baan. Ik heb altijd gezegd dat ik naar Californië wil,' zei ze glimlachend. Toen zweeg ze. 'Hij had me hier niet zo lang alleen moeten laten.' Ze boog zich naar me toe. 'Die mensen, die dokter, die zijn helemaal niet aardig. Ze willen je hier houden omdat ze dan meer geld van de staat krijgen.' Ze knikte glimlachend. 'Ze denken dat ik dat niet weet, maar ik weet het wél.'

'Je kunt hier wél weg, mama. Je kunt hier weg en bij mij blijven. We zullen naar Californië gaan. Ik beloof het je. Ik zal een parttime baan zoeken en geld sparen voor de reis. Dat kan ik best.'

'Kun je hier weg en weer terugkomen?' vroeg ze.

'Ja, natuurlijk. Ik zal iets zoeken waar we kunnen wonen en dan zal ik werk zoeken.'

'Goed, ga naar buiten en koop wat sigaretten voor me en kom dan terug,' zei ze, en maakte een gebaar met haar hand alsof ze me wegstuurde.

'Mama, waarom praat je over sigaretten? Ik praat over een nieuw leven samen, een heel nieuw leven.'

'Ik ben een nieuw leven begonnen,' zei ze. Ze begon weer te schommelen. 'Ik weet niet waar mijn kleren zijn of mijn spullen.' Ze zweeg en keek me aan. 'Weet je wat ik denk, Phoebe? Dat je vader dit heeft gedaan. Op de een of andere manier heeft hij dit gedaan, me in deze inrichting gekregen. Nou, ga maar naar huis en vertel hem dat het hem niet zal lukken. Ik kom daar niet meer terug, hoor je, kind? Dat is mijn boodschap en zorg ervoor dat hij goed begrijpt dat mijn besluit definitief is.'

Ik stond naar haar te staren, zag hoe ze heen en weer zat te schommelen, iets wilde zeggen, maar dan weer zweeg en weer verder schommelde.

'Mama,' zei ik zacht. Ik raakte haar schouder aan. Ze draaide zich niet naar me om, maar bleef voor zich uit staren.

Wat het ook was waarnaar je terug moest grijpen om jezelf te vinden lag nog verborgen onder alle verwarring in haar, dacht ik. Ik was te optimistisch geweest, arrogant zelfs, om te denken dat ik maar hoefde te verschijnen om alle goede gedachten en dromen te doen herleven, de moeder in haar wakker te schudden en naar de oppervlakte te doen drijven als een lijk dat te lang onder water heeft gelegen. De nieuwe hoop zou alles wat een moeder van nature bindt aan haar kind en een kind aan haar moeder weer tot leven wekken. Herinneringen aan de navelstreng zouden helder worden en haar verrassen en zij en ik zouden hier vandaan gaan zoals moeder en dochter dat hoorden te doen.

Wanneer houd je op met in sprookjes te geloven? vroeg ik me af. Of komt daar nooit een eind aan? Zelfs op de dag dat je doodgaat denk je aan deuropeningen naar het paradijs, naar plaatsen zonder pijn en verdriet, waar de enige schaduwen die naast je zweven met je willen dansen.

'Wel, jij danst niet, Phoebe, hield ik me voor. Jij bent alleen als je hier weggaat.

Ik boog mijn hoofd.

Dokter Young verscheen in de deuropening. Ik schudde mijn hoofd naar haar en ze wenkte me om naar buiten te komen.

'Ik ga nu, mama.'

Ze draaide zich niet naar me om. Ik kwam dichterbij en gaf haar een zoen op haar wang. Ze voelde mijn tranen, tranen die op haar huid drupten, en ze legde haar hand erop.

'Huil ik?' vroeg ze.

'Nee, dat doe *ik*, mama,' zei ik.

Ze knikte.

'Verbaast me niks,' zei ze.

'Mij ook niet, mama. Dat doet het nooit meer. Dag, mama.' Ik liep de kamer uit.

'Je moet je niet laten ontmoedigen,' zei dokter Young. 'We zijn pas met haar aan het werk gegaan. Gun het wat tijd.'

Ik glimlachte naar haar. Weer iemand die in sprookjes gelooft, dacht ik.

'Waar ga je nu naartoe, Phoebe?' voor ze.

'Dat weet ik nog niet,' bekende ik.

'Ga mee naar mijn kantoor en rust even uit. We zullen nog wat praten over de toestand van je moeder en misschien kan ik je helpen er begrip voor op te brengen,' zei ze bemoedigend. 'Heb je honger?'

Ik had het me niet gerealiseerd, maar nu ze het erover had...

'Ja.'

'Goed, dan zullen we je eerst iets te eten geven.'

Ze nam me mee naar een cafetaria en zei tegen de caissière dat ze alles op haar rekening moest schrijven. Ze vertelde me hoe ik haar kantoor kon vinden en liet me alleen. Ik nam een kleine salade, wat macaroni met kaas en een stuk chocoladetaart, veel meer dan ik dacht dat ik op zou eten.

Later liep ik naar haar kantoor. Ze zei dat ze voor een patiënt moest zorgen, maar direct weer terug zou komen, en dat ik het me gemakkelijk moest maken. Er stond een diepe leren bank en ik ging erop zitten en keek een paar tijdschriften door. Mijn oogleden werden steeds zwaarder. Ik besefte niet hoe moe ik was van de reis en de emotionele spanning van mijn gesprek met mama.

Ik zal mijn ogen een tijdje dichtdoen, dacht ik, en leunde achterover, tegen de zijkant van de bank. Ik denk dat ik vrijwel onmiddellijk in slaap viel. Ik werd wakker toen ik voelde dat iemand naar me keek. Mijn oogleden trilden als de vleugels van een pas uit het ei gekropen vogeltje, en ik concentreerde me op een grijze broek. Mijn blik ging omhoog en ik keek naar iemand van de staatspolitie.

Dokter Young stond naast hem. Ik ging snel rechtop zitten.

'Je mocht het huis van je oom en tante niet verlaten,' zei de politieman nors.

Ik keek naar dokter Young.

Ze zeggen dat je bent weggelopen, Phoebe. Is dat waar?' vroeg ze zacht.

'Ik wilde mijn moeder zien.'

'Maar je hebt je oom en tante niet verteld dat je hiernaartoe ging. Iedereen maakte zich ongerust over je.'

'O, ja. Ze waren ziek van ongerustheid,' zei ik. Toen kneep ik mijn ogen samen. 'Ik dacht dat u haar niet kon bereiken. Ik dacht dat mijn tante geen belangstelling had.'

'Je oom heeft met me gesproken toen ik hem vertelde dat je hier was. Ze hebben je door de politie laten zoeken. Je hoort niet alleen op straat rond te zwerven, Phoebe. Dan haal je je alleen maar meer moeilijkheden op je hals.'

'Welbedankt,' zei ik.

'We moeten doen wat het beste voor je is, Phoebe. Je helpt je moeder niet door jezelf in de nesten te werken. Ik zal je oom en tante op de hoogte houden van de toestand van je moeder,' beloofde ze.

'Verspil uw tijd niet,' zei ik.

'Laten we gaan,' zei de politieman en schudde zijn hoofd tegen dokter Young, die een stap achteruit deed.

'Ik wens je het allerbeste,' riep ze ons achterna.

'Het beste waarvan?' mompelde ik.

Ik had al het beste van niets.

Wat kon iemand als ik nog meer verwachten?

7. Ik wacht op de muziek

Het verbaasde me dat de politieman me niet rechtstreeks terugbracht naar het huis van oom Buster en tante Mae Louise. Ik wist niet eens zeker of we wel in de goede richting gingen. Alles wat ik zag langs de weg kwam me onbekend voor. De late middagzon speelde kiekeboe door de takken van de bomen en rond de huizen, waardoor ik versuft raakte. Ik zat te knikkebollen. Na ongeveer twee uur op een snelweg, reed de politieman de parkeerplaats op van een wegrestaurant. Het met zilverkleurig metaal beklede restaurant had de vorm van een spoorwegwagon en zag eruit of het vijftig jaar geleden gebouwd was. Het was er niet erg druk. Er stonden maar vier auto's op de schemerig verlichte parkeerplaats.

'Ik heb geen honger,' zei ik onmiddellijk.

'Ik breng je hier niet om te eten,' antwoordde hij. 'Stap uit.'

Verward stapte ik uit de auto.

'En neem je koffer mee,' beval hij.

'Mijn koffer?'

'Je oom wacht binnen op je,' zei hij, met een knikje naar het restaurant.

Ik keek naar de andere auto's en zag dat een ervan de auto van oom Buster was. Hij zat aan een hoektafeltje bij het raam en keek naar ons. Ik staarde naar de politieman, die naast zijn auto stond, en haalde mijn schouders op. Toen pakte ik mijn koffer uit de wagen en deed het portier dicht.

Bedankt voor noppes, dacht ik, en slenterde naar de ingang van het restaurant. Toen ik de deur opendeed, reed de politieman weg. Ik ging naar binnen. Het geluid van een country-and-westernzangeres met een neusklank in haar stem klonk door de kleine speakers aan de muur achter de toonbank. Twee oudere dames die aan de andere kant links van me zaten keken naar me en hervatten toen hun gesprek als twee zwemmers die even het hoofd boven water steken om adem te halen.

Ik liep naar het tafeltje van oom Buster en bleef daar staan. Waar is tante Mae Louise? vroeg ik me af. Waarom zou ze de kans mislopen om me er eens flink van langs te geven?

'Wat is er aan de hand, oom Buster?' vroeg ik. 'Waarom heeft die politieman me hierheen gebracht?'

'Ga zitten, Phoebe,' beval hij nors, met opeengeklemde tanden. Zijn ogen boorden door me heen als twee kleine kaarsvlammetjes die flakkeren in een hete bries. Zijn mond was verstrakt van woede. Daar gaan we weer, dacht ik.

'Voor u begint,' zei ik, toen ik mijn koffer op de grond had gezet en was gaan zitten, 'ik wilde mijn moeder zien. Ik hoor mijn moeder te kunnen zien als ik dat wil.'

'Je pakt geen koffer om iemand op te zoeken, Phoebe. Hou je dan nooit op met liegen? Zelfs als je betrapt wordt met je hand in de koekjestrommel, beweer je nog dat je het niet gedaan hebt.'

'Ik heb mijn koffer meegenomen omdat ik dacht...'

'Wát dacht, Phoebe? Nou?'

'Ik hoopte dat mama weer bij mij zou willen blijven,' zei ik snel.

Hij hief zijn ogen naar het plafond, perste zijn onderlip in zijn bovenlip en krabde aan zijn kin.

'Je dacht dat ze weer bij jou zou willen blijven? Kom nou, Phoebe. Die vrouw heeft jou en je vader in de steek gelaten. Als ze zich zo bezorgd over je maakte en zo graag bij je wilde zijn, dan zou ze dat toch niet gedaan hebben, wel?'

'Mensen veranderen. Ik had gehoopt – '

Hij sloeg met zijn vuist op de tafel.

'Daar gaat het niet om,' zei hij kwaad. 'Je werd door de politie vrijgelaten en onder onze hoede geplaatst, en om dat gedaan te krijgen heb ik de officier van justitie en de rechter moeten garanderen dat je niet weg zou lopen en dat je in de rechtszaal zou verschijnen om rekenschap af te leggen. Hoe ben je in Macon gekomen?'

'Met de bus.'

'Waar had je het geld vandaan?'

'Ik had wat geld.'

Hij rechtte zijn rug en keek me strak aan.

'Ik heb wat van het geld gehouden dat de jongens me gegeven hadden.'

'Welke jongens?'

'U wilde mijn kant van het verhaal niet horen,' zei ik, 'dus nu weet u het niet.'

'Luister naar me, Phoebe. Het is tot daaraan toe om iemand een tik te geven, te schoppen, zelfs te stompen, maar als je iemand met een beeldje slaat, en zo hard dat je hem ernstig verwondt en hij in het ziekenhuis terechtkomt, zul je altijd overkomen als de agressieveling, dus wat je verhaal ook is, dat kun je maar beter onder ogen zien.'

'Als ik het niet had gedaan, zouden ze me besprongen hebben, oom Buster. Daarvoor hadden ze me die avond daarnaartoe gelokt. Dat heb ik geprobeerd u te vertellen.'

De serveerster kwam naar onze tafel.

'Alleen nog een kop koffie,' zei oom Buster. 'Wil jij iets, Phoebe?'

'Koffie is prima.'

'Wat deed je trouwens in dat huis met al die jongens, Phoebe?'

'We waren er om...'

'Om wat?'

'Wraak te nemen. Maar ze logen tegen me.'

'Wie loog tegen je?'

'Die meisjes, Rae en Taylor. Ze zeiden dat haar vader de jongens zou arresteren voor drugsbezit en betaalde seks.'

'Betaalde seks? Ging je er daarom naartoe?'

'Niet om het echt te doen. Alleen om net te doen alsof en ze in moeilijkheden te brengen.'

'En dat geld heb je bij je?'

'Ja.'

Hij schudde zijn hoofd toen de serveerster met de koffie kwam.

'Nog iets anders?' vroeg ze gemelijk.

'Nee, dank u.'

Ze scheurde het bonnetje af en liet het op tafel vallen als een politieagent die iemand een parkeerboete geeft.

'Problemen schijnen je naam goed te kennen, Phoebe. Al die keren dat je in Atlanta in moeilijkheden zat, gearresteerd werd, voor de rechter moest komen, maakten we ons bezorgd voor jou en je

366

vader. Ik wist dat er van je moeder weinig hulp te verwachten viel, omdat ze zelf voldoende problemen had. Mae Louise weet het niet, maar je vader belde mij eerst, belde me op mijn werk en smeekte me je tante over te halen je in ons huis op te nemen.'

Ik hield mijn ogen neergeslagen en roerde in mijn koffie.

'Hij was wanhopig, Phoebe. Op een gegeven moment klonk het alsof hij huilde.'

Dat bracht de tranen in mijn ogen, maar ik bedwong ze, want ik was bang dat ik, als ik dat niet deed, eeuwig zou blijven huilen.

'Hij zei dat hij ervan overtuigd was dat er grote problemen voor je in het verschiet lagen, dat je met een slecht soort mensen omging. Hij zei dat we je leven zouden redden door je bij ons te laten wonen.'

Ik keek op, maar niet naar oom Buster. In plaats daarvan keek ik uit het raam en zag een witte ambulance stoppen en parkeren. Niemand stapte uit. Het enige wat op de ambulance geschreven stond was EMERGENCY TRANSPORT.

'Mae Louise maakte zich grote zorgen over Barbara Ann en Jake, maar ik wist haar zover te krijgen dat ze er in ieder geval over wilde denken je bij ons in huis te nemen. We hebben zelfs met mijn vader gesproken, die hielp haar ervan te overtuigen dat het een geste van liefdadigheid zou zijn.'

'Ik ben niet afhankelijk van liefdadigheid,' mompelde ik.

'We zijn op de een of andere manier allemaal afhankelijk van liefdadigheid,' zei hij. 'Hoe dan ook, kun je je voorstellen hoe ze zich nu voelt? Eerst rook je een sigaret in huis. Dan kom je op school na minder dan twee dagen in serieuze moeilijkheden, en dan word je gearresteerd en aangeklaagd wegens een ernstig misdrijf. En tot overmaat van ramp schend je de overeenkomst die ik had gesloten met de autoriteiten, en slaan we een slecht figuur in de gemeenschap.'

'Ik snap het, oom Buster. Ik sta op en loop gewoon de deur uit en u zult nooit meer iets van me horen,' zei ik uitdagend.

'Dat kan ik niet toestaan, Phoebe. Tante Mae Louise wilde je niet in huis nemen zonder dat het volledige voogdijschap aan ons werd overgedragen, weet je nog? Ze wilde geen enkele onenigheid over de vraag of we het recht hadden dit of dat te doen. Je weet dat je vader daarin heeft toegestemd.'

367

De tranen brandden onder mijn oogleden. Om de een of andere malle reden kwam een herinnering bij me terug, de herinnering aan papa en ik die samen naar een pretpark gingen. Ik wist niet meer hoe oud ik precies was, maar ik was hoogstens zeven of acht. Hij won een pop voor me bij een kermisspel door melkpakken om te gooien, en overal waar ik ging droeg ik die pop bij me, klemde hem in mijn armen alsof het mijn jongste zusje was. We reden in een aangepaste achtbaan en gilden en hielden elkaar vast. Ik dacht dat we elkaar nooit meer zouden loslaten.

Nu zat ik alleen in die achtbaan, en ging in snelle vaart omlaag.

'Je moeder heeft je in de steek gelaten en is niet in staat voor zichzelf te zorgen, laat staan voor een tienerdochter zoals jij.'

'Zoals ik? Ik neem aan dat ik een vloek beteken voor iedereen die met mij in contact komt, hè?'

Hij zuchtte diep en staarde naar zijn koffie.

'Je bent geen vloek, Phoebe, maar het is geen overdrijving om te zeggen dat je een onhandelbare lastpak bent. Daarin heeft Mae Louise gelijk, en ze heeft ook gelijk dat we gewoon de tijd en het vermogen niet hebben je te veranderen.'

'Dus?'

'We willen je ook niet in een vrouwengevangenis zien. Jonge meisjes van jouw leeftijd worden er niet beter op tijdens hun verblijf daar. De meesten komen slechter eruit dan ze erin gingen.'

'Ik ga niet naar een gevangenis,' zei ik.

'Je buiten dat soort instellingen houden betekent dat we dure advocaten in de arm moeten nemen, Phoebe. Dat kunnen we niet. Mae Louise heeft gelijk. Het is slechts een kwestie van tijd wanneer – niet áls – je zult worden opgesloten met geharde criminelen en steeds meer op hen gaat lijken. We vinden allebei dat we je vader op een verschrikkelijke manier zouden teleurstellen als we dat lieten gebeuren.'

'Papa is dood,' zei ik bits.

'Als iemand sterft verlies of vergeet je niet je verplichtingen ten opzichte van hem of haar. Integendeel, wat je beloofd hebt wordt nog belangrijker omdat het nu echt allemaal op jou neerkomt. Dat is een les die je waarschijnlijk nooit geleerd hebt, maar er zijn zoveel lessen die je nooit geleerd hebt en wel had moeten leren. Daarom zitten we nu hier.'

Ik keek hem wantrouwend aan.

'Waarom zitten we hier, oom Buster?'

Ik dacht niet dat hij antwoord zou geven, want het duurde heel lang voor hij iets zei. Eindelijk keek hij me aan.

'Toen we thuiskwamen uit de kerk en beseften dat je verdwenen was, moest ik de politie bellen, Phoebe. Je tante Mae Louise was hysterisch. De politie stuurde die politievrouw naar ons toe om met ons te praten. Ze was bezorgd en vertelde ons over een school die je misschien zou kunnen helpen.'

'Wat voor school?'

'Een school voor meisjes die in te veel moeilijkheden zijn geraakt, meer moeilijkheden dan de meeste ouders of voogden aankunnen. We weten dat je een hels verleden hebt. Deze keer heb je bijna iemand vermoord. De volgende keer zou je dat werkelijk kunnen doen, of iets dat bijna net zo ernstig is. En dan wat, Phoebe? Dan zouden wij ook schuldig zijn.'

'Ik snap niet hoe een andere school verschil zou kunnen maken, vooral geen school hier in de buurt. De jongens en meisjes hier zijn veel te verwaand en zelfingenomen.'

'Deze school is niet hier in de buurt, Phoebe. Je zou niet meer bij ons wonen.'

Ik trok mijn wenkbrauwen op. Dat had me goed in de oren moeten klinken, maar iets in zijn stem maakte dat ik mijn blijdschap bedwong.

'Waar dan?' vroeg ik.

'De vader van de jongen die je verwond hebt, heeft een hoop invloed in de gemeenschap, Phoebe,' zei hij in plaats van antwoord te geven op mijn vraag. 'Deze kwestie zal niet in de doofpot worden gestopt, vooral niet nu ze weten dat je de afspraak niet bent nagekomen en ervandoor bent gegaan. Ze zullen verwachten dat je dat weer doet. Ik kan je moeilijk in je kamer aan het bed ketenen, wel? En je tante wil niet de wacht houden voor je deur, en ik kan niet van mijn werk worden weggeroepen om naar jou te gaan zoeken of een nieuwe crisis op te lossen.'

'Ik snap het, oom Buster. Ik heb nooit bij u en tante Mae Louise willen wonen, dat weet u.'

'Goed. Goed,' zei hij. Hij klonk opgelucht.

'Maar ik begrijp het niet van die school.'

'Het is een school die geleid wordt door mensen die weten hoe ze je moeten helpen je te redden.'

'Wat is het? Een of ander kamp waar in de bijbel wordt gelezen en psalmen worden gezongen? Want in dat geval...'

'Luister goed naar me,' zei hij, met zijn dikke wijsvinger naar me wijzend. 'Dit is je allerlaatste kans. Hierna zal niemand meer jouw kant kiezen of zich om je bekommeren, Phoebe. Je zou achterblijven bij de haaien en je zou het er niet lang uithouden, o, nee, dame.'

Hij knikte peinzend.

'Ik zou maar dankbaar zijn voor deze kans, en hem niet vergooien, begrepen?'

'Wat u maar wilt, oom Buster.'

Hij liet zijn hand zakken.'

'Je tante heeft gelijk, meisje. Je hebt dit hard nodig.'

'Ja, iedereen heeft altijd gelijk gehad wat mij betreft, behalve ik.' Ik schoof mijn kopje opzij en morste wat koffie op de tafel.

Hij pakte zijn portefeuille en legde wat geld neer.

'We gaan nu, Phoebe,' zei hij. 'Moet je nog naar de wc? Je hebt een lange reis voor de boeg.'

'Hoe bedoelt u, reis? Gaan we eerst terug naar huis?' vroeg ik. Een lichte paniek begon in me op te komen.

'Nee. Je tante ziet je op het ogenblik liever niet. Moet je naar de wc of niet?'

Ik liet me van mijn stoel glijden en liep naar het damestoilet zonder antwoord te geven. Toen ik uit het wc-hokje kwam, bleef ik voor de wastafel staan en keek in de spiegel. Ik was moe, erg moe. Ik kon het in mijn ogen zien, ogen die te veel verdriet en te veel teleurstellingen hadden gezien. Ze wilden gewoon dicht en voor eeuwig en altijd dicht blijven. Even begreep ik waarom mama haar polsen had willen doorsnijden. Soms wordt het je allemaal te veel, zelfs voor iemand die zo jong was als ik.

Ik liet het koude water stromen en spatte het op mijn gezicht. Toen haalde ik een borstel door mijn haar. Ik bleef naar mezelf staan staren en realiseerde me niet hoe lang ik daar stond, tot ik een stem achter me hoorde. Ik draaide me om en zag een lange vrouw met heel kort haar. Ze droeg een blauw jasje en een donkerblauwe broek.

'Je oom heeft me hiernaartoe gestuurd om te zien waar je bleef,' zei ze.

Nu vroeg hij al vreemden om hulp. Ik maakte een grimas en pakte mijn tas.

'Er is niets wat me hier houdt.' Ik liep langs haar heen de deur door, terug naar ons tafeltje. Maar oom Buster was er niet. En mijn koffer ook niet!

Ik keek om me heen in het restaurant. De vrouw die in het toilet achter me had gestaan kwam naar me toe.

'Loop naar buiten,' zei ze.

'Wie bent u?' vroeg ik, en deed een stap achteruit.

'Je begeleidster,' antwoordde ze.

'Mijn begeleidster?' Ik wist niet of ik moest lachen of zeggen dat ze op moest rotten. 'Waar is mijn oom?' riep ik, en liep naar de uitgang.

Ze volgde me op de hielen; ze joeg me de stuipen op het lijf, zo dicht bleef ze bij me. Ik liep door de deur naar buiten en overzag het parkeerterrein. Ik zag hem nergens en zijn auto evenmin.

'We zijn hier om je te begeleiden naar je nieuwe school,' zei de vrouw, die naast me kwam lopen.

'U brengt me naar een school?' Ik boog mijn hoofd naar achteren. 'Waar is mijn oom? Wat is er met mijn koffer gebeurd?'

'Hij heeft hem meegenomen en is vertrokken,' zei ze. 'Je gaat nu met ons mee.'

'Waarom heeft hij mijn koffer meegenomen? Mijn oom heeft niets gezegd over begeleiding.'

'Geloof me maar,' zei ze. 'Dat is toch echt wat we zijn.'

Het gebrek aan emotie en de vastberadenheid waarmee ze me stond aan te kijken, joegen me angst aan. Dat verbaasde me, want ik had dingen gezien en tegenover mensen gestaan die heel wat bedreigender waren dan zij, maar haar kalmte had iets kils.

'Ik ga weer naar binnen en bel mijn tante,' zei ik.

'Dat zou tijdverspilling zijn. Stap in de auto, dan gaan we,' zei ze. Ze blokkeerde mijn weg naar de ingang van het restaurant.

'Welke auto?' Ik keek in de richting waarin ze knikte. 'Daar staat alleen maar een ambulance.'

'Die ambulance is voor jou,' zei de vrouw.

'Wat?'

Ze knikte weer naar de witte ambulance die ik had zien parkeren. Een man achter het stuur staarde naar ons.

'Dit is te stom voor woorden! Waar is mijn oom?' vroeg ik. Ik begon het benauwd te krijgen.

'Dat heb ik je al verteld,' zei de vrouw. 'Je ziet zijn auto toch niet meer?'

Ze had gelijk, wat mijn angst nog verhoogde. Een man van de staatspolitie had me hier gebracht om oom Buster hier te ontmoeten en nu was hij verdwenen zonder zelfs maar afscheid te nemen? En hij had mijn koffer meegenomen! Ik begreep er allemaal niets meer van.

'Waarom zou hij gewoon weggaan? Wat ís dit?'

'Je laatste kans,' zei ze met samengeknepen lippen. 'Toe dan,' drong ze aan. Ze had haar hand op mijn schouder gelegd en duwde me een paar stappen in de richting van de ambulance.

Ik rukte me los en hoorde toen de deur van de ambulance openen dichtgaan. De chauffeur kwam naar ons toegelopen. Hij droeg een soort overall met diepe zakken en een T-shirt dat door zijn stevige en dikke spierbundels tot het uiterste werd uitgerekt. Hij had dik zwart haar en slaperige bruine ogen.

'Moeilijkheden?' vroeg hij.

'Nee, nog niet,' zei de vrouw. 'Ze is alleen een beetje moe. Je bent moe, niet, Phoebe?'

'Ik ben niet moe. Ik wil mijn oom spreken.' Ik klonk heel wat angstiger dan ik wilde. Maar het was erg moeilijk om dapper over te komen onder deze bizarre omstandigheden.

'We hebben geen tijd hiervoor,' zei de man tegen de vrouw.

'Ik weet hoe laat het is en waar we wel en niet tijd voor hebben,' zei ze geïrriteerd.

Hij hief zijn handen op alsof hij er helemaal niets meer mee te maken wilde hebben en deed een stap achteruit.

Ik draaide rond in een kringetje. Waar was oom Buster? Hoe kon hij me hier zomaar achterlaten? Waarom moest ik ergens naartoe in een ambulance? En hoe konden ze dat begeleiding noemen?

'Ik moet hier weg,' kermde ik.

'Ontspan je nou maar,' zei de vrouw. Voor ik nog een stap kon doen had ze haar arm om mijn schouders geslagen. Ik probeerde me los te rukken, maar ze was verbluffend sterk en hield mijn armen tegen mijn lichaam geklemd.

'Laat me los!' schreeuwde ik. Een ouder echtpaar dat net gestopt was en geparkeerd had keek naar ons, maar toen ze zagen dat de vrouw me vasthield, liepen ze snel weg.

'Oké,' zei ze tegen de chauffeur. 'Geef haar maar het eersteklaskaartje.'

'Blij je van dienst te kunnen zijn,' zei hij lachend. Hij kwam naar ons toe en haalde een injectiespuit uit zijn diepe zak. Ik voelde de naald in mijn arm gaan en probeerde weer me los te rukken, zelfs haar te schoppen. Toen deed hij een stap achteruit en liep naar de achterkant van de ambulance. Ze hield me stevig vast, terwijl ik bleef kronkelen en gillen.

Maar plotseling voelde ik me suf worden. Ik wist niet eens zeker of ik nog wel geluid gaf, ook al ging mijn mond open en dicht. Het hele parkeerterrein draaide om me heen.

'Schiet een beetje op, wil je?' hoorde ik haar schreeuwen tegen de chauffeur.

'Ik kom, ik kom. Man, je wordt een slavendrijver.'

Een stretcher werd naar me toe gereden en ik voelde dat ik erop werd neergelegd. Eerst zat ik rechtop en toen, ook al wilde ik me verzetten, liet ik me gemakkelijk achterover leggen. Riemen werden over mijn benen gesnoerd en over mijn borst onder mijn buste. Een kussen werd onder mijn hoofd geschoven.

Ik hoorde iemand vragen wat er gebeurd was en de vrouw zei: 'Aanval van epilepsie.'

'Och, dat arme kind.'

'Het komt weer helemaal in orde,' zei de vrouw.

Vaag voelde ik hoe ik werd opgetild. Ik had geen pijn. Het was zelfs een heel aangenaam gevoel. Ik was niet precies in slaap, maar ook niet helemaal wakker. Ik zweefde ergens daartussenin. Ik hoorde de deur dichtgaan terwijl ik verder in de ambulance werd geschoven.

Toen ging een andere deur open en dicht. De vrouw zat naast me. Ik voelde haar maar zag haar niet. Mijn ogen vielen dicht.

'Ik vind het nooit prettig op deze manier,' zei de chauffeur.

'Hou je mond en rij,' zei de vrouw.

Ik zonk verder weg. Ik dacht dat ik door de stretcher zakte. Het was of mijn hele lichaam wegsmolt, erin wegsijpelde. Was dit doodgaan?

Ik begon muziek te horen. De chauffeur zong mee met een lied. En toen hoorde ik andere muziek, een melodie die uit een zwart marmeren voetstuk klonk waarop twee ballerina's ronddraaiden. Ik herinnerde me het nog goed. Het stond naast mijn bed, een verjaardagscadeau. Ik was erdoor gefascineerd, door de sierlijke bewegingen waarmee de danser draaide en de danseres rondzwaaide.

Het moest heerlijk zijn om zo te kunnen dansen, dacht ik, zo lichtvoetig te zijn en niet bang dat je lichaam zou verzaken. Ik wilde dat ik een danseres kon zijn.

'Wat mooi,' hoorde ik mezelf zeggen.

'Zodra ik het zag, wist ik dat ik het voor jou moest kopen, Phoebe,' zei papa.

Hij stond naast mijn bed en keek glimlachend op me neer. Toen verdween zijn glimlach en hij legde zijn hand op mijn voorhoofd.

'Nog steeds een beetje koorts,' mompelde hij en richtte zich snel en met een bezorgd gezicht op. 'Ze heeft nog steeds koorts, Charlene,' riep hij naar achteren.

'Het is niks,' riep mama terug. 'Kinderen hebben voortdurend koorts.'

'Misschien moeten we met haar naar de dokter. Ze snuft en hoest nu al dagenlang.'

'Het komt prima in orde met haar. Jij bent voor alles bang, Horace. Je bent beslist grootgebracht als een moedersjongetje, bang voor het geluid van je eigen voetstappen. Ga je mee of niet?'

'Met je mee? We kunnen haar nu niet alleen laten, Charlene. Ze is ziek. Ben je gek geworden?'

'Zoals je wilt,' zei ze. 'Je weet waar ik ben.'

Papa wond de muziekdoos weer op en ik keek naar het danspaar.

'Ik zal wat warme thee met honing voor je halen, Phoebe. Voel je je goed?'

Ik knikte, maar kon mijn ogen niet van het danspaar afwenden.

Papa ging weg, maar hij kwam niet terug. De dansers stopten en de muziek eindigde.

Ik wilde dat ze opnieuw begonnen.

'Papa,' riep ik. 'Papa.'

Hij gaf geen antwoord. Ik deed mijn uiterste best om bij die muziekdoos te komen, maar het lukte me niet.

De dansers wachtten. Dansen was alles waarvoor ze geschapen waren, maar het was voldoende om hun een doel en schoonheid te geven. Stilte en verwaarlozing waren de twee kanten van hetzelfde wrede zwaard dat hun levenslijn afsneed. En ze wachtten niet op willekeurige muziek. Ze hadden de muziek nodig die bij hen hoorde, de muziek waarmee ze geboren waren, de muziek die een deel van hen was geworden. Ze leken zo hulpeloos, zoals ze daar wachtten, en zo teleurgesteld.

Ze begonnen te vervagen.

Ik voelde me weer aangenaam wegdrijven, maar bleef denken aan het danspaar.

En toen drong het tot me door.

Ik ben net als zij, dacht ik.

Ik wacht op de muziek die bij me hoort.

GLOUCESTERSHIRE COUNTY LIBRARY

Headquarters: BERKELEY STREET, GLOUCESTER
Tel. Gloucester 21444

The last date entered below is the date by which this book must be returned.

Readers are requested to take care of the books while in their possession and to point out any defect that they may observe in them to the Local Librarian.

HEADQUARTERS

Date of Return	Date of Return	Date of Return	Date of Return

GLOUCESTERSHIRE EDUCATION COMMITTEE
THIS LABEL MUST NOT BE TORN OUT